즈우노메 인형

즈우노메 인형

사와무라 이치 장편소설 ─ 이선희 옮김

ずうのめ人形

arte

야마무라 사다코와

아유이 이쿠스케에게

차례

일러두기
주석은 모두 옮긴이의 것이며, 본문 하단에 각주로 표기했습니다.

프롤로그

처음에는 멀리서 보였다. 지금은 침대 옆에 있다.

오도카니 서서 나를 올려다보고 있다.

이불을 머리까지 뒤집어써도 알 수 있다. 날 리 없는 기척이 나기 때문이다. 지금 여기에는 나 말고 아무도 없는데…….

머릿속에서 모습이 떠오른다. 어느새 시야 한쪽 구석에 있던 그 모습이. 녀석의 모습이.

그 애한테서 들은 모습과 똑같다. 크기는 고양이만 할까? 검은색 후리소데*를 입고 있다. 단발머리에 손을 축 늘어뜨린 채

---

* 振袖, 일본 미혼 여성의 전통 예복.

고개를 살짝 갸웃거리고 있다.

그리고 얼굴은 새빨간…….

나도 모르게 눈을 떴다. 캄캄한 이불 밑에서 겨우 숨을 토해 냈다. 이 어둠의 바깥쪽을 상상했다.

이불 하나를 사이에 두고 있는 녀석을.

녀석은 나흘에 걸쳐 여기까지 찾아왔다.

그 애한테서 도시전설을 들은 지 꼭 나흘 만에. 그 애한테서 배운 노래는 아무 소용이 없었다. 그다음에 이어지는 말도.

내가 아는 모든 주문을 읊조리며 부적을 치켜들거나 술을 뿌려보았지만 달라진 것은 아무것도 없었다.

왜 그 애는 무사하고 나는 이런 꼴을 당하는가.

미시마 삼총사가 죽은 이유는 알겠다. 그 애한테서 이야기를 들었을 때 어차피 한 귀로 흘려보냈을 테니까. 막상 눈앞에 나타나도 그 이야기 때문이라고 생각할 수 없었을 테니까. 그 애들은 멍청하니까.

지금까지 조사한 바에 따르면, 다른 사람들은 아무도 죽지 않았다. 그 도시전설을 아는 사람은 나와 미시마 삼총사만이 아닐 텐데.

우리 말고는 모두 그 이야기에서 하라는 대로 한 것일까?

아니다. 그렇지는 않다.

가능성이 없지는 않지만 그럴 리 없다는 확신이 있다.

그렇게 어려운 노래를 부를 수 있을까? 그 이후의 말도 다 외울 수 있을까?

어린아이는 물론이고 어른이라도 어려울 것이다.

어른이나 되는 사람이 진지하게 도시전설을 기억할 리는 없으니까. 메모를 해서 계속 가지고 다닌다면 몰라도 그렇지는 않은 것 같다.

짐작되는 건 단 한 가지…….

저주의 근원은 따로 있다.

그 애다.

곰곰이 생각해보면 그 애는 처음부터 이상했다. 얼굴이 어둡기 때문만은 아니다. 모습이 이상하기 때문만도 아니다. 어쩌면 꺼림칙한 소문은 사실일지도 모르겠다.

그 애가 옆에 있으면 이상한 느낌이 들었다.

그곳만 공기가 새고 있다고 할까. 그곳만 구멍이 뚫려 있다고 할까. 그곳만 빈틈이 있다고 할까.

'저주는 인간이 만들어내는 거야.'

하필 가장 듣고 싶지 않은 목소리가 머릿속에서 들렸다. 망상이라는 걸 알고 있어도 듣게 된다.

'우리 눈에는 안 보여. 그래서 골치 아프지.'

목소리가 계속 이어졌다. 마치 모든 걸 안다는 듯한 거만하고 차가운 목소리가. 나 같은 건 어찌되어도 상관없다고 말할 듯한 목소리가.

'저주에는 손대지 않는 게 현명해. 하긴 알 리 없겠지, 너 같은 어린아이는.'

"시끄러워!" 나는 거칠게 소리쳤다.

목소리가 이불로 빨려 들어가면서 그대로 사라졌다.

너도 어린아이잖아! 나이도 나와 별 차이 없잖아! 네가 아는 거면 나도 알아!

이치다. 이치적으로 생각하면 간단하다.

빈틈은 간단히 막을 수 없다. 방법이 없지는 않지만 시간이 걸린다. 그리고 지금은 시간이 없다.

저주를 푸는 가장 간단한 방법.

내가 살 수 있는 방법. 네가 생각할 만한 방법.

방법은 한 가지밖에 없다.

저주의 근원을 끊는 것이다. 원흉을 박살내는 것이다.

답은 그것밖에 없다. 그 이외의 답은 있을 수 없다.

'할 수 있어?'

목소리가 묻기에 소리내어 대답했다.

"할 수 있어."

할 수 있다. 얼마든지 할 수 있다. 언제든지 할 수 있다. 지금 당장이라도. 네가 할 수 있는 거라면 뭐든지.

나는 이불을 젖혔다. 결심을 하고 옆을 보았다.

침대 옆에는 아무것도 없었다.

어디 있지? 그렇게 생각한 순간.

흐흐, 흐흐흐흐흐.

등 뒤에서 웃음소리가 들렸다. 반사적으로 소리가 난 쪽을 향했다.

녀석이 눈앞에 있었다.

까맣고 하얗고 빨간…….

인형이.

베개 위에 오도카니 서서 내 코끝으로, 보풀이 일고 뒤얽히고 헝클어지고 새빨갛고 새빨간…….

크흐흐흐흐흐흐흐흐.

실 안쪽에서 웃음소리가 새어나왔다.

나는 침대에서 내려와 인형을 노려보았다. 그 순간 기묘한 사실을 깨달았다.

이치가 이어진다. 저주의 구조가 보인다.

흔히 있는 구조다.

그렇지? 너도 그렇게 생각하지?

언니.

'…….'

언니, 대답해.

내 이치가 맞는지 틀리는지 대답해.

그러면 나도 할 수 있어. 언니보다 훨씬 제대로.

그러니까 가르쳐줘. 대답해줘.

예스인지 노인지, 그것만이라도 좋아. 그것도 어렵다면 옆에서 나를 지켜봐줘.

부탁이야. 내가 이렇게 부탁할게.

언니는 뭐든지 다 꿰뚫어보잖아.

그런데 내가 위험에 처했다는 사실을 모르는 거야? 위험이 내 코앞까지 와 있는데.

사과할게. 다시는 그런 말을 하지 않을게.

언니한테 함부로 말하지 않을게. 밤에는 집에 꼭 들어갈게.

학교에도 잘 가고, 수업도 제대로 들을게.

그러니까, 그러니까, 그러니까,

살려…….

느닷없이 문이 열렸다.

그 애가 서 있었다. 숨을 들이마신 채 나를 똑바로 보았다.

무슨 말인가 하고 나서 안으로 발을 집어넣는다.

마침 잘됐다. 그쪽에서 알아서 와주다니.

나도 모르게 미소를 지으며 말했다.

"안 그래도 기다렸어, 사다코."

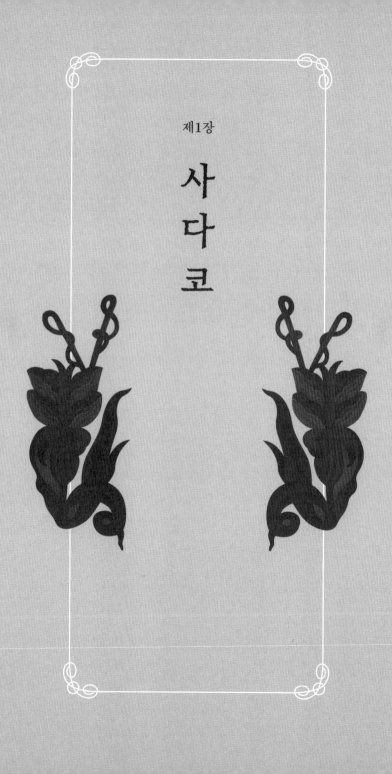

제1장

사
다
코

1

내일 아침까지 인쇄소에 보내지 않으면 정말 위험한 듯하다.

"자칫하면 출간 일정을 맞출 수 없어요."

밤 10시. 제작부의 기타하라 씨가 편집부에 오자마자 그렇게 말했다. 평소에 온화한 그녀의 표정이 심각하기 그지없었다. 여기에서 일한 지 2년 반이 되었는데 처음 보는 얼굴이었다.

"그렇겠지?"

도나미 편집장님이 흰머리가 섞인 기다란 머리를 긁적이며 한숨을 쉬었다. 햇볕에 탄 얼굴. 눈꼬리의 주름 세 개가 평소보다 깊어 보였다. 선배들이 있는 자리에서 한숨과 혀 차는 소리가 들렸다.

끝없이 이어지는 출판 불황. 잡지가 팔리지 않는 시대. 반품률이 계속 높아지면서 안 그래도 회장님 눈 밖에 난《월간 불싯(Bullshit)》. 이런 상황에서 발매일에 잡지를 내지 못해 손실이 난다면 예전부터 회사 안팎에서 쑥덕거리던 휴간이라는 이름의 폐간은 단숨에 현실이 될 수 있다. 아무리 계약직이라도 그 정도는 알고 있다.

도나미 편집장님이 금연파이프를 책상에 내려놓고 나를 불렀다. "후지마."

"네." 나는 대답하면서 의자에서 일어섰다.

"유미 짱 연락됐어?"

편집장님은 유미즈 씨를 항상 그렇게 부른다. 유미즈 기요시. 작가. 지금 문제가 되고 있는 3페이지짜리 단도 연재기사인 '도시전설의 원류'의 집필 담당.

원고는 오지 않고 지난주부터 감감무소식이다.

담당 편집자는 나였다.

"아뇨." 나는 다음 질문을 예상하고 미리 대답했다. "점심때부터 15분마다 전화를 했는데 안 받으십니다. 5분 전에도 전화를 걸었습니다."

편집장님이 또 물었다. "집으로? 휴대폰으로?"

"양쪽 다 걸었습니다."

"메일의 답장은?"

"없습니다. 아! 그리고 휴대폰으로 보실 수 있도록 문자 메시지도 보냈습니다."

"위험한 상황이라고 했어? 빙빙 돌려서 말한 거 아니야?"

"그, 그런 말은 안 했습니다. 제목은 '급히 연락 바랍니다!'라고 했습니다."

"메신저에는?"

"거기에도 연락했지만 읽음 표시가 없습니다."

"아무 말도 없었어?"

"지난달 말 이후로 연락이 없었습니다. 마지막으로 연락이 왔을 때 이상한 내용은 없었고요. 메일에도, 우편에도 답장이 없습니다."

"페이스북은?"

"새로운 메시지도 댓글도 없습니다. 채팅을 요청해도 대답이 없고요."

"믹시는?"

"그건……." 나는 추억의 단어에 현기증을 느끼면서 대답했다. "그건 하지 않으실 것 같습니다만."

10여 년 전, 내가 중고등학생 때 유행하던 SNS다. 처음 나왔을 때는 나도 빠졌지만 안 한 지 꽤 되었다.

"후지마 씨, 왜 좀 더 일찍 보고하지 않았지?"

기타하라 씨가 허리에 손을 대고 나를 쳐다보았다. 한심한 어린아이를 보는 듯한 시선이다. 반사적으로 몸이 움츠러들었다. 눈길을 피함과 동시에 주변 사람들의 모습이 마음에 걸리기 시작했다.

맞은편의 사사오카 씨는 무표정한 얼굴로 모니터를 보고 있었다. 몸이 미세하게 떨리고 있다. 다리를 덜덜 떨기 때문이었다. 바닥을 쿵쿵 차는 소리도 들렸다. 조바심 날 때의 습관이다.

스오 씨는 한 손으로 턱을 괸 채, 태블릿 컴퓨터를 난폭하게 두들기고 있었다.

아르바이트생인 이와다만이 태연하게 편의점의 마파두부 덮밥을 먹고 있었다.

나는 스스로를 돌아보았다. 대형 사고를 쳤다는 것이 솔직한 심정이었다. 연락이 되지 않아 큰일 났다고 생각한 시점에서 편집장님에게 보고든 의논이든 해야 했다. 혼자 해결하려고 한 것이 잘못이었다.

"정말 죄송합니……."

"멍청하기는, 사과해봐야 이미 늦었어." 편집장님은 웃는 얼굴로 말하더니, 즉시 기타하라 씨를 올려다보았다. "기타하라 씨, 미안해. 내가 좀 방심했어. 유미 짱은 마감을 어긴 적이 한 번도 없었거든. 이 녀석이 최근에 어느 정도 일을 하길래 너무 맡겨놓은 것도 있고. 즉, 편집장인 내가 제대로 감독을 못 했기 때문이야."

기타하라 씨는 말없이 붉은 입술을 삐죽거렸다.

"후지마, 디자인은 다 됐어?"

편집장님이 갑자기 나를 보며 물었다.

"네."

"글만 집어넣으면 돼? 유미 짱 원고만 오면 되는 거야?"

"그렇습니다."

"주제가 뭐였더라?"

"이번엔 단발 원고로 라디오 체조의 제3……."

"단발이야? 좋아." 편집장님이 가볍게 일어나면서 말했다. "15분만 줘. 소재를 정해서 그걸로 바꾸지. 사사오카!"

"네."

사사오카 씨가 중저음으로 대답하고는 고개를 들었다.

"정하면 바로 말할게. 구성도 대강 정할 테니까 거기에 맞는 사진을 찾아줘. 편집부에 없으면 인터넷이라도 좋으니까, 저작권 문제가 없는 걸로."

"네."

사사오카 씨는 다시 모니터로 시선을 돌렸다.

"스오."

"……네에."

"디자인 수정과 레이아웃 작업 부탁해. 원고가 완성될 때까지는 자도 되니까."

"네에. 그럼 잠시 실례하겠습니다."

스오 씨는 의자 소리를 내며 일어서더니 성큼성큼 밖으로 나갔다.

"후지마!"

"네!"

나는 각오를 했다. 이런 흐름이라면 편집장님이 정한 주제로 내가 기사를 써야 한다.

시계를 보았다. 내일 아침 9시가 데드라인이니까 아무리 늦어도 아침 6시까지는 원고를 써야 한다. 약 여덟 시간 만에 5,000글자. 물론 원고를 쓰기 전에 자료 조사는 물론이고 어떻게 쓸지 생각해야 한다.

배 속에 쇳덩이가 박혀 있는 것 같았다. 솔직히 말해서 해낼 자신이 없었다. 하지만 해야만 한다. 이번에는 할 수 없다는 말이 통하지 않는다. 이번에도 실패하면 당장 목이 날아가리라.

"해, 해보겠습니다……."

갈라진 목소리로 그렇게 말하자 편집장님이 미소를 지었다.

"뭐? 아아…… 난 또 뭐라고. 쓰라고 시킬 리 없잖아. 이건 편집장 잘못이야. 그러면 당연히 편집장이 써야지."

단호한 말에는 어딘지 모르게 즐거운 느낌이 배어 있었다. 배속의 쇳덩이가 사라지고 대신에 다른 감정이 가슴을 찔렀다.

"편집장님, 죄, 죄송합니……."

"괜찮다니까 그러네." 편집장님은 양어깨를 돌리면서 덧붙였다. "넌 지금 당장 유미 짱 집에 가봐, 어디인지는 알고 있지?"

"네, 사사즈카……."

편집장님이 금연파이프를 들고 웃는 얼굴로 말했다. "그래. 넌 아직 모르겠지만 혼자 사는 녀석이 쉰이 지나면 갑자기 모든 게 귀찮아져서……라는 패턴이 꽤 많거든."

하지만 눈은 웃지 않았다.

회사에서 나와 도에이 신주쿠 선(線)의 신주쿠산초메 역으로 가는 도중에 비가 한두 방울씩 떨어지더니, 사사즈카 역을 나왔을 무렵에는 장대처럼 쏟아졌다.

우산을 가져왔으면 좋았을 텐데. 남자 둘이 우산을 쓰면 왠지 초라해 보인다.

"우산을 항상 가지고 다니거든. 책이 젖으면 큰일이니까." 밀리터리 재킷을 입고 옆에서 걷던 이와다가 말했다.

큼지막한 접이식 우산을 내 쪽으로 조금 기울이며 히죽히죽 웃었다. 지나가는 자동차의 헤드라이트가 한순간 그의 동그란 동안과 새하얀 숨결을 비추었다.

"저도 같이 다녀오겠습니다."

자리에 어울리지 않을 만큼 밝은 목소리로 말하는 이와다를 보고 편집장님은 쓴웃음을 지었다.

"아르바이트생인데도 열의가 있군."

이와다 데쓰토. 나와 똑같은 25세. S대 대학원생으로 민속학을 전공한다고 한다. 오컬트와 희귀본 애호가로, 가끔 편집을 도와주거나 간단한 원고를 쓰기도 한다. 보수는 그때마다 편집비에서 주고 있다. 나와 달리 회사에서 정식으로 채용한 게 아니기 때문이다.

그가 편집부에 처음 온 것은 약 6개월 전으로, 작가인 노자키 씨가 소개해주었다. 노자키 씨 소개니까 믿을 수 있다, 일손이 부족하던 차에 마침 잘됐다, 편집장님과 선배들은 모두 그렇게 생각했다. 편집부에서 반대하는 사람은 아무도 없었다.

실제로 이와다는 뭐든지 열심히 했다. 그가 오고 나서 사무실은 몰라볼 만큼 정리정돈이 되었다. 편집장님도, 선배들도 믿음직스러워하고 있다. 나보다 훨씬 더.

"한 번쯤 작가 선생님의 원고를 받으러 가고 싶었거든."

옆에서 밝은 목소리가 들려 흠칫 정신이 들었다. 나는 즐거운 표정을 짓고 있는 그를 향해 대답했다.

"원고를 받으러 가는 게 아니야. 원고는 편집장님께서 쓰시잖아."

"그건 그렇네."

태연하게 대답하는 이와다의 모습에 어이가 없었다. 그와 동시에 지금 이와다와 같이 유미즈 씨 집에 가는 것이 새삼 한심하게 여겨졌다.

나 혼자는 심부름도 할 수 없다. 편집장님은 그렇게 판단한 게 아닐까? 그래서 이와다를 같이 보낸 것이다.

아니, 심부름이 아니다. 애초에 이것은 '일'도 아니다.

"하아아." 입에서 한숨과 함께 말이 튀어나왔다. "이건 편집장님의 개인적인 용건이야. 동기가 걱정되니까 보러 가라는 것뿐이지."

그 말에 이와다가 눈을 동그랗게 떴다. "동기?"

"유미즈 씨는 원래 우리 회사 직원이었거든. 아마 편집장님과 입사 동기였을 거야. 기가출판이라고 이름이 바뀌기 전에. 더구나 《월간 불씨》 창간 멤버고. 대선배지."

"그래?" 이와다는 눈을 반짝거리며 과장스레 놀라는 표정을 지었다. "창간 멤버야? 그럼 유미즈 씨는 더더욱 선생님이네."

학생은 태평해서 참 좋군. 나는 어이가 없어서 걷는 속도를 빨리 했다.

이 시간에도 열려 있는 큰길의 슈퍼마켓에서 오른쪽으로 꺾은 후, 골목으로 들어가 몇 번 꺾어져서 낡은 빌라 앞에 도착했다. 빌라 입구의 팻말에는 복고적인 서체로 '어번 사사즈카'라고 쓰여 있었다. 여기다.

활짝 열린 유리문 안으로 들어간 뒤, 엘리베이터를 지나 형광등 불빛을 받고 있는 복도를 걸었다. 아무렇게나 놓여 있는 세발자전거를 혀를 차며 피했다.

유미즈 씨의 자택 겸 사무실은 107호…… 1층 맨 안쪽이었다. 나는 크게 심호흡을 하고 나서 갈색 초인종을 눌렀다.

현관문 안쪽에서 딩동 하는 맥 빠진 소리가 희미하게 들렸다. 대답은 없었다. 소리도 나지 않고 기척도 느껴지지 않는다.

"주무시는 걸까?" 우산을 접으며 이와다가 속삭이듯 말했다.

"그럴 리 없어." 나도 목소리를 낮추며 대답했다.

유미즈 씨는 올빼미형 인간으로, 이 시간에 잘 리 없다. 평소

같으면…….

다시 초인종을 눌렀다. 역시 대답이 없었다.

이와다가 내게 얼굴을 가까이 대고 진지한 표정으로 말했다.

"이런 경우에는 대부분 문이 열려 있지 않나?"

"그럴 리도 없…… 아니, 글쎄…….'

설마 하고 생각하면서 손잡이를 잡았다. 옆으로 눕혀서 잡아당기자 즉시 덜컹하는 소리와 함께 손끝에 저항감이 느껴졌다. 역시 잠겨 있었다.

"잠겨 있네."

이와다가 유감스러운 듯 어깨를 들썩였다.

한숨을 쉬면서 만일을 위해 현관문 오른쪽에 있는 창문도 확인했다. 역시 잠겨 있다. 커튼이 쳐져 있어서 실내는 보이지 않았다. 불도 켜지지 않았음을 알 수 있었다.

"자주 가는 단골 가게는 없어?" 이와다가 작은 목소리로 물었다.

"단골 가게?"

"작가들이 많이 다니는 술집 같은 곳."

"없어. 유미즈 씨는 술을 안 드시거든."

"뭐? 글 쓰는 선생님인데?"

"……옛날에는 마셨던 것 같은데 이혼하고 나서 끊었을 거야. 아주 오래전에."

"아, 이혼하셨어? 역시 작가군. 불륜 때문일까, 빚 때문일까?"

이와다는 히죽거리면서 먼 곳을 바라보았다.

세상 사람들은 작가를 이와다처럼 생각할까? 매일 술집에 다니며 술을 마시는 주정뱅이. 애인을 만들고 아내와 자식은 소홀히 하는 사람. 빚에 시달리며 생활력은 눈 씻고 찾아봐도 없는 사람. 이윽고 가정은 깨지고…….

천만의 말씀이다. 낡고 케케묵은 생각이다. 더구나 그런 이미지는 전부 옛날 옛적의 대작가에나 해당한다. 현대의 오컬트 작가에게는 해당되지 않는다.

백보 양보해서 유미즈 씨가 그런 이미지에 해당된다면 심각한 이야기가 아닐 수 없다. 유미즈 씨가 대작가처럼 살았다면 결말은…… 마지막은 편집장님의 우려와 완벽하게 일치한다.

바로 자살이다.

새삼스레 유미즈 씨가 걱정되었다. 무의식중에 입에서 말이 튀어나왔다.

"신고하는 편이 좋을까?"

"글쎄." 이와다는 고개를 갸웃거리며 덧붙였다. "베란다로 돌아가 보지 않을래?"

그리고 굳은 손가락을 움직여서 베란다로 가는 길을 가리켰다. 그때 귀청이 떨어질 만큼 큰 노랫소리가 들려서 나와 이와다는 동시에 펄쩍 뛰어올랐다. 내 스마트폰의 착신음이다. 재킷 주머니에서 황급히 전화기를 꺼냈다.

"쉿."

이와다가 입 앞에 검지를 세웠다. 나는 "알고 있어"라고 대답하면서 액정 화면을 보았다. 그곳에는 '사사오카 신야'라고 쓰여 있었다. 나는 안도하면서 통화 버튼을 누른 뒤, 벽에 기댄 채 손으로 송화구를 가리며 말했다.

"네, 후지마입니다."

"지금 어디야? 유미즈 씨 집이야?"

"네."

"있어?"

"아뇨, 안 계세요. 초인종을 눌러도 대답이 없고 문도 잠겨 있고요."

"그래……." 사사오카 씨는 잠시 사이를 두고 나서 덧붙였다. "열쇠가 어디 있는지 편집장님께 못 들었어?"

"열쇠요……?"

나는 기억을 더듬었다. 상황을 확인하면 즉시 연락해라, 확인이 안 되어도 5시까지는 돌아와라. 그것 말고는 기억나지 않는다. 그렇게 말하자 사사오카 씨가 말했다.

"그럴 줄 알았어."

흐응. 바람이 부는 듯한 소리가 희미하게 귀에 닿았다. 쓴웃음을 지은 것이리라. 사사오카 씨는 거의 웃지 않고, 웃을 일이 있으면 살짝 코를 킁킁거릴 뿐이었다.

"유미즈 씨는 가스계량기 안에 열쇠를 놔두고 다니거든. 가스계량기를 열면 아래쪽에 보물상자 같은 게 있는데 그 안에 열쇠가 있을 거야."

"그래요?"

"옛날에는 그랬어. 원고를 직접 받으러 갔을 무렵에는 말이야. 직접 문을 열고 들어오라고, 일일이 현관까지 나와서 문을 열어주기 귀찮다면서."

그럴 바에는 아예 처음부터 문을 열어두면 되지 않는가?

"뭐, 한창 잘나갈 때의 얘기지만. 그때는 언제 가도 글을 쓰고 있었고."

흐응. 또 웃음소리가 들렸다.

일단 고맙다고 말하고 전화를 끊었다. "뭐래요? 뭐라는데요?"라고 묻는 이와다를 무시하고 현관문 왼쪽에 있는 가스계량기의 문을 열었다.

엉거주춤하게 서서 들여다보자 사사오카 씨가 말한 보물상자가 바로 눈에 들어왔다. 플라스틱 제품으로, 반짝반짝 빛나는 작은 은색 상자였다. 상자를 꺼내서 뚜껑을 열었다. 안에는 평범하고 칙칙한 실린더 열쇠가 들어 있었다. 후우욱. 입에서 안도의 한숨이 새어나왔다.

이제 안에 들어갈 수 있다. 하지만…….

머릿속에 떠오르는 음산한 광경을 뿌리치고 일어섰다.

손잡이에 열쇠를 끼워서 돌렸다. 달칵. 아무 문제없이 잠금쇠가 돌아갔다. 열쇠를 빼고 이와다를 보았다. 그는 소리를 내지 않고 입만으로 '오오오!' 하고 감탄했지만 얼굴에는 불안감이 배어 있었다. 나와 똑같은 생각을 한 모양이다.

돌연 빗소리가 커졌다. 형광등의 깜빡임이 눈으로 파고들었다. 손잡이를 잡고 천천히 문을 열었다.

캄캄한 공간으로 발을 집어넣은 순간, 기이한 냄새가 코를 찔렀다. 시체 냄새인가, 라는 생각은 기억이 즉각 부정했다. 맡은 적이 있는 냄새였다. 무엇인가가 탄 냄새다. 정확하게 말하면 타고 난 이후에 눌어붙은 냄새였다.

작년에 우리 아파트 옆의 낡은 단독주택에서 불난 적이 있었다. 다행히 소방대원이 금방 출동해 불을 끈 덕분에 완전히 타지는 않았다. 다친 사람이나 사망한 사람도 없었다.

그런데 그 주변은 물론이고 우리 집에까지 한동안 눌어붙은 냄새가 계속 떠다녔다. 그로 인해 식사를 하거나 잠을 잘 수도 없고 집에 있을 수조차 없어서, 회사나 친구 집에서 지내며 냄새가 사라질 때까지 가까스로 견뎠다.

지금 코로 파고든 것은 그때와 똑같은 냄새였다. 즉…….

"어? 불났어?"

등 뒤에서 묻는 이와다를 향해 나는 고개를 흔들었다.

"지금은 아닐 거야."

목소리는 둘 다 최대한 낮추었다.

현관문이 닫히기 직전에 벽 스위치가 눈에 들어왔다. 재빨리 손을 내밀어 스위치를 누르자 오렌지색 조명이 짧은 복도를 비추었다. 반쯤 열린 문에 가려서 안쪽 공간은 보이지 않았다.

이와다가 당황하면서도 조심스럽게 말했다. "아! 실례하겠습니다."

나도 덩달아 인사를 했다. "안녕하십니까.《월간 불싯》의 후지마인데요……."

당연한 것처럼 대답은 없었다.

신발을 벗고 천천히 복도를 걸어가 문을 열었다. 순간 눌어붙은 냄새가 더욱 강해져서 나도 모르게 얼굴을 찡그렸다.

어두컴컴하다. 왼쪽에는 싱크대와 2구짜리 가스레인지가 놓여 있다. 부엌이다. 안쪽에 또 문이 있다.

그때 바닥에 있는 새카만 물건이 눈에 들어왔다.

이와다가 뒤쪽에서 손을 내밀어 벽의 스위치를 눌렀다. 이번에는 형광등의 하얀 빛이 바닥을 비추었다.

"……서류일까?"

바닥에 있는 물건을 말하는 것이다. 내 눈에도 그렇게 보였다. 제법 두터운 종이 다발이었다. A4 사이즈일까? 군데군데 거무칙칙하게 타고, 갈색 테두리의 구멍이 뚫려 있다. 불에 탄 크고 작은 조각이 여기저기에 흩어져 있었다.

엉거주춤하게 서서 시선을 고정하자 본 적이 있는 갈색 줄의 원고지와 손글씨가 보였다.

"육필 원고야."

"뭐? ……유미즈 씨, 아직 손으로 쓰셔?"

"아니, 컴퓨터로 쓰셔."

"그럼 이건……."

이와다가 내 옆에서 몸을 웅크리고 원고를 말똥말똥 바라보았다. 그 모습을 보는 사이에 나는 냉정함을 되찾았다. 그리고 여기에 온 목적을 떠올렸다.

"그건 됐으니까 안으로 들어가자."

나는 타고 남은 재를 밟지 않도록 살며시 걸어가서 안쪽 문을 열었다. 그와 동시에 완전히 다른 냄새가 코에 날아들었다.

지금까지 맡은 적이 없는 냄새였다. 그래도 나는 확신했다. 확신할 수밖에 없었다. 시체 냄새다. 이번에야말로 틀림없다.

캄캄한 거실이다. 부엌의 불빛을 받고 희미하게 내부가 보였다. TV, 캐비닛, 커튼, 소파, 천장까지 벽을 메운 책장, 책장, 또 책장. 탁자에도 바닥에도 책이 어지러이 흩어져 있었다. 안쪽에서 어렴풋이 보이는 것은 책상이리라. 한가운데에는 모니터가 놓여 있다. 앞쪽에 있는 커다란 그림자는 의자의 등받이다.

그 앞쪽 바닥에 커다란 검은 물체가 놓여 있었다. 크기와 어슴푸레 보이는 형태로 볼 때 틀림없이…….

"후지마."

귀에 들리는 가장 작은 목소리로 이와다가 불렀다. 뒤를 돌아보자 이와다는 울상을 지으며 벽에 손을 내밀고 있었다. 손가락 끝이 벽의 스위치에 닿았다.

나는 딱딱하게 굳은 근육을 억지로 움직여서 고개를 끄덕였다. 이와다도 나를 보고 고개를 끄덕였다.

달칵 하는 소리와 함께 천장의 형광등이 켜졌다.

마음을 굳게 먹고 정면을 향했다. 바닥에 있는 물체가 눈으로 뛰어 들어온 순간, 입에서 기다란 숨이 흘러나왔다.

"으으으." 이와다의 입에서 신음이 새어나왔다.

유미즈 씨는…… 유미즈 씨의 시신은 똑바로 누워 있었다. 옷은 위아래 모두 검은색 운동복이었다.

이미 사망했다는 건 바로 알 수 있었다. 힘없이 뻗은 발끝도, 만세를 부르듯 위로 치켜든 손도 부자연스러울 만큼 새하얬다.

짧게 자른 반백의 머리와 턱의 큰 점을 보면 틀림없이 유미즈 씨였다. 입은 크게 벌어져서 목구멍 안쪽까지 보였다. 무엇인가에 베인 상처가 몇 줄기나 뺨을 가로질렀다. 메마른 갈색 피가 입술에도, 귀에도, 머리칼에도, 뺨에도, 손에도, 손가락에도 달라붙어 있었다. 부릅뜬 눈은 새까맣게 보였다.

아니다. 나는 겨우 알아차렸다. 새카만 것은 눈이 아니다.

무의식중에 발이 앞으로 나갔다.

"후, 후지마……?"

이와다가 울먹이는 목소리로 불렀지만, 나는 대답하지 않고 다시 발을 내밀었다.

심장이 방망이질 쳤다. 귀 안쪽에서 쿵쾅거리는 소리가 들릴 정도였다. 호흡도 거칠었다. 폐가 부풀어서 찢어질 것 같았다. 그런데 머리는 침착했다. 아무런 반응도 하지 않고 아무것도 판단하지 않으며, 그저 눈에 비친 것을 기록하고 있었다.

보고 싶지 않다. 하지만 보고 싶다. 도망치고 싶다. 하지만 볼 수밖에 없다. 가슴속에서 치열하게 부딪치는 감정을 멀리서 느끼며 나는 앞으로 발을 내밀었다.

바로 옆까지 다가갔다. 머리가 어이없을 만큼 냉정하게 눈에 보이는 것을 분석했다.

새카만 것은 눈구멍이다.

보통 사람은 죽을 때까지 볼 일이 없는 신체의 안쪽이다.

그곳에는 본래 있어야 할 것이 없었다.

유미즈 씨에게는 양쪽의 안구가 없었던 것이다.

2

■■■메 ■■의 추억
■■■■

■■■■■■■■장
■■■■■■
■■■■■■■■■

■■■■■■되고, 도쿄■■■■■■
■■■ 없음.

이것은 ■■■, 실제로 ■■■■가 체험■ ■■■이다. 기억
■ 더■■■■■, 지금도 선명하게 떠오■다. 그렇다기보다 며
칠 전에 어느 사건■ ■기로, 생생하게 떠올렸다■ ■■ 편이
맞다.

계기가 무엇이었는지는 나중에 말하겠지만 일단은 ■■의
추억부터 순서대로 적고 ■다. 계■ ■■■■ ■억을.

중학교 2학년 때의 10월이■■.

수업참■일도 아닌데, 아빠가 학■■ 왔다. 하지만 내가 직접
본 건 아니다.

6교■ 시작을 알리는 종소리가 들린 직후였다.

담■이자 영어교사인 하나오카가 교실에 들어오자마자 "기
스기"라고 ■를 가■■ 불렀다. 나오라고 손짓을 하고 있다. 나
는 무슨 일인지 알아차리고 바로 ■■에서 일어났다.

반 ■■■■의 시선과 쿡쿡거리는 웃음소리가 길게 꼬리를
끌며 내 뒤를 따라왔다. 복도에서 문을 닫자마자 하나오카는
다짜고짜 보건실로 가라고 했다.

"죄송합니다."

내 입에서는 완전히 입에 밴 사과의 말이 흘러나왔다.

벌써 몇 번째일까? 내가 이렇게 사과하는 게. 하나오카가 이런 식으로 대처하는 게. 내 입장은 아랑곳하지 않고 아빠가 나를 만나고 싶어 하는 게.

"괜찮아. 야시마 선생님에게 잘 말해둬."

하나오카는 그 말을 남기고 교실로 돌아갔다.

나는 아무도 없는 복도를 걸어서 보건실로 향했다.

보건실의 야시마는 둥근 의자에서 일어서더니, 언제나 그렇듯이 하얀 가운을 펄럭이며 나를 침대로 데려갔다. 나란히 있는 두 개의 침대 중 창가 쪽 침대가 내 자리다. 복도 쪽 침대에서는 머리칼이 짧은 여자가 곤히 잠들어 있다. 이것도 평소와 똑같다.

나는 침대 끝에 걸터앉아 실내화를 벗으면서 "죄송합니다"라고 또 사과했다. 야시마는 부석부석한 파마머리를 쓸어 올린 뒤 "책이라도 읽어"라고 다정하게 말하며 옆의 작은 책장을 가리켰다. 검은 사마귀가 덕지덕지한 얼굴은 온화하고, 입가에는 엷은 미소마저 감돌고 있었다.

나는 무너질 것 같은 마음을 추스르며 고개를 끄덕이고 침대에 두 발을 올렸다. 야시마가 커튼을 닫았다. 나는 교복을 입은 채 침대에 누워서 이불을 가슴까지 끌어올리고 다음 상황을 상상했다. 조금 있으면 들릴 것이다.

예상한 대로 복도 끝에서 큰 소리가 들렸다. 머리가 좋아 보이는 단어를 늘어놓으며, 선생님 중 누군가에게 으름장을 놓는 목소리.

"학생인 리호의 뜻을 존중해주는 게 교사의 의무 아닙니까!"

내 뜻은 '만나고 싶지 않다'였다. 말하기도 싫고 같은 공간에 있기도 싫다. 엄마가 결심을 하고 나와 류헤이, 마미를 데리고 도망치기 훨씬 전부터.

나는 숨을 죽이고 멀리서 들리는 목소리에 귀를 기울였다.

"나는 부모로서 당연한 권리를 행사하는 겁니다. 이게 뭐가 문제란 겁니까?"

부모로서 당연한 권리.

너무도 우스워서 무심결에 흥! 하고 코웃음을 쳤다.

나는 아빠를 아빠로 여기지 않는다. 아빠를 아빠라고 부르는 이유는 일부러 호칭을 바꾸는 것조차 지긋지긋하기 때문이다.

그날. 다른 날. 또 다른 날. 그 이외의 날도 거의 전부.

지금까지 보았던 아빠, 아빠에게 휘둘렸던 엄마, 그리고 우리 세 남매가 머릿속을 마구 뛰어다녔다. 무겁고 끈적한 감정이 위장 안쪽에 차곡차곡 쌓였다.

종소리의 여운이 귀에 닿아서 얼굴을 들었다. 이 위치에서는 벽시계가 보이지 않는다. 그때 스윽 하고 커튼이 열렸다.

야시마가 하얀 가운의 주머니에 손을 넣고 무표정하게 말했다. "이제 간 것 같아."

아빠 목소리는 들리지 않았다. 학교 전체가 서서히 술렁거리

기 시작했다. 어느새 6교시가 끝난 모양이다. 이제 남은 건 종
례뿐이다.

이미 익숙해졌다, 그냥 지나칠 정도로. 시간을 빨리 돌릴 수
있게 된 것이다. 이불을 젖히면서 다시 한 번 "죄송합니다"라
고 말했다.

학교에서 나와 교문 뒤에 서서 주변을 살펴보았다. 아빠의
모습은 보이지 않았다. 안도의 숨을 내쉬면서 집 반대 방향에
있는 전철역으로 향했다. 전철을 타고 두 정거장. 개찰구를 나
와서 조금 걸어가면 벽돌 건물의 시립도서관이 나타난다.

만일을 위해 주변을 둘러보았다. 역시 아빠는 보이지 않았다.

자동문을 통과해 안으로 들어갔다. 가방을 열고 대출했던 책
다섯 권을 꺼내 반납 창구에 놓았다. 안색이 좋지 않은 중년의
남자 사서가 눈도 마주치지 않고 "반납인가요?"라고 물어서
"네"라고 작게 대답했다.

그는 화난 듯한 동작으로 잇따라 책에 리더기를 댔다.

"됐습니다, 반납해줘서 고맙……."

말꼬리는 거의 알아들을 수 없었다. 사서 목소리가 작은 탓
도 있고, 내가 이미 안쪽으로 걸어간 탓도 있다.

카펫이 깔린 바닥을 힘껏 밟았다. 소리는 거의 나지 않았다.
걷고 있다는 감각만이 발을 통해 온몸으로 퍼져나갔다.

사라락. 신문을 넘기는 소리가 정적을 가로질렀다.

처음 보는 할아버지. 처음 보는 젊은 사람. 서서 책을 보는 사

람. 책장 옆의 의자에 앉아서 자는 사람. 책상에서 공부하는 사람. 그리고 수많은 책. 줄을 맞춰서 나란히 솟아 있는 책장.

나는 크게 심호흡을 했다. 여기에서는 숨을 쉴 수 있다.

3

아무도 없는 오후의 편집부에서 그날 유미즈 씨 집에 있었던 원고를 읽었다. 정확하게 말하면 스캔해서 출력한 원고다.

한 시간쯤 전이었다. 도나미 편집장님을 비롯해 편집부 직원들은 모두 유미즈 씨의 고별식에 참석했다. 다들 외근 나간 곳에서 고별식장으로 직접 간다고 한다. 계약직원인 나는 회사를 지키라는 지시를 받았다.

"그럼 부탁해."

전화기 너머에서 들리는 편집장님의 목소리에는 초췌함이 역력했다.

원고를 인쇄소로 넘기면 당분간 급한 일이 없어서, 나는 정오에 출근해서 지저분한 책상을 정리하거나 자료를 백업했다. 일부러 진지하고 커다란 동작으로. 그렇게 하지 않으면 어쩔 수 없이 그날의 기억을, 그날의 광경을 떠올리기 때문이었다.

시신. 눈 없는 얼굴.

경찰에 전화를 거는 이와다의 흥분한 목소리.

통화 이력. '사사오카 신야'라는 글자. 과장된 연극처럼 떨리는 내 손가락.

"진짜야?"

사사오카 씨의 목소리는 무심코 눈물이 날 만큼 냉정했다.

경찰이 오고 참고인 조사를 받고⋯⋯ 뭐가 뭔지 모르는 사이에 일주일이 지났다. 사사오카 씨를 통해 상황을 들은 편집장님이 한 시간 만에 원고를 마무리해서 무사히 넘겼다고 들은 건⋯⋯ 언제였는지 기억나지 않는다.

쓰레기가 가득 찬 쓰레기봉투의 입구를 묶고 있자 문이 열리고 이와다가 들어왔다. 그를 보는 것은 경찰서에서 나와 같이 밥을 먹은 이후 처음이었다.

"어?" 나는 손을 멈추고 물었다. "무슨 일로 왔어?"

나는 오라고 한 적이 없고, 다른 사람도 오라고 했을 리 없다.

이와다는 곤란한 얼굴로 대답했다. "아니⋯⋯."

"무슨 일 있어?"

"⋯⋯그게 말이야."

그러곤 어깨에서 커다란 배낭을 내려 지퍼를 열더니 비닐봉지를 꺼냈다. "이것 좀 읽어보겠어?"

원고를 써온 걸까? 이런 때 원고를 가져오다니, 역시 학생은 태평하군. 그렇게 생각하는 사이에 그가 비닐봉지를 열었다. 그러자 검은 가루 같은 것이 허공에서 춤을 추다가 바닥에 떨어졌다. 그가 회의용 탁자에 내려놓은 것은 그날의 원고였다.

"뭐야? 아무리 이해하려고 해도 이러면 곤란하지." 나는 비난하듯 내뱉었다.

유미즈 씨의 사망은 단순한 사고가 아니라 사건이다. 사건 현장에 있던 물건을 멋대로 가져와도 되는 건가.

"당장 경찰에 갖다주면서 사과하고 와."

"하지만……." 그는 앞으로 몸을 내밀면서 말을 이었다. "유미즈 씨는 아무리 생각해도 의문사잖아. 자살은 절대로 아니야. 그런 식으로……."

"꼭 그렇다곤 할 수 없어. 세상에는 독특한 방식으로 자살하는 사람도 있으니까."

작년이었던가, 우리 잡지에도 그런 기사를 실은 적이 있었다. 베트남인가 어딘가에서 악어에게 스스로 잡아먹힌 청년이 있었다. 일본에서도 목수 일을 할 때 사용하는 가느다란 드릴로 온몸에 구멍을 뚫은 사람이 있었다. 아니, 그건 미수에 그쳤던가? 경찰의 무능함과 음모를 제기하는 관점에서 거론하는 경우도 없지는 않다. 하지만 더욱 복잡하고, 더욱 괴로운 방법으로 죽음을 선택하는 사람이 없다고는 할 수 없다. 자신의 눈을 빼내서 죽는 사람이 100퍼센트 없다고 단정할 수는 없는 것이다.

"그건 그렇지만……." 그는 답답하다는 듯 얼굴을 찡그렸다. "난 이 원고와 관계가 있는 것 같아. 죽음의 동기라고 할까?"

나는 재빨리 가로막으며 말했다. "어쨌든 그걸 조사하고 판단하는 건 경찰이잖아?”

“하지만 말이야…….”그가 원고를 가리키며 덧붙였다. “내가 이걸 읽었거든.”

“읽었어?”

“그래, 그저께 끝까지 단숨에.”

“……뭐가 쓰여 있었어? 애당초 이건 뭐야?”

그는 한순간 웃음을 터뜨렸다가 즉시 진지한 표정을 지었다.

“역시 후지마도 관심이 있지?”

“그야…….”

어설픈 트릭에 넘어간 것이 자존심 상해서 아무 말도 할 수 없었다. 나는 한숨을 쉬고 나서 말했다.

“물론 있어. 당연히 있고말고. 그것도 굉장히 많아. 하지만 아무리 그래도 이 원고는 돌려줘야 해.”

“그래, 그래서…….”

그는 다시 배낭에 손을 집어넣었다. 안에서 꺼낸 것은 A4 크기의 종이 다발이었다. 사무용 집게로 끝이 집혀져 있었다.

“학교 연구실에서 스캔해서 출력해왔어.”

“뭐어……?”

“앞쪽은 너덜너덜해서 스캔하기 힘들었지만. 아! 청소는 했으니까 괜찮아. 교수님들한테 들키진 않을 거야.”

그는 출력한 원고를 라이트테이블에 내려놓고는 불에 탄 원고를 정리하기 시작했다. 처음부터 원고는 경찰에 돌려주려고 했으리라. 다만 내 마음을 떠보고 관심이 있는지 확인한 다음에 읽게 하려고 한 것이다. 그렇게까지 읽게 하고 싶은 건가?

망연히 서 있자 이번에는 "그리고……"라고 말하면서 배낭 주머니에서 뭔가를 꺼냈다. 지퍼가 달린 작고 투명한 비닐백이었다. 그가 비닐백을 들고 가까이 다가왔다.

"원고 사이에 있었어. 이것도 신경 쓰이지 않아?"

"저기…… 이 비닐백은 뭔데?"

먼지나 머리카락이라도 들어 있는지 눈을 가늘게 뜨고 살펴보았지만 아무것도 보이지 않았다. 이와다는 쓴웃음을 짓더니 비닐백 한가운데를 가리켰다.

"안에 있는 거 안 보여? 붉은 실 말이야."

또 나를 떠보는 걸까? 그의 표정과 비닐백을 번갈아 몇 번 보고 나서 솔직하게 대답했다.

"아무것도 없는데?"

"뭐?"

그가 멍하니 입을 벌렸다. 물끄러미 쳐다보자 그의 얼굴에서 서서히 표정이 사라졌다. 그러곤 황급히 비닐백을 배낭에 넣었다.

"미안해, 내가 착각했어."

무엇을 어떻게 착각했는지 물으려고 하는데 그가 뜬금없이 말했다.

"도시전설 말이야."

"어? 그게 왜?"

"유미즈 씨에게 의뢰했다는 원고가 도시전설에 관한 거였지? 이번에 오지 않은 원고도."

왜 비닐백 이야기에서 갑자기 화제를 돌리는 거지? 이해가 되지 않는 채 "그래"라고 대답하자 그는 원고를 배낭에 집어넣고 지퍼를 잠갔다. 그러더니 라이트테이블의 인쇄물을 가리키며 말했다.

"이거 도시전설 이야기야……." 그는 한 번 숨을 쉬고 나서 긴장된 목소리로 덧붙였다. "……유미즈 씨가 돌아가신 건 분명히 이것 때문이야."

진지한 표정에 압도당해 멍하니 서 있자 그는 "그럼 돌려주고 올게, 수고해"라는 말을 남기고 종종걸음으로 사라졌다.

다시 잡무에 손댈 마음이 들지 않아서 그가 놓고 간 인쇄물을 들었다. 손으로 쓴 원고였다. 처음 몇 장은 불에 타고 군데군데 구멍이 뚫려 있어서 거의 읽을 수 없었다. 겨우 알아볼 수 있는 부분을 통해 짐작하자면, 작가는 자신이 옛날에 실제로 겪은 일을 쓴 것 같다. 적어도 그런 설정으로 쓴 글이다.

알아볼 수는 없지만 제목이 있다. 무슨 추억일까?

중학교 2학년인 '나 = 기스기 리호'가 이상한 아버지 때문에 곤란한 상황에 처해 있다. 학교 친구들과도 사이가 좋지 않은 모양이다. 그 애는 도서관에서만 괴로운 일상을 잊을 수 있다. 문체는 소설식이다.

이것만 보고 판단하면 실화소설이라고나 할까? 이게 어떤 식으로 도시전설이 되는 걸까? 유미즈 씨의 죽음과 어떤 관계가 있다는 걸까?

이와다의 말에 고개를 갸웃거리면서 다음 부분을 읽기 시작했다.

4

아파트의 어두운 계단을 뛰어 올라가 2층 집 앞에 도착했다. 조급한 마음을 억누르면서 현관문을 열고 낡은 거실로 들어갔다. 안에는 아무도 없었다. 엄마는 '생활마트'에 파트타임으로 일하러 갔고, 류헤이는 친구와 놀고 있을 것이다. 마미는 생활마트의 휴게실에서 혼자 놀고 있거나, 아니면 파트타임 직원 중 누군가와 놀고 있으리라.

나는 냉장고를 열었다. 어제 먹다 남은 감자 샐러드와 된장국이 든 밀폐용기가 보였다. 엄마가 또 누군가에게 반찬을 받아올 테니까 오늘은 밥만 하면 된다.

시계를 보았다. 오후 5시. 앞으로 한 시간은 괜찮다.

쌀을 씻어서 전기밥통에 넣고 취사 버튼을 누른 뒤, 류헤이와 둘이서 사용하는 방으로 갔다.

2층 침대의 1층으로 들어가서 가방을 열었다. 안에서 도서관에서 대출해온 책을 꺼내 이불 위에 늘어놓았다.

『괴기 클럽』

『마녀의 은신처』

『링』

『더 보고 싶다! 호러 영화제』

『괴기소설 걸작집 1』

뭐가 좋을까? 뭐부터 읽을까?

청소년용 책이 두 권, 성인용 책이 세 권.

『링』*은 내년 초에 영화가 개봉된다고 한다. 무섭다는 기사를 읽은 적이 있다.

정말로 무서울까? 나는 『링』의 표지를 물끄러미 쳐다보았다. 하얀색 바탕 한가운데에 비디오테이프를 든 여성의 손이 자리하고 있었다. 그것뿐이다. 아주 단순하다. 무서운 이야기로 보이지는 않는다. 그래도 마음에 들어서 빌려왔다.

『괴기소설 걸작집 1』로 시선을 돌렸다. 도서관에서 대충 넘겨봤을 때 글자가 매우 작고 내게는 어려울 것 같았지만, 그곳에 수록되어 있는 「애벌레」라는 단편 제목이 마음에 들어서 대출해왔다.

---

* 일주일 안에 죽음을 맞이하는 '저주의 비디오테이프'를 둘러싸고 벌어지는 이야기로 이 작품에서 저주로 사람을 죽이는 자가 사다코다.

앞으로 55분. 어쩌면 그보다 짧을 수도 있다.

나는 결국 『더 보고 싶다! 호러 영화제』란 책을 들고 교복을 입은 채 침대에 누웠다. 사진과 그림이 잔뜩 있어서 빨리 읽을 수 있다. 아니, 볼 수 있다.

갈고리발톱을 가진, 화상으로 문드러진 남자의 얼굴이 표지를 가득 메웠다. 하키마스크를 쓴 남자. 전기톱을 든 채 기묘한 복면을 쓴, 머리칼이 부스스한 남자.

그들의 이름도, 그들이 나온 영화 제목도 알고 있다. 하지만 어떤 이야기인지는 모른다. 비디오테이프를 빌릴 돈도 없고 극장에 갈 돈은 더욱 없다. 더구나 지금 극장에서 그들의 신작을 상영하는지 상영하지 않는지도 모른다. 본 적이 있는 것은 TV에서 해주었던 두세 작품뿐이다. 하지만 글을 읽고 사진을 보며 그들에 관해서, 그들이 나오는 영화에 관해서 상상하는 것이 너무도 즐거웠다.

나는 차례 페이지를 펼쳤다. 아는 영화와 모르는 영화 제목이 쭉 늘어서 있었다. 거대한 식칼 사진, 사방으로 튄 핏자국, 희생자의 실루엣 같은 사진도 페이지 곳곳에 실려 있었다.

오늘은 어떤 영화를, 어떤 괴물을 만날 수 있을까.

어떤 무서운 이야기를 알게 될까.

나는 메마른 입술에 침을 묻히고 나서 페이지를 넘겼다.

예상한 대로 6시에는 류헤이가, 바로 이어서 엄마가 마미를 업고 집에 왔다. 아무도 "다녀왔어"라고 말하지 않고 나도 "이제 와?"라고 말하지 않았다.

평소와 똑같았다. 나만이 아니라 모두 숨을 죽이고 있다.

이 아파트로 도망치고 나서 계속.

나는 책에 책갈피를 끼우고 침대에서 나왔다. 류헤이는 집에 오자마자 위쪽 침대에서 만화책을 보았다.

식탁 위에 있는 비닐봉지를 열었다. 엄마가 가져온 것이다. 유효기간이 지난 무말랭이, 오이 미역 초무침. 과자와 식빵. 어떤 맛인지 상상도 되지 않는 전병 같은 과자 두 봉지.

엄마가 마미를 소파에 내려놓고 세탁물을 걸었다.

나는 평소처럼 된장국을 데워서 상을 차리고 밥을 펐다.

엄마가 마미를 유아용 의자에 앉히고 자리에 앉았다. 운동복 차림의 류헤이가 부루퉁한 얼굴로 털썩 앉았다. 내가 앉기 전에 모두 밥을 먹기 시작했다. 이것도 평소와 똑같다.

나는 혼자 기도하듯 두 손을 마주 잡은 뒤, 향이 거의 날아간 된장국을 먹었다.

목욕을 하고 세면장에서 머리를 말리고 있자 엄마가 복도에서 들여다보았다. 오늘 간이주점은 쉰다고 한다.

거울 너머로 눈이 마주쳤다.

낡은 트레이닝복 차림의 엄마는 흐리멍덩한 눈으로 나를 바라보았다.

"오늘은 괜찮았어?"

드라이어 소리에 가로막혀 목소리가 거의 들리지 않았다. 하지만 거울에 비친 입 모양으로 무슨 말인지 알아차렸다.

아빠에 관해서다. 아빠를 만났어? 만났다면 우리가 어디 사는지 알려준 건 아니겠지? 그렇게 묻고 있는 것이다.

"응."

"정말? 안 만났어?"

엄마의 입술이 일그러졌다. 나는 드라이어를 끄고 간단하게 설명했다.

"학교에는 왔어. 하지만 안 만났어."

"왔다고?"

엄마가 이를 꽉 물고 눈을 치켜떴다. 그리고 세면장으로 들어와서 내 옆에 섰다. 어른치고는 작은 편이라서 키는 나와 비슷했다.

"왔는데 안 만났다니, 무슨 말이야? 도망쳤어?"

"선생님이 숨겨줬어. 하나오카 선생님이……."

"그래서?"

"포기하고 갔어."

"그래서?"

"그래서라니?"

나는 지긋지긋해서 고개만 돌려 엄마를 보았다. 엄마와 눈이 마주쳤다. 부릅뜬 눈이 번들번들 빛났다. 분노와 불안의 빛이다. 그리고 또 하나, 의심의 빛이다. 내가 엄마를 배신하고 아빠에게 붙은 게 아닐까, 뒤에서 사이좋게 지내는 게 아닐까 의심하는 것이다.

"아무 일도 없었지?" 엄마가 재차 못을 박았다.

"그래, 없었어."

후우우. 기다란 한숨을 토해낸 엄마의 표정이 부드러워졌다. 엄마는 뒤쪽에서 내 양어깨에 손을 올리더니 축 늘어지면서 몸을 기댔다. 뼈마디가 앙상한 손가락이 내 어깨를 파고들었다.

엄마가 나지막이 말했다. "미안해. 넌 내 편인데. 그런 놈에게는 안 갈 거지? 넌 착하니까, 가족을 소중하게 생각하니까……."

연신 중얼거리는 엄마를 어깨와 등으로 느끼면서 눈앞의 거울을 바라보았다. 엄마의 손가락과 머리와 육체. 그리고 내 육체. 까맣고 길고 무거운, 아직 덜 마른 내 머리칼. 그 머리칼에 절반쯤 감추어진 내 얼굴. 수수하고 하얗고 일본적으로 생긴 얼굴. 아무런 감정도 없는 얼굴. 마치 죽은 듯한 얼굴.

당연하다. 나는 인형이니까. 류헤이도, 마미도 역시 인형이다. 엄마와 아빠가 서로 빼앗으려는, 자식이라는 이름의 장난감이다.

아침 8시 15분.

시립 미쓰카도 중학교 교문 안으로 들어갔다. 우리 반 아이가 몇 명 시야에 들어왔지만 아무도 나를 보지 않고, 봐도 인사를 하지 않는다. 나도 인사하고 싶은 마음은 딱히 없다.

초등학교 때부터 친구가 별로 없었다. 지금은 아예 없다.

신발장 앞에서 실내화로 갈아 신고 있는데 1반의 소네자키가 안절부절못하며 무언가를 찾는 모습이 눈에 들어왔다. 안 그래도 커다란 눈을 더욱 크게 뜨고, 우산꽂이의 뒤쪽이나 발판 사이를 들여다보고 있었다. 가느다란 손가락 끝의 손톱을 뽀득뽀득 소리가 날 만큼 물어뜯으며.

누가 실내화를 숨겨놓았나 보다. 아마 미시마와 고미야 짓일 것이다. 그리고 그들의 추종자인 쓰치야도. 실제로 몇 명이 했는지는 모른다. 어쨌든 일주일에 한 번은 꼭 보는 광경이다.

소네자키에게서 시선을 돌리고 계단으로 향했다.

그때 층계참을 돌아가는 아이가 있었다. 등에 멘 학교 지정 보조가방이 유달리 크게 보였다. 이하라였다. 나는 재빨리 앞질러 그를 돌아보았다. 주근깨투성이 하얀 얼굴과 치켜 올라간 가느다란 눈. 헤벌쭉 벌어진 입.

"이하라, 안녕." 나는 속삭이듯 말하고 손을 흔들었다.

그는 어색하게 손을 들고 "으으"라고 대답했다. 눈이 초승달처럼 작아지고 입술이 일그러지며 치아가 드러났다. 웃고 있는 것이다. 나도 자연스럽게 웃음으로 대꾸했다.

이하라와 놀고 싶은 마음을 뿌리치고 서둘러 계단을 올라 2학년 5반 교실로 들어갔다. 복도 쪽에서 둘째 줄, 뒤에서 세 번째 책상. 의자를 빼고 자리에 앉았다.

종소리가 들리고 고문(古文) 선생님인 세토가 들어왔다. 모두 황급히 자리로 돌아가고, 이시쿠라가 목소리를 높여서 "일어서!" 하고 말했다. 다 같이 일어서서 이시쿠라의 지시에 따라 인사하고 자리에 앉았다.

"그럼 지난번에 나눠준 인쇄물을 펴보세요."

세토는 7 대 3으로 가르마를 탄 머리칼을 쓸어 올리며 말했다. 굵고 짧은 왼손에서 황금색 시계가 빛났다.

사락사락 종이 넘기는 소리가 교실에 울려 퍼졌다.

인쇄물에 있는 몇 개의 단가*와 개발새발인 내 글씨를 보면서 나는 여느 때처럼 마음을 닫았다.

맨 먼저 머리에 떠오른 것은 역시 아빠였다. 아빠는 이틀 연속 학교에 온 적이 없다. 아마 오늘은 괜찮을 것이다. 큰 신문사의 꽤 높은 자리에 있다고 하는데, 매일 환한 대낮에 오기는 어려운 모양이다. 그렇다면 오늘은 류헤이가 다니는 초등학교에도 가지 않을 것이다.

"아래쪽 구가 무슨 뜻인지 잘 모르겠죠? 왜일까요? 오늘은…… 아시하라."

"저기…… 누구인지 모르기 때문이 아닐까요?"

"누구인지 모른다고? 무슨 말인가요? 이건 사람의 이야기가 아닙니다."

---

* 短歌. 5, 7, 5, 7, 7의 짧은 시.

아빠는 나와 류헤이를 만나서 어떻게 할 생각일까?

설득할 생각이리라. 엄마를 떠나 아빠에게 오라고.

아니다. 정확하게 말하면…… 구해낼 생각이다.

옛날이야기에 나오는 귀신이나 마귀할멈 같은 엄마에게 납치된, 가여운 나와 류헤이와 마미를. 아빠가 무슨 생각을 하는지는 대강 짐작이 되었다.

"그럼 이시쿠라."

"주어가 생략되었기 때문입니다."

"맞습니다. 아시하라, 이제 알겠어요?"

"……네."

"그럼 주어가 뭐냐 하면…… 에토."

아빠는 우리가 지금 어디 사는지 주소를 모른다. 전화번호도 모른다. 알아내려면 알아낼 수 있을 것이다. 돈만 조금 주면 얼마든지 가능한 일이다. 어쩌면 돈을 주지 않아도 가능하지 않을까? 사설탐정을 하는 지인이 몇 명이나 있다고 자랑했던 게 어렴풋이 기억난다.

하지만 아빠는 그런 방법을 쓰지 않는다. 아니, 쓸 수 없다.

주변 사람들에게 오해를 받고 싶지 않을 테니까. 주변 사람들이, 아내와 아이들이 당신과 살기 싫어서 도망쳤다고 생각할까 봐 두렵기 때문이다. 그것이 사실인데, 아빠는 그런 사실을 인정하지 않는다.

"잘 모르겠습니다."

"그래요, 에토는 모를 줄 알았어요."

"쳇."

"에토, 지금 뭐 했죠? 입 안이 아프기라도 한가요?"

"아뇨, 괜찮습니다."

"다행이군요. 그럼 구로다."

그래서 지금은 학교에 오는 것 말고는 아무것도 할 수 없다. 우리가 갈 만한 곳에 올 수밖에 없는 것이다.

엄마는 나와 류헤이를 전학시키지 않았다. "학업을 위해서"라는 둥 "친구와 헤어져야 하는 게 가여워서"라는 둥 이런저런 이유를 늘어놓았지만 "멀리 떨어진 지역에서 적당한 집을 구할 수 없었다"는 것이 진실이다. 엄마의 세계는 좁다. 아직 어린 내 눈으로 봐도 너무나 좁다.

그래서 10년이 넘게 걸렸다, 그 집에서 나오는데.

넓고 깨끗한 12층짜리 아파트에서.

맨 꼭대기 층의 맨 안쪽 집, 방이 네 개나 되는 1217호에서.

아빠는 지금도 거기서 살고 있을 것이다. 당당하게 여자를 끌어들이고 있을 것이다. 그 여자에게 꿈이라도 꾸는 얼굴로 딸과 아들 이야기를 하고 있을 것이다. 그 이야기를 들은 여자는 마음속으로 얼마나 어이가 없을까?

하나에서부터 열까지 전부 억측이다. 그리고 하나에서부터 열까지 전부 사실이다. 그렇다. 적어도 아빠는 그렇게 생각하고 있다.

"맙소사! 어쩜 하나같이 이럴 수 있죠? 이 반 남학생은 고문이 엉망이군요."

나는 고개를 들었다. 세토가 히죽히죽 미소를 지으며 머리를 쓸어 올리고 있었다. 목표를 여학생으로 바꾼 걸 알고 나는 의식을 수업에 집중하기로 했다.

종례가 끝났다. 화장실에 갔다가 특수학급에서 엄마가 데리러 올 때까지 기다리는 이하라와 잠시 놀았다. 이하라가 별안간 소리를 질러서 깜짝 놀랐지만, 금방 환하게 웃는 것을 보고 가슴을 쓸어내렸다.

선생님이 오자마자 일어섰다.

"이하라, 갈게."

"리탄, 바이바이."

이하라는 갈라진 목소리로 말하고 힘차게 손을 흔들었다. 이름을 불러주어서 기뻤다. 만일을 위해 몇 번이나 주변을 확인하면서 집으로 왔다.

옷을 갈아입고 침대로 들어가 『링』을 읽으려고 할 때 거실에서 전화벨이 울렸다. 마치 장난처럼 들리는 경쾌한 소리였다. 나는 숨을 죽이고 전화벨이 그치기를 기다렸다.

열을 헤아려도 전화벨은 그치지 않았다. 자동응답기로 전환해놓지 않았다. 나는 천천히 침대에서 나와 거실로 향했다.

복도를 지나자마자 전화기가 있었다. 갈색의 작은 전화기는 쉬지도 않고 계속 벨소리를 내뿜었다. 착신 버튼이 초록색으로 깜빡였다. 나는 경계하며 조심스럽게 전화기를 들어 올렸다.

"……여보세요."

"아! 리호니? 나야, 데시마."

전화기 너머에서 중년 여성의 밝은 목소리가 들려왔다. 가슴을 쓸어내림과 동시에 불안이 가슴을 파고들었다. 나는 데시마라는 이름의 중년 여성을 모른다. 하지만 상대방은 내 이름을 알고 있다.

"……그러니까 나는 엄마의…… 아니, 이렇게 말하면 알겠구나. 다나시 아줌마야."

한순간 기억이 되감기며 아줌마의 얼굴이 떠올랐다. 파마머리. 젊고 활기찬 데다 항상 청바지를 입는 그녀의 모습도 떠올랐다. 엄마와 전문대 시절부터 친하게 지냈던 동창생이다. 초등학생 때 몇 번 그 집에 간 적이 있다. 그녀는 자신이 사는 지역의 이름을 따서 '다나시 아줌마'라고 부르라고 했다.

온몸에 가시처럼 박혔던 불안이 가라앉았다.

"몰라뵈서 죄송해요. 오랜만에 인사드려요."

나는 가까스로 인사를 했다.

"잘 지내니?"

다나시 아줌마의 말꼬리에 희미하게 '앗'인지 '웃'인지 모를 소리가 들렸다. '아뿔싸!'라고 생각한 모양이다.

그렇다. 지금의 우리에게 어울리지 않는 말이다. 엄마가 아줌마에게는 모든 것을 솔직히 말했다. 그래서 아줌마는 우리 전화번호도 알고 있고 우리 상황도 알고 있다. 뿐만 아니라 우리에게 적지 않은 돈도 주었다. 냉장고도 TV도 전자레인지도. 침대도 이 전화기도 모두 아줌마 덕분에 살 수 있었다.

"네, 덕분에요." 나는 진심으로 그렇게 대답했다.

"그렇다면 다행이지만……." 아줌마가 목소리 톤을 조금 낮추었다.

"네." 나는 어떻게 대답해야 좋을지 몰라서 그렇게 말했다.

"어젯밤에 후미아키 씨가 우리 집에 왔었어."

"네?"

나는 그대로 얼음이 되었다. 후미아키. 아빠다.

가라앉았던 불안이 다시 온몸으로 퍼져나갔다.

아줌마가 착잡한 목소리로 말했다. "너희가 어디 사는지 모르냐고 묻더구나."

"아!"

'가르쳐주셨나요?'라고 물으려고 한 순간.

"물론 가르쳐주진 않았어. 난 사치코…… 너희 엄마를 믿으니까."

"그러셨군요……."

온몸에서 힘이 빠져나갔다. 퍼뜩 정신을 차리고 고맙다는 인사를 하려고 하자 아줌마가 몹시 밝은 목소리로 말했다.

"있잖아, 솔직히 말해줬으면 좋겠는데. 다시 다 같이 살고 싶지 않니?"

"네?"

무슨 뜻으로 묻는 건지 이해할 수 없었다. 이제 와서 왜 그렇게 묻는 거지. 나는 입을 다물었다. 아줌마도 입을 다물었다.

"……가족이 다 같이 사는 게 좋다고 생각하지 않아?"

"그렇게 생각하지 않아요."

나는 그렇게 대답했다. 신중하게, 그러면서도 확실하게.

"그래?" 아줌마는 얼버무리듯이 밝은 목소리로 말을 이었다. "너희 아빠가 하도 그렇다고 해서……. 너도, 류헤이도 실은 다 같이 살고 싶어 한다고. 그래서 아이들을 먼저 생각하고 싶다고 말이야."

"같이 살고 싶지 않아요."

이번에는 확실하게 말했다. 나도 모르게 목소리가 커졌다.

"그래?"

아줌마에게 인사를 하고 전화를 끊었다. 그러고 나서 한동안 전화기 앞에 우두커니 서 있었다.

목소리 느낌으로 짐작이 되었다. 아줌마는 내 말을 믿지 는다. 아빠와 엄마 중 누구 말이 맞는지, 누구 말을 믿어야 하는지 모르는 듯했다.

무거운 발을 이끌고 침대로 향했다. 그리고 침대에 똑바로 누운 채 크게 한숨을 토해내고 나서 『링』을 펼쳤다.

5

사사오카 씨와 스오 씨가 문상복 차림으로 회사로 돌아와서, 나는 슬며시 원고를 서랍에 넣었다. 도나미 편집장님은 예전에 같이 근무했던 동기들과 한잔하러 갔다고 한다.

"아~ 아~."

스오 씨는 내 대각선 앞의 자기 자리에 앉아서 긴 다리를 책상 위에 올렸다. 앞이 뾰족한 가죽 구두가 반짝반짝 빛났다.

"최근엔 너무 많단 말이야."

그는 의자를 기울여 절묘하게 균형을 잡으면서 허공을 올려다보았다. 푸딩색 머리칼이 밑으로 출렁거렸다.

나는 조심스럽게 물었다. "뭐가 말인가요?"

"너 몰라?" 그는 검은 넥타이를 느슨히 하면서 검지를 세웠다. "연말에 가사사기출판에서도 있었잖아. 《실화 철권》 편집장이 아침에 수면실에서 차가운 시신으로 발견된 거 말이야. 49세의 독신이었어. 연초에는 디자이너 야마우치 씨. 일이 확 줄어들었을 때 지진이 있었고 그로 인해 우울증에 걸렸지. 그래서 본가에 내려가 은둔형 외톨이가 됐는데 그 이후에 자살했어. 50세, 독신."

"예전에 자주 일을 의뢰했다던 분이군요."

"그래." 그는 중지를 세우며 덧붙였다. "그리고 레기온출판의 이다 씨와 예전에 우리 잡지사에 있었던 소류출판사의 이시

즈카 씨, 회사에 안 와서 직원이 보러 갔더니 이미 사망했다고 하더군. 모두 쉰셋이었어. 당연히 독신이었고. 그런데…… 유미즈 씨는 쉰둘인가?"

활짝 편 손으로 천장의 형광등을 가리고 그는 불쾌한 듯이 중얼거렸다.

"도나미 씨 말이 맞아. 나이를 먹고 독신이면 죽기 쉽지."

"우연이겠죠." 사사오카 씨가 모니터를 본 채 말했다.

그는 어느새 위에는 문상복을 벗고 보풀투성이가 된 플리스 점퍼로 갈아입었다. 지저분한 수염은 깔끔하게 깎아서 평소보다 젊어 보였다.

"그래요? 우연 같지 않은데요, 안 그래요?"

스오 씨가 다리를 내리자 사사오카 씨가 얼굴을 들었다.

"그게 아니라 우리 업계 관계자 중에 그런 세대가 가장 많은 거 아니야? 분모가 많으면 분자, 즉 죽는 사람도 당연히 많을 수밖에 없지."

"아아!" 스오 씨는 이해하면서도 따분한 얼굴로 물었다. "사사오카 씨, 올해 몇이죠?"

"마흔하나." 사사오카 씨는 흐응 하고 코웃음을 지으면서 덧붙였다. "달력 나이로는 마흔둘. 액년*이야."

그런 걸 신경 쓰는 타입이라곤 생각도 안 해서 약간 놀랐다.

---

* 厄年, 속설에서는 남자는 25, 42, 50세. 여자는 19, 33, 37세라고 한다.

선배들은 어정쩡하게 대화를 마치고 각자의 업무로 돌아가 나도 일을 시작했다. 스오 씨가 시킨 일을 몇 가지 하고, 어중간한 시간에 편의점 도시락을 먹었다.

그동안 머릿속에서는 계속 선배들의 말이 돌아다녔다.

분명히 오컬트 잡지 업계에서는 최근 들어 50대 전후의 사람이 몇 명이나 세상을 떠났다. 하지만 사사오카 씨 말처럼 그것은 분모의 문제다. 한마디로 말해서 이 업계 자체가 늙은 것이다. 실제로 기가출판에 내 또래의 편집자는 두 명밖에 없다. 내가 들어오기 2년 반 전에는 열 명 넘게 있었는데 모두 그만두었다. 대졸 신입사원은 상당히 오래전부터 채용하지 않았다고 한다.

내 교육 담당이기도 한 스오 씨도 올해 서른다섯 살이다. 그래도 회사 안에서는 젊은 축에 속한다. 이 일을 시작한 지 10년이나 되었고, 아내와 아이도 있는데.

나는 휑한 사무실을 둘러보았다. 나와 사사오카 씨, 스오 씨 등 세 명밖에 없는 편집부를. 편집장님과 이와다를 더해도 다섯 명밖에 안 되는, 15평쯤 되는 기가출판 건물의 3층을. 옛날에는 여기에 편집부 직원만 스무 명 가까이 있었다고 한다. 그때에 비하면 4분의 1로 줄어들었다. 앞으로도 늘어날 일은 없을 것이다.

나는 어두운 마음으로 도시락을 비웠다. 탕비실 쓰레기통에 쓰레기를 버린 뒤, 복도 문을 열고 계단을 내려가 2층 화장실에서 볼일을 보았다. 3층에도 화장실이 있지만 여성용이다. 여직원은 지금 기가출판에 전부 네 명…… 전 사원의 20퍼센트도 안 되는데, 화장실은 홀수 층, 짝수 층으로 절반씩 나누었다. 이런 곳에서도 시간의 흐름에 따른 불균형을 찾아볼 수 있다.

손을 씻고 있자 스오 씨가 난폭하게 문을 열고 들어왔다.

"수고하셨습니다."

작은 목소리로 인사를 하자 그는 "그래"라고 하면서 소변기 앞에 서더니 뒤를 돌아보며 말을 걸었다.

"이봐."

"네."

"자네, 유미즈 씨의 그거 봤지?"

"그거요?"

그는 왜 말귀를 못 알아먹느냐는 듯이 얼굴을 찡그렸다.

"시신 말이야, 시신. 죽은 모습!"

"네."

"어땠나?"

"……뭐라고 할까…….."

나도 모르게 시선이 아래로 떨어졌다. 수도꼭지에서 흐르는 물에 그때의 광경이 떠올랐다. 천장을 향한 채 바닥에 누워 있었고, 두 눈이…….

"제대로 못 봤어요. 사망했다는 건 이미 알았고요." 나는 순간적으로 그렇게 대답했다.

"쫄았나?"

스오 씨는 코를 킁킁거리며 "마마보이 꼬맹이는 이렇다니까"라고 덧붙이더니 야윈 몸을 부르르 떨었다.

"죄송합니다."

나는 그렇게 대답하고 수도꼭지를 거칠게 비틀어서 물을 잠갔다. 거울을 보자 부스스한 머리에 창백한 얼굴, 작은 체구의 빈티 나는 남자가 서 있었다. 창백한 입술은 비틀어지고 두 눈은 치켜 올라가 있다. 나는 뺨을 만지는 척하면서 굳은 얼굴을 풀었다.

6

11월. 도서관의 한 귀퉁이. 기적적으로 비어 있는 의자에 앉아 조금 전에 반납한 책의 내용을 생각했다.

『더 보고 싶다! 호러 영화제』는 재미있었다. 대부분 아는 영화를 소개한 기사나 읽은 적이 있는 뒷이야기뿐이었지만 그래도 만족했다. 평론가나 기자의 열정이 전해져서, 읽는 내내 즐거웠으니까.

『괴기소설 걸작집 1』은 예상대로 어려웠다. 도중에 이해가 되지 않아서 그냥 페이지를 넘긴 단편도 있었다. 하지만 예상대로「애벌레」는 소름이 끼치고 온몸이 가려웠다.

『괴기 클럽』에서는 '하얀 가루약 이야기'밖에 생각나지 않았다. 그만큼 강렬했다.

흔한 악마 이미지나 우리가 아는 마녀 전승에 숨겨진 저주스럽고 무시무시한 이야기. 그것이 현대에 되살아나서 등장인물을 무섭게 바꾸어놓았다. 그곳에는 사악한 뜻이나 의도는 없다. 하지만 인간이 개입하면 최악의 사태가 발생한다. 인간이 인간이 아니게 되는 것이다. 도덕이나 선악에 관계없이 인간이 결코 손대서는 안 되는 것은 지금도 이 사회의 바로 옆에, 바로 뒤에 존재하고 있다……. 이렇게 섬뜩한 생각을 하는 작가가 있다니.

그리고『링』. 저주의 비디오테이프를 둘러싼 이야기다.

조금씩 밝혀지는 저주의 진실. 진실이 무엇인지 알고 싶어서 주인공인 잡지사 기자와 같이 돌아다닌다는 생각으로 정신없이 읽었다.

내년에 나오는 영화가 기대된다. 그런데 이 작품을 영화로 어떻게 만들까? 무서운 것은 나오지 않는다. 영능력자는 이미 죽었고 저주가 눈에 보이는 것도 아니다. 기대는 되었지만 과연 좋은 작품이 나올지 왠지 불안했다.

『마녀의 은신처』는 추리소설이었다.

난방으로 인해 머리가 멍해져서, 화장실 앞 정수기에서 물을 받아 목을 적셨다. 그때 여자 화장실 문이 열리고 사서인 나카오 씨가 나왔다. 그녀는 나를 보고 환한 미소를 지었다.

"안녕."

"……안녕하세요." 나는 작은 목소리로 대꾸했다.

도서관에 온 지 얼마 안 되었을 때, 대출하고 싶은 책 제목이 생각나지 않아서 카운터에 물은 적이 있었다. 그때 대답해준 사람이 나카오 씨였다. 그녀는 30분 넘게 걸려서 내가 찾고자 했던 『사신(死神)은 케 세라 세라』라는 책을 찾아주었다. 그 이후, 그녀는 나를 보면 꼭 말을 걸어주었다. 나도 그녀와 대화를 나누게 되었다. 화제는 물론 책에 관해서였다.

"오늘도 무서운 책이야?"

그녀는 스스럼없이 물었다. 작아도 잘 들리는 목소리였다.

"네."

"무슨 책을 대출할 거야?"

"아직 못 정했어요." 나는 솔직하게 대답했다.

오늘은 대출할 책을 정하지 않았다. 쭉 늘어선 책에서 제목과 표지와 줄거리, 감으로 고를 생각이었다. 그런 식으로 골라도 정신없이 빠질 만큼 즐거웠다.

"미안해. 내가 호러 소설에 대해 잘 알면 추천해줄 텐데." 그녀는 미안한 얼굴로 말했다.

솔직하고 잘난 척하지 않는 면도 그녀와 편하게 이야기할 수 있는 이유 중 하나였다.

"사람들이 자주 대출해가는 책은 알지만……."

"괜찮아요. 제가 직접 고를게요."

"그런 분야는 잘 아는 사람들끼리 서로 추천해주면 더 즐거울 텐데."

"네에……."

일단은 고개를 끄덕였다. 취향이 같은 사람을 만나는 게 좋다는 것은 머리로는 알고 있다. 하지만 나에겐 그런 사람이 없다. 그런 사람을 만날 수 있다고도 생각하지 않는다.

초등학교 때 몇 안 되는 친구는 내가 공포물을 좋아한다는 사실을 알고 모두 멀어졌다. "이상해", "무서워"라고 놀리거나 기분 나빠하면서. 돌아와달라고 하고 싶지도 않고, 이제 와서 마음이 맞는 친구를 찾을 생각도 없었다.

나란히 복도를 지나 책장이 있는 곳으로 왔을 때, 그녀는 불쑥 "참, 그렇지!"라며 나를 보았다. 그녀가 나를 데려간 곳은 평소에 거의 가지 않는 구역이었다. 그곳에는 허리까지 오는 책장이 있고, '청소년'이라는 표지판이 서 있었다.

그녀가 책장 위의 공간을 가리켰다.

"이것 봐, 여기라면 취향이 같은 사람을 찾을 수 있을 거야."

그녀가 가리킨 곳에는 흔히 볼 수 있는 학생용 노트가 놓여 있었다. 파란색 표지는 색이 바랬다. 노트 한가운데에 '교류 노트'라는 큼지막한 종이가 붙어 있었다.

그녀가 환하게 웃으며 손을 흔들고 카운터로 돌아갔다. 노트를 펼치자 크고 굵은 글자가 눈으로 뛰어 들어왔다.

『뱀파이어는 안전운전』 완전 완전 완전 완전 완전 좋아!
엄청 재미있어! 알루카드 님, 진짜 멋있어~! 다들 읽어
봐! 마이P

　나는 몇 번이나 눈을 깜빡이면서 글자와 그 주변에 있는 형
광별과 하트, 십자가를 보고 나서야 겨우 이 노트의 의미를 알
아차렸다. 이 노트에 자신이 좋아하는 책 이야기를 하는 것이
다. 서로 책을 추천해주고 정보를 주고받는다. 나는 재빨리 페
이지를 넘겼다.

　안녕하세요, 처음 인사드려요!
　뜬금없지만 『초록색 눈의 하얀 고양이』라는 책은 최고예
요. 읽은 분이 있으면 꼭 느낌을 들려주세요. 앞으로 잘
부탁해요. 미미

　EVERYBODY LOVES 『산과 NADESHIKO 도원향』!
JUN

　『KT 살인사건』
　도쿄돔에서 발견된 인기 프로듀서 데무로 고쓰야의 시신.
그의 몸에는 'CLOBE'라는 수수께끼 글자가…… 고쓰야
가 속한 JS네트워크의 보컬인 가구라자카 다카시는 같은

멤버인 네즈 하야토와 함께 사건을 좇는다…….

에도가와 란포에 빠진 사람은 꼭, 꼭 보시길!!! 고가

↑

~~범인은 하나이 도모코. 트릭은 마크의 목소리를 녹음해서~~
~~내보냈다.~~

↑

규칙 위반입니다! 이런 건 쓰지 마세요. 고가

↑

SEX

이곳은 모두를 위한 교류의 장이에요. 즐겁고 기분 좋게
사용합시다. T

그렇군. 나는 고개를 끄덕였다.

본명을 밝힐 필요도 없고 책에 관한 이야기라면 자유롭게 쓸
수 있으며, 몇 페이지를 써도 상관없는 듯하다. 모두 자신의 생
각을 노트에 쏟아내고 있다. 일러스트를 그린 사람도 있다. 대
충 봐도 마음에 드는 제목이 몇 개 있었다.

나는 잠시 망설인 뒤 필통에서 파란색 볼펜을 꺼냈다.

스즈키 고지의 『링』을 읽은 분, 어떠셨나요? 저는 굉장히
재미있었습니다. 영화가 개봉되면 보러 가려고 합니다.

추천할 만한 무서운 이야기가 있으면 가르쳐주세요. 라탄
리이

너무 정중하게 쓴 건 아닐까? 혼자 들뜬 건 아닐까? 예명은
기분 나쁘지 않을까?

나는 조용히 노트를 덮고 평소에 가는 소설 책장으로 향했
다. 책을 찾는 동안 청소년 코너로 몇 번 시선을 돌렸다. 교복
을 입은 아이나 초등학생쯤 되는 아이가 다가갈 때마다 다리가
후들거리고 얼굴이 화끈거렸다.

결국 노트 펼치는 사람을 보지 못한 채 무서울 만한 책을 세
권 골라서 도서관을 나왔다. 그 모습과 내가 대출한 책을 우리
반 아이가 보았으리라. 그리고 소문을 퍼뜨렸을 것이다. 호러
나 무서운 이야기를 좋아하는 소름 끼치는 여자애라고.

그로부터 며칠 후, 학교에 가면 아이들이 노골적으로 나를
피했다.

크리스마스 파티는 하지 않았다. 당연히 산타클로스도 오지
않았다.

종업식이 끝나고 교실에서 통지표를 받았다. 집에 가려고 하
자 하나오카가 아이들 앞에서 내게 교무실로 오라고 했다.

여학생 중 누군가가 "호호호!"라고 큰 소리로 웃자 몇 명이
따라 웃었다.

"요즘 어때?"

교무실 구석. 칸막이로 구분된 회의용 작은 공간. 맞은편 소파에 앉은 하얀색 바탕에 빨간색 줄무늬 운동복 차림의 하나오카가 태연한 얼굴로 물었다.

"어떻냐니요……."

나는 말문이 막혔다. 무엇을 알고 싶은 걸까? 아니, 어떤 게 알고 싶은 걸까? 판단이 서지 않아서 가만히 입을 다물고 있었다.

"너희 집 말이야. 그 후에 어떠냐고?"

그쪽인가? 나는 "안정되었어요"라고 간단하게 대답했다.

거짓말이 아니었다. 그 이후 아빠는 나나 류헤이의 학교에 오지 않았다. 학교 근처에서 본 적도 없다. 그밖에도 딱히 눈에 띄는 움직임은 볼 수 없었다. 하지만 집 안은 여전히 조용했고, 마음은 여전히 불편했다.

내 말의 뉘앙스에서 알아차렸는지, 하나오카는 '다행이다'라고도 '그래?'라고도 말하지 않았다.

"그럼 학교는?"

"보통이에요." 나는 되도록 자연스럽게 대답했다.

특별히 괴롭힘을 당하거나 위협을 느끼는 일은 없었다. 아무도 말을 걸지 않는 것은 예전과 똑같았다. 에둘러 하든지, 노골적으로 하든지 그 차이일 뿐이다. 계속 똑같다. 항상 그렇다.

"그럼……." 그는 벌린 무릎 위에 팔꿈치를 올리고 물었다. "기스기, 너는 어때?"

"네?"

"고민이 있다든지 마음이 우울하다든지. 컨디션이 좋지 않다든지 아침에 일어날 수 없다든지. 뭐든 좋아."

"……그런 거 없어요." 나는 고개를 흔들었다.

분명히 기분은 항상 가라앉아 있었다. 특히 아침에는 우울했다. 생리 때가 되면 배가 무겁고 기간도 길었다. 하지만 그건 최근에 시작된 일이 아니다. 지금 사는 집으로 이사 오기 전부터 똑같았다. 달라진 것은 주변의 태도다. 우리 반에서 내 위치도 달라졌다. 음침한 여자아이에서 호러를 좋아하는 소름 끼치는 여자아이로.

선생님은 아실까? 교단에서는 학생들이 잘 보일까? 확인하기 위해 은근슬쩍 떠보는 걸까?

"그렇구나."

그는 등받이에 몸을 맡기더니, 심호흡인지 한숨인지 모를 커다란 숨을 쉬면서 나를 똑바로 쳐다보았다.

"어려운 일이 있으면 언제든지 말해." 그리고 바로 덧붙였다. "아무에게도 말 안 할 테니까."

나는 작게 고개를 끄덕였다. 선생님은 신경을 써주고 있다. 걱정도 해주고 있다. 예전부터 그랬다. 그래서 이사하자마자 우리 집안에 관해서, 아빠에 관해서 솔직하게 털어놓았다. 실제로 그는 진지하게 대해주고 있다. 다른 선생님과 협조해서 학생들에게는 말하지 않고 아빠와 나를 떨어뜨려주고 있다.

"죄송…… 아니, 고맙습니다."

나는 깊숙이 고개를 숙였다.

"괜찮아. 그나저나 소문을 듣고 마음에 걸렸어. 호러를 좋아
한다면서?"

나는 고개를 들었다. 그는 걱정되는 얼굴로 나를 지그시 바
라보았다. 그 말이 선생님 귀에까지 들어간 건가? 솔직히 말해
조금 부끄러웠다. 하지만 부정하는 것도 이상하다고 생각해서
"네에……"라고 대답했다. 그러자 그는 내 눈을 똑바로 바라보
며 동정하는 얼굴로 말했다.

"선생님도 노력할게. 네가 그런 데로 도피하지 않아도 되도록."

7

원고에서 눈을 들었다. 선배들은 모두 퇴근하고 편집부에는
나밖에 없었다. 벽시계는 밤 11시를 가리키고 있었다. 평일 이
시간이라면 지하철이 그렇게 혼잡하지는 않을 것이다. 이제 슬
슬 집에 갈까?

다시 책상의 원고에 눈을 떨구었다. 언제쯤이면 도시전설 이
야기가 나올까? 지금까지는 가엾은 소녀의 일상뿐이다.

하지만 주인공인 리호의 고독은 충분히 공감할 수 있었다.

호러나 오컬트를 좋아하는 사람은 왠지 당당하게 말하지 못한다. 고개를 끄덕이는 사람이나 그냥 내버려두는 사람은 있지만 이해해주는 사람은 지금도 많지 않다.

착한 사람 중에도 호러는 이상하다, 유해하다, 건전하지 못하다고 놀라우리만큼 편견을 가진 사람이 있다. 리호의 담임이 그러했던 것처럼. 공감을 얻지 못한 이유는 시대의 탓도 있을 것이다. 지금이라면 인터넷으로, SNS로, 쉽게 동지를 찾을 수 있다.

내가 그러했다. 리호만 했을 때 인터넷으로 무서운 이야기를 읽고 괴이한 사건을 찾아다니며 모르는 사람과 의견을 나누었다. 학교는 불편했다. 운동은 질색이었고, 말이 통하는 친구도 거의 없었다. 그래서 더욱 인터넷에, 오컬트에 빠져들었다.

그것이 심해져서 지금 여기에 있다.

언젠가부터 똑같은 사건과 똑같은 무서운 이야기가 번갈아 화제가 되는 인터넷에 싫증 난 데다 아직 아무도 모르는 오컬트의 최전선에 있고 싶었기 때문이다. 마음이 맞는 사람, 나보다 훨씬 많이 아는 사람을 만나고 싶어서. 그늘에 사는 사람끼리 얼굴을 마주 보고 이야기하고 싶어서.

그런데…….

그때 쾅 하는 소리와 함께 문이 열렸다. 흠칫 놀라서 얼굴을 들자 도나미 편집장님이 들어왔다. 검은색 옷차림. 충혈된 커다란 눈. 형광등 불빛으로 인해 다크서클이 더욱 눈에 띄었다.

"……있었어? 집에 갈 수 있을 때는 가."

편집장님은 우울한 목소리로 말하더니 편의점 비닐봉지를 들고 내 뒤쪽을 지나서 자기 의자에 앉았다. 비닐봉지에서 컵 술을 꺼내 한 손으로 힘을 주어 뚜껑을 열었다. 피식 하고 맥 빠진 소리가 나더니 뚜껑이 포물선을 그리며 책상으로 떨어졌다.

"수고 많으셨습니다. 조금 있다가 갈게요."

"그래."

편집장님은 따개를 따고 컵 술을 입으로 가져갔다. 입술 끝으로 흘러넘친 술이 턱을 타고 목으로 흘러내렸다.

편집장님이 지친 숨을 토해내면서 컵을 책상에 놓더니 느닷없이 말했다. "들었어."

"뭐를요?"

"유미 짱에 관해서. 사망했을 때 상황. 아니…… 발견했을 때인가? 경찰에 억지를 부려서 들었어."

온몸에 긴장이 내달렸다. 생각하고 싶지 않은데, 사망한 유미즈 씨의 얼굴이 뇌리에 떠올랐다.

멍하니 벌린 입. 공허한 눈구멍.

편집장님은 다시 컵 술을 들이켰다. 그리고 마지막 한 방울까지 다 마시고 나서 말했다.

"출혈과 정신적 스트레스에 따른 돌연 심정지래. 상황으로 볼 때 한없이 자살에 가까운 자해 행위라더군."

대꾸하지 않고 가만히 있자 편집장님은 의자에 기대면서 말을 이었다.

"얼굴을 쥐어뜯고 스스로 눈을 파낸 것 같아. 입 안에도 상처를 냈다고 했던가? 손가락과 손에 조직이 남아 있대. 그러는 사이에 심장이 견딜 수 없어서…… 끝."

"……왜 그렇게까지……."

"글쎄, 유서는 발견되지 않았다더군."

편집장님은 냉소적으로 말하고, 손에 있는 빈 컵을 멍하니 바라보았다. 이런 상황에서 먼저 가겠다고 말할 수는 없었다. 심한 충격을 받은 편집장님을 혼자 내버려둘 수는……. 하지만 무슨 말을 해야 할지 떠오르지 않았다. 삼가 조의를 표합니다. 상심이 크시죠. 모두 어울리지 않는다.

편집장님이 얼굴을 들고 물었다. "내일 하면 돼?"

순간적으로 "네?"라고 되묻자 새빨갛게 충혈된 눈으로 나를 쳐다보았다.

"도시전설 회의 말이야. 앞으로 어떻게 할지 정해야지."

유미즈 씨가 연재하던 페이지다. 작가를 바꿔서 계속할지, 다른 기획으로 할지……. 아직 생각하는 단계이기는 하지만 몇 가지 방안은 있다.

"네, 내일 하면 됩니다."

"으음…… 그럼 수고했어."

편집장님은 약간 소리를 높여서 말하고 의자와 함께 빙글 등을 돌렸다.

"수고하셨습니다."

나는 편집장님의 등을 향해 말한 뒤, 편집부를 뒤로했다.

8

연말연시에는 계속 밖에 나가지 않고 류헤이와 둘이 마미를 돌봤다. 엄마는 일하러 가서 거의 집에 없었다.

류헤이는 반 친구한테서 연하장이 몇 장이나 왔는데, 나에겐 한 장도 오지 않았다. 하나오카를 제외하고.

1998년을 밝고 건강하게 보내도록 같이 노력하자!

한참을 망설인 끝에 연하장을 작게 접어서 책상 서랍 안쪽에 넣었다.

1월 3일, 한밤중. 우리 남매들 사이에 한 가지 비밀이 생겼다.

아무리 재우려고 해도 마미가 잠들지 않자 포기하고, 나와 류헤이는 거실에서 TV를 봤다. 모두 비슷비슷한 예능 프로그램뿐이었다. 류헤이가 리모컨을 들고 몇 분에 한 번씩 채널을 바꾸었다. 그런 식으로 채널을 얼마나 바꾸었을까?

나는 장난감을 가지고 마미와 놀다가 TV로 시선을 돌렸다.

TV에서 흘러나오는 소리가 조금 전과 달라졌기 때문이었다. 작은 TV 화면에서는 낯선 중년 여성이 등장해서, 사무실 안으로 들어온 사람에게 미소를 지으며 무슨 말인가 하고 있었다.

"부동산회사에서 일하게 된 스즈코 씨. 그날 이후, 술은 한 방울도 마시지 않는다고 한다."

남성 해설자가 담담하게 말하고 화면이 바뀌었다. 그 여성이 슈퍼마켓에서 물건을 사고 있다. 쇼핑바구니에 들어 있는 건 반찬과 식품용 랩뿐. 그녀는 술 코너를 그냥 지나쳤다. 나란히 놓인 맥주가 크게 클로즈업되었다.

"똑같은 실수는 되풀이하고 싶지 않아요."

여성의 말소리에 이어서 화면은 좁은 방으로 바뀌었다. 어두컴컴한 방이다. 고타쓰* 앞에 앉아서 솜옷을 입은 여성이 카메라를 바라보고 있었다.

"남편과 시부모님의 판단이 옳았어요. 아이를 위해서라면 이런 엄마에게서 떼어놓는 편이 낫다고 누구라도 생각했을 거예요." 여성이 작게 웃으면서 말했다. "하지만……."

여성의 말문이 막혔다. 카메라가 얼굴로 다가갔다. 눈물에 젖은 눈이 클로즈업되었다.

"……이, 이제 와서 이렇게 말할 권리가 없다는 건 알고 있어요. 저는 엄마 자격이 없으니까요. 그건 잘 알고 있어요. 하지만

---

* 일본에서 사용하는 난방용 탁자.

술을 끊고 보통 사람처럼 제대로 사, 살 수 있게 되면…… 만나게 해주지 않을까…… 해서…… 한 번만이라도…….”

“류헤이.”

내가 불러도 류헤이는 무표정하게 TV 화면을 바라보았다.

“류헤이.”

“자꾸 왜 불러?”

류헤이는 귀찮은 얼굴로 나를 노려보았다. 험악한 표정이다. 이 애는 언제부터 이런 표정을 짓게 되었을까? 나는 태연한 척하면서 “딴 데 틀어”라고 말했다.

류헤이는 여봐란듯이 한숨을 토해내더니 TV로 리모컨을 향했다. 화면이 바뀌었다. 처음 보는 남자가 하얀 가루를 뒤집어쓰고 방송국 세트장의 바닥에서 굴렀다. 귀청이 떨어질 만큼 웃음소리가 일었다.

마미가 고무공을 던졌다. 그 공을 받아서 다시 마미에게 던졌다. 그러면서 류헤이를 보지 않고 말했다.

“우리하곤 상황이 달라. 그 여자는 알코올 의존증이잖아.”

류헤이는 지긋지긋한 얼굴로 말했다. “그건 나도 알아. 하지만 엄마도 매일 술을 마시잖아.”

“일 때문에 어쩔 수 없이 마시는 거야. 그래도 집에선 마시지 않잖아.”

“마찬가지야. 일하는 곳에서 마시면 알코올 의존증이 아냐?”

나는 대답할 수 없어서 얼버무리는 쪽을 선택했다.

"그 덕분에 학교에 갈 수 있어. 너도, 나도……."

내 마음을 꿰뚫어보았는지, 류헤이는 아무 말도 하지 않았다.

땡땡땡땡. 종치는 소리가 연달아 들렸다. 예능 프로그램의 한 코너가 끝난 모양이다. 처음 보는 여성 탤런트들이 서로 껴안고 좋아하고 있다.

마미가 공을 입에 넣으려고 해서 황급히 빼앗았다. 공을 마미의 얼굴 앞에서 보여준 다음, 마미가 두 손으로 잡으려고 할 때 재빨리 올렸다. 마미가 부루퉁한 얼굴로 "으으"라고 하면서 칭얼댔다.

류헤이는 엄마의 건강이 걱정되는 모양이다. 사소한 대화에서도 그런 마음을 느낄 수 있었다. 학교에서 즐겁게 지내다가 집에 오면 먹고 자기만 한다. 그렇게 생각했는데 나름대로 가족을 걱정하는 모양이었다. 나는 살짝 반성했다. 그와 동시에 내 미래가 걱정되기 시작했다.

지금의 생활은 언제까지나 계속되지 않는다. 아빠와 관계없이 엄마 체력이 버티지 못할 수도 있다. 그렇게 되기 전에 내가 일을 해야 하지 않을까? 어쩌면 고등학교 진학은 어려울지도 모른다. 경제적으로도, 엄마의 체력으로도.

그런 생각을 하면서 기계적으로 마미를 달랠 때였다.

"누나."

류헤이가 부르는 소리를 듣고 정신이 들었다. 류헤이가 TV를 가리켰다. TV 화면을 쳐다본 순간, 심장이 거칠게 방망이질 쳤다. TV 화면에 아빠가 있었다.

일하는 모습. 성큼성큼 길거리를 걷는 모습. 사무실에서 컴퓨터 자판을 두들기는 모습. 메탈프레임 안경. 온몸에 긴장을 걸친 진지한 표정. 말할 때는 180도로 바뀌어서 좋은 사람처럼 빙긋이 미소를 지었다.

조금 전 프로그램일까? 그렇다면……. 나는 귀를 쫑긋 세우고 화면을 뚫어지게 보았다.

"다섯 가족의 행복한 나날. 그러던 어느 날, 기스기 씨가 퇴근해서 집에 오자, 집은 아무것도 없는 허물로 변해 있었다."

예전에 살았던 집이 나왔다. 깔끔하게 정리된 넓은 아파트.

"부부의 성격 차이. 남녀의 다른 가치관. 대화로 해결할 유예 기간조차 주지 않은 채 아내는 아이 셋을 데리고 남편 앞에서 모습을 감추었다."

커다란 식탁 너머에서 아빠는 몇 번이나, 몇 번이나 고개를 끄덕였다.

"제게 잘못이 전혀 없었다는 건 아닙니다. 당연히 제게도 문제가 있었습니다. 말다툼을 한 적도 있었고, 직업의 특성상 결과적으론 아내에게 부담을 주기도 했고요."

아빠가 수첩에서 뭔가를 꺼냈다. 사진이다. 얼굴은 모자이크 처리를 했지만 가족사진임을 알 수 있었다. 우리 사진이다. 뒤쪽에는 엄마와 아빠. 앞쪽에는 어린 나와 나보다 더 어린 류헤이. 마미는 아직 태어나기 전이다.

디즈니랜드에 갔을 때의 사진이다.

"하지만 애들은 그런 사정을 전혀 모를 겁니다. 그때까지는 가족이 화목하게 살았으니까요. 그런데 어느 날 갑자기 아이들을 데리고 집을 나가다니, 문제가 있으면 우선 대화를 통해 해결하는 것이 부모로서 올바른 자세 아닌가요? 그런데 갑자기……."

짧은 쓴웃음. 즉시 진지한 표정을 짓는다. 프레임 밖에서 흐릿한 목소리가 들렸다.

"아이들의 웃음이 참 해맑군요."

"네, 얼마나 사랑스러운지 모릅니다."

아빠의 간절한 목소리에 류헤이가 멍한 얼굴로 중얼거렸다.

"……아빠가 지금 뭐랬어……?"

내 생각도 류헤이와 똑같았다.

그날, 그때. 우리는 디즈니랜드에 억지로 끌려갔다. 타고 싶지 않은 놀이기구를 타고, 보고 싶지 않은 퍼레이드를 봤다. 아침부터 밤까지 계속. 사실은 친구와 놀러 가기로 했는데. 엄마는 머리가 아파서 누워 있었는데. 사진 속 우리는 모두 지쳐서 기진맥진했는데. 아빠 말고는 모두.

차가운 것이 등줄기를 가로질렀다. 이야기가 완전히 다르지 않는가. 아빠는 지금 일방적으로 자기에게 유리한 말만 하고 있다. 마미가 내게 몸을 기댔다. 밀어내려고 하다 퍼뜩 정신을 차리고 마미를 껴안았다.

"어른의 사정으로 자식을 휘두르면 안 된다고 생각합니다.

자식은 부모의 장난감이 아니니까요."

아빠는 진지한 눈으로 카메라를 보았고, 곧 남성 해설자의 목소리가 이어졌다.

"기스기 씨는 지인의 협조를 얻어 아이들의 행방을 찾고 있다. 지금까지 아내에게서는 아무런 연락도 없다."

나는 가까스로 입을 열고 동생을 불렀다. "류헤이."

"……왜?"

류헤이의 얼굴이 백지장처럼 창백해졌다.

"엄마에겐 말하지 마. 엄마가 더 이상해질 테니까."

"……나도 알아."

류헤이는 들릴락 말락 혀를 찼다.

9

다음 날. 나는 아침에 도착한 《월간 불싯》 최신호를 봉투에 넣고 받을 사람의 이름이 적힌 스티커를 붙였다. 필자와 외주 스태프, 취재 대상자에게 보낼 증정본이다.

도나미 편집장님이 쓴 '도시전설의 원류'는 갑자기 쓴 원고라고 생각할 수 없을 만큼 내용이 충실했다. 제목은 '특별편 『잔예(殘穢)』*와 최강 괴담'. 오노 후유미의 원작과 개봉 중인 영화, 그리고 실제로 전해지는 괴담을 쉽게 이해할 수 있도록 해설한 뒤, 후반부에는 기존 정보의 나열로 끝나지 않고 깊이 있는 고찰을 덧붙였다. 마음속 존경심을 빼더라도 편집장님의 능력은 굉장하다. 이렇게나 글을 잘 썼던가. 아니, 실은 이쪽이 본업인가.

한 가지 난점은 이 내용이 도시전설과 관계가 있을 것 같지 않다는 점이다. '특별편'이라고 한 것은 본래 취지에서 어긋났음을 감추기 위해서인가. 하지만 이번에는 어쩔 수 없다. 내가 편집장님에게 이러쿵저러쿵 말할 자격은 없다.

편집장님은 어젯밤에 편집부에서 밤을 보낸 것 같았다. 12시에 출근해 엘리베이터에서 내렸을 때, 검은색 옷차림의 편집장님과 마주쳤다.

"여어, 출근했어?"

편집장님은 손수건으로 손을 닦으면서 말쑥한 얼굴로 미소를 지었다.

오후 3시. 편집장님과 회의한 결과 '도시전설의 원류'는 계속하기로 결정했다. 내가 생각한 몇 가지 기획은 지금 할 의미가 없다는 이유로 전부 쓰레기통에 들어갔다. 자존심이 상하기는 하지만 화는 나지 않았다. 편집장님의 지적은 당연했다.

---

* 작가임을 연상시키는 주인공인 '나'와 구보 씨가 어느 맨션과 주변 땅에 얽힌 괴담의 근원을 추적해가는 르포 형식의 소설.

작가를 누구로 할까 하는 이야기가 나왔을 때, 나는 재빨리 말했다.

"노자키 씨가 좋을 것 같습니다."

"으음, 그게 좋을까?"

편집장님은 의자에 몸을 기대며 생각에 잠겼다.

노자키 곤. 이와다를 우리 잡지사에 소개해준 프리랜서 작가다. 예전에는 작은 편집 프로덕션에 있었다고 하는데, 그 무렵 《월간 불싯》의 페이지가 늘어나면서 사사오카 씨와 일을 했던 인연으로 오래전부터 우리 일을 하고 있다.

본인은 어떤 분야든지 쓴다고 하지만 실제로는 오컬트에 관한 글이 메인이고, 명함에도 '오컬트 작가'라고 쓰여 있다. 본명은 노자키 가즈히로. 필명은 '노자키하면 역시 콘비프잖아'*라는 안이한 이유로 정했다고 한다.

장난기 있는 이름과는 반대로 마감은 칼같이 지키고, 글도 이해하기 쉽고 꼼꼼하며 전반적으로 성실한 사람이다. 일을 맡아줄 시간적인 여유도 있다.

붙임성이 좋은 사람은 아니지만 나이도 서른셋인가 서른넷으로 비교적 젊고, 작가들 중에서는 말하기 편한 편이다. 더구나 여자가 있는 기색도 없다. 처자식이 있는 스오 씨나 항상 티

---

* 노자키 콘비프, 어느 화가가 그린 그림의 총칭으로 광기에 사로잡히거나 호러 계통의 그림이 많다.

격태격해도 애인이 있는 사사오카 씨보다 마음 편하게 대할 수 있다. 여러 면에서 볼 때 나와 비슷하지 않을까?

그를 후보로 거론한 건 그런 이유도 포함되어 있었다.

편집장님은 잠시 입을 다물었다가 말했다. "하지만 노자키 씨 문장은 좀 가볍잖아? 얄팍하지는 않지만 깊숙이 파고들지 않아. 틀린 건 없지만 굉장히 재미있지도 않고."

"유미즈 씨는 깊이가 있었죠."

내가 솔직하게 말하자 편집장님은 천장을 올려다보며 대답했다.

"그래. 고집은 보통이 아니었지만 문장은 참 좋았지. 조사도 꼼꼼하게 하고 고찰도 깊이가 있었고. 최근에 지렁이버거*나 다리가 세 개 있는 닭 이야기를 『곤자쿠 모노가타리』**와 연결시킨 기사도 좋았고."

"그건 참 재미있었습니다. 조금 수상쩍긴 해도 왠지 믿게 된다고 할까……."

"옛날부터 그런 역작을 낼 수 있는 사람이었지."

내가 모르는 두 사람의 추억이 있는 것이리라. 편집장님은 잠시 먼 곳을 바라보다가 자세를 바로 하고 말했다.

"좋아, 노자키 씨로 결정하지! 지금 바로 제안하고 괜찮다고

---

* 햄버거 프랜차이즈점의 패티에 지렁이가 들어 있다는 도시전설.
** 今昔物語, 헤이안 시대 후기에 편찬된 일본 최대의 설화집.

하면 바로 회의를 소집하도록!"

편집장님은 그렇게 말하고 금연파이프를 들었다. 회의가 끝
났다. 다음 일의 시작이다.

"네."

마음을 쓸어내리며 자리로 돌아가려고 할 때, 편집장님이 나
를 불러세우더니 의미심장한 미소를 지었다.

"노자키 씨에게 전해줘. 원고료는 둘째치고 3페이지니까 딱
좋을 거라고."

밤 9시. JR 고엔지 역의 남쪽 출구로 나와서 몇 분을 걸었다.
상가 건물의 작은 계단을 올라갔다. 4층의 새카만 문에 걸린 하
얀 팻말에는 평범하게 'déraciné'라고 쓰여 있었다. 데라시네.
여기다. 나는 무거운 문을 열었다.

간접 조명이 비치는 좁은 가게 안에서, 몇몇 손님이 일제히
나를 쳐다보았다. 약간 뚱뚱한 중년 남성이 카운터에서 컵을
씻으면서 "어서 오십시오"라고 차분한 목소리로 말했다. 시선
과 목소리에 살짝 주눅이 들었다. 여기가 맞나? 노자키 씨가 지
정한 곳은 분명히…….

"후지마 씨."

보사노바인지 재즈보사인지 모를 배경 음악 너머에서 귀에
익은 목소리가 들렸다. 안쪽 테이블 자리에서 그림자가 스윽
일어서서 걸어 나왔다. 검은 머리칼과 나이를 짐작할 수 없는

가느스름한 얼굴이 어둠 속에서 나타났다.

노자키 씨였다. 항상 얼굴을 찡그리든지 빈정거리는 미소를 지었는데, 오늘은 몹시 미안해하는 표정이었다.

"이런 곳으로 오라고 해서 미안해."

"아닙니다, 저야말로 불쑥 연락해서 죄송합니다. 쉬고 계셨을 텐데……."

고개를 숙이자 그는 "아니야"라고 손을 흔들더니 "다른 건으로 회의가 있었어, 아직 안 끝났지만 이쪽을 먼저 하지"라며 안쪽으로 안내했다.

나는 가방을 안은 채 작은 테이블 앞에 있는 작은 의자에 앉았다. 맞은편에 있는 노자키 씨의 얼굴은 거의 보이지 않았다. 테이블 위 양초는 끝까지 타서 꺼져 있었다.

메뉴판을 내미는 노자키 씨에게 "아, 저는 진저에일로"라고 대답했다. 일하는 도중에 술은 곤란하다. 사사오카 씨는 가끔 한밤중에 소주 하이볼을 한 손에 들고 일하는데, 그렇게 하고 싶은 마음은 털끝만큼도 없었다.

"그럼……."

노자키 씨가 주문하려고 하자 여성이 슬며시 나타나서 테이블에 새 양초를 올려놓았다. 여성은 라이터를 이용해 양초에 불을 붙였는데 작은 손톱에는 새까만 매니큐어가 칠해져 있었다.

고개를 들자 검은색 셔츠를 입은 체구가 작은 여성이 나를 보면서 미소를 지었다. 가지런한 치아. 밝은 색 머리칼은 어깨까지 기르고, 커다란 눈 주위는 아이라이너로 새카맣게 칠했다. 나이는 나보다 조금 많으려나.

"어서 오세요. 편집자이신 건가요?"

"워, 월간 불싯의 후지마 요스케입니다."

당황하면서 가까스로 이름을 말하자 여성의 눈이 반짝였다.

"아아, 도나미 씨 출판사 분이구나. 노자키가 신세를 많이 지고 있죠?"

여성은 깊숙이 고개를 숙이더니 즉시 얼굴을 들고 노자키 씨를 보았다. '씨' 자도 붙이지 않았는데 그는 불쾌해하지도 않고 여성을 보지 않은 채 말했다.

"진저에일 두 개."

여성은 생글생글 웃으면서 "알겠습니다"라고 말하고는 카운터로 걸어갔다. 노자키 씨는 메뉴판을 테이블에 내려놓고는 아무 일도 없었던 것처럼 수첩을 펼쳤다.

"그럼 시작할까?"

나는 최신호를 한 손에 들고 '도시전설의 원류'에 대해 설명하기 시작했다. 노자키 씨는 과거에 실린 기사를 거의 읽어서 이야기는 원만하게 진행되었다.

그는 구불구불한 진저에일 병을 손에 들고 진지하게 말했다. "기사를 어중간하게 쓰면 유미즈 씨에게 혼나겠군."

유미즈 씨에게 일어난 일은 이미 알고 있었고, 장례식에도 참석했던 모양이다. 편집 프로덕션에 있던 시절에 처음 만났는데, 프리랜서가 되고 나서 몇 번 일을 나눠주었다고 한다.

"그런데 원고료 말입니다만……."

나는 유감스러운 금액을 불렀다. 유미즈 씨에게 주었던 금액보다 더 적다. 자료비와 교통비도 나오지 않고, 사진 촬영은 노자키 씨가 직접 하거나 편집부가 해야 한다. 카메라맨에게 지불하는 비용도 당연히 없는 것이다.

내 탓이 아니라고 생각하면서도 조심스럽게 말했다. "상황이 이래서 정말 죄송합니다만 해주실 수 있겠습니까?"

"그건 괜찮아." 그는 옅은 웃음을 지은 뒤, 기묘하리만큼 진지한 얼굴로 덧붙였다. "유미즈 씨 후임으로 선택해줘서 오히려 영광이지."

비아냥거림일까? 아니면 진심일까?

속마음을 알 수 없어서 고개를 갸웃거린 순간, 수첩의 글자가 눈에 들어왔다. 수첩 한쪽 구석에는 물이 흐르는 듯한 필체로 이렇게 쓰여 있었다.

도시전설 ≒ 무서운 이야기(일부)? 두 개의 기둥을 하나로 특화?

＝무서운 이야기 자체의 공포←경로·세력도

~~전염·감염~~←불충분?(표현으로서)

(행운의 편지→가시마 씨*)～링～잔예?

"이건 뭔가요?"

그는 내 손끝을 쳐다보더니 "아아!"라고 말하며 입술 끝으로 웃었다.

"숙제야. 내가 할 공부. 그 실마리라고 할까, 가설이라고 할까?"

"공부라고요?"

그가 팔짱을 끼며 말했다. "그래. 기사를 쓰기 전에 한 번 정리해두려고. 도시전설이 어떤 것인지, 어떻게 쓰면 재미있는지. 하나씩 단순히 소개하는 건 너무 흔하고, 새삼스레 쓰는 의미도 없잖나? 그런 건 인터넷에서 얼마든지 공짜로 읽을 수 있고."

진지하다. 고맙기도 하고 놀랍기도 했다. 요즘은 인터넷 정보를 대충 정리해오는 작가가 드물지 않다. 본인이 썼다면 그래도 나은 편이고, 이른바 'ctrl+c'와 'ctrl+v'를 이용해 통째로 복사해오는 작가도 있다. 편집자도 상황은 비슷하다.

우리는 편집장님 덕분에 정상적인 편에 속하지만 작년에 휴간한 가사사기출판의 《기기괴괴》란 잡지의 말기는 참혹하기 이를 데 없었다. 페이지를 넘기자마자 '뉴네시는 돌묵상어라는 설'이 실려 있는데, 내용은 인터넷 기사를 도용했다. 사진도 허락을 받지 않고 무단으로 사용한 듯했다.

노자키 씨에게 부탁하길 잘했다고 새삼 가슴을 쓸어내렸다.

---

* 과거에 일어난 비참한 이야기를 알게 된 사람에게 전화나 꿈에서 수수께끼처럼 질문을 하는 데 제대로 대답하지 못하면 신체의 일부를 빼앗으며 죽음에 이르게 한다는 도시전설.

"이 근삿값 표시는 뭔가요? 물음표도 있는데요."

편집 담당자로서 의식을 공유하고 싶었고, 그 이전에 그의 가설에 관심이 있었다.

"아직 남에게 말할 수 있는 단계는 아니야."

"그러지 말고 말씀해주세요."

그러자 그는 주머니에서 담배를 꺼내더니 "그럼 어디까지나 여담이나 잡담으로 들어둬"라고 말한 뒤, 라이터로 불을 붙이고 자세를 바로 했다. 나도 덩달아 옷매무새를 가다듬고 단정하게 앉았다. 그는 잠시 생각에 잠겼다가 보라색 연기를 토해내며 다짜고짜 물었다.

"자네는 도시전설이 무서운가? 내용적으로 말이야."

나는 당황하면서도 아니라고 대답했다.

"무서운 것도 있지만 기묘한 이야기라든지 단순한 소문 같은 이야기도 많습니다."

그는 담배를 재떨이에 내려놓고 말했다. "그래. 그렇다면 이게 왜 오컬트 범주에 들어 있을까? 오컬트 잡지에서는 일반적으로 다루고, 늘 등장시키는 단골 소재라고 할 수 있지. 더구나 당연한 것처럼 호러 영화나 호러 소설의 소재가 되기도 하고. 별로 무섭지 않은 도시전설이라도 말이야. 무엇 때문일까?"

그는 나를 똑바로 바라보았다. 내게 대답을 하게 만들고 앞으로 나아가는 패턴인가?

나는 손으로 관자놀이를 누르며 대답했다. "……베일에 싸여 있어서 그런 거 아닌가요? 진위가 모호하니까 말이죠."

"무슨 뜻이지?"

더구나 깊이 파고들기까지? 나는 잠시 생각한 후 대답했다.

"사, 사실인지 아닌지 몰라서 무섭다고 할까 불안을 느끼는 게 아닌가 합니다. 그런 점이 매력적이고 오컬트 느낌이 나죠. 더구나 '모르기 때문에 무서운 면'이 있지 않을까요? 그래서…… 그렇습니다."

"그래, 자네 말이 맞아." 그는 고개를 끄덕이고 나서 덧붙였다. "내가 지금 세운 가설은 이런 거야. 도시전설이라는 건 무서운 이야기의 한 부분이다. 즉, 무서운 이야기가 본래 가지고 있는 '무섭다'는 두 개의 기둥 중 한쪽 기둥에만 특화한 것이라는 거지."

벌써 무슨 말인지 이해할 수 없었다. 이래서는 맞장구를 치고 싶어도 칠 수 없다.

그는 쓴웃음을 지으며 말을 이었다. "미안해, 무슨 말인지 모르겠지? 순서대로 설명할게. 무서운 이야기라는 건 내가 편의상 사용하는 표현이야. 괴담, 괴기 환상소설. 호러 소설과 호러 영화. 그것과 도시전설. 매체는 뭐든지 상관없어. 장르의 엄격한 정의나 성립 과정도 일단 제쳐두고, 아무튼 사람을 공포에 떨게 할 목적으로 만든(적어도 받아들이는 사람은 그렇게 이해할 수 있는) 작품을 그렇게 부르고 있지."

"네에."

"무서운 이야기는 왜 무서운가? 당연히 일단은 내용이나 이야기 때문이야. 유령이나 요괴, 살인귀, 저주. 어느 정도 패턴을 나눌 순 있지만 구체적인 내용은 천차만별이지."

"그렇습니다."

"자네가 조금 전에 말한 '몰라서 무섭다'는 건 주로 이 내용을 어떻게 전하느냐, 어떻게 표현하느냐는 기술적인 문제야. 모든 무서운 이야기에 해당되는 과제지. 그 안에서는 진상을 확실하게 밝히지 않고 확실하게 묘사하지 않아. 방법은 얼마든지 있지만 어디까지나 수단과 수법에 관한 거야."

"그런……가요?"

나는 고개를 끄덕이려다 도중에 갸웃거렸다. 그는 "그래, 정말이야"라고 진지하게 말했다.

"몰라서 무섭다는 건 반대로 말하면, 무서운 게 구체적으로 무엇이라도 상관없다는 뜻이니까. 즉 무엇을 다루느냐, 무엇을 그리느냐의 문제가 아니란 뜻이지. 그렇다면 문제가 되는 건 당연히 테크닉…… 즉 어떻게 다루느냐, 어떻게 그리느냐가 아닐까?"

"으음……." 나는 다시 고개를 갸웃거렸다.

"길어져서 미안해. 중요한 건 지금부터야." 그는 담배를 한 모금 빨고 나서 손가락을 세웠다. "지금 말한 건 무서운 이야기의 무서운 요소, 그 첫 번째 기둥이지. 또 하나는…… 무서운 이야기가 확대되는 것 자체야. 그게 사람들의 마음속에서 공포를 불러일으키지."

그는 손가락을 하나 더 세웠다. V 사인이다. 손가락 두 개, 즉 두 개의 기둥이 아니라 V 사인이라고 여겨질 만큼 '또 하나의 기둥'은 이해가 되지 않았다.

"그, 그런가요?"

나는 짧게 말하면서 다음 말을 재촉했다. 그는 고개를 크게 끄덕였다.

"그래. 입 찢어진 여자,* 화장실의 하나코 씨,** 메리 씨,*** 아카이 찬찬코,**** 데케데케.***** 도시전설에서 유명한 건 이 정도일까?"

"네. 메이저라고 할까, 그 정도는 저도 알고 있습니다."

이야기는 어느새 도시전설로 바뀌었다. 그렇게 생각하면서 다음 말을 기다렸다.

"그러면 이런 이야기는 실화라고 생각하나? 도시전설에는 진위가 모호한 것도 있고 그럴 듯한 것도 있는데, 지금 예로 든 이야기는 어떤가?"

---

*   본인이 예쁘냐고 물어서, 이때 예쁘다고 대답하든 그렇지 않다고 대답하든 결국 상대방을 살해한다는 도시전설.
**   화장실에 나타난다는 요괴.
***   이사할 때 주운 외국 인형인 메리가 밤마다 전화를 건다는 도시전설.
**** 화장실에 들어온 사람에게 '빨간 옷은 필요 없어?'라고 물어서 어떻게 대답하든 사람을 죽여서 새빨간 피로 물들인다는 도시전설.
***** 하반신을 잃고 상반신만 남은 채 양팔로 바닥을 기어와서 사람을 공격한다는 망령.

나는 바로 대답했다. "그건 다 지어낸 이야기예요. 적어도 유령이나 요괴 같다는 시점에서 상당히 수상하죠. 그런 게 실제로 존재한다고는 생각하지 않습니다."

"그래?" 그는 한순간 곤혹스러운 표정을 짓더니, 즉시 원래 표정으로 돌아갔다. "그러면 이것들은 왜 메이저지? 자네는 왜 그렇게 판단했나?"

나는 잠시 생각하고 나서 대답했다. "지금까지 수도 없이 들었고, 비교적 누구라도 알고 있기 때문이 아닐까요? 전국구스럽고요."

그는 자신이 원하는 대답이 나왔다는 표정을 지었다.

"그래. 그 말은 곧 사람들 사이에 널리 퍼졌다는 거지. 입 찢어진 여자나 하나코 씨 이야기가……."

"그렇죠." 나는 고개를 끄덕였다.

단지 말을 바꾸었을 뿐인데 금방 이해할 수 있었다. 그런데 그런 이야기가 어떻게 무서운가?

"이런 식으로 생각해보지 않겠나? 일본 어딘가에서 누군가가 입 찢어진 여자나 하나코 씨 같은 이야기를 만들었어, 그리고 그 이야기가 사람들에게 전해지면서 널리 퍼진 거야. 이 과정을 일본 지도 위에 그려보게."

나는 머릿속에 일본 지도를 떠올렸다. 흔히 볼 수 있는 초록색과 갈색으로 된 지도다.

나는 임의로 한 점…… 비와 호수의 동쪽 언저리에 살짝 빨간 점을 찍었다. 그리고 그곳에서 이야기가 퍼져나가는 모습을 상상했다. 빨간 점이 점점 커지면서 혼슈*를 조금씩 물들여나 간다.

"지금 말한 도시전설은 가공의 이야기야. 그렇다면 당연히 작가가 있겠지. 하지만 그 남자, 또는 그 여자가 이런 이야기를 확대시키기 위해 적극적으로 움직였다곤 생각하기 힘들어. 사람 얼굴처럼 생긴 인면견 이야기는 의도적으로 만들어 확대시 켰다는 말이 있는데, 개인이 그렇게까지 입소문이나 미디어를 조종할 수 있을까? 아마 그건 어려울 거야."

혼슈가 새빨갛게 물든다. 시코쿠도 절반이 빨갛다. 도시전설 은 세토 내해(內海)를 건넜다.

"그럼에도 이야기는 만든 사람의 손을 떠나서 움직이지. 조금씩 전파되고 확산되는 거야."

후쿠오카가 빨갛게 물들고 하코다테도 물들기 시작했다.

"처음에는 입에서 입으로 전해지지만, 어느 정도 퍼지면 미디어를 통해 단숨에 확대되지. 지방마다 이야기가 다양해지고 새로운 내용도 추가되고 말이야. 그러면서 점점 더 확대되는 거야."

의도한 것도 아닌데 빨간색 지도가 꿈틀거린다. 비와 호수의 동쪽을 중심으로 파도를 치듯, 맥박을 치듯.

---

* 일본 열도 가운데 가장 큰 섬으로, 수도인 도쿄가 있다.

"아무런 실체가 없는 말이, 정보가, 이야기가, 마치 생명이나 의지가 있는 것처럼 성장하고 변화하고 증식해서……."

이미 점이라고도 할 수 없는 '빨간색'이 시레토코 반도와 가고시마 현까지 이르렀다.

"……일본 전역을 뒤덮는 거지."

그는 말을 마치고 의자에 기댄 채 담배를 입에 물었다.

오키나와가 한순간에 새빨개졌다. 나는 새빨간 일본 지도를 머리에서 뿌리치며 한숨과 함께 말을 내뱉었다.

"마, 말 그대로 도시전설이 혼자 돌아다닌다고 할까……."

그는 힘차게 고개를 주억거렸다. "바로 그거야! 혼자 돌아다니는 건 무섭다고 바꿔 말할 수도 있어. 이렇게 되면 모든 정보랄까, 미디어 리터러시*의 이야기와 비슷해지니까 타당한 표현은 아니지만 말이야."

내 입에서 감탄사가 흘러나왔다.

"하아! 노자키 씨, 프레젠테이션도 하시나요?"

"내가 그런 걸 어떻게 해?" 그는 평소의 빈정거리는 미소를 지으며 어깨를 들썩였다. "아직 고찰이 굳어지지 않아서 분위기나 기세로 밀고 나간 것뿐이야. 아마 머리 좋은 사람은 나보다 간단하게 설명할 수 있겠지. 이와다나 이와다의 지도 교수 같은 사람은 한숨이 나올 만큼 잘하거든."

---

*   Media Literacy, 미디어를 사용해서 구사할 수 있는 능력.

나는 그의 말을 곱씹으면서 입을 열었다. "그렇다면 도시전설의 메인은 무서운 기둥의 두 번째군요. 참, 특화라고 하셨나요?"

"내 생각은 그래. 더 널리 확산되도록 진화한 무서운 이야기라고 할 수 있지. 그 결과 내용 자체는 그렇게 무섭지 않아졌어. 첫 번째 기둥이 퇴화한 거지. 불확실하면서 한편으론 더 그럴듯하고 이해하기 쉬운 걸로 말이야. 요컨대 기억에 강하게 남기만 하면 뭐든지 상관없어. 덧붙여 사람들에게 전하고 싶은 내용이라면."

나는 수첩을 가리키며 말했다. "꼭 행운의 편지 같군요."

그가 담배 연기를 토해내며 말했다. "성립 과정은 완전히 다르지만 행운의 편지, 즉 체인 메일*도 성격은 똑같아. 전달되고 확산되는 걸 목적으로 한 정보지. 그건 도시전설과 서로 영향을 준다고도 할 수 있어. 유명한 도시전설인 '가시마 씨'는 행운의 편지의 구전(口傳) 버전이라는 설도 있고."

"그렇다면……."

"같은 방식으로 말하면 물질인 편지에서 음성이나 텍스트 자료로 진화한 거지. 옛날의 SF 같은 이야기지만."

"……어쩐지 이해할 수 있을 것 같아요."

나는 흔한 SF 이미지를 떠올리면서 고개를 끄덕였다. 고도로 진화한 지적 생명체는 육체를 버리고 의식만으로 영원히 살 수

---

* chain mail, 연쇄적으로 전송되도록 만든 악성 이메일.

있다. 그런 이야기를 읽은 적이 있다. 구체적으로 누구의 어느 작품인지는 잊어버렸지만.

나는 그가 메모한 수첩을 다시 들여다보았다.

링. 잔예.

그 원고와 도나미 편집장님이 쓴 기사가 동시에 머리를 가로질렀다.

"링도 도시전설과 관계가 있나요?"

내가 직접적으로 묻자 노자키 씨는 쓸쓸하게 웃으며 말했다.

"관계가 있다기보다 저주의 비디오테이프는 '영화판 행운의 편지'잖아? 다른 사람에게 보여주면 저주를 배턴 터치할 수 있는 구조도 말이야."*

"아! 그렇군요." 나는 머리를 긁적이며 솔직하게 말했다. "사다코의 인상이 너무 강렬해서 그건 생각도 못 했습니다."

그는 팔짱을 끼고 말했다. "무슨 말인지 이해해. 하지만 같은 이치를 적용한다면 사다코의 저주는 잇따라 영화로 만들어지면서 주로 영상 매체를 통해 확산되었다고 할 수 있지. 일본뿐만 아니라 전 세계로."

"저주라고 할까, 재미있는 캐릭터죠. 트위터도 하고요."

"두 번째 기둥은 지금도 남아 있어. 오히려 굉장히 굵은 기둥이 되었다고 할 수 있겠지."

---

* 「링」에서는 비디오테이프를 복사해서 다른 사람이 보게 만들면 그 사람에게 저주가 넘어간다.

"그렇군요."

입에서 한숨이 흘러나왔다.

그가 숙였던 상체를 일으키며 말했다. "『잔예』를 나름대로 해석하면 두 번째 기둥을 첫 번째 기둥…… 즉, 내용 자체에 전면적으로 피드백시킨 이야기라고 할 수 있어. 괴이한 현상을 일으키는 인자를 가정해서 전파와 확산을 조사하는 거지. 작품 속에서는 나무에 비유했지만."

"네에……."

나는 순순히 이미지를 떠올렸다. 어느 지방의 커다란 빨간 점이 동쪽으로 계속 가지를 뻗고 맥박 치며 확대되는 과정.

"그 작품에서는 괴이함의 전파나 확산을 '감염'이라는 말로 표현했지. 결국 매개체는 인간이니까 나름 타당한 표현이기는 해. 그렇다면 두 번째 기둥도 '감염에 따른 공포'라고 정리할 수도 있겠지. 물론…… 내 마음에는 와닿지 않지만."

"왜죠?"

"세균이나 바이러스는 작고 미세한 생물이잖아? 물론 엄밀히 따지면 바이러스는 생물이 아니지만. 아무튼 그건 둘째치고 내가 하고 싶은 말은 도시전설이나 무서운 이야기는 전해지고 확대된 그 전체가 하나의 단위가 아닐까 하는 거야."

그는 예리한 시선으로 나를 뚫어지게 바라보았다. 나는 말없이 고개를 끄덕였다.

도시전설은, 그리고 무서운 이야기는 전해지는 것 자체가 무섭다. 데이터에 불과한 정보가 마치 살아 있는 생물처럼 발신자의 조종을 떠나서 사람들 사이로, 세상 속으로 퍼져나간다.

나는 새빨간 일본 지도를 떠올렸다. 맥박을 치며 지금도 계속 세력을 확대해나가는 빨간색. 그 빨간색 전체를 그의 말처럼 하나의 단위이자 하나의 생명체라고 생각해보았다. 그러자 눈도 코도 입도 없는, 상상을 초월할 만큼 거대한 생물이 되었다. 아니, 무서운 이야기니까 괴물이라고 표현하는 편이 어울릴지도 모르겠다. 아니면 요괴라고 하든지.

굉장하다. 흥미롭고 설득력도 있다. 새삼 후임이 노자키 씨라서 다행이라고 생각했다.

그는 턱에 손을 대고 계속 생각에 잠겼다. 아직 고찰이 부족한 걸까? 정말로 열심히 한다. 그런데 이렇게 많이 생각하면 원고가 늦어지지 않을까? 약 5,000자. 3쪽…….

나는 그제야 겨우 편집장님의 말을 떠올렸다.

그 말을 전하자 그는 미묘한 표정을 지으면서 중얼거렸다.

"……누구를 통해서 아셨지? 이와다는 아닐 테고."

화가 난 걸까? 이와다에게? 아니면 편집장님에게?

"죄송합니다. 제가 잘 몰라서 그러는데 혹시 무슨 무례한 말이라도……."

내가 당황하며 황급히 말하자 그는 쓴웃음을 지으며 정중하게 말했다.

"아니야. 도나미 편집장님께 고맙게 받겠다고 전해주게."

무슨 뜻일까? 고개를 갸웃거리고 있자 그가 이야기를 다시 원점으로 돌렸다.

"다음 달은 어떡할까?"

그렇다. 지금 가장 중요한 건 그것이다. 나는 생각이 나는 대로 몇몇 후보들을 거론했다. 다리가 세 개 있는 리카 짱.* 가시마 씨. 사 짱**의 가사. 차라리 조금 전 가설을 싣는 건 어떨까라는 제안도 해보았다. 그는 심각한 얼굴로 생각에 잠겼다. 가슴에 팍 꽂히는 게 없는 것 같다.

이야기는 결국 그가 내일 저녁까지 다음 달에 연재할 후보 목록을 작성하고, 그것을 토대로 검토해서 모레까지 결정하기로 마무리했다. 엄격하게 따지면 마무리했다고 말하기는 힘들지만 일단 회의는 끝났다. 우리는 "잘 부탁드리겠습니다", "그래, 나도 잘 부탁해"라고 인사를 나누고 테이블을 정리했다.

어느새 진저에일 병은 비어 있었다.

그때 여성이 다가와서 물었다. "한 병 더 하시겠어요?"

내가 "괜찮습니다"라고 손을 흔듦과 동시에 노자키 씨가 "끝났어"라고 반말로 말했다. 조금 전과 180도 달라져서 몹시 피곤해 보였다.

그러자 여성이 눈을 반짝이며 말했다. "그럼 아까 하던 회의

---

* 저주받은 인형의 도시전설.

** 노래로 전해지는 도시전설.

를 계속할까?"

처음 왔을 때 노자키 씨가 했던 말이 머리를 가로질렀다. 분명히 다른 건으로 회의가 있었다고 했다.

바 종업원과 무슨 회의를 하는 걸까? 부업일까? 아니면 이런 가게를 직접 차리려는 걸까? 노자키 씨는 무뚝뚝하다고 할 정도는 아니지만 붙임성이 좋다고는 할 수 없다. 처음 만났을 때는 나도 몹시 긴장했다. 솔직히 말해 손님을 상대하는 직업이 어울린다고 볼 수 없다.

"노자키, 소개해줘."

여성은 어느새 노자키 씨 옆에 앉았다. 노자키 씨는 귀찮은 표정을 짓다가 이내 등줄기를 쭉 폈다.

"후지마 씨."

"네!"

노자키 씨가 여성을 손으로 가리켰다.

"이 애는, 아니 이 사람은 여기서 아르바이트를 하는데."

내게 소개해주려는 걸까? 설마! 그럴 리 없다. 머릿속에서 부정하고 있자 그가 곤란한 표정으로 말했다.

"내 약혼자야. 가을에 결혼할 예정이지."

갑작스러운 말을 듣고 나는 할 말을 잃었다.

여성이 일어서서 꾸벅 고개를 숙였다.

"히가 마코토예요. 만나서 반가워요."

밝은 색의 머리칼이 찰랑거렸다. 그녀는 나를 향해 미소를 짓고 나서 노자키 씨를 보았다.

노자키 씨가 한숨을 섞어서 말했다. "이런 말은 안 하려고 했는데, 지금 꼭 여기서 식장을 선택해야 돼?"

마코토 씨는 "그래, 사람들의 조언을 듣고 싶어"라고 말하며 웃었다.

회의라고 한 것은 그것이었던가. 그제야 겨우 이해가 되었다. 그리고 한 박자 늦게 편집장님이 전하라던 말의 의미도 깨달았다.

3페이지니까 딱 좋다. 3페이지. 홀수.

2로 나눌 수 없고 두 개로 가를 수 없는 숫자.

축하한다는 뜻이다. 사사오카 씨도 그렇고 편집장님도 그렇고, 이상한 곳에서 예스러운 사고방식을 가지고 있다.

힘이 빠져서 축 늘어져 있을 때 "어?" 하는 새된 목소리를 듣고 정신을 차렸다. 마코토 씨가 고개를 갸웃거리며 나를 바라보았다. 정확하게 말하면 나의 배 부분을 보았다. 진지하면서도 화살처럼 찌르는 듯한 눈으로.

"왜 그래?"

노자키 씨의 질문에 마코토 씨는 미간에 주름을 잡았다.

"흐음…… 후지마 씨."

"네."

"가방 안에 뭐가 들어 있죠?"

"가방요?"

나는 무릎 위에 가방이 있다는 사실을 새삼 알아차렸다. 노자키 씨와 회의할 동안 계속 가방을 안고 있었던 것이다. 안에는 분명히…….

"……지갑과 필통. 그리고 잡지와 인쇄물 정도인데요."

"그래요? ……내가 착각했나?" 그녀는 난처한 표정으로 머리를 긁적였다. "죄송해요. 왠지 인형이 들어 있는 것 같아서요."

10

개학식을 마치고 집에 오자 중년 남자가 있었다. 식탁을 사이에 두고 엄마와 마주 앉아 있다.

"후나키 씨야. 음식점도 하시고, 그것 말고도 이것저것 하셔. 엄마가 신세를 많이 져서 식사라도 대접하려고 집에 초대했어." 엄마가 마미를 안고 설명했다.

오늘 파트타임 일은 쉬는 것 같다. 야윈 뺨에 느슨한 미소를 담고 엄마는 후나키 씨를 칭찬했다. 간이주점 손님이란 건 바로 알아챘지만 엄마는 끝까지 그런 말을 하지 않았다.

"책을 굉장히 많이 읽으셔. 너랑 금방 친해질 수 있을 거야."

위로 세운 짧은 머리를 매만지면서 후나키 씨는 네모난 얼굴에 함박웃음을 담고 "리호, 만나서 반갑다"라고 말했다. 앞니가 황금색으로 빛났다.

나는 인사만 하고 내 방으로 들어와 문을 꼭 닫았다. 바닥에
는 류헤이의 가방이 놓여 있었다. 거실에서 즐거운 말소리가
들렸다. 엄마가 크게 웃음을 터뜨렸다. 나는 이불을 뒤집어쓰
고 캄캄한 어둠 속에서 대출해온 책을 읽었다.

학력평가 시험이 끝나고 수업이 시작되었다. 아이들은 여전
히 나를 피했다. 두 사람을 제외하고는.

"있잖아, 너희 아빠한테 연락 안 해?"

쉬는 시간에 화장실에서 그렇게 물은 사람은 소네자키였다.
언제부터 있었을까? 나는 깜짝 놀라서 뒤를 돌아보았다.

그 애는 커다란 눈을 더욱 크게 뜨고 헤실헤실 웃었다.

"너희 아빠, TV에 나왔지? 그 사람이 너희 아빠 맞지? 안 봤
어? 너희 엄마는 너무 이기적이더라. 억지로 애들을 데리고 나
오다니."

"난 몰라." 나는 최대한 쌀쌀맞게 대답했다.

그 애는 신경도 쓰지 않고 내게 얼굴을 가까이 댔다.

"엄마가 무서워서 그래? 우리 집이랑 똑같구나. 집에서 군림
하며 가족을 지배하고……."

"그런 거 아니야."

나는 그 말을 남기고 화장실에서 뛰어나왔다. 등 뒤에서 "우
리는 서로 이해할 수 있어!"라는 큰 소리가 들렸다. 그 말을 무
시하고 계단을 올라갔다. 쉬는 시간이 끝날 때까지 학교를 돌

아다니며 시간을 보냈다. 이하라만은 나와 놀아주었다.

"있잖아, 이하라."

"……으으?"

조금 전까지 울상을 짓던 이하라가 옅은 미소를 지었다. 우리는 특수학급의 바닥 위에 앉았다. 선생님은 회의하러 가서 자리에 없었다.

"넌 엄마가 좋아?"

"쪼아."

이하라는 잠시도 망설이지 않고 대답했다. 처진 눈이 초승달처럼 가늘어졌다.

"그럼 아빠는?"

"쪼아."

이것도 바로 대답했다. 나는 미소를 지으면서 "넌 좋겠다"라고 말했다. 그런 말을 하리라곤 스스로도 생각지 못했다. 나는 그런 부모를 좋아하고 싶은 걸까? 마음 깊은 곳에서는 사이좋게 지내고 싶은 걸까?

가슴이 또 쿡쿡 쑤셨다. 머리가 또 뜨거워졌다.

"……넌 부모님에게 사랑받고 있구나."

"응."

이하라가 활짝 웃었다. 들쑥날쑥한 치아. 입 안은 새까매서 암흑처럼 보였다. 이하라와 잠시 놀고 나서 도서관으로 향했다. 책을 돌려주고 책장을 바라본 다음, 슬며시 교류 노트로 다가갔다. 그 이후, 몇 번 확인했지만 내게 온 답장은 없었다.

누군가가 마지막으로 쓴 곳까지 대충 넘겼다. 역시 오늘도 보이지 않는다. 괜히 나 혼자 들떠 있었다. 그걸 읽고 기분이 나빴으리라. 그렇게 생각하는 사이에 하얀 페이지가 나타났다.

처음부터 기대하지 않았다. 답장이 오는 일은 있을 수 없다. 나 자신에게 그렇게 말하고 페이지를 되돌려서 내가 쓴 곳을 찾았다. 새까맣게 칠해져 있거나 '바보'라고 쓰여 있어도 이상하지 않다. 오히려 그것이 당연하다. 만일을 위해 내 눈으로 확인하려는 것뿐이다.

> 스즈키 고지의 『링』을 읽은 분, 어떠셨나요? 저는 굉장히 재미있었습니다. 영화가 개봉되면 보러 가려고 합니다.
> 추천할 만한 무서운 이야기가 있으면 가르쳐주세요. 라탄 리이.

지우지 않았다. 낙서도 없었다. 그 대신 여백에 작은 글자로 이렇게 쓰여 있었다.

> ↑ 리이 님
> 『링』이 마음에 들어서 읽어봤습니다. 굉장히 무서웠습니다. 사다코의 저주는 무서웠지만 사다코가 가엾다는 생각도 들었습니다. 마지막에는 또 소름이 끼쳤습니다.

소설은 많이 읽지 않지만 재미있었습니다. 보답으로 저도
책을 권해드리고 싶어요.
『공포의 도시전설백과』
『추적! 행운의 편지』
『실록 도시전설 시리즈 4, 인면견』
소설은 아니지만 『링』과 비슷한 것 같습니다.
만약 읽으면 감상을 말씀해주세요. 유카리

PS. 영화도 보고 싶습니다!

초등학생일까? 글씨는 예쁘게 쓰려고 노력했지만 문장은 세
련되지 않았다. 한자도 많지 않았다.
유카리.
무서운 이야기를 좋아하는 모양이다. 특히 도시전설을. 초등
학생 때 유행했는데, 몇몇 이야기는 진짜로 믿었다. 전부 거짓
말이라는 걸 알고 그 후에는 찾아보지 않았지만, 다시 읽어보
면 재미있을지도 모르겠다.
답장을 몇 번 읽고 나서 펜을 들었다.

↑ 유카리 님
답장해주셔서 고맙습니다!
당장 책을 대출해서 보겠습니다. 전부 재미있을 것 같아

요. 영화도 꼭 보러 가겠습니다. 리이

유카리가 추천해준 책을 전부 빼내서 도서관이 문을 닫기 직
전까지 읽은 뒤, 그 책을 대출해서 집으로 왔다. 집에는 후나키
씨가 있었고, 엄마는 저녁식사를 준비하고 있었다. 슈퍼마켓의
파트타임 일은 그만두었다고 한다.

서로 다정하게 말하는 후나키 씨와 엄마에게 방해가 되지 않
도록 나는 밥을 먹고 적당히 맞장구를 치다가 내 방으로 들어
왔다. 류헤이도 내 뒤를 따라 들어와서 침대로 올라갔다.

인면견 책을 읽고 있자 엄마가 문을 열고 고개를 내밀었다.
진하게 화장을 했다.

"엄마 다녀올게. 마미를 부탁해."

"다녀오세요."

나는 그렇게 대답했다. 류헤이도 나를 따라서 똑같이 대답했
다. 엄마가 미소를 지었다. 그 뒤쪽에서 후나키 씨가 무표정한
얼굴로 우리를 바라보았다.

11

겨우 도시전설이라는 단어가 나왔다.

고타쓰에 집어넣었던 두 발이 뜨거워져서, 일단 일어나 양반다리를 하고 앉았다.

오다큐 선 고토쿠지 역에서 도보로 10분 거리. 샛길 옆에 있는 원룸 아파트. 2층 맨 구석 집. 나는 울적한 마음으로 편의점 도시락을 먹고 원고를 읽었다. 데라시네에서 집으로 와 지금 이 순간까지.

음악 대신 켜놓은 TV에서는 해설자의 담담한 목소리가 흘러나왔다. 화면 안에서는 서른이 조금 넘었을까, 수수하고 체구가 작은 여성이 황급히 길을 걷고 있었다. 카메라가 흔들렸다. 밀착 취재 프로그램인 듯하다.

"오컬트 책을 좋아하는 사람이라면 인형을 들고 다녀도 이상하지 않을 것 같아서요."

몇 시간 전에 마코토 씨가 했던 말을 떠올렸다.

"아뇨, 그렇지는 않습니다."

나는 가방을 열고 안을 보여주었다. 그녀는 가방 안을 들여다보더니 쑥스러운 미소를 지었다.

"없네요. 괜히 이상한 말을 해서 미안해요."

노자키 씨가 진지한 얼굴로 그녀를 쳐다보았다. 순수한 캐릭터에 애를 먹고 있는 걸까? 말투는 평범했지만 그녀에게 기묘한 느낌을 받은 건 사실이다. 평소에 그녀에게 휘둘리거나 그녀 때문에 곤란한 일을 겪고 있을지도 모르겠다.

어쨌든 노자키 씨는 그런 그녀와 결혼한다고 한다.

노자키 씨를 나와 비슷한 사람이라고 생각했다. 무서운 이야기, 호러, 오컬트, UMA,* UFO, OOPARTS.** 그런 걸 좋아하고 어른이 되어서도 벗어나지 못해 결국 일로 삼는, 그런 인종이라고 생각했다. 하지만 아무래도 내 착각이었던 모양이다. 그는 연애도 하고 결혼도 한다.

노자키 씨처럼 일을 열심히 하는 사람이라도 결국 그쪽 방면이 중요한 걸까? 선배들처럼, 스오 씨나 사사오카 씨처럼.

음지의 세계에 매료된 사람들조차 이런저런 변명을 내세우며 현실과 절충하며 살아간다. 이성을 사귀거나 결혼을 하는 등, 양지에 있는 사람들과 비슷한 길을 선택한다. 그리고 오컬트나 호러보다 애인과 가족을 우선한다.

편집부에서 일하기 시작한 지 얼마 되지 않아서 받은 실망감, 그 마음이 다시 모락모락 피어올랐다. 이런 기분이 드는 것은 원고 탓이기도 하다.

리호의 부모는 둘 다 최악이다. 사실을 왜곡하면서까지 자식들을 되찾으려고 하는 아빠. 자식들에게 말도 하지 않고 집에 남자를 끌어들이는 엄마.

이런 이야기를 읽고 어떻게 가족이 좋다고 생각할 수 있겠는가. 교류 노트를 통해 티끌만큼 위안을 얻은 리호가 가여워서

---

* Unidentified Mysterious Animal, 미확인 생명체.
** Out of Place Artifacts, 그 시대와 전혀 일치하지 않는 인공적인 유물.

견딜 수 없었다.

부우웅 하는 소리가 가까이 다가왔다. 엄청난 스피드로 차가 지나갔다. 소리의 크기와 집의 흔들림으로 볼 때 트럭일 것이다. 한밤중에도 이런 식이다. 이제는 완전히 익숙해졌지만 잠이 올 것 같지는 않다. 원고 옆에 있는 스마트폰의 액정 화면은 새벽 2시를 가리키고 있었다.

TV에서는 조금 전의 여성이 넓은 주방에서 요리를 만들고 있었다. 화면이 바뀌었다. 여성이 커다란 식탁에 잇따라 요리를 늘어놓았다. 샐러드, 조림, 국. 접시들은 모두 반질반질 윤기가 나는 나무 제품이었다. 옆에서 음식을 나르는 남자는 남편일까? 전용 의자에는 어린아이가 앉아 있었다.

"쓰지무라 씨는 가족 식사도 직접 만드시나요?"

스태프일까? 화면 밖에 있는 여성의 정확하지 않은 목소리가 들렸다.

"네, 거의 매일 만들어요."

여성이 손길을 멈추고 카메라를 보았다. 수수하고 가냘픈 얼굴에 생기 있는 미소가 감돌고 있었다. "힘드시겠네요"라고 스태프가 말했다.

"힘들긴요." 여성은 도리아나 그라탱처럼 보이는 커다란 접시를 식탁에 놓으면서 말했다. "여기가 기본이라고 할까, 홈이니까요. 제 일이 가정요리를 만드는 건데, 우리 가족의 식사를 소홀히 하면 안 되잖아요?"

화면 아래쪽에 '가정요리야말로 홈'이라는 자막이 나왔다.

여성이 "자아, 이제 드세요"라고 말하며 의자에 앉았다. 가족 세 명은 각자 가슴 앞에서 양손을 맞대고 "잘 먹겠습니다"라고 한목소리로 말했다. 아이의 목소리가 특히 크게 울려 퍼졌다.

나는 리모컨을 던질 것처럼 TV에 향하고 전원을 껐다.

여기서도 '가족'이다.

여성은 요리연구가인 듯하다. 요즘은 그냥 '요리가'라고도 하는 것 같은데, 한마디로 말해서 가정요리의 레시피 책을 내거나 요리교실을 운영하는 사람이다.

저런 사람들은 레시피뿐만 아니라 가족까지 '판다'. 행복한 가정. 그 행복을 떠받치는 매일 먹는 음식들. 맛도 좋고 간단히 만들 수 있는 데다 가족이 원만해지는 마법의 레시피라고 하면서 집도, 남편도, 아이도 매스컴에 내보낸다.

아빠와 엄마와 아이. 그렇게 나란히 식탁에 앉아야만 가족이라고 하는 것처럼.

그렇다면 나에겐 계속 가족이 없었다.

초등학교 2학년이 되자마자 어머니가 세상을 떠났다. 감기가 심해져서 폐렴이 된 것이다. 병원에 갔을 때는 이미 손쓸 수 없는 상태였다. 관 속에 누워 있던 어머니의 새하얀 얼굴이 지금도 가끔 떠오른다. 그리고 열여덟 살에 도쿄로 올라올 때까지 아버지와 둘이 살았는데 아버지는 내게 관심이 없었다. 집에는 늘 한밤중에 들어왔고, 아침에는 일찍 나갔다. 최소한이지만 나를 돌봐준 것은 그것이 부모의 의무였기 때문이다. 진로나 학비에 관한 이야기 외에 아버지와 이야기를 한 적은 한 번도 없었다.

아무도 없는 집에서 혼자 인터넷을 보고 신비한 세계와 베일에 싸인 세계에 몰입했다. 그리고 얼굴도 모르는 사람들과 의견을 주고받았다. 되도록 집에 가지 않고, 무서운 책과 교류 노트에 빠진 리호처럼.

나는 다시 원고로 눈을 돌렸다.

12

유카리와의 교류는 계속되었다. 노트를 통해 종이와 펜만으로 우리는 책에 관해, 무서운 이야기에 관해 이야기를 나누었다.

유카리 짱
화장실의 하나코 씨, 오랜만에 읽었어요. 새삼 읽어봤는데 재미있더라고요.
유래에는 여러 가지 설이 있는데, 진실은 무엇일까요? 어쩌면 인면견처럼 누가 지어낸 이야기일까요?
알아봤더니 외국인이 쓴 『사라진 히치하이커』라는 책이

굉장히 재미있다고 합니다. 항상 누군가가 대출해가서 아직 못 읽었는데 빨리 읽어보고 싶어요. 리이

오랜만에 도시전설을 읽었더니 옛날 생각이 나면서 섬뜩하고도 기묘한 느낌이 들었다. 무서운 책을 많이 읽은 덕분에 초등학생 때보다 더 즐길 수 있게 되었는지도 모르겠다.
유카리도 내가 추천하는 책을 읽고 있는 듯했다.

리이 님
『악마가 나를 부른다』엄청, 엄청, 엄청 무서웠어요! 끔찍할 정도예요!
저주받은 집안에 태어나면 어떡하죠? 제대로 인간이 될 수 있을까요? 아니면 물고기? 인어? 무서워요!
최근에 '보라색 할멈'*이라는 도시전설을 들어서 심장이 조마조마해요. 스무 살까지 이 말을 잊지 않으면 죽는다는데, 어떡하죠…….
『사라진 히치하이커』는 어른들이 보는 책인가요? 유카리

PS.『링』도 이제 곧 읽을 거예요, 기대돼요!

---

* 학교 화장실에 나타난다는 보라색 노파.

2월에 접어들었다.

일요일 아침. 나는 「링」을 보러 극장에 갔다. 일주일 전에 오랜만에 내가 먼저 엄마에게 말을 걸어서, 영화를 보게 돈을 달라고 했다.

엄마는 흔쾌히 새 루이비통 지갑을 열었다.

극장에 혼자 가는 것은 처음이었다. 그렇다기보다 영화를 보는 것 자체가 오랜만이었다. 나는 과감하게 스몰 사이즈 콜라도 사고 팸플릿도 샀다.

영화가 시작된다는 부저가 울렸다. 좌석은 사람들로 가득 차고, 웅성거림은 아직 가라앉지 않았다. 벌써 목이 말랐다. 콜라로 메마른 목을 축이며 커다란 스크린에 시선을 고정했다.

어두운 극장 안에서 나는 계속 바들바들 떨었다. 마쓰시마 나나코*에게 위화감을 느낀 것은 앞부분뿐이었다. 클라이맥스에서는 의자에서 몸을 웅크리고 있었다. 사다코가 우물에서 나온 순간 비명을 지를 뻔했다. 음악이라고 할 수 없는 귀에 거슬리는 소리가 고막과 머리를 마구 뒤흔들었다. 이런 식으로 전개될 줄은 꿈에도 몰랐다.

사다코가 사나다 히로유키** 앞에 섰을 때, 나는 두 손으로 입을 틀어막았다. 속으로 몇 번이나 "죄송해요, 죄송해요……"라

---

* 영화 「링」의 여자 주인공.
** 「링」의 남자 주인공, 사다코에 의해 죽음을 맞이한다.

고 중얼거렸다. 왜 사과하는지 스스로도 알 수 없었다.

어느새 불이 환하게 켜졌다. 동시 상영 중이던 「라센」*도 봤을 텐데, 하나도 기억나지 않았다. 나는 의자에 달라붙어 있다가 서서히 몸을 일으켰다. 다리에 힘이 들어가지 않아서 비틀거리며 극장에서 나왔다. 정신이 들었을 때는 내 방 침대에 엎드려 있었다. 어떻게 집에 왔는지 기억나지 않았다. 팸플릿은 어디 갔는지 보이지 않았다.

다음 날. 학교에 갔더니 나를 보는 아이들의 시선이 지금까지와 달랐다. 재미있어하는 눈길, 이해한다는 눈길. 내가 모르는 사이에 무슨 일이 있었던 걸까? 아빠 때문일까? 엄마 때문일까?

1교시 종이 울리고 고문 선생님인 세토가 들어왔다. 그는 엷은 웃음을 띠면서 지난번까지의 수업을 총정리했다. 뭐라든가 하는 옛날 작품에 나오는 귀신 이야기였다. 오늘은 여학생을 중심으로 지명하리라.

"오늘은 드디어 귀신이 나오는 부분이군요. 인쇄물 중간 부분을 보세요……." 세토는 앞머리를 쓸어 올리며 말을 이었다. "그럼 여기에서 동그라미가 있는 부분까지 읽고 해석해볼까요? 오른쪽에서 둘째 줄의……."

내가 있는 줄이다.

---

* 「링」의 속편으로 1998년에 개봉한 호러 영화.

120

"뒤쪽에서 두 번째……."

내 뒤쪽이다. 마음이 느슨해진 순간, 세토는 만면에 미소를 지으며 목소리를 높였다.

"……의 하나 앞. 사다코."

말이 끝나자마자 한꺼번에 웃음이 솟구쳤다. 수많은 시선이 내 쪽으로 쏠렸다. 순간, 어둡고 새하얀 내 얼굴이 떠올랐다. 얼굴에 딱 달라붙은 새까만 머리칼도. 내 취미도, 내 즐거움도. 「링」이 재미있다고 소문나면서 많은 사람들이 봤다는 것도.

그날 이후, 우리 반 아이들은 나를 사다코라고 불렀다.

학교 전체에 별명이 퍼진 것은 눈 깜짝할 사이였다. 지나칠 때마다 두려워하는 표정을 지으며 멀어지는 여학생들. 여봐란 듯이 주제가를 흥얼거리는 남학생들.

당번이었던 날, 칠판의 오른쪽 구석에는 '야마무라 사다코'라고 쓰여 있었다. 청소할 때는 내 책상만 그대로 놓아두었다. 저주를 받기 때문이라고 했다. 똑같은 이유로 내가 손댄 비품이나 내가 사용한 도구는 아무도 만지려고 하지 않았다. 몇몇 남학생들은 그걸 서로 던지고 받으며 놀았다. 마치 초등학생처럼.

나는 최대한 냉정하게 내 상황을 관찰했다. 그리고 이 정도라면 견딜 수 있다고 결론을 내렸다. 나보다 더 심한 꼴을 당하는 아이는 얼마든지 있다. 실제로 소네자키는 언젠가부터 학교에 나오지 않았다.

후나키 씨는 거의 매일 집에 왔다. 류헤이는 그 사람과 태연하게 말하게 되었다. 뿐만 아니라 캐치볼이나 게임까지 같이 했다. 야구글러브와 공, 게임기도 사주었다고 한다.

"나쁜 사람은 아닌 것 같아. 부인이 오래전에 죽어서 외롭다나."

류헤이는 위층 침대에서 내려다보며 그렇게 말하더니 『원피스』1권을 보여주었다. 봄에 나오는 2권도 사주기로 약속한 모양이다.

"엄마가 부인 대신이라는 거야?"

류헤이는 얼굴을 찡그리며 "뭐 행복하면 되잖아"라고, 누구에게선가 들은 듯한 말을 했다.

엄마가 집에 있는 시간이 늘면서 나는 지금까지보다 더 자주 도서관에 다니게 되었다. 그리고 어느새 유카리에게 말을 편하게 하게 되었다.

하지만 「링」을 봤다는 말은 하지 않았다. 「링」에 대해서 말하고 싶지 않았던 것이다.

유카리 짱

「링」은 보러 갈 수 없을 것 같아……. 아쉬워. 보면 감상을 말해줘. 『사라진 히치하이커』는 겨우 대출했어. 어려울 것 같지만 열심히 읽어볼게.

요전에 써준 '가시마 씨', 내가 옛날에 들은 내용과 달라서 재미있었어. 이름은 레이코였지. '가시마 레이코'.
책에도 쓰여 있었지만 도시전설에는 여러 가지 변종이 있
어서 스토리가 조금씩 다르대. 유명한 책이라도 좋으니까
가르쳐주면 좋겠어. 리이

리이 님
「사자에 씨」 마지막 회.
이소의 가족이 해외여행을 가는 도중에 비행기가 바다로
추락했습니다. 사자에 씨는 소라가, 가쓰오는 가다랑어
가,* 모두 자기 이름과 똑같은 바다 생물이 되어 살았다고
합니다. 끝. 유카리

유카리 짱
그건 나도 알지만 하나도 안 무서워. ㅋㅋ
도라에몽의 마지막 회도 알고 있어!
『사라진 히치하이커』는 재미있어~. 리이

리이 님
어느 부부 사이에 아들이 태어났는데 아들이 너무 못생겨
서 버리기로 했습니다.

---

* 일본어로 '소라'와 '가다랑어'의 발음은 각각 사자에와 가쓰오이다.

아버지는 아들을 산에 데려가서 버렸습니다.

3년 후, 이번에는 귀여운 딸이 태어났습니다. 부부는 매우 기뻐하며 딸을 금이야 옥이야 키웠습니다.

어느 날, 아버지는 딸을 데리고 놀러 갔습니다. 그곳은 아들을 버린 산이었습니다. 산꼭대기에 도착하자 딸이 아버지를 쳐다보며 말했습니다.

"아빠, 이번에는 버리지 마세요." 유카리

유카리는 도시전설을 쓰게 되었다. 한 번쯤 들어봤던 이야기도, 처음 듣는 이야기도 있었다. 빨간 망토. 빨간 옷. 메리 씨. 데케데케.

무섭지 않은 이야기도 있었고, 무섭기는커녕 웃긴 이야기도 있었다. "라디오 체조는 제2, 제3뿐만 아니라 제99까지 있다"는 말은 분명히 거짓말이다.

즐거웠다. 처음으로 마음이 통하는 상대를 만났다. 나는 그렇게 생각했다. 그런데 3월에 접어들자 유카리의 답장이 뚝 끊어졌다. 학년말 시험 도중에도 도서관에 가서 확인했지만 나에게 쓴 글은 보이지 않았다. 그런 와중에 오랜만에 아빠가 학교에 왔다. 나는 언제나 그렇듯이 보건실에 숨어서 아빠가 돌아가길 기다렸다.

옆 침대에는 오늘도 누가 누워 있고, 코 고는 소리가 희미하게 들렸다. 얼굴을 반대쪽으로 돌리고 있지만 머리가 짧은 여학생이라는 건 알 수 있었다. 내가 올 때마다 있었던 사람일까?

"그건 말이 안 됩니다! 인간으로서 잘못된 겁니다!"

멀리서 어이없을 만큼 당당한 목소리가 들렸다. 나는 누워서 마음의 문을 닫았다.

"기스기."

갑자기 부르는 소리를 듣고 벌떡 일어났다. 야시마가 미간에 주름을 잡으며 물었다.

"TV 봤는데, 그거 진짜야?"

"아니에요." 나는 기계적으로 대답했다.

하나오카도, 호기심이 왕성한 다른 선생님도 몇 번이나 물었다. 나는 그때마다 똑같이 대답했다.

"그건 그냥 아빠가 하는 말이에요."

"흐음." 야시마는 파마한 지 얼마 되지 않은 머리칼을 쓸어 올리면서 말했다. "최후의 순간에는 학교에 오지 않는 방법도 있어."

내가 대답을 하지 않자 야시마는 수습하듯이 얼른 말했다.

"학교가 전부는 아니니까."

옆 침대의 코 고는 소리가 한층 커졌다.

아빠가 돌아간 뒤, 나는 교실로 가서 6교시가 끝나길 기다렸다. 그리고 평소처럼 주변을 살피면서 도서관으로 발길을 옮겼다. 오늘도 답장은, 도시전설은 쓰여 있지 않을 것이다. 이틀 전에 와서 확인했기 때문이다.

그래도 곧장 집에 갈 마음이 들지 않았다. 할 수만 있다면 계속 도서관에 있고 싶었다. 나는 청소년 코너로 가서 노트를 펼쳤다. 파락파락 넘긴 순간, 새로운 '리이 님'이라는 글자가 눈으로 뛰어 들어왔다.

드디어 왔다!

나는 가슴을 쓸어내리면서 유카리의 이야기를 읽었다.

리이 님

즈우노메 인형은 친구 할머니가 어렸을 때 겪었던 일입니다.

할머니는 어느 시골의 큰 저택에 살았습니다. 저택은 아주 넓어서 친구와 가끔 숨바꼭질을 하면서 놀았다고 합니다.

어느 날, 할머니는 평소처럼 숨바꼭질을 하다가 집 뒤쪽에 있는 커다란 창고로 들어갔습니다. 창고 문은 잠겨 있지 않았고요. 할머니는 낡은 옷 고리짝이 잔뜩 놓여 있는 어두운 창고에 몸을 숨겼습니다.

술래인 친구가 찾으러 오지 않자 심심했던 할머니는 창고를 둘러보기 시작했는데, 그러다 낡고 작은 ■■ 상자를 발견했습니다. 먼지를 털고 상자 뚜껑을 열자 안에는 인형이 들어 있었습니다.

검은색 후리소데■ ■은 ■■의 인형이었습니다.

얼굴은 붉은 실로 몇 겹이나 칭■ ■■ ■■■■■. 인형을 본 순간, 할머니는 ■■■ ■■■ ■■■■ 합니다.

할머니가 없어졌다고 친구가 울■■ ■■■ ■■■ ■■
■ ■■니의 엄마와 아빠가 온 집 안을 찾아다니다 창고
에■ ■■■■ ■■■■■■. ■■■■ ■■■ 야단을 맞
았지만 인형 이야기를 하자 두 분은 갑자기 입을 다물고
친구를 집으로 돌려보냈습니다. 그리고 방■ ■■■■ ■
■■■■ ■형에 관해 말해주었습니다.

"그건 즈우노메 인형이라는 거란다."

"오랜 옛날부터 ■■ ■■ ■■■ ■■■ ■■■지."

"그 인형을 망가뜨리거나 버리면 저주를 받게 돼. 그래서
얼굴을 묶■■ ■■■ ■■■."

"훌륭한 스■■ ■■■■."

엄마와 아빠는 겁먹은 얼굴로 그렇게 말했습니다.

할머니는 이상한 ■■■ ■■■ ■■■■■.

"무슨 인형인데요?"

■■■ ■■■■■ ■■■ ■■■ ■■■ 나지막한 ■■
■■ ■■■■■.

"원래는 나쁜 사람을 죽■■ ■■ ■■■■."

그로부터 얼마 후, 할머니 친구가 갑자기 병■ ■■ ■■
■ 떠났습니다. 할머니와 같이 숨바꼭질을 했던 친구였습
니다. 할머니는 너무나 ■■■ 친구 장례식에■ ■■■
■■■니다. 그러자 엄마가 말했습니다.

"즈우노메 인형 ■■■. 가끔 ■■ ■■ ■■■."
"그러니까 ■■ ■■■ ■■■ ■■■ ■■■ ■■ ■ ■."
그 이후, 할머니는 두 번 다시 ■■■ ■■■■ ■■■■■.

이 이야기를 들은 사람에게는 ■■ ■■ ■■■■ ■■■
■■■■■ ■■■. ■■ ■■■■ ■■■ ■■오면 우선
이 노래를 불러주세요.

즈우노메 즈우노메 어디서 오는가
얼간이의 입인가 돌계집의 배인가
허무한 게에 있는 창자인가

즈우노메 즈우노메 어디로 가는가
산등성이 위인가 바다의 끝인가
끔쩍한 눈을 가진 인형인가

그리고 마지막으로 ■■■ ■■■ ■■■ ■■■ ■ ■
■■■ ■■■■ ■■■ ■■■■■ ■■■. ■■■ ■■
■ ■■ ■■■■■. ■■■ ■■ ■■■ ■■■ ■ ■
■■■ ■■■. 유카리

다리가 후들거리고 힘이 빠졌다. 내 ■■■■■■인지 몸■ ■

■■■했다.

즈우노메 인형. 들은 ■■ 없는 이야기■.

■ ■■■ ■■ ■■■ 이야기인가.

■■■■ 몇 번이고 즈우노메 인형 이야기를 다시 읽었다. 그리고 어떻게 답장을 쓸지 한참 생각한 끝에 이렇게 썼다.

유카리 쨩
굉장히 무서웠어. 고마워.
지금은 이 말밖에 쓸 수 없어. 그 정도로 무서웠어.
마음이 정리되면 다시 쓸게. 리이

13

호흡이 멈춘 걸 깨닫고 황급히 원고에서 눈을 돌린 뒤 숨을 깊이 들이마셨다.

지금까지 살았던 좁은 방이 기묘하리만큼 넓게 느껴졌다. 냉장고에서 윙윙거리는 나지막한 소리가 들렸다.

유카리가 교류 노트에 쓴 도시전설 '즈우노메 인형'. 거무칙칙한 얼룩 때문에 후반부는 거의 알아볼 수 없었다. 잉크일까. 아니면…….

그래도 내용은 알 수 있었다. 지인이라고도 할 수 없는 먼 사람으로부터 들은 이야기. 옛날부터 내려오는 무서운 저주. 조금만 관계가 있어도 사람이 죽는다. 그리고 이 이야기를 읽거나 들은 사람에게도 저주가 전파되는 듯하다.

형식만 보면 흔한 도시전설이다. 특히 마지막 부분은 '가시마 씨'나 '사 짱'과 비슷하다. 그런데 하나하나의 세밀한 요소는 마음을 온통 휘저어서 안절부절못하게 만든다.

인형. 마코토 씨의 말과 일치한다. 즈우노메라는 명칭도 유미즈 씨의 시신…… 눈과 관계가 있는 것 같다.* 우메즈 가즈오**스럽기도 하지만.

우연 같지는 않다. 이와다가 말한 것은 틀림없이 이거다.

그런데 이해할 수 없는 점이 있다. 마코토 씨는 왜 내 가방에 인형이 들어 있다고 했을까? 원고에도 이해할 수 없는 점이 한두 가지가 아니다. 알아볼 수 없는 부분은 물론이지만 특히 마음에 걸리는 것은 마지막 부분이다.

평범하게 생각하면 '노래'일까? 글자 수를 맞추고, 군데군데 운율을 맞추고 있다. 뜻은 어느 정도 이해할 수 있다.

즈우노메 인형에게 말을 걸고 있다.

우선 어디서 태어났는지 묻는다. 넌 어디에서 왔지?

---

* '즈우노메'를 '즈우의 눈'이라고 해석할 수도 있다.
** 일본 호러 만화의 일인자.

이어서 어디로 갈지 묻는다. 넌 어디로 가지?

그런데 전후 관계가 도저히 이해되지 않는다. 무엇을 위한 노래인가? 무슨 뜻이 있어서 마지막 부분에 적어놓았는가? 대충 짐작할 수는 있다. 비슷한 도시전설을 빗대어 생각해보면 아마…….

부르르, 부르르. 그때 고타쓰 위의 스마트폰이 몸을 떨었다. 문자 메시지가 왔다는 아이콘과 함께 이와다 데쓰토라는 이름이 보였다. 내용은 중간까지밖에 보이지 않는다. 나는 잠금장치를 해제하고 액정 화면을 들여다보았다.

이와다야.
수고가 많지? 원고는 읽었어?

성질이 급하군. 나는 황당한 표정을 지으며 문자판을 조작했다.

지금 막 즈우노메 부분을 읽었어.
분명히 관계가 있는 것 같아. 경찰에는 이 이야기를 했어? 아니, 원고를 돌려줬어?

마음에 걸려서 일단 물어보았다.
잠시 지나서 답장이 도착했다.

그다음 부분도 상당히 마음에 걸려.

내 질문에 대답하지 않는 건 학생이기 때문일까? 더구나 노골적으로 어서 읽으라고 재촉하고 있다. 살짝 짜증이 나면서 어제 오후에 그와 나눈 대화가 떠올랐다.

아무것도 들어 있지 않은 비닐백을 보여주면서 그는 분명히 이렇게 말했다. 붉은 실이 들어 있다고.

이 또한 도시전설 즈우노메 인형과 관계가 있다.

붉은 실이라고 했지? 그게 뭐지? 원고 사이에 있었다고 한 것 말이야.

이번에는 바로 답장이 왔다.

후지마 눈에는 안 보였어?

그래, 안 보였어. 무슨 말이야?

이번에는 답장이 오지 않았다. 목욕이라도 하는 걸까? 아니면 잠든 걸까? 학생은 자유로워서 참 좋겠다. 나는 한숨을 쉬고 다시 고타쓰 안으로 들어갔다.

14

다음 날. 엄마가 일하러 나간 사이에 후나키 씨가 집으로 왔다. 문을 열고 그를 맞이한 사람은 나였다. 류헤이는 욕실에 있고 마미는 자고 있었다.

후나키 씨는 잠시도 망설이지 않고 안으로 들어왔다. 그리고 소파에 몸을 묻고 편안한 자세를 취했다.

나는 어쩔 수 없이 차를 주었다.

"리호, 책을 좋아한다며?"

그가 차를 한 모금 마시고 나서 갑작스럽게 물었다. TV를 보는 줄 알았는데. 방으로 들어갈 타이밍을 엿보고 있던 나는 당황해서 우물쭈물했다.

그는 눈을 가늘게 뜨고 다시 물었다. "어떤 책을 좋아하지? 요즘 네 또래 애들과 얘기를 잘 안 해봐서 그래. 어떤 책이 인기 있는지도 모르겠고."

나는 무난한 대답을 선택했다. "소설을 좋아해요."

그가 다시 물었다. "어떤 소설? 오리하라 미토 작품 같은 거?"

나는 고개를 가로저었다. 오리하라 미토는 내가 초등학생 때 인기가 있었다. 물론 우리 반에는 지금도 읽는 아이가 있지만. 문예반 아이들은 애독하고 있으리라.

"그런 거 말고요."

"그럼 어떤 거? 순문학? 다자이 오사무 작품 같은 거?"

그는 다시 파고들었다. 어떡하지? 빨리 내 방으로 들어가고 싶은데 대답하지 않으면 놓아줄 것 같지 않다. 나는 마음을 정했다. 꺼림칙하다고 생각하면 빨리 놓아줄 것이다.

나는 황당한 표정을 짓는 그의 모습을 상상하며 대답했다.

"무서운 책요. 요괴나 유령이 나오는 거."

"그래?"

그런데 그는 뜻밖에도 어린애 같은 미소를 지었다. 그리고 몸을 앞으로 내밀더니 "그런 걸 호러라고 하지?"라고 물으며 웃었다. 금니가 반짝거렸다.

"네에⋯⋯."

예상 밖의 반응에 곤혹스러워하면서 가까스로 대답했다.

"실은 나도 그런 책을 꽤 좋아하거든." 그가 팔짱을 끼며 덧붙였다. "아저씨가 젊었을 때는 괴기소설이나 공포소설이라고 했지만."

"그런⋯⋯가요?"

그때 욕실 쪽에서 쾅 하는 소리가 들리고 샤워하는 소리가 이어졌다. 샤워기가 세면대로 떨어져서 부딪힌 걸까?

"『흡혈귀 드라큘라』라든지 『프랑켄슈타인』이라든지, 많이 읽었지."

"저도 읽었어요."

나는 마음을 정하고 대답했다. 어린아이용으로 편집한 책이었지만 재미있었던 것은 사실이다.

그는 눈을 크게 뜨고 웃으면서 말했다. "지금도 책을 많이 읽지만, 처음에는 고이즈미 야쿠모*부터 들어갔지. 기담인 귀 없는 호이치부터."

나는 크게 고개를 끄덕였다. 무의식중에 말이 입을 뚫고 나왔다.

"네, 무서웠어요. 하지만 무섭기만 한 것이 아니라 슬프다고 해야 할까……."

"그래그래, 일본의 독특한 감성이 스며들어 있는 작품이지."

그가 머리를 긁적이자 팔에서 황금색 팔찌가 빛을 뿌렸다. 이렇게 화려한 차림의 남자가 무서운 이야기를 좋아한다고 한다. 고개를 끄덕이며 내 이야기를 들어주고 있다.

"영화는?"

"좋아해요. 많이 보지는 않았지만요."

"아저씨가 어렸을 때는 호러 영화가 아니라 공포영화나 괴기영화라고 했지. 그리고 기담영화라고 했던가?"

"그렇군요."

"공포영화는 역시 신토호 영화사에서 만든 「도카이도 요쓰야 괴담」이 최고야."

나카가와 노부오 감독의 영화다. 본 적은 없지만 영화 관련책에는 반드시 실려 있는 작품이다. 내용을 읽을 때마다 분명

---

* 1850~1904, 영국 출신으로 일본에 귀화한 작가. 귀화 전 이름은 라프카디오 헌이다.

히 무서우면서도 멋진 영화일 거라고 생각했다. 후나키 씨는
그 영화를 봤다고 말하는 것이다.

"좋았나요?"

"안 봤어?" 그는 어이없는 얼굴로 되물었다. "그건 괴담영화
의 최고봉이야. 얼른 보는 게 좋아. 일본 특유의 감성을 멋지게
표현했거든. 호러와는 조금 달라. 즉, 저쪽에선 만들 수 없지."

저쪽은 어디일까 생각하면서 "볼게요"라고 대답했다.

"당연하지. 그걸 보지 않고는 일본의 괴담영화를 말할 수 없
어. 요즘 아이들은 참 불쌍하군. 아저씨 어릴 때와 달리 걸작이
별로 없으니까."

그는 그렇게 말하더니 씨익 웃으면서 소파에 기댔다. 그리고
팔짱을 낀 채 곁눈으로 나를 슬쩍 쳐다보았다.

나는 분위기에 휩쓸려서 말했다. "하지만 「링」은 봤어요. 굉
장히 무서웠어요. 얼마나 무서웠는지 몰라요."

지금도 걸작은 있다. 그가 아직 보지 않았을 뿐이다. 그가 꼭
봤으면 좋겠다. 내일에라도 가서 보면 분명히 재미있다고 말할
것이다.

"링?"

그의 목소리가 뒤집어지면서 금니가 뿌리 부분까지 드러났
다. 그가 주위가 떠나가라 웃음을 터뜨렸다. 소름이 끼칠 만큼
날카로운 웃음이었다. 나는 그 자리에 얼어붙었다. 분위기가
이상해졌다.

그는 눈물까지 글썽이며 말했다. "그래? 요즘 애들은 그렇게 가벼운 호러로 충분한가 보군."

그는 웃음을 그치지 않고 배를 잡고 웃었다. 그리고 어떻게 대답해야 할지 몰라서 우물쭈물하는 나를 향해 두 팔을 활짝 펼쳤다.

"비디오테이프로 저주가 전염된다고? 그러면 저주라는 건 자기(磁氣) 데이터로 변환할 수 있나 보지? 어떻게 하면 그렇게 되지? 더구나 비디오테이프는 오래되면 못 쓰잖아? 닳아서 끊어지니까. 그러면 저주도 오래되면 없어지나? 비디오테이프 대여 문화 때문인지는 모르겠지만 요즘 유행하는 요소를 너무 안이하게 받아들여서 가장 근본적인 부분이 맞지 않아. 더구나 매개체가 TV야, TV! 통속의 극치지! 「도카이도 요쓰야 괴담」의 발끝에도 못 미쳐. 「괴담 가사네가후치」나 「지옥」에 비해도 천지 차이라고."

"그, 그건……."

"공포의 본질이란 건 말이지!"

그는 화를 내듯이 고함을 질렀다. 나는 깜짝 놀라서 한 걸음 뒤로 물러섰다. 그는 비웃음을 감추지도 않은 채 소파에서 몸을 뒤로 젖히며 말을 이었다.

"그렇게 얄팍한 게 아니야. 인간 사회에 숨어 있는 원초적 어둠과 근대 이후의 인간이 가지고 있는 실존 불안이 평행하다는 인식에서 태어난 뜻이자 개념이지. 이걸 이해할 수 있는 건 심연에 매료된 일부 사람들의 특권이야. 뭐, 요즘 어린애들은 이해를 못 하겠지만 말이야. 아이고, 가여워라."

나는 가까스로 "죄송해요"라고 대답했다. 목소리가 거의 나오지 않았다. 그가 무슨 말을 하는지 알아들을 수 없었지만 기분을 상하게 만든 것은 분명했다.

"죄송해요."

목소리를 조금 높여서 다시 한 번 사과했다.

그는 한동안 잠자코 있다가 이윽고 부드럽게 대답했다.

"나야말로 미안해. 나도 모르게 뜨거워졌네." 그리고 쑥스러운 듯 얼굴을 붉적이면서 덧붙였다. "이런 말을 할 수 있는 사람이 거의 없어서 말이야."

"네에……."

나는 고개를 끄덕였다. 그도 여러모로 힘든 일이 있나 보다. 나처럼 고민한 적도 있는 것 같다.

"괜찮아요."

"그래? 그럼 다행이고." 그는 찻잔에 남은 차를 단숨에 마셨다. "맛있게 잘 마셨다. 그런데 말이야."

"네."

"네 남자친구를 소개해주지 않을래? 꼭 만나서 얘기해보고 싶구나."

"네?"

왜 그런 말을 하는 걸까? 나는 어안이 벙벙해서 "없어요"라고 대꾸했다.

"숨기지 않아도 돼." 그는 다정한 표정을 지으며 다 안다는 듯이 말했다. "무서운 걸 좋아하는 건 남자친구 영향이잖아."

15

리호는 우리 잡지사 편집부에 오면 된다. 그러면 적어도 이해심 없는 주변 사람들 때문에 상처받을 일도 없고, 도나미 편집장님에게 사랑받을 수 있다. 편집부에서 컵 볶음국수를 먹고 원고를 읽으면서 그렇게 생각했다.

원고를 덮고 일을 시작했다. 조금 전에 야마나시 취재에서 돌아온 사사오카 씨는 바로 다시 나갔다. 아사쿠사에서 열리는 괴담 이벤트를 취재하러 간다고 했다.

스오 씨는 아침부터 자리에 없었다. 영감(靈感)이 뛰어나다고 소문난 성인 비디오 여배우인 호시사키 가구라 씨의 인터뷰 겸 사진을 찍으러 갔다. 스오 씨는 필름 카메라 시절부터 카메라를 다뤘다고 하는데, 실력은 프로 카메라맨이 무색할 정도다. 조수로 이와다를 데려갔다.

각자의 스케줄이 적힌 화이트보드를 확인한 뒤, 나는 연재 기사의 담당 작가들에게 연락하고 기사 내용과 순서를 정리했다. 도나미 편집장님은 아침부터 심각한 얼굴로 서류를 보고 있었다. 딱 한 번 나에게 말을 걸었는데 전자레인지에서 빼낸 컵 볶음국수에 소스를 넣고 섞을 때였다.

"좀 참아줘. 나까지 먹고 싶어지잖아."

"죄송해요. 옥상에 가서……."

"멍청하긴, 농담이야." 그렇게 말하고 나를 향해 미소 지었다. "그런 걸 먹으면 단박에 뚱뚱해지거든."

편집장님은 투덜거리면서 서류에 시선을 떨구었다. 나는 황급히 볶음국수를 입에 집어넣었다. 편집장님이 "나 참" 하고 혀를 차면서 한숨 쉬는 소리가 들렸다.

노자키 씨가 편집부에 온 것은 오후 4시가 지난 시각이었다. 온다는 말은 못 들었는데, 편집장님을 만나러 온 것이리라. 예상한 대로 노자키 씨가 문을 열고 들어오자 편집장님이 일어서서 인사했다.

"여어, 여기까지 오게 해서 미안해."

"그동안 격조했습니다."

노자키 씨가 안으로 들어오자 체구가 작은 여성이 뒤를 이었다.

"인사가 늦어서 죄송해요."

마코토 씨였다. 머리는 거의 하얀색에 가까운 금색이고, 검은색과 은색의 화려한 스카잔*을 입었다. 등에는 커다란 호랑이가 수놓여 있었다. 그녀는 안으로 들어와서 조용히 문을 닫았다. 서둘러 차를 가져가자 두 사람은 나란히 편집장님 책상 앞에서 서 있었다.

"이번에 결혼하게 되었습니다."

노자키 씨가 조심스럽고 정중하게 보고하자 마코토 씨가 웃으면서 덧붙였다.

"정식으로 인사드리고 싶어서 왔어요. 여기 일을 계기로 만났으니까요."

"그랬던가?"

편집장님이 고쳐 앉으면서 고개를 갸웃거렸다. 그러다 생각났는지 입가에 미소가 떠올랐다.

"아아, 그거 말이지? 스튜디오 사건?"

두 사람이 동시에 고개를 끄덕였다.

"우리로서는 기사를 실을 수도 있었는데……."

"아닙니다. 내용도 복잡했고, 너무 개인적인 이야기이기도 했고요." 노자키 씨가 진지한 얼굴로 대답했다.

"그래도 상관없었어." 편집장님은 어깨를 들썩이더니 환하게 웃으면서 마코토 씨를 쳐다보았다. "우리도 충분히 이점이 있었거든. 진짜에다, 더구나 젊은 사람을 알게 되었고. 나중에 우리 잡지에 나와주면 좋겠는데. 같은 고향 사람이란 인연으로 안 될까?"

---

* 화려한 자수 장식이 특징인 허리까지 오는 점퍼.

마코토 씨는 미안한 표정을 지었다. "죄송해요. 지금도 손길이 미치지 않는 곳이 많아서요."

"그렇겠지. 딜레마야. 진짜는 매스컴에 나올 필요가 없으니까." 편집장님이 쓸쓸하게 말했다.

무슨 이야기인지 감이 잡히지 않은 상태에서 편집장님 책상에 세 사람의 차를 놓았다.

"어제는 고마웠어요."

마코토 씨가 나를 향해 미소 짓는 걸 보고 "당치도 않습니다"라고 대꾸하고 나서 내 자리로 돌아왔다.

"후지마는 알고 있어?"

편집장님이 물어서 재빨리 대답했다.

"네. 어제 회의할 때 들었습니다. 올가을이었던가요?"

"가을? ……아아, 그것 말고." 편집장님은 마코토 씨를 손으로 가리키면서 말했다. "진지한 이야기인데, 히가 마코토 씨는 이른바……."

그때 큰 소리와 함께 문이 열렸다. 모든 사람의 시선이 문 쪽으로 쏠렸다. 스오 씨가 험악한 얼굴로 캐리어 가방을 질질 끌면서 들어왔다.

"어? 마코토 씨…… 아아, 노자키 왔어? 마침 잘됐군."

스오 씨의 화난 얼굴을 보고 노자키 씨가 물었다.

"무슨 일이야?"

스오 씨와는 나이가 비슷한 점도 있어서, 만난 지 몇 달 후부터 서로를 '마음의 동기'로 인정했다고 한다.

스오 씨는 가방을 천천히 바닥에 내려놓더니 혀를 차며 단숨에 말했다. "이와다가 튀었어. 인터뷰 도중에 갑자기 말이야. 별안간 미친놈처럼 소리를 지르더니 스튜디오에서 뛰쳐나갔지 뭐야? 전화를 해도 안 받아."

16

그날 밤. 이불 밑으로 들어가도 잠들지 못한 채 나는 멍하니 위에 있는 2층 침대를 바라보았다. 이불이 스치는 소리를 듣고 류헤이가 뒤척이는 것을 알 수 있었다.

책 읽을 기분은 들지 않았다. 후나키 씨의 말이 머릿속에서 울려 퍼졌다.

나는 아무것도 모르는 걸까? 「링」이 무섭다는 건 잘못된 생각일까? 나에겐 무서운 이야기를 좋아할 자격이 없는 걸까? 내가 느낀 공포나 내가 받은 충격은 얄팍한 걸까?

내가 좋아하는 마음은 전부 거짓일까?

내가 아직 어려서. 내가 여자라서.

유카리도 나처럼 공포의 본질을 모르는 걸까?

캄캄한 방에서 나는 얼굴도 모르는 유카리를 생각했다.

그때 덜컹 하는 소리가 들렸다. 아니다. 이건 소리가 아니라 진동이다. 진동은 등의 훨씬 뒤쪽, 아래층 집에서 전해졌다.

여기로 이사 왔을 때부터 계속 비어 있는 집이다.

나는 똑바로 누운 채 가만히 귀를 기울였다. 무엇인가가 스치는 소리가 어렴풋이 들렸다. 설마, 그 집에는 아무도 없을 텐데. 그렇게 생각한 순간.

끼이이이이이이이이이이이이이이이이이이이이이이이.

나무가 삐걱거리는 소리가 길게 이어졌다. 깜짝 놀라서 벌떡 일어나려고 했는데, 몸이 꼼짝도 하지 않는다는 사실을 깨달았다. 가위눌림이다. 책을 통해 그런 게 있다는 사실은 알고 있었지만 실제로 이런 일을 당한 것은 처음이었다.

이이이 이이 이 이 이이 이이이이이.

소리는 귀를 통과해 머리 깊숙한 곳에 꽂히더니, 머리 안쪽에서 메아리쳤다. 어두운 시야에는 2층 침대의 뒤쪽밖에 보이지 않았다. 목도 돌릴 수 없는 상태에서 눈만 겨우 움직일 수 있었다. 나는 눈동자를 좌우로 움직였다. 침대 기둥이 사방에 하나씩 서 있었다. 그 모든 기둥에 가느다란 실이 감겨 있었다. 실 몇 가닥이 바닥에서 꼿꼿하게 서더니 침대 기둥을 칭칭 휘감았다. 실은 약간 느슨해졌다가 조금 움직여서 다시 팽팽해졌다.

끼이이이이이이이이이이이.

침대에서 고막이 찢어질 듯한 소리가 들렸다. 이 소리였을까? 그렇게 생각하다가 바로 부정했다. 아니다. 이것은 실제 소리가 아니다. 현실의 광경도 아니다.

꿈이다. 뇌가 보여주는 환상이다.

가위눌림이란 원래 그런 것이다.

책에 쓰여 있었다. 대부분의 가위눌림은 뇌만 깨어 있을 때 보는 환각이라고. 머릿속에서 기억이 마구 뒤섞이면서 아무렇게나 재생되는 것이라고. 몸이 움직이지 않는 이유는 의식과 육체를 연결하는 스위치가 끊어졌기 때문이라고.

그렇게 생각해도 눈앞의 광경은 사라지지 않았고, 소리도 그치지 않았다. 오히려 반대였다.

머릿속에서 점점 더 소리가 크게 울렸다.

끼이이이이이이이이이이이이이이이이이이이이.

그리고 실은 점점 더 눈에 선명하게 새겨졌다.

옅은 갈색 기둥을 칭칭 휘감는 실은 선명한 붉은색이었다.

나는 오른손 손가락 끝에 힘을 주었다. 책에 있었던 가위눌림을 푸는 방법이다. 그리고 검지 끝에 의식을 집중했다. 움직여라. 움직여라. 손가락 끝에서 저항감을 느끼고 심장이 쿵쾅거렸다. 머리로 온몸의 감각을 더듬었다. 감각을 의식하는 사이에 등줄기가 차가워졌다.

손에도, 손목에도, 두 팔에도. 뿐만 아니라 발가락에도, 허벅지에도, 허리에도, 가슴에도.

붉은 실이 칭칭 감겨 있었다.

이것도 꿈이다. 단지 그런 감각이 느껴지는 것뿐이다. 나는 스스로에게 그렇게 말했다. 뇌가 현실에 없는 감각을 만들어내고 있다. 거짓 정보를 인식하고 있다. 그렇게 생각한 순간, 실이 온몸으로 파고들었다.

"……!"

비명도 지를 수 없었다. 살이 갈기갈기 찢어지는 듯한 고통으로 인해 숨을 쉴 수 없었다.

눈물로 뿌예진 시야 끝에서 작고 검은 물체가 움직였다. 멍하니 그 물체를 바라보았다. 그것은 어느새 나의 두 다리 사이로 이동했다.

기모노. 후리소데. 검은색 후리소데를 입은 작은 소녀. 두 팔을 힘없이 늘어뜨리고 있다. 새하얀 손과 손가락이 어둠 속에서 희미하게 떠올랐다. 길고 가느다란 목은 약간 오른쪽으로 구부러져 있다. 새하얀 목과 새까만 머리가 선명한 대비를 이루었다. 얼굴에는 붉은 실이 칭칭 감겨 있었다.

의식이 폭발하면서 기억과 눈앞의 광경이 하나로 이어졌다.

붉은 실.

교류 노트. 유카리가 쓴 도시전설.

눈앞에 있는 소녀는 사람이 아니다.

인형이다. 즈우노메 인형이다.

역시 꿈이다. 이것은 유카리의 글을 읽고 나의 뇌가 만들어 낸 망상이다. 인형이 보이고 소리가 들리며 감각이 느껴지는 것은 지금 가위에 눌려서이다. 과학적으로 설명할 수 있는 뇌

146

와 육체의 오작동이다.

나는 머릿속으로 몇 번이나 그렇게 되뇌었다.

으ㅎㅎㅎㅎㅎ.

발밑에서 소리가 들렸다. 흐릿한 웃음소리. 사람을 무시하는 듯한 오만한 웃음소리.

ㅎㅎㅎ…… 크크크크크크.

웃음소리가 점점 커졌다. 삐걱거리는 소리보다 훨씬 앞쪽에서 들렸다. 끄윽. 배가 눌리는 느낌이 들었다. 인형이 배 위로 올라왔다. 믿을 수 없을 만큼 무겁다. 구토증이 배에서 위로, 목으로 치솟았다.

크ㅎㅎㅎㅎㅎㅎㅎ.

웃음소리가 들린 순간, 별안간 가슴에서 무게가 느껴졌다. 인형이 점점 다가오고 있다. 내 몸으로 올라오고 있다. 삐걱거리는 소리가 한층 더 커졌다. 침대가 덜컹덜컹 흔들렸다.

어느새 인형이 눈과 코앞으로 다가왔다.

올이 풀리고 보풀이 인 채 먼지로 뒤덮인 붉은 실이 몇 겹이나 인형의 얼굴을 가로지르고 있었다. 단단히 감긴 실이 약간의 빈틈도 없이 인형의 얼굴을 가렸다.

단발머리 사이에서 붉은 실이 소리도 없이 뻗어 나왔다. 실 끝이 천천히 흔들리면서 내 눈앞으로 다가왔다. 시간이 갈수록 붉은색이 시야를 온통 점령했다. 핀트가 맞지 않는 실 끝이 빙빙 돌면서 가까이 다가왔다.

눈을 감으려고 해도 눈꺼풀이 움직이지 않았다.

얼굴을 돌리려고 해도 목이 돌아가지 않았다.

비명을 지르려고 해도 목소리가 나오지 않았다.

꿈인데. 가위에 눌린 것뿐인데.

그렇다. 그때 생각이 났다. 유카리의 글이. 도시전설 즈우노메 인형의 마지막 부분에 쓰여 있던 노래가.

의식 안쪽에서 기억을 더듬었다. 그리고 기억 속에 있는 문장을 읊조리기 위해 머리를 쥐어짰다. 입도 혀도 움직이지 않았다. 그래도 목소리를 짜내듯, 노래를 부르듯 말을 짜냈다.

'즈우노메, 즈우, 노, 메, 어디서, 오, 는, 가……'

눈앞이 새빨갛다. 오른쪽 눈알의 표면에 가려운 듯한, 찌르는 듯한 자극이 전해졌다.

'얼간이의, 입, 인가, 돌, 계집의, 배, 인가.'

노래 가사가 이게 맞나? 무슨 뜻인지는 모르겠다. 다만 뇌가 기억하는 글자를 소리로 만드는 것뿐이다. 그래도 노래하는 내 모습을 떠올리면서 말을 재생해나갔다.

눈알을 찌르는 감각은 어느새 통증으로 바뀌었다. 실은 천천히 눈알의 표면을 더듬더니, 이윽고 눈꺼풀 사이로 들어왔다.

눈알을 파낼 작정인가?

아무리 꿈이라도, 아무리 환각이라도 견딜 수 없었다.

'허무한, 게에, 있는.'

눈알 안쪽에서 찌지직 하는 뜨거운 통증이 느껴졌다. 나는 절규하는 심정으로 입을 움직였다.

'창, 자, 인, 가.'

정신이 들었을 때는 시야에서 붉은색이 사라졌다. 눈의 통증도 사라졌다. 인형도 보이지 않았다. 온몸을 묶었던 실도 느껴지지 않았다.

꿈이었던가? 그렇게 생각한 순간.

끼이이이이이이이.

삐걱거리는 소리와 함께 꽉 조이는 느낌이 다시 온몸을 습격했다. 침대가 흔들렸다. 움직일 수 없었다. 여전히 꿈에서 가위에 눌리는 중이다. 아직 끝나지 않은 것이다.

침대 울타리 너머에 인형이 오도카니 서 있었다. 엉뚱한 방향을 보고 있다.

크크크크크.

웃음소리가 들렸다. 인형의 목이 끼기긱 소리를 내며 구부러지더니 나를 향했다. 붉은 실이 칭칭 감긴 새빨간 얼굴.

크ㅎㅎㅎㅎ.

끼끼끼 소리와 함께 새하얀 손이 얼굴로 다가가서 손끝으로 실을 잡았다. 붉은 실을 옆으로 밀자 그 사이에서 새까만, 새까만, 새까만…….

'즈우노메, 즈우, 노, 메.'

나는 다시 노래를 불렀다. 그다음 노래를. 아마 2절이리라.

그 안쪽, 실 안쪽을 보면 모든 게 끝이다. 인형의 얼굴을 보면 죽는다. 저주로 인해 죽는 것이다. 머리가 아닌 다른 곳에서 그렇게 확신했다.

"어디로, 가는⋯⋯가."

내 입에서 드디어 목소리가 나왔다. 갈라지고 가냘프고 나약한 목소리가. 내 목소리 같지 않은 목소리가. 내 목소리라고 생각할 수밖에 없는 목소리가.

"산등, 성이, 위인, 가⋯⋯ 바, 바, 바다의, 끝, 인가."

인형의 움직임이 멈추었다. 실 사이에서 새하얀 손가락이 빠져나왔다. 노래하라, 노래하라. 더 빨리, 더 크게.

웃음소리가 들렸다. 나무가 갈라지는 소리가 들렸다.

시야에서 의식을 분리해 오직 노래만을 생각하면서, 나는 노트에 적힌 노래를 끝까지 불렀다. 그리고⋯⋯.

"⋯⋯!"

모든 것을 깨달은 순간, 의식이 멀어졌다.

방이 환하다. 멀리서 새 울음소리가 들렸다.

온몸이 나른하지만 실의 감촉은 느껴지지 않았다. 손가락 끝에 힘을 주자 아무런 저항도 없이 쉽게 구부러졌다.

눈을 깜빡이고 고개를 비틀었다. 천천히 손을 움직여서 배를 만졌다. 손바닥에도, 배에도, 감촉이 전해졌다.

침대에서 몸을 일으켜 벽을 보자 시계가 7시를 가리키고 있었다. 인형도, 붉은 실도 모두 사라졌다.

흠칫거리며 오른쪽 눈꺼풀을 만졌는데 통증은 없었다. 시야도 이상한 곳이 없었다. 침대에서 나와 몸을 쭉 폈다. 온몸의 마디마디가 굳어 있어서 관절에서 소리가 났다. 두 팔과 허벅지의 통증은 근육통일까.

그때 배에서 꼬르륵 소리가 났다. 아침식사를 준비해야 한다. 그렇게 생각한 순간, 지금 있는 곳이, 지금 보는 풍경이 현실이란 사실을 똑똑히 인식했다.

위쪽에서 "으음……" 하는 류헤이의 소리가 들렸다.

"일어나. 아침이야."

나는 류헤이에게 그렇게 말했다. 평소의 내 목소리가 나왔다.

화장실에 들어간 순간, 배 안쪽이 격렬하게 요동쳤다. 참을 수 없는 구토증이 위에서 목구멍으로 솟구쳤다. 나는 변기 앞에 엎드려서 토하고 또 토했다.

위액이 말랐을 무렵에는 눈물로 인해 눈앞이 뿌옜다.

17

노자키 씨와 나는 편집부에서 회의를 했다. 우리 앞에는 그가 만들어온, 다음 달에 연재할 후보 목록이 놓여 있었다. 그곳에는 마니아스럽거나 너무 대중적인 것을 피하고 지금 다룰 만한 가치가 있는 도시전설이 몇 가지 적혀 있었다.

나는 목록 맨 아래쪽을 가리키며 물었다. "기억술사*는 어떤 가요?"

노자키 씨는 코를 킁킁거리며 답했다. "지방의 도시전설이긴 하지만 개발도상국의 도시전설로 소개할 수 있지 않을까?"

"성장하고 있는 도시전설이라고 하는 편이 좋지 않을까요?"

그는 한쪽 뺨으로만 웃었다.

스오 씨는 붉으락푸르락한 얼굴로 기자재를 정리한 뒤, 컴퓨터에 사진 데이터를 입력하고 어딘가로 사라졌다. 근처 술집에서 술을 들이켜고 있으리라. 이와다가 기이한 행동을 보인 결과, 호시사키 가구라가 공황 상태에 빠지는 바람에 인터뷰와 사진 촬영은 엉망이 되었다고 한다.

스오 씨가 도나미 편집장님에게 보고하는 것을, 귀를 쫑긋 세우고 들었다. 보고를 다 듣자 편집장님은 "알았어"라고 말한 뒤, 누군가에게 전화를 걸었다. 처음에는 진지하게 사과하더니 점차 가벼운 말투로 바뀌면서 가끔 웃음을 터뜨리기도 했다.

"누구와 통화하는 건가요?" 회의하는 중간에 노자키 씨에게 물었다.

그는 목소리를 낮추며 대답했다. "루미 씨일 거야. 호시사키 씨 기획사 사장 말이야. 배우 일을 하다가 재작년쯤에 기획사

---

* 기억을 없애는 괴인.

를 차렸거든."

"아! 요전에 인터넷에서 인터뷰 기사를 봤어요. 굉장히 인공
적으로 생긴……."

"편집장님 술친구거든. 기획사를 만들 때도 도와줬을 거야."

"그래요?"

"그래. 안 그러면 호시사키 같은 스타가 이런 잡지에 나올 리
없잖아? 다 편집장님 덕분이야." 노자키 씨는 감탄한 듯이 말
했다.

나도 편집장님의 능력에 새삼 존경의 마음이 들었다.

편집장님은 전화를 마치고, 노자키 씨를 기다리는 마코토 씨
와 잡담을 하기 시작했다. 마코토 씨는 웃는 얼굴로 이야기를
했지만, 가끔 초조한 얼굴로 노자키 씨의 등을 바라보았다. 나
는 그 모습을 슬쩍 보고 나서 모든 의식을 회의에 집중했다.

회의가 끝났다. 이번에 채택한 소재는 기억술사이다. 정보가
적은 점이 문제이긴 하지만 노자키 씨가 알아서 해결해줄 것이
다. 길거리 취재를 해도 좋지 않을까?

노자키 씨와 인사를 하고 거의 동시에 일어섰다. 마코토 씨
가 안도한 얼굴로 그를 올려다보았다.

그때 문이 열리고 스오 씨가 들어왔다. 아까보다 진정되기는
했지만 기분은 여전히 좋지 않아 보였다. 그는 머리를 쓸어 올
리면서 편집부를 향해 성큼성큼 걸어왔다.

"역시 전화를 안 받아. 메일도 메신저도 감감무소식이야."

"집에 전화해봤나? 부모님과 같이 살 거야."

노자키 씨가 묻자 스오 씨가 자리에 앉으면서 되물었다.

"집 전화번호는 몰라. 자네는 알아?"

"나도 몰라." 노자키 씨가 스마트폰을 꺼내며 덧붙였다. "학교에 연락해볼게. 대학원생실에 있으면 다행이고, 없으면 집 전화번호를 물어보면 되니까."

노자키 씨는 스마트폰을 조작하면서 편집부를 어슬렁어슬렁 걸어 다녔다.

"저는 작가인 노자키라고 합니다만……."

그는 정중하게 이름을 말하고 몇 마디 인사말을 나누었다. 전화를 받은 상대를 아는지, 대화는 원만하고 부드럽게 진행되었다. 마코토 씨가 불안한 표정을 지으며 일어섰다.

여기 일이 끝나고 노자키 씨와 볼일이 있는 걸까? 특별한 볼일이 없다고 해도 두 사람만의 시간이 줄어드는 상황은 결코 즐거운 일이 아니리라. 그렇게 생각한 순간, 그녀가 나를 향해 종종걸음으로 다가왔다.

나는 당황하면서 일단 사과했다. "죄송합니다. 저희 쪽 사정으로 시간이 지체됐네요."

"아니에요." 그녀는 고개를 가로저었다. 금발이 살랑살랑 나부꼈다. "이와다라는 사람이 걱정돼서 그래요."

"그러세요?"

"네. 좋지 않은 일이 일어난 것 같아요."

그녀는 시선을 책상에 떨구고 입술을 깨물었다. 길고 검은 속눈썹이 커다란 눈을 가렸다. 그 순간 편집장님이 가방을 들고 자리에서 일어났다. 스오 씨가 일어서서 거북한 얼굴로 고개를 숙였다.

"편집장님, 죄송합니다."

"괜찮아. 뭘 그런 걸 갖고 그래?"

편집장님이 미소를 지으면서 스오 씨의 어깨를 가볍게 토닥였다. 스오 씨가 여전히 불만스러운 얼굴로 미간에 주름을 잡았다. 노자키 씨의 통화는 아직도 계속되고 있었다.

"차라도 드릴까요?"

그렇게 말한 사람은 마코토 씨였다. 억지로 밝게 행동하려는 것이 느껴졌다.

"아닙니다. 그건 제 일인데요."

나는 그렇게 말하고 황급히 탕비실로 향했다. 등 뒤에서 "먼저 갈게, 히가 씨 다음에 봐"라는 편집장님의 목소리와 함께 문 열리는 소리가 들렸다. 나는 "수고하셨습니다!"라고 목소리를 높였다. 쟁반에 찻잔을 올려서 가져가자 노자키 씨가 스마트폰을 귀에 대고 말했다.

"안 받는군."

집에 전화를 거는 모양이었다. 마코토 씨 얼굴이 다시 흐려졌다.

따르르르르르릉. 전화벨이 울렸다.

편집부 전화다. 쟁반을 들고 우물쭈물하고 있자 스오 씨가
책상의 수화기를 들었다.

"네, 기가출판입니다. ……네?" 스오 씨의 한쪽 눈썹이 치켜
올라갔다. "실례지만 어디…… 뭐? 이와다야?"

그 말을 듣자마자 나는 그대로 굳어졌다. 노자키 씨는 걸음
을 멈추고, 마코토 씨는 눈을 크게 뜨고 숨을 들이마셨다.

스오 씨가 험악한 얼굴로 소리쳤다. "이놈, 무슨 낯짝으로 전
화를……. 뭐? 그게 무슨 말이야? 똑바로 말하지 못해!"

넓은 편집부에 분노의 목소리가 메아리쳤다. 가까운 곳에 쟁
반을 내려놓은 순간, 스오 씨가 나를 부르며 수화기를 내밀었다.

"후지마, 이와다야. 당최 알아들을 수 없는 말을 하는군. 후
지마가 어쩌고저쩌고하는 건 들렸어."

"저, 저 말인가요?" 나는 황급히 수화기를 받아서 귀에 가져
다 댔다. "여보세요."

헉헉 하는 소리가 멀리서 들렸다. 이것은…… 숨소리다. 초조
해하는 걸까, 괴로워하는 걸까?

"이와다? 나야, 후지마."

"……었……어?"

희미한 목소리가 띄엄띄엄 들렸다.

"뭐? 미안해, 잘 안 들려…….."

"원고는 다 읽었어?"

이번에는 그의 목소리가 똑똑히 들렸다.

"무슨 말이야?"

생각도 하기 전에 말이 튀어나왔다. 이런 순간에 할 말은 아니지 않는가? 아무리 무능한 편집자라도 그건 알고 있다.

"그건 나중에 말해도 되니까 일단 무슨 일인지……."

이와다가 다급히 내 말을 가로막았다. "아직 안 읽었다면 빨리 읽어. 지금 당장 전부!"

"그런 이야기는……."

"나중에 할 이야기가 아니야!"

이와다가 버럭 고함을 질렀다. 눈물에 젖은 목소리와 함께 코를 훌쩍이는 소리도 들렸다. 무슨 일이지? 정상적인 정신 상태가 아닌 것만은 분명하다. 어떻게 말해야 할지 몰라서 수화기를 다시 잡았다. 거친 숨소리 사이로 흐느끼는 소리가 들렸다.

"……무슨 일이야?"

대답은 돌아오지 않았다. 흑흑흑. 수화기 너머에서는 울음소리만 길게 이어졌다. 나는 주변을 둘러보았다. 스오 씨는 나를 노려보고, 노자키 씨는 턱에 손을 댄 채 내 모습을 지켜보았다. 마코토 씨가 노자키 씨에게 다가갔다.

"……가까이 다가왔어."

멀리서 이와다의 목소리가 들렸다. 뭐라고 해야 할지 모르는 채 그저 "뭐가?"라고 물었다.

"인형이야. 처음에는 멀리서 언뜻 보였어. 오늘 아침에는 창밖에서…… 점심때가 지나서는 스튜디오 아, 안에서……."

"이와다, 그건 말이지."

그 원고를 읽은 탓이다. 내용에 너무 감정 이입을 하는 바람에 자기도 모르게 우울해진 것이다. 그렇게 말하려고 했을 때였다.

"지금 눈앞에 있어."

이와다는 그렇게 말하고 소리 내어 울음을 터뜨렸다. 대화가 이어지지 않는다. 말이 통하지 않는다.

그때 누군가가 어깨를 건드려서 심장이 펄쩍 뛰어올랐다. 돌아보자 노자키 씨가 심각한 표정으로 말했다.

"스피커폰으로 해도 돼?"

고개를 끄덕이자마자 노자키 씨가 전화기 버튼을 눌렀다.

"이와다? 나야, 노자키. 내 질문에 대답해. 예스나 노만이라도 좋아."

노자키 씨가 곁눈으로 마코토 씨를 보았다. 그녀가 작게 고개를 끄덕였다.

"자네는 지금 괴이한 상황에 직면했지?"

지금 제정신인가 할 정도로 노자키 씨가 진지하게 물었다. 어안이 벙벙해 있자 전화기 너머에서 메마른 목소리가 들렸다.

"……네."

스오 씨가 미간에 주름을 잡았다.

노자키 씨가 몸을 앞으로 숙이며 말했다. "나는 그런 일을 몇 번이나 겪었어. 그래서 얼마든지 있을 수 있고, 일어날 수 있다는 걸 알고 있어. 마코토도 마찬가지고. 예전에 자네에게 말한 사람이야. 그녀의 눈에는…… 보여.”

나는 흠칫 놀라며 마코토 씨를 보았다. 그녀는 심각한 표정으로 고개를 한 번 끄덕였다. 나는 믿을 수 없는 심정으로 그녀의 커다란 눈을 똑바로 바라보았다. 오컬트가, 괴이한 일이, 현실에서 일어날 수 있다고? 어떻게 그런 일이…….

노자키 씨가 다시 말을 이었다. “마코토의 말에 따르면 인형이 보인다고 하는군. 전화기 너머, 자네가 있는 곳에.”

“네.” 이와다가 즉시 대답했다.

내 심장의 고동이 더욱 빨라지고 커졌다. 마코토 씨는 이와다의 말을 듣지 않았다. 그럼에도 정확하게 알고 있었다. 이와다가 나에게 말한 포인트를, 원고 내용에 있는 키워드를.

데라시네란 바에서 있었던 일이 되살아났다. 그때 그녀는 인형 이야기를 했다. 내가 인형이 나오는 부분을 읽은 것은 그다음이었다. 그 자리의 아무도 모르는 정보를 그녀는 알아차렸던 것이다. 그녀의 눈에는 정말로 보이는 것 같다. 그렇다면 이와다의 말도, 이와다가 말하는 상황도. 그리고 원고의, 그날의…….

“인형이 제 앞에 서 있어요. 계속 따라와요.”

이와다가 똑같은 말을 계속 반복했다. 마코토 씨의 얼굴이 한층 더 험악해졌다.

노자키 씨가 물었다. “대책은 세웠나? 거울이나 칼 말이야. 부적이라도 좋아.”

"그래도 달라지지 않았어요. 노래도 소용없었고요."

"노래?"

대답이 없었다. 스피커에서는 콧물 훌쩍이는 소리만 들렸다.

노자키 씨가 다시 물었다. "지금 목숨의 위협을 느끼고 있나?"

"부…… 으으…….." 신음과 함께 이와다가 쥐어짜듯이 말했다. "부모…… 부모님이, 이미…… 틀렸을 거예요."

마코토 씨가 숨을 들이마셨다. 스오 씨가 망연한 얼굴로 노자키 씨를 올려다보았다.

노자키 씨가 침통한 표정으로 물었다. "……지금 집에 있지?"

"네. ……노자키 선생님."

"왜?"

그리고 침묵. 그동안 숨소리만 이어졌다. 노자키 씨가 다시 말하려고 할 때, 이와다가 단호하게 말했다.

"유미즈 씨는 자살한 게 아닙니다. 살해된 겁니다, 이 녀석에게요……."

아까부터 머리 한쪽으로 상상하다가 지워버렸던 말이다.

"마코토!"

노자키 씨가 날카롭게 소리쳤다. 마코토 씨가 창백한 얼굴로 힘없이 머리를 흔들었다.

"안 돼…… 너무 멀어."

으드득으드득. 기묘한 잡음이 전화기 안쪽에서 메아리쳤다. 다음 순간.

크흐흐흐흐. 앙칼진 웃음소리가 들린 직후 커다란 절규가 귀청을 찢었다. 크고 불쾌하고 섬뜩하고 소름 끼치는 비명이 사무실에 메아리치며 이리저리 뛰어다녔다.

"이와다!" 스오 씨가 큰 소리로 불렀다.

마코토 씨가 귀를 막고 휘청거렸다. 넘어지기 직전에 노자키 씨가 그녀를 붙잡았다.

스피커에서 토하는 소리가 흘러나왔다. 쓰러지는 소리와 무너지는 소리가 뒤를 이었다. 뚝. 그리고 소리가 끊어졌다.

도쿄 급행 전철 덴엔토시 선, 사쿠라신마치 역에서 나오자마자 바로 주택가가 나타났다. 인형의 집 같은 단독주택 앞에서 나는 몸을 쭈그리고 앉아 있었다.

밤바람이 손과 뺨을 찔렀다. 몸을 떠는 것은 추위 때문만은 아니었다. 조금 전에 이 집…… 이와다의 집 안에서 본 광경이 눈에 새겨져서 떨어지지 않는다.

불이 켜진 1층의 넓은 거실.

쓰러진 가구와 천장에 튄 검붉은 핏방울.

겹치듯이 쓰러진 노년의 남녀.

아마 이와다의 부모님이리라. 두 분 다 목에 손을 대고 있었다. 옷도 여기저기 찢어지고 거무칙칙하게 얼룩져 있었다. 얼굴은 피투성이가 되어서 새빨갰다.

이와다는 2층 방에서 숨이 끊어져 있었다. 죽었다는 것은 한 눈에 알 수 있었다. 도저히 살아 있는 모습이 아니었다. 멍하니 입을 벌린 채 얼굴은 갈기갈기 찢어져 있었다. 두 눈의 눈알은 보이지 않았다.

유미즈 씨 때와 확실하게 다른 점이 한 가지 있었다.

부모님의 시신에도, 이와다의 시신에도……

가늘고 기다란 붉은 실이 몇 가닥이나 감겨 있었다.

"빌어먹을! 어떻게 이런 일이……"

은색 프리우스 승용차 옆에서 스오 씨가 힘없이 욕설을 했다. 그 앞쪽에 주저앉아서 마코토 씨가 파르르 떨고 있었다. 노자키 씨가 그녀의 가냘픈 어깨를 껴안고 무표정한 얼굴로 먼 곳을 바라보았다. 멀리서 구급차의 사이렌이 들려왔다.

병원에서 있다가 정신을 차렸을 때는 경찰서였다. 경찰관은 똑같은 내용을 몇 번이나 물었다. 아는 것은 사실대로 말하고, 모르는 것은 모른다고 대답했다.

경찰서에서 겨우 풀려났을 무렵에는 날이 조금씩 밝아오고 있었다. 스마트폰의 액정 화면은 새벽 5시를 가리켰다.

다마가와 경찰서의 긴 복도를 걸었다. 이런 시간인데도 경찰서 안은 어수선해서, 제복 경관과 사복형사들이 종종걸음으로 내 곁을 스쳐 지나갔다.

노자키 씨는 어디에 있을까? 아까 경찰관에게 물어볼걸. 아니면 얘기해주었는데 잊어버렸을까. 그렇게 생각하는 사이에 정면의 현관으로 나왔다. 계단을 내려가서 주차장을 지나 밖으로 나왔다. 새벽이라서 그런지 지나가는 사람은 아무도 없고, 도로에도 차가 거의 달리지 않았다. 바람이 차가웠다. 나는 몸을 움츠리면서 머릿속으로 집에 가는 길을 생각했다.

주차장에 있던 순찰차 한 대가 시동을 걸고 도로로 나갔다. 순찰차 타이어에 짓밟히며 하수도의 금속 뚜껑이 귀를 찢는 소리를 냈다. 사건이 일어난 걸까?

무의식중에 번호판을 눈으로 쫓았다. 순찰차는 어느새 모퉁이를 돌아서 보이지 않았다. 그 너머에서 작은 점이 보였다. 도로 한가운데에 붓으로 찍은 듯한 검은 점. 그 점에 시선을 고정한 순간, 퍼뜩 정신이 들었다. 왜 여기에 있는지 생각난 것이다. 이와다와 부모님에게 일어난 일이 머리를 가로질렀다. 이와다가 전화기 너머에서 했던 말도.

다리에 힘이 빠지고 심장이 조여들었다. 그래도 내가 보고 있는 것에서 눈을 뗄 수 없었다. 검은 점이라고 생각했던 것은 새카만 인형이었다. 30센티미터쯤 되는 작은 일본 인형이 도로에 오도카니 서 있었다.

얼굴은 새빨갰다.

아니다, 멀어서 잘 안 보이는 것뿐이다. 저것은…… 붉은 실이다.

나는 지금 즈우노메 인형을 보고 있다. 그게 무슨 뜻인지 깨닫고, 그 자리에 털썩 주저앉았다.

Delivery to the following recipient failed

permanently:

yayoiiiiiiiiiiiiii@*****.com

----- Original message -----

야요이에게

결론부터 쓴다. 나는 이제 곧 죽는다.

우울증이 도지거나 인생을 비관하기 때문이 아니다. 실은 무서운 병에 걸렸는데, 그것을 지금까지 숨겼기 때문도 아니야.

나는 앞으로 30분 안에 죽는다.

말도 안 된다고 웃어넘기는 당신 얼굴이 눈에 떠오르는 군. 처음 만났을 때의 당신 얼굴이. 우리 둘 다 20대였던 시절의 당신 얼굴이.

'바보 아니야?'라는 당신 목소리가 머릿속에서 들려. 하지 만 믿어줘.

자세하게 설명하고 싶지만 시간이 없어.

야요이, 지금까지 정말로 고마웠다.

30년 전에 처음 만나고 지금까지 계속.

사귀기 전부터, 사귀고 나서, 결혼 생활을 할 때도, 그리 고 헤어진 후에도.

당신에게는 계속 폐만 끼쳤어. 정말 미안해.

아키 일은 나에게도 책임이 있어, 그 후에 당신이 변한 것도. 아키의 장례식이 끝나고 당신이 한 말이 지금도 생각나.

난 여자임을 포기하겠어. 누군가의 애인도, 아내도 되지 않겠어. 엄마는 절대로 되지 않을 거야. 나에겐 그럴 자격이 없으니까.

처음에는 나와 헤어지려는 핑계라고, 나를 거절하는 말이라고 생각했어. 아니면 아키에 대한 마음을 역설적으로 표현한 말이라고.

지금은 알아. 당신은 정말로 여자임을 버렸다는 것을. 그렇게 할 수밖에 없었다는 것을. 아키를 잃어버린 죄책감을 그런 식으로 속죄하고 있다는 것을.

하지만 나는 당신과 다시 시작하고 싶어. 조금 있으면 죽는다는 사실을 알면서도. 말만 하고 도망치는 것 같아서 미안해. 하지만 이건 조금도 거짓 없는 진실한 마음이야.

마지막으로 이 말만은 꼭 해두고 싶다.

'즈우노메 인형'이라는 도시전설에는 절대 가까이 가지 마.

기요시

제2장

미
하
루

1

유카리 짱

'즈우노메 인형' 이야기는 어디서 들었어?

책에서 봤어?

처음 본 이야기라 그런지, 마음에 걸려서 꿈에도 나왔어.

괜찮다면 어디서 봤는지 가르쳐줄래? 리이

봄방학. 나는 거의 매일 도서관에 다녔다. 대출한 책을 반납하면 곧장 청소년 코너로 가서 교류 노트를 들췄다. 하지만 아무리 기다려도 유카리한테서 답은 오지 않았다.

한 학년 올라갔다. 교실은 2층이 되고 4반이 되었으며 반 친구들의 얼굴도 바뀌었다. 그것 말고 달라진 것은 아무것도 없었다. 담임은 여전히 하나오카였고 나는 여전히 사다코였다. 머리를 묶어도, 짧게 잘라도, 아이들은 계속 나를 그렇게 불렀다.

엄마는 낮에 후나키 씨의 화랑인가에서 일하게 되었다. 그는 여전히 우리 집에 왔고, 가끔 자고 가기도 했다. 내게 소설이나 영화 이야기를 하는 일도 있었지만 내가 어떻게 대답해도 "그래그래, 아직 그 수준이지"라고 대응하며 히쭉히쭉 웃었다.

학력평가 시험이 끝났을 무렵, 나는 마음을 먹고 사서인 나카오 씨에게 물어보았다.

"혹시 사서님이 유카리인가요?"

나카오 씨는 카운터 안에서 곤란한 미소를 지었다.

"미안해. 누가 썼는지는 우리도 몰라. 그건 자유롭게 쓰라고 만든 노트니까."

"그런······가요?"

나는 책을 손에 들고 고개를 떨구었다.

그런 내 모습을 보고 그녀가 진지한 얼굴로 말했다. "실은 알아보려고 하면 얼마든지 알 수 있어. 노트에 글 쓴 아이가 책을 대출할 때 카드를 내밀지?"

"네."

"그러면 금방 이름도 알고, 여기 있는 기계에 넣으면 주소와 학교도 알 수 있지. 하지만 외부 사람에게 말해주면 안 돼. 그건 여기 규칙이니까."

"알겠습니다. 죄송해요."

나는 책을 가방에 넣었다.

"마음이 맞는 아이가 있었어? 그 애 이름이 유카리야?"

그녀가 조금 들뜬 목소리로 묻기에 작게 고개를 끄덕였다. 그러자 그녀는 "잘됐구나" 하며 환한 미소를 지었다.

저녁식사를 준비하고 있자 전화벨이 울렸다. 나는 손을 씻고 수화기를 들었다.

"여보세요."

"……아……."

잡음이 심하다. 더구나 소리도 멀다. 휴대폰일까?

나는 다시 한 번 말했다. "여보세요."

"리호니?"

들은 적이 있는 목소리였다. 나는 반사적으로 귀에서 수화기를 떼어냈다. 목소리가 흐렸다. 잡음도 섞여 있었지만 틀림없었다.

아빠 목소리였다.

어떤 방법을 동원했는지는 모르겠지만 이 집 전화번호를 알아낸 것이다. 황급히 끊으려고 하다가 손을 멈추었다. 지금 전화를 끊는 것은 "네"라고 대답하는 것이나 마찬가지이기 때문이다.

수화기를 귀에 대고 낮은 목소리로 대답했다. "아니에요."

"리호지?" 아빠는 다시 끈질기게 물었다.

"아니에요."

"잘 지내니? 생활은 제대로 하고 있어?"

"자…… 잘못 걸었습니다…….''

"아빠가 금방 갈게. 가서 구해줄게."

"아니라고요!" 나는 목청껏 소리쳤다.

상반신이 전부 심장이 된 것처럼 쿵쾅거렸다.

"……실례했습니다."

수화기 너머에서 얼음 같은 목소리가 들리고 이내 통화가 끊어졌다. 심장 소리와 거친 숨소리만이 집을 가득 메웠다.

나는 천천히 심호흡한 후 어떻게 해야 할지 생각했다. 일단 엄마에게 알려야 한다. 저녁식사 때 말하자.

나는 조용히 수화기를 내려놓았다.

2

전화를 걸어 상황을 대충 말하자 노자키 씨는 "알았어"라고 하면서 주소를 말해주었다.

"미안하지만 지금 말한 곳으로 바로 와주겠나?"

"여긴 노자키 씨 집이…….''

"마코토의 집이야. 지금 여기에 있어. 도움은 한 사람이라도 많은 편이 좋아. 그리고 마코토도 이대로 끝내고 싶지는 않을 거야."

고엔지 역에서 도보로 15분. 주택가 안에 있는 상가 건물 4층. 초인종은 누르지 않아도 된다고 말했지만 만일을 위해 노크를 하고 나서 무거운 문을 열었다.

검은색 스웨터 차림의 마코토 씨가 긴장된 얼굴로 맞이해주었다. 그녀는 넓은 거실의 절반을 차지하는 커다란 침대에 앉아 있었다. 안쪽 주방에서 노자키 씨가 인원수만큼의 머그잔을 들고 나타났다. 거실에 커피 향이 떠다니자 피폐한 몸과 머리가 조금 깨어나는 듯한 느낌이 들었다.

"일단 얘기해주겠나? 자네 생각이든 느낌이든 상관없어. 전부 말해줘."

노자키 씨 말을 듣고 나는 가방에서 원고를 꺼낸 뒤, 지금까지 있었던 일들을 하나도 빠짐없이 이야기했다.

유미즈 씨의 이해할 수 없는 죽음. 현장에 남아 있던 원고. 그 줄거리. 이와다와 나누었던 일련의 대화. 그리고…… 내가 아는 범위에서 도시전설 '즈우노메 인형'에 관한 이야기.

이와다의 죽음이 원고 내용과 일치하는 점이 있다는 것.

지금 원고 복사본을 가져왔다는 것.

그리고 나도 오늘 아침에 멀리서 인형을 봤다는 것.

"……이상입니다."

이야기를 마치자 온몸이 녹초가 되어서 작은 소파에 기댔다.

되도록 냉정하게 말하려고 했지만 입도 혀도 고통스러울 만큼 지쳐 있었다. 무릎에 올려놓은 원고가 몹시 무겁게 느껴졌다.

듣는 내내 고개만 끄덕였던 노자키 씨가 입을 열었다. "이 이야기를 들은 사람에게 즈우노메 인형이 나타납니다, 인가?"

나는 고개를 끄덕이려고 하다가 멈추었다. 이렇게 말로 표현하자 농담으로밖에 여겨지지 않았다.

흔히 볼 수 있는 도시전설 패턴이다. '가시마 씨'이고, '사 짱'의 노래 가사다. 현실에서는 그런 일이 있을 수 없다, 그렇게 생각한 순간 머릿속에 유미즈 씨와 이와다가 떠올랐다. 그리고 도로에 오도카니 서 있던 검은색 옷에 붉은색 얼굴의 인형도.

"그, 그냥 생각 탓일지도 모르지만요……. 아니면 우연의 일치든가."

내 입에서 생각지도 못하게 가벼운 목소리가 튀어나왔다. 생각하기보다 먼저 이성적으로, 현실적으로 행동하려고 하는 것이다. 당연하다. 아무리 오컬트 잡지에서 일한다고 해도 저주라는 등 도시전설이라는 등, 머리가 어떻게 되지 않고서야 그런 걸 진심으로 믿을 리 없지 않는가.

더구나 그 인형은 지금 눈앞에서 사라졌다. 노자키 씨와 통화한 다음부터 어디에서도 보이지 않는다.

노자키 씨가 팔짱을 끼며 말했다. "꼭 그렇다곤 할 수 없어. 이와다도 전화로 그랬잖아? 인형이 있다고. 나도 들었고 후지마 씨도, 스오 씨도 들었지. 마코토도 들었고."

그가 그렇게 말하며 마코토 씨를 쳐다보자 그녀는 어두운 얼굴로 고개를 끄덕였다.

"이와다는 적어도 자신에게 괴이한 일이 다가오고 있다는 걸 알고 있었어."

그렇다. 그건 틀림없는 사실이다. 나는 어쩔 수 없이 그의 말을 받아들였다.

"마음에 걸리는 게 한 가지 더 있어." 그는 팔짱을 끼면서 덧붙였다. "자네는 조금 전에 이와다의 시신에 대해서 말했지. 도시전설의 원고 내용과 일치하는 점이 있다고."

"네에……."

"붉은 실이 감겨 있었다는 부분인가?"

나는 고개를 끄덕였다. "그렇습니다. 리호는 집에서 비슷한 일을 당했습니다. 붉은 실에 칭칭 감긴 인형이 다가왔다고……!"

"하지만 실 같은 건 없었어."

"네?"

내 입에서 어린아이처럼 새된 목소리가 튀어나왔다. 어떻게 된 거지?

노자키 씨가 미간에 주름을 잡고 말했다. "정확하게 말하면 내 눈에는 안 보였다고 해야 할까?"

어디선가 들어본 말이다. 아니다.

얼마 전에 그것과 정반대의 경험을 했다. 붉은 실. 비닐백. 내 눈에는 보이지 않았다. 하지만 이와다의 눈에는 보였다.

"마코토는 어때? 보였어?"

노자키 씨가 물어보자 그녀는 "아니, 전혀 안 보였어"라고 말하며 고개를 흔들었다.

두 사람의 눈에는 보이지 않았다. 하지만 내 눈에는 보였다. 두 사람과 나의 인식이 전혀 다르다. 명확한 차이가 있다. 그렇다면 이건…….

"여기서 알 수 있는 건……." 노자키 씨가 검지를 세우면서 말을 이었다. "원고에서 즈우노메 인형 부분을 읽은 사람의 눈에는 인형과 붉은 실이 보인다는 거야."

머릿속에서 굳어가고 있던 내 생각과 완벽하게 일치했다.

"즉…… 구체적으로 말하면 후지마 씨는 지금 도시전설의 저주를 받은 거야." 그가 가운뎃손가락을 세우며 담담하게 말했다.

만화에나 나올 법한 말을. 소설이나 영화에나 나올 법한 말을. 하지만 부정할 마음은 들지 않았다. 상황과 증언을 맞춰보면 논리적으로 그렇게 되기 때문이었다.

나는 저주를 받았다. 유미즈 씨도 그러했다. 이와다도…….

거기까지 생각한 순간, 머리가 차가워졌다. 그것이 표정에 나타났는지, 그의 목소리에 긴장감이 배었다.

"이와다는 후지마 씨에게 원고를 준 시점에서 저주를 받았어. 비닐백 건을 보면 그렇게 생각하는 게 타당할 거야. 그는 자신이 저주받았다는 사실을 알았어. 그래서…….

거기까지 말하고 잠시 침묵하더니, 시선을 벽으로 향하고 입술을 비틀었다. 나는 조용히 입을 열었다.

"……저주를 풀려고 했군요. 제게 떠넘겨서."

"그런 것 같아." 그는 눈길을 피한 채 무거운 목소리로 말했다.

순식간에 온몸에서 힘이 빠져나갔다.

이와다는 저주를 받았다. 그의 눈에는 인형과 붉은 실이 보였다. 이것은 거의 틀림없다. 그리고 어딘가에서 저주받았다는 사실을 깨달았다. 유미즈 씨 마지막 모습과 똑같이 된다는 사실을 알아차렸다. 그리하여 저주를 피하기 위해 선택한 것이…….

내게 원고를 읽게 하는 것이었다.

「링」에 나오는 '저주의 비디오테이프'에 대한 대책과 똑같다. 사다코의 원한과 저주를 다른 사람에게 배턴 터치하는 것이다. 그러면 살 수 있다. 「링」의 주인공은 그렇게 생각하고 행동에 나섰다. 이와다도 소설에서 해결책을 가져왔다.

어리석은 억측이었다. 하지만 그 순간에는 그렇게 생각할 수밖에 없었다. 저주를 푸는 방법은 어디에서도 찾을 수 없으니까. 그래서 그는 가까운 곳에 있는 가공의 이야기에서 해결책을 찾으려고 했다.

내가 이와다였다고 해도 한 번쯤 시험해보지 않았을까? 어떤 이유를 붙여서라도 누군가에게 원고를 읽게 했을 것이다. 되도록 빨리, 되도록 일찍.

이와다는 그렇게 했다. 내 관심을 그쪽으로 유도하면서 원고를 주었다. 내가 원고를 읽는지 일부러 확인하고, 빨리 다음 부분을 읽으라고 재촉했다. 회사로 전화를 걸었을 때도 빨리 읽으라고, 전부 읽으라고 말했다. 죽기 적전에. 그의 말을 믿는다면 인형이 코앞에 있는 순간에.

즉, 이와다는 내게 저주를 떠넘김으로써 자신은 어떻게든 살려고 했다. 그에게 나는 '자기 대신 죽어도 되는 사람'이었다. 결국 실패로 끝나긴 했지만 나를 희생양으로 삼으려고 한 것이다.

나는 경악한 얼굴로 노자키 씨를 바라보았다.

"이건 어디까지나 추측이야. 하지만 이제 본인에게는 물어볼 수 없지. 진위를 확인할 도리가 없어." 그는 복잡한 얼굴로 한숨을 섞어서 말하더니, 나를 보고 선언하듯 말했다. "하지만 확실한 게 한 가지 있어. 이 저주는 배턴 터치할 수 없다는 거야. 남에게 원고를 읽게 해도 살 수 없어. 이와다가 가장 좋은 증거지."

3

저녁식사를 하면서 엄마에게 말했다. 아까 아빠에게 전화가 왔었다고. 그런데 엄마의 반응은 뜻밖이었다.

"얘가 무슨 말을 하는 거야? 호호호."

엄마는 나를 보면서 어색하게 웃었다. 하지만 눈은 웃지 않았다. 나는 엄마의 시선을 피하며 후나키 씨를 보았다.

후나키 씨가 진지한 표정으로 물었다. "아빠라니?"

시야의 구석에서 류헤이가 얼굴을 찡그렸다.

그제야 겨우 내가 무슨 짓을 했는지 알아차렸다. 엄마는 후나키 씨에게 아무 말도 하지 않은 것이다. 지금 우리 가족이 어떤 상황에 처해 있는지.

식사가 끝나자 엄마와 후나키 씨가 거실에서 말다툼을 시작했다. 문 너머에서 "그럼 거짓말을 했다는 거야", "그게 아니라 말할 타이밍을 놓쳐서……"라는 말들이 들려왔다. 나는 침대에서 책을 읽으며 그들의 말소리가 들리지 않길 기다렸다.

후나키 씨는 이해할 수 없다는 얼굴로 투덜거리면서 돌아갔다. 그의 발소리가 멀어지자 내 방문이 난폭하게 열렸다.

엄마가 새하얗게 질린 얼굴로 서 있었다. 얼굴에 경련이 일면서 눈과 입이 일그러졌다.

"리호, 너……."

나는 침대에서 일어났다. 엄마와 눈이 마주친 순간, 뺨에 커다란 충격이 내달렸다. 눈앞에서 불꽃이 튀면서 시야가 심하게 흔들렸다. 엄마에게 뺨을 맞았다. 그 사실을 깨달은 것은 통증이 서서히 얼굴로 퍼져나간 다음이었다.

"이제 어쩔 거야!" 엄마가 내 멱살을 잡고 마구 흔들면서 목이 터져라 소리쳤다. "네가 쓸데없는 말을 해서 계획이 전부 틀어졌잖아! 모처럼, 모처럼 잘되고 있었는데! 모처럼! 모처럼 말이야!"

엄마는 탁한 목소리로 침을 튀기며 몇 번이나 반복해서 말했다. 나는 숨을 쉴 수 없어서 정신없이 엄마를 떠밀었다. 멱살잡혔던 손이 힘없이 떨어지면서 엄마는 엉덩방아를 찧었다.

"너……."

엄마가 가느다란 눈을 크게 떴다. 나는 숨을 헐떡이면서 떨리는 목소리로 말했다.

"잘되긴 뭐가 잘돼!"

입에서 말이 나온 순간, 감정이 형태가 되어 부풀어 올랐다.

잘되는 것은 아무것도 없었다. 아빠한테서 완전히 도망친 것도 아니다. 생활이 안정된 것도 아니다. 엄마가 가까운 곳에서 기댈 만한 사람을 발견한 것뿐이다. 그 사람에게 가장 중요한 말을 털어놓지 않은 채, 엄마 혼자 안심한 것뿐이다. 그것 말고는 그저 시간이 지난 것뿐이다.

오히려 더 나빠진 일도 있었다. 아빠는 확실히 우리에게 다가왔고, 내 학교생활은 점점 비참해졌다. 후나키 씨가 있을 때는 집에 들어오고 싶지 않았고, 이렇게 작은 일로도 집안 분위기는 무너져버린다. 그동안 숨 막혔던 집이, 외줄을 타는 것처럼 조마조마한 집이 되어버렸다. 그런데 뭐가 잘되고 있단 말인가.

"……해결된 건 아무것도 없어."

나는 머리에 솟구친 말을 전부 쏟아내려고 했지만 그 말밖에 할 수 없었다.

"흥!"

엄마 입에서 불쾌한 소리가 새어나왔다. 뒤틀린 입술에 서서히 일그러진 미소가 떠올랐다.

"그래?" 엄마는 온몸의 힘을 빼더니 눈을 가늘게 뜨고 확신한 듯이 말했다. "넌 역시 내 적이군. 그 인간 쪽에 붙을 거지?"

상상도 못 했던 말을 듣고 눈 깜짝할 사이에 머리와 마음이 모두 새하얘졌다. 그렇지 않다고 말하려고 해도 입술이 움직이지 않았다. 엄마는 땅이 꺼져라 한숨을 쉬었다. 끝없이 이어질 것 같은 기나긴 한숨이었다.

"좋아." 엄마는 공허한 목소리로 포기한 것처럼 말했다. "이제 네 생각을 알았어."

혼자 멋대로 해석하고 있다. 혼자 멋대로 이야기를 진행하고 있다. 나는 엄마의 적이 아니다. 아빠 편도 아니다. 그런 말은 한마디도 하지 않았다.

"나는……."

"당연히 괜찮은 것 같은 쪽을 선택하겠지. 엄마랑 똑같아."

엄마는 허탈하게 웃으며 야윈 뺨을 닦았다. 그 모습을 보고 엄마가 울고 있다는 걸 알아챘다. 엄마는 콧물을 훌쩍이더니 촉촉하게 젖은 눈으로 나를 뚫어지게 바라보았다.

"여자는 원래 그렇게밖에 살 수 없는 법이니까."

목소리에는 눈물이 섞여 있었다. 그 말을 끝으로 엄마는 조용히 방에서 나갔다. 문을 닫기 직전에 "때려서 미안해"라고 작은 목소리로 말했지만 대답할 수 없었다.

　이불이 스치는 소리가 났다. 돌아보자 위쪽 침대에서 류헤이가 겁먹은 눈으로 나를 내려다보았다.

4

"마코토, 뭔가 느껴지는 거 없어?"

　노자키 씨의 질문에 마코토 씨는 내 무릎으로 시선을 떨구었다. 원고다. 무릎 위에 있는 원고 다발이 기묘하리만큼 무겁게 느껴졌다.

　"……자세히 보면 평범한 종이 다발이지만." 그녀는 신중하게 말을 선택하며 말했다. "언뜻 보면 인형으로 보여."

　그러고는 시선을 베란다로 향했다. 그리고 곁눈질로 원고를 보고 다시 시선을 돌렸다. 그런 행동을 몇 번 반복하더니 고개를 갸웃거리며 나를 쳐다보았다.

　"상복인가? 검은색…… 후리소데를 입고 있어."

　배에서 기분 나쁜 식은땀이 솟구쳤다.

　"여, 여기에 그렇게 쓰여 있었어요."

　조금 전에 설명했을 때, 인형의 구체적인 모습은 말하지 않았다. 내가 한 말은 작은 일본 인형이라는 것과 얼굴에 붉은 실이 감겨 있다는 것, 유미즈 씨나 이와다의 죽음과 관계가 있다는 것뿐이었다.

역시 그녀의 눈에는 보인다. 도나미 편집장님의 표현을 빌리자면 그녀는 진짜다.

"하지만 그것뿐이야." 그녀는 불안한 표정으로 노자키 씨를 보았다. "말을 하거나 움직이지는 않아. 분위기나 기척도 없고. 살짝 그렇게 보일 뿐…… 아무것도 아니라고 할까?"

"아무것도 아니라고?" 노자키 씨가 의아한 얼굴로 물었다.

그녀는 "으음" 하는 소리를 내더니 금발에 손을 넣고 마구 휘저었다.

"여기에는 아무것도 없어."

침묵이 넓은 공간을 뒤덮었다.

"한마디로 말하면……." 노자키 씨가 원고를 가리키며 덧붙였다. "이 원고 자체에 영적인 존재가 숨어 있는 건 아니라는 거야?"

"그런 것 같아."

"후지마 씨한테서는 어때? 뭔가 보여?"

노자키 씨가 다시 묻자 그녀는 어두운 목소리로 말했다.

"아무것도 안 보여. 이상해. 그때 전화기 너머로…… 이와다 씨 집에 뭔가가 왔던 것은 분명히 느껴졌거든."

이와다가 죽었을 때 말인가?

나는 그때 광경을 상상하지 않으려고 하면서 중얼거리듯 말했다. "왜, 왜 그런 걸까요?"

"잘 모르겠어. 아직은 정보가 너무 적어." 노자키 씨는 그렇게 대답한 뒤, 턱에 손을 대고 거실을 돌아다녔다. "이와다가 그 원고를 끝까지 읽은 게 언젠지 아나?"

"그러니까……." 나는 기억을 더듬어 손가락으로 헤아리고 나서 대답했다. "닷새 전입니다. 이걸 줄 때 '그저께 끝까지 단숨에'라고 말했으니까요."

노자키 씨가 무슨 의도로 물었는지 짐작이 되었다.

그는 발길을 멈추고 말했다. "이런 종류의 도시전설에는 이른바 제한 시간이란 게 있지. 보거나 듣고 나서 그것이 찾아올 때까지의 제한 시간 말이야. 이 원고의 경우는 어떨까?"

"그렇다면……."

그는 표정이 없는 얼굴로 말했다. "겨우 나흘이야. 이와다가 이걸 읽고 나서 그렇게 되기까지."

넓은 거실이 아득히 멀어지는 듯했다. 현기증이 온몸을 휘감은 것이다.

"……엄밀하게 말하면 '즈우노메 인형'이 나오는 부분을 읽는 게 저주의 조건 같아. 실제로 후지마 씨는 인형을 봤고…… 이미 발동했고…… 틀림없어……." 그의 목소리가 점점 멀어졌다. "……가령 도중에 읽지 않아도……."

그리고 결국 뒤울림만 남아서 머릿속까지 닿지 않았다.

내가 즈우노메 인형이 나오는 부분을 읽은 것은 그저께 한밤중이었다. 저주의 제한 시간이 나흘이라면 내게 남은 시간은 이제 이틀과 몇 시간밖에 없다. 즉, 모레 한밤중에는 인형이 바로 코앞까지 다가와서 유미즈 씨나 이와다처럼…….

"후지마 씨?"

나는 소스라치게 놀라서 목소리가 들린 쪽으로 고개를 돌렸다. 마코토 씨가 걱정스러운 얼굴로 나를 바라보았다. 커다란 눈. 조용하고 강력한 빛. 그녀의 눈을 보고 있자 혼란스러운 감정과 의식이 서서히 안정을 되찾았다.

그녀가 다정한 목소리로 말했다. "정신 차려야 해요. 마음을 먼저 빼앗기면 하찮은 녀석이라도 물리칠 수 없게 되니까요."

"……죄송합니다. 덕분에 겨우 정신을 차렸습니다."

과장스럽게 몸에 힘을 넣으며 그녀를 향해 미소 지었다. 입술에 경련이 일었지만 아무튼 마음은 조금 편해졌다.

"다행이에요."

그녀가 가볍게 미소를 지었다. 그 순순한 표정을 보고 마음이 조금 더 부드러워졌다.

"확인할 게 있어." 고개를 들자 노자키 씨가 진지한 눈길로 말했다. "자네가 즈우노메 인형이 나오는 부분을 읽은 게 언제쯤이지?"

"……어젯밤 새벽 2시 반쯤이었습니다."

"그럼 그쯤에서 나흘이라고 정해두지. 제한 시간은 96시간." 그는 어디까지나 담담하게 말했다.

내 귀에는 아까보다 더 심각하게 들렸지만 이번에는 현기증이 나지 않았다. 오히려 의식은 또렷했다.

나도 최대한 담담하게 대꾸했다. "그럼 제한 시간은 글피, 즉 화요일 새벽 2시 반이군요."

심장이 빠른 종을 치듯 세차게 쿵쾅거렸다. 그가 고개를 끄덕였다.

"정확한 제한 시간은 후지마 씨가 판단하는 게 좋겠지⋯⋯. 인형과의 거리를 통해서."

괴이한 인형을 통해 저주를 검증해야 한다. 비과학적인 이야기의 제곱이다. 하지만 이제 일일이 의문을 품지 않게 되었다.

"자기는 할 수 있는 걸 전부 시도해줘. 액막이든 뭐든 상관없어. 할 수 있는 건 전부 다 해줘."

그녀는 "응" 하고 고개를 끄덕였다.

노자키 씨도 같이 끄덕이며 말을 이었다. "나는 밖에서 조사할게. 이 원고가 무엇인지, 누가 썼는지. 그리고 도시전설 '즈우노메 인형'이 무엇인지. 지금부터 바로 조사해볼게."

"네." 나는 자연스럽게 대답했다.

그가 앞으로 무슨 말을 할지 대강 짐작이 되었다.

"후지마 씨는 안쪽을 맡아." 그가 원고를 가리키며 덧붙였다. "다음 부분을 읽어줘. 아무래도 소설 같으니까 내용 자체의 신빙성은 크지 않을 거야. 하지만 내용을 통해 알 수 있는 게 있지 않을까?"

"네."

그가 시키지 않아도 그렇게 할 생각이었다. 나는 이미 중간까지 읽었으니까 제일 빨리 끝까지 읽을 수 있다.

"시간이 없어. 더구나……."

그는 말을 끊더니, 미간에 주름을 잡고 마코토 씨를 보았다.

마코토 씨가 희미하게 고개를 가로저었다.

애인 사이에 오가는 무언의 대화. 이런 상황에서도 마음이 뒤틀린다. 나는 그 마음을 가까스로 억제하고 원고로 시선을 돌렸다.

5

새로운 교류 노트의 새하얀 페이지를 펼치고 얼마나 멍하니 있었을까? 아무 생각도 할 수 없었다. 서서히 의식이 돌아옴에 따라서 이런 상황을 예상하지 못했던 자신에게 화가 났다.

노트를 이용하는 사람은 나와 유카리 말고도 한두 명이 아니다. 끝까지 다 쓰면 새 노트로 교체하는 게 당연하지 않은가.

유카리와의 인연이 모두 끊어진 느낌이 들었다. 그와 동시에 우리 인연이 노트에 쓰인 글밖에 없다는 사실을 새삼 깨달았다.

지난번 노트는 처분했을까? 어쩌면 거기에 내 앞으로 쓴 유카리의 답장이 있지 않을까? 내가 읽기 전에 노트를 교체한 게 아닐까?

"안쪽에 넣어두었는데, 다시 꺼내는 건 전례가 없어서 말야."

안색이 나쁜 남자 사서가 나와 시선을 맞추지 않고 대답했다. 마지막 페이지까지 쓰면 2주 후에 안쪽 서가에 보관하는 것이 규칙이라고 한다.

"잠깐만 보여주실 수 없을까요?"

"난 그렇게 할 만한 위치에 있지 않아. 오늘은 관장님도 안 계시고."

적어도 오늘은 안 된다는 뜻이다. 계속 졸라봐야 허락해줄 것 같지 않았다. 고맙다고 인사하고 돌아서려고 하자 그가 나를 불러 세웠다.

"잠깐만! 그 노트, 요즘 친구들 사이에서 화제인가?"

"무슨 말씀이세요?"

그가 머리를 긁적이면서 말했다. "그게 말이야, 요즘 들어 문의가 굉장히 많거든."

"문의가 많다고요?"

"그래. 무서운 이야기가 쓰여 있어서 읽고 싶다고. 너도 그걸 보려는 거 아니야?"

내가 대답하지 않자 그는 쓴웃음을 지었다.

"요즘 젊은 친구들은 그런 걸 좋아하는군. 나도 옛날에는 꽤 즐겼는데 말이야."

그렇게 말하는 한순간만 나와 시선을 맞추었다. 내가 "그러세요?"라고 짧게 대꾸하자 그는 어이없는 얼굴로 말했다.

"도서관 직원 중에도 읽은 사람이 있어. 엄청 무서워하더군. 나잇살이나 먹어놓고 그런 걸 무서워하다니⋯⋯."

연휴가 시작되기 전날이었다.

수업이 끝나고 1층 복도를 걸어갔다. 신발장을 지나쳐서 특수학급을 들여다보았다. 이하라가 다다미 한가운데에서 선생님과 마주 앉아 책을 읽고 있었다.

"이하라!"

이름을 부르자 처음에 선생님이 얼굴을 들었다. "어머나, 왔니?"라고 말하며 나를 향해 미소를 지었다.

"저기 봐, 친구 왔어."

선생님이 이하라에게 얼굴을 가까이 대고 손으로 나를 가리켰다. 이하라가 천천히 뒤를 돌아보았다.

"안녕!" 나는 웃는 얼굴로 손을 흔들었다.

다음 순간, 이하라의 멍한 얼굴이 일그러졌다. 이를 드러내고 눈을 가늘게 뜨더니, 하얀 얼굴이 순식간에 새빨개졌다.

"아아아아아아아아아!" 이하라가 짐승처럼 소리를 질러댔다.

나는 깜짝 놀라 어정쩡하게 손을 든 채 딱딱하게 굳었다. 이하라가 선생님 가슴에 얼굴을 묻고 울부짖었다.

"사다코! 사다코! 사다코! 싫어어어어어어!"

선생님은 이하라를 껴안고 혼란스러운 얼굴로 나를 바라보았다. 나는 가까스로 "죄송합니다"라고 말하고 도망치듯 밖으로 나왔다.

연휴 첫날의 오후였다.

언제나 그렇듯이 나는 도서관에 있었다. 책장에서 책을 빼냈지만 읽을 마음이 들지 않아서 멍하니 앉아 있었다.

이하라까지 나를 사다코라고 부르게 되었다. 어쩔 수 없을지도 모르겠다. 「링」이 공전의 히트를 치면서 TV에서나 잡지에서나 학교에서나 그 이야기를 하지 않는 날이 없으니까. 도서관에 새로운 호러 해설서가 몇 권 들어왔는데, 표지가 전부 사다코의 모습이라서 보고 싶은 마음이 들지 않았다.

계속 앉아 있어서 그런지 허리가 아파서, 다시 교류 노트가 있는 코너로 향했다. 한 시간 전에 왔을 때 이미 확인해서, 몇 쪽밖에 쓰여 있지 않은 노트에 유카리의 글이 없다는 사실은 알고 있다. 그래도 거의 자동적으로 발길이 향하고 기계적으로 노트를 펼쳤다.

리이 님
계속 쓰지 못해서 미안해요.
그동안 많은 일이 있어서 도서관에 올 수 없었어요.
화나지 않았다면 다시 예전처럼 얘기하지 않을래요?

만약 이 글을 보게 되면 답장해주세요. 유카리

낯익은 글자가 눈으로 뛰어 들어왔다. 맨 끝의 새로운 페이지에 쓰여 있었다.

조금 전에 왔을 때는 분명히 없었다. 그렇다면 이 글을 쓴 건 최근 한 시간 사이다. 유카리가 여기에 왔다. 어쩌면 아직 있을지도 모르겠다.

나는 얼굴을 들었다. 아동서 코너에 여자아이가 몇 명 있었다. 아직 어리다. 유치원생이나 고작해야 초등학교 저학년이다. 유카리라곤 여겨지지 않는다.

주변을 둘러보았다. 자리에 앉은 사람도, 책장 사이를 걷는 사람도 모두 어른이다. 그것도 나이 많은 노인들뿐이다.

나는 적잖이 당황했다. 유카리와 교류를 시작했을 때 했던 생각이 머리를 가로질렀다. 유카리라는 아이는 실제로 존재하지 않는 게 아닐까. 이름과 글씨로 초등학생이라고 짐작했는데, 사실은 어른일지도 모른다. 어쩌면 남자아이나 남자 어른일 수도 있지 않을까?

그렇다면 금방 찾아낼 수 없다. 여기에 있는 모든 사람에게 물으며 돌아다닐 수는 없으니까. 더구나 지금 여기에 있다고 할 수도 없다.

그만두자. 답장을 쓰면 된다. 다시 대화를 나눌 수 있다면 만나지 않아도 상관없다. 즈우노메 인형 이야기가 마음에 걸려서 조바심이 났을 뿐, 꼭 만나야 할 이유는 없다. 궁금한 게 있으면 이 노트를 통해 물으면 된다.

나는 글을 쓰기 위해 노트로 시선을 돌렸다. 그때 기묘한 기척을 느끼고 얼굴을 들었다.

책장 맞은편에 한 소녀가 서 있었다. 초등학교 4학년쯤 될까. 단발머리에 앞머리는 가지런히 똑바로 잘랐다. 물방울이 그려진 파카를 입고 책장에 손을 올려놓은 채 동글동글한 눈으로 나를 바라보았다.

"리이 님?" 소녀가 목소리를 낮추며 물었다.

나는 고개를 끄덕이기 전에 되물었다. "……유카리?"

소녀는 한순간 흠칫 놀란 표정을 짓고 나서, 미소를 지으며 고개를 크게 끄덕였다.

6

시선이 글자 위에서 미끄러졌다. 문장뿐만 아니라 단어의 뜻조차 이해할 수 없었다. 해야 할 일은 알고 있는데, 도저히 정신을 집중할 수 없었다.

천장을 올려다보았다. 벽지 문양을 보면서 잡념을 쫓아내려고 하다가 사실은 잡념이 아니라는 걸 알고 더욱 몰두하게 되었다. 그렇다. 이건 가장 중요한 일이다. 나는 곧 죽을지도 모른다.

우두둑. 옆에서 뼈마디가 움직이는 소리가 났다. 마코토 씨가 일어나서 나를 쳐다보았다.

노자키 씨는 조금 전에 누군가에게 전화를 건 뒤 "금방 다녀올게"라고 말하고 밖으로 나갔다. 지금 이 집에는 나와 그녀밖에 없다. 이런 상황이 아니면 몹시 긴장했으리라.

"커피 더 드릴까요?"

그녀는 어이가 없을 만큼 태연하게 말했다. 입가에는 미소까지 짓고 있었다. "그건 식었잖아요"라고 말하며 내 손을 가리켰다. 머그잔의 커피는 거의 줄지 않았다.

나는 고개를 가로저었다.

"……지금 커피 마실 때가 아니라서요."

나는 무심결에 그렇게 말했다. 정신을 차렸을 때는 입에서 끊임없이 말이 흘러넘쳤다.

"노자키 씨도 말했지만 저는 저주를 받은 것 같습니다. 저주로 인해 이제 곧 죽을 겁니다. 농담 같은 이야기지만 이미 몇 사람이나 죽었고요. 그런 때에……."

"후지마 씨." 그녀가 부드럽게 내 말을 가로막으며 미소를 지었다. "저주를 받지 않아도 사람은 죽어요. 내일 당장 죽을지도 몰라요. 사고에 휘말릴지도 모르고, 지진이 일어날지도 모르고요. 그건 전부 운이나 우연이에요. 인간의 힘으론 어쩔 도리가 없죠. 하지만……."

그녀는 다정한 목소리로 힘을 주어 말했다.

"저주라면, 감염이라면 고칠 수도 있어요. 이건 병과 똑같아요. 고칠 수 있는 방법을 찾거나 시도할 수 있단 뜻이에요. 어쩔 도리가 없지 않아요."

흐트러진 호흡이 조금씩 가라앉았다. 심장의 고동도, 머릿속 혼란도 서서히 진정되었다. 그녀의 말은 처음 듣는 내용이 아니다. 어디에서나 들을 수 있는 긍정적인 정신론이자 '그런 건 일반론이 아닌가?'라고 반쯤 웃으며 흘려들어도 되는 흔하디흔한 설교다.

하지만 그녀의 목소리와 말의 내용이 신기할 정도로 순순히 마음속에 스며들었다. 아까부터 그녀와 이야기할 때마다 이런 마음의 변화가 일어나고 있었다. 이것도 그녀가 가진 힘의 일부일까? 차분해지는 머리의 한쪽 구석으로 그렇게 생각했다. 그렇게 생각할 만큼 마음에 여유가 생긴 것이다.

"죄송해요, 조바심이 나서 저도 모르게······." 나는 심호흡을 하고 나서 덧붙였다. "이런 건 처음이거든요."

"대부분의 사람은 그래요." 그녀는 아무렇지도 않게 말했다.

듣고 보니 그렇다. 나는 가볍게 미소를 지었다.

그녀가 커피를 가지러 주방으로 향했다. 커피메이커의 달그락달그락하는 소리를 들으며, 나는 불현듯 마음에 걸려서 주변을 둘러보았다. 인형은 보이지 않았다. 적어도 이 거실의 눈에 보이는 곳에는 없다.

베란다로 시선을 옮겼다. 커튼이 열려 있고, 유리창 너머로 주택가와 전봇대와 하늘이 보였다. 베란다로 가서 길거리를 내려다보면…… 거기까지 상상하고 잡념을 뿌리쳤다. 지금은 원고의 다음 부분을 읽어야 한다. 그녀가 말한 '고칠 수 있는 방법'을 찾기 위해서는 여기부터 들어가는 수밖에 없다.

7

나와 유카리는 도서관 밖의 벤치에 앉아 이야기를 나누었다.

유카리는 이웃 마을 초등학교에 다니는데, 학급 문고나 도서실로는 만족하지 못해서 작년부터 여기에 오게 되었다고 한다.

"감동했어."

"감동?"

"응, 책이 엄청 많아서."

유카리는 그렇게 말하며 생긋 웃었다. 그 애의 마음은 충분히 이해할 수 있었다. 나는 도서관이란 곳을 처음 알게 되었던 저학년 시절을 떠올렸다. 그때 도서관에 데려와준 사람은 아빠였다.

점술 책을 통해 심령 현상이나 도시전설을 알게 되었는데, 어느새 그런 책만 읽게 되었다는 점도 나와 똑같았다.

"그런데 책을 읽으면 무서워. 밤이 되면 집으로 오니까."

"응."

"그래서 주문을 많이 외었어. '바바사레'*라든지."

"'옴 바사라키니 하라지 하타야 소와카'**라든지?"

"굉장하다!" 유카리는 눈을 동그랗게 뜨고 감탄했다. "리이 언니는 정말 굉장해!"

"그 정도는 아니야." 유카리의 순수한 시선을 똑바로 볼 수 없어서 나는 고개를 숙였다. "네가 더 굉장해. 그렇게 무서운 도시전설을 알고 있다니……."

유카리를 만난 것, 유카리가 실제로 있다는 것도 기뻤지만 그 애를 만나면 꼭 물어보고 싶은 게 있었다.

"즈우노메 인형, 그 얘기는 어디서 알았어?"

그러자 유카리는 "후후후"라고 웃더니 오히려 내게 물었다.

"리이 언니는 무서웠어?"

그러더니 두 손으로 벤치를 짚고 내 얼굴을 들여다보았다.

나는 고개를 끄덕이며 말했다. "무서웠어. 노트에도 그렇게 썼잖아."

그러자 유카리의 얼굴에 그늘이 드리웠다. 그리고 "못 봤어"라고 말하더니 작게 고개를 흔들고 입을 다물었다. 조급한 마음을

---

* 「학교의 괴담」이란 애니메이션에 나오는 요괴로, '바바사레'를 세 번 말하면 퇴치된다.

** 닌자가 저주를 물리칠 때 외치는 말.

억누르고 잠시 화제를 돌렸다. 나는 남동생과 여동생이 있다고 말했다. 유카리는 외동딸이라고 한다. 지난달부터 근처 아파트에서 엄마와 둘이 산다는 말도 덧붙였다.

아빠는 없는 걸까? 마음에 걸렸지만 자세히 묻지 않고 다시 책 이야기로 돌아왔다. 유카리가 다시 미소 짓는 걸 확인하고 물었다.

"그런데 그 이야기는 어떻게 알았어?"

"그게 말이지. 그건……."

유카리가 의미심장한 표정으로 말한 순간, 갑자기 탁 하는 소리가 들렸다.

한순간 늦게 유카리의 얼굴이 일그러졌다. 그러더니 손으로 뺨을 누르고 머리가 무릎에 닿을 만큼 몸을 꺾었다.

어떻게 된 거지? 고개를 갸웃거린 순간, 손등에서 날카로운 통증이 느껴졌다. 나는 순간적으로 손을 뒤로 뺐다. 통증이 느껴지는 곳을 쳐다보자 손등 한가운데에서 작고 붉은 점이 부풀어 올랐다.

벽돌이 깔린 발밑에 오렌지색 작은 구슬이 통통 튀며 굴러갔다. 비비탄이다. 바로 앞쪽에 남자아이 세 명이 있었다. 아마 초등학생이리라. 모두 우리 쪽을 향해 비비탄 총을 겨누고 있었다.

"사다코, 죽어라!" 한 아이가 소리쳤다.

이어서 맥 빠진 소리가 연속으로 나더니 유카리가 "아야야!"라고 소리치며 벤치에서 바닥으로 떨어졌다.

"대장님, 사다코를 사살했습니다." 오른쪽 끝의 키 작은 남자아이가 희희낙락하며 말했다.

"옆의 사다코도 처리해!" 한가운데의 운동복 차림 남자아이가 소리치며 총구를 내게 겨누었다. "저 녀석이 두목이야!"

왼쪽의 뚱뚱한 남자아이가 불안한 표정을 지었지만, 이내 웃는 얼굴로 나를 향해 비비탄 총을 겨누었다. 나는 반사적으로 몸을 웅크리고 마음을 닫았다.

온몸을 휘감는 폭풍우가 그치고 조심스럽게 얼굴을 들자 남자아이들은 이미 사라졌다. 몇 발이나 맞았을까? 얼얼한 머리를 쓰다듬자 머리칼 사이에 비비탄 몇 개가 박혀 있었다. 나는 손으로 탁탁 치거나 손가락으로 집어서 총알을 내던졌다.

총알은 벽돌 위에서 굴러가더니, 내 옆에서 웅크리고 있는 유카리의 신발에 부딪히며 멈추었다. 유카리는 갓난아기처럼 몸을 웅크린 채, 온몸을 바들바들 떨었다.

재빨리 주변을 둘러보았다. 장바구니를 든 아주머니와 눈이 마주쳤다. 아주머니는 재빨리 고개를 돌리고 그대로 걸어갔다. 그밖에도 어른이 몇 명 있었지만 아무도 우리를 보지 않았다.

나는 유카리의 어깨에 손을 얹으며 다정하게 물었다.

"괜찮아?"

단발머리가 세로로 몇 번 움직였다. 하지만 얼굴은 들지 않았다. 이윽고 콧물을 훌쩍이는 소리가 들렸다.

"많이 놀랐지? 그랬을 거야."

나는 벤치에서 일어나 유카리 옆에 몸을 웅크렸다. 유카리는 아직도 얼굴을 들지 않았다. 입에서 신음이 새어나왔다. 아직 어린 목소리다.

"나도 사다코야." 나는 유카리의 단발머리를 쓰다듬으며 말했다. "학교에서 다들 그렇게 불러. 우리는 똑같아."

유카리는 천천히 고개를 들었다. 동그란 눈에서는 눈물이, 코에서는 콧물이 흐르고 있었다.

"사다코끼리 친하게 지내자."

나는 자연스럽게 미소를 지었다. 유카리는 울상을 지으면서도 희미하게 고개를 끄덕였다.

8

마코토 씨가 내린 커피는 입과 혀가 마비될 만큼 쓰고 진했다. 커피에 원액이 있다면 이런 맛이 아닐까?

덕분에 머리가 산뜻해지고 불안도 많이 가라앉았다. 그리고 커피 내리는 방법에 관해서 말하는 사이에 서로 마음을 터놓게 되었다.

"역시 지금은 아무 일도 일어나지 않는군."

그녀는 심각한 얼굴로 나를 물끄러미 바라보았다. 무슨 뜻이냐고 물으려고 하자 그녀는 단어를 선택하면서 말했다.

"지금은 요괴가 몸에 달라붙어 있다든지, 그런 게 아니란 뜻이야."

이야기하는 도중에 "편하게 말씀하세요", "그럼 그렇게"라는 과정을 거쳐서 그녀는 내게 존댓말을 사용하지 않게 되었다.

나는 억지로 밝게 말했다. "그럼 생각 탓일지도 모르겠군요."

"생각 탓?" 그녀가 고개를 갸웃거렸다.

"저주를 비롯해서 전부 다요. 이와다는 모르겠지만 나는 괜찮지 않을까요?"

이야기의 흐름을 타고 나는 베란다로 향했다. 창문을 열고 샌들을 신은 뒤, 손으로 난간을 짚고 주택가를 내려다보았다.

희끄무레한 하늘 밑.

골목 한복판에 검고 작은 그림자가 오도카니 서 있었다. 검은색 후리소데 차림. 팔을 쭉 펴고 있는 단발머리 인형. 얼굴에는 붉은색의 무엇인가가 감겨 있었다.

가까이 다가왔다. 오늘 아침보다 더 가까이.

나는 역시 저주를 받았다.

마음 깊은 곳에서 후회하면서 난간에 얼굴을 기댔다. 그렇게 얼마나 있었을까? 얼굴을 들자 인형은 조금 전과 똑같은 곳에 오도카니 서 있었다.

"보여?"

마코토 씨가 내 옆으로 와서 걱정스러운 눈길로 쳐다보았다.

가까스로 고개를 끄덕였다. 인형이 있는 곳을 가리키자 그녀
는 잠시 시선을 고정하더니 고개를 작게 흔들었다.

"……내 눈에는 아무것도 안 보여."

나는 거실로 돌아가면서 물었다. "이런 일이 자주 있나요?"

"글쎄……." 그녀는 금발을 긁적이더니 침대에 걸터앉아 말
했다. "저주는 눈에 보이지도 않고 느껴지지도 않아. 그래서 어
렵지. 하지만 기본적으론 불행이나 요괴를 부르기 위한 것이라
서 요괴가 오면 알 수 있어. 그래서…… 뭐라고 할까?"

그녀의 입에서 "으음……" 하는 소리가 흘러나왔다.

"요괴가 이상하게 오거나 모이거나 하면, 그럼 여기에 저주
가 있는 게 아닐까 짐작하게 되지. 그때부터는 머리로 생각한
다고 할까? 논리적으로 고찰한다고 할까?" 그녀는 난감한 얼굴
로 말했다.

뒤쪽 말은 노자키 씨의 영향을 받았다는 사실을 알 수 있었
다. 그래도 그녀가 하고 싶은 말은 충분히 이해할 수 있었다.
다시 말해…….

"내가 본 인형은 요괴가 아니라는 건가요?"

"그래. 요괴와는 다른 거야."

"그럼 뭔데요?"

하지만 그녀는 대답하지 않았다.

나는 커피를 마시고 원고로 눈을 돌렸다. 리호는 결국 유카
리를 만났다. 같은 취향과 같은 관심을 가진 사람이 만난 것이

다. 유카리에게도 이런저런 사정이 있다는 것은 알 수 있었지만 리호에 비하면 행복한 편이리라. 하지만 문제는 이야기 자체가 아니다. 여기에는 저주를 풀 수 있는 힌트가 쓰여 있을 수도 있다.

"내가 읽어봐도 될까?"

마코토 씨가 돌연 그렇게 말하더니 내가 이미 읽고 옆으로 제쳐둔 원고를 들었다.

"지금은 아무것도 느껴지지 않고 보이지도 않으니까."

나는 재빨리 한 손으로 제지했다.

"아니요…… 안 읽는 게 좋지 않을까요?"

"왜?" 그녀는 순수한 눈길로 나를 보았다.

나는 대답을 할 수 없었다. 억지로 짜내서 입에 담은 말은 어린애 같은 질문이었다.

"무섭지 않나요?"

"무서워. 하지만……." 그녀는 원고를 꼭 쥐고 힘주어 말했다. "내가 여기서 힘을 내지 않으면 후지마 씨가 죽으니까."

내 이야기에 맞추기 위해서, 나를 위로하기 위해서 하는 말 같지는 않았다. 그녀는 정말로 나를 걱정하며 힘이 돼주려고 하고 있다. 그녀의 말이 또다시 내 마음을 움직였다.

그때 멀리서 문 여는 소리가 들렸다. 거실의 기압이 미묘하게 달라졌다. 배낭을 멘 노자키 씨가 성큼성큼 들어오더니 커다란 비닐봉지를 탁자 위에 내려놓았다.

"아침 겸 점심이야. 후지마 씨, 미리 말해두지만 돈은 일절 신경 쓰지 않아도 돼."

그는 비닐봉지에서 음식들을 꺼내 탁자 위에 늘어놓았다.

9

나는 거의 매일 유카리와 놀았다. 우리가 만나는 곳은 항상 도서관이다. 같이 책을 찾고 서로 추천해주며 어린이 코너 책상에 나란히 앉아서 읽었다. 그런 다음에는 가까운 슈퍼마켓에서 과자를 사서 나눠 먹었다.

5월에 접어들자 유카리가 나를 자기 집으로 데려갔다. 도서관에서 10분쯤 걸어가면 나오는 곳이다. 엄청나게 많은 아파트의 맨 끝에 있는 동(棟)이었다.

302호. 플라스틱 문패는 벗겨져 있었다. 유카리는 익숙한 모습으로 손잡이에 열쇠를 꽂고 문을 열었다. 안으로 들어가자 자연스럽게 냉장고 문을 열고 차와 과자를 내주었다. 나는 유카리 뒤를 따라가다가 좌식 책상 앞에서 걸음을 멈추었다.

거실 벽을 메운 커다란 책장에는 비디오테이프가 잔뜩 진열되어 있었다. 본 적이 있는 제목들이 춤을 추고, 본 적이 있는 괴물과 살인귀, 여인이 재킷의 등표지에 실려 있었다. 호러 영화다. 제목은 거의 다 알지만 본 작품은 하나도 없었다.

"이거⋯⋯." 나는 넋이 빠진 사람처럼 나지막이 중얼거렸다.

유카리는 작은 목소리로 "우리 엄마 거야"라고 대답했다.

"엄마가 이런 걸 좋아해?" 나는 믿기지 않아서 물었다.

"응." 유카리는 어두운 얼굴로 고개를 끄덕였다. "하지만 보면 안 돼. 보면 굉장히 화내."

"말도 안 돼⋯⋯."

나도 모르게 그런 말이 튀어나왔다. 이렇게 굉장히 멋진 영화가, 이렇게나 많이 있는데 왜 못 보게 하는 걸까?

유카리는 슬픈 표정으로 말했다. "예전에 한 번 봤을 때, 엄마가 때렸어. 어린애는 보는 게 아니라면서."

이해할 수 없는 건 아니지만 순순히 받아들일 수 없었다. 같은 취미를 가졌다면 이해해줄 수 있지 않은가? 같이 봐줄 수도 있고, 어린애에 맞을 만한 것을 골라줄 수도 있지 않은가?

나는 책장을 보면서 물었다. "엄마는 언제 오시는데?"

"잘 몰라. 6시 반쯤일까?"

벽시계는 4시를 가리키고 있었다.

"딱 한 편만 보자. 우리가 보면 안 되는 건 느낌으로 알 수 있으니까."

그러자 유카리는 금세 겁먹은 표정을 지었다.

"그러면 엄마한테 혼나."

"금방 끝나는 거라면 괜찮아." 나는 제목을 보면서 덧붙였다.

"아마 이건 짧을 거야."

내가 책장에서 빼낸 것은 「텍사스 전기톱 연쇄살인사건」이란 작품이었다. 재킷 뒷면에 '83분'이라고 쓰여 있었다. 한 시간 반도 안 된다.

"지금부터 보면 5시 반도 안 돼서 다 볼 수 있어."

"하지만……."

"굉장히 재미있어. 이건 역사에 남을 만한 명작이야. 옛날 영화인데 지금 봐도 굉장하대. 필름은 미국의 미술관에 보관되어 있고. 그 정도로 굉장해."

책에서 본 지식을 늘어놓자 유카리는 "진짜?"라고 말하며 눈을 반짝거렸다.

문을 꼭 닫은 어두컴컴한 거실에서 우리는 「텍사스 전기톱 연쇄살인사건」을 보았다. 유카리는 내 옆에서 몸을 웅크린 채 파르르 떨었다. 그래도 작은 TV 화면에서 시선을 떼지 않았다. 나는 유카리의 손을 잡은 채, 낡아서 지지직하는 영상에서 눈을 떼지 않았다.

10

노자키 씨는 경찰에 전화해서 오리지널 원고가 어디 있는지 물어보았는데, 놀랍게도 경찰에선 그때까지 아무것도 모르고 있었다. 원고 내용은 물론이고 원고가 있다는 사실조차도.

여기서 알 수 있는 사실은 한 가지다. 이와다는 원고를 돌려주지 않았다.

"작가의 육필 원고를 수집한다는 말은 들었는데, 이렇게까지 중증이었을 줄이야."

노자키 씨는 그렇게 말하며 맛없는 표정으로 깨작깨작 빵을 먹었다.

평범하게 생각하면 원고는 이와다 집에 있을 가능성이 높다. 하지만 이와다의 집은 현재 경찰이 조사하는 중으로, 노자키 씨도 확인할 수 없다고 한다. 일단 오리지널 원고는 뒤로 미루고 그는 유미즈 씨 생전의 발자취를 좇았다. 어떻게 해서 원고가 유미즈 씨 손에 들어갔는지 알기 위해서다. 공통의 지인한테서 들은 이야기를 종합하면 다음과 같다.

"오컬트 책을 내는 출판사에 모조리 문의했다고 하더군. 책을 만드는 과정에서 기묘한 사건이 일어나지 않았느냐고 하면서."

나는 맥이 빠졌다.

이야기만 들으면 그렇게 황당한 일이 아니다. 어쩌면 흔한 일이라고도 할 수 있다. 편집 작업 중에 컴퓨터가 고장 났다든지, 모니터에 무작위 문자열이 표시되었다든지. 녹음기가 보급되기 전이라면 괴담을 취재하면서 테이프에 녹음했는데, 막상 재생해보니 하나도 들리지 않았다든지.

테이프가 뒤얽히는 바람에 플레이어를 부쉈다는 이야기도 들은 적이 있다. '망한 출판사에서 실제로 있던 사건'이라는 말까지 붙어서, 사사오카 씨한테서 직접 들었다.

내 표정을 보고 알아챘는지 노자키 씨가 팔짱을 끼고 말했다. "아무리 흔한 일이라도 취재를 안 하는 것보다는 나아."

현재 시점에서 알아낸 것은 여기까지였다. 다음에는 이와다의 이야기로 넘어갔다.

"이해할 수 없는 것은 왜 부모님까지 사망했느냐는 거야."

노자키 씨 말에 고개를 끄덕이다가 즉시 생각이 났다.

"혹시 이와다가 부모님에게 읽으라고 했거나 들려준 건 아닐까요?"

겉으로는 좋은 사람처럼 보였는데, 태연한 얼굴로 나에게 저주를 넘기려고 했다. 자신이 불리하면 얼마든지 남을 팔아먹을 수 있는 것이다. 그렇다면 부모에게도 똑같은 일을 할 수 있지 않을까?

나는 이제 이와다를 믿을 수 없었다. 하지만 노자키 씨는 복잡한 얼굴로 머리를 가로저었다.

"그렇지는 않을 거야. 그 녀석, 보기보다 효자였거든. 학부생 시절부터 자기 힘으로 학비를 벌고, 부모님과 같이 사는 것도 돈을 모으기 위해서였지. 아르바이트도 불싯 편집부뿐만 아니라 서너 군데는 했을 거야. 학교에 다니고 옛날 책을 사기 위해 고서점을 돌아다니면서 말이야."

마코토 씨가 물었다. "왜 그렇게 일을 많이 하는데?"

"본인은 어물쩍 넘겼지만 내 생각엔 연로한 부모님 때문이었던 것 같아. 외동이라서 부모님이 아프기라도 하면 자기가 간병해야 한다고 했거든. 젊은 녀석이 그렇게 생각하는 건 쉽지 않잖아?"

노자키 씨가 감탄한 것처럼 숨을 쉬었다.

그 말을 그대로 믿을 수는 없었지만, 정말로 그랬다면 막돼먹은 녀석은 아니다. 그렇게까지 부모님을 사랑했다면, 그렇게까지 부모님을 챙겼다면 무슨 일이 있어도 살고 싶지 않을까? 어떻게든 생명을 지키려고 발버둥 치지 않을까? 아르바이트하는 곳의 선배를 제물로 바치더라도.

이와다를 나쁜 놈이라고 비난하기보다 이렇게 생각하는 편이 마음 편하다. 여기에 정상 참작이라는 단어를 사용하는 것은 좀 이상하지만, 그의 마음을 이해할 수 없는 것도 아니다.

가족이 그렇게 중요한가, 하는 생각이 들지 않는 것도 아니지만. 어쨌든 이와다에게 리호의 이야기는 남의 일이었다.

나는 침대에 놓아둔 원고로 시선을 돌렸다. 마코토 씨가 앞쪽 페이지를 넘기며 빨려 들어갈 듯이 원고를 보았다.

"마코토!" 노자키 씨가 큰 소리로 불렀다.

하지만 그녀는 대답하지 않고 원고에 시선을 떨구었다. 입술은 일자로 꽉 다물고, 얼굴은 긴장으로 가득 차 있었다. 노자키 씨가 재빨리 다가가서 그녀의 어깨를 흔들었다. 조금 늦게 그녀가 얼굴을 들었다. 화난 사람처럼 노자키 씨의 목소리가 높아졌다.

"대답을 안 해서 깜짝 놀랐잖아. 읽지 말라곤 안 하겠지만 적어도⋯⋯."

마코토 씨가 그의 말을 가로막았다. "있잖아, 이거 무슨 이야기야?"

노자키 씨는 한순간 당황했지만 바로 대답했다. "후지마 씨에게 들었잖아. 소설 같아. 아직 전체 내용은 모르지만."

"그런데⋯⋯." 그녀가 원고를 가리키며 덧붙였다. "이 시립 미쓰카도 중학교, 내가 다녔던 학교야. 히가시무라야마에 있어."

11

"사다코."

종례가 끝나고 집에 가려고 했을 때, 바로 앞자리에 앉은 미시마가 나를 불렀다. 미시마는 바람머리 스타일의 갈색 머리를 쓸어 올렸다.

나는 말없이 그 애의 반응을 살폈다.

"잠시 남아." 그 애는 강압적으로 말하며 나를 노려보았다.

학년이 올라가고 미시마와 같은 반이란 사실을 안 시점에서 이렇게 되리라고 예상했다. 다음 표적은 분명히 나일 것이라고…….

어떻게 하려는 걸까? 돈을 뜯어내려는 걸까? 때리려는 걸까? 내 물건을 망가뜨리려는 걸까? 아니면 세 가지 다일까?

도서관에서 기다리고 있을 유카리에게 마음속으로 사과하면서 교실에 남았다.

옆 반에서 고미야와 쓰치야가 왔다. 우리 말고는 아무도 없는 교실에서 그 애들은 실실 웃으며 책상을 덜컹덜컹 움직이더니 작은 섬을 만들었다.

"사다코, 이리 와."

나는 미시마가 시키는 대로 작은 섬으로 향했다. 책상 위에 있는 크고 하얀 종이에 히라가나*의 50음이 쓰여 있었다. 왼쪽과 오른쪽에는 '네'와 '아니요'가, 그 사이에는 빨간색으로 도리이**가 그려져 있었다.

미시마가 연극적인 동작으로 종이 위에 10엔짜리 동전을 놓았다. 고쿠리상***이다. 일단 처음에는…….

나는 그들이 앉으라는 의자에 앉았다.

그다음은 대강 상상이 되었다. 네 사람이 동전에 검지를 올

---

* 일본 문자의 하나.

** 鳥居, 신사 입구에 있는 기둥문.

*** 세 개의 대나무를 이용해서 점을 치는데 분신사바와 비슷하다.

렸다. 맞은편에 있는 미시마가 고쿠리상을 불러내서 물었다.

"사다코가 좋아하는 남자는 누구인가요?"

—우―치―타―겐―타―

우치다 겐타. 수업이 끝나면 곧장 집으로 가는 뚱뚱한 남학
생이다. 오른쪽의 고미야가 치켜 올라간 눈을 가늘게 뜨고 웃
었다. 왼쪽의 쓰치야는 두터운 입술을 삐죽 내밀며 웃음을 터
뜨렸다.

나는 아무 말도 하지 않았다.

미시마가 분위기를 제압하듯이 물었다. "그러면 사다코의 결
혼 상대는 누구인가요?"

—세―토―

이번에는 선생님 이름이다.

"소름!" 쓰치야가 굵은 목소리로 뱉어내듯 말했다.

또 까르르 웃음소리가 일었다. 나도 모르게 고개를 숙이자
"고개 들어!"라고 고미야가 질타했다.

고쿠리상은 심령 현상이 아니다. 책에 그렇게 쓰여 있던 것이
떠올랐다. 동전 위에 올려놓은 손가락과 그걸 지탱하는 팔은
본인이 알아차리지 못할 만큼 미세하게 움직인다. 그 힘이 4인

분 모여 복잡하게 작용하면서 아무도 의식하지 못하는 곳으로 동전을 이동시킨다. 즉, 아무리 진지하게 하더라도 고쿠리상의 소행이 아닌 것이다.

더구나 지금 같은 경우에는 미리 짜놓은 각본대로 하는 것뿐이다. 조금 복잡하긴 하지만 순수한 괴롭힘이다. 그래서 사실과도, 과거나 현재, 미래와도 아무런 관계가 없다. 단지 나를 놀리고 괴롭히기 위해 하는 것뿐이다.

"사다코의 엄마는 바람을 피우나요?"

동전이 천천히 '네'에 도착했다.

"상대는 누구인가요?"

— 러 — 브 — 호 — 텔 — 경 — 영 — 자 —

나는 구멍이 날 것처럼 동전을 뚫어지게 보았다. 러브호텔 경영자. 그런가? 그런 말은 못 들었다. 적어도 엄마의 설명과는 다르다.

미시마가 담담하게 물었다. "그곳에서 바람을 피우고 있나요?"

— 네 —

"언제 바람을 피우나요?"

—매—일—

"그런 여자를 뭐라고 하나요?"

—걸—레—

세 사람은 폭발할 것처럼 웃었다. 나는 마음을 닫고 오직 이
시간이 끝나기를 기다렸다.
"사다코는 왜 수업을 빠지나요?"

—원—조—교—제—

아이들 사이에서는 그런 걸로 되어 있나? 나는 어이가 없을
만큼 냉정하게 글자를 바라보았다.
"얼마 받나요?"

—얼—마—냐—면—삼—

동전이 멈추었다.
"3?" 쓰치야가 희희낙락했다.
"3?" 고미야가 목소리에 힘을 주었다.

— 백 —

"싸다!"

세 사람은 다시 주위가 떠나가라 웃음을 터뜨렸다.

생각보다 상처는 크지 않군. 나는 마음속으로 한숨을 쉬었다. 결국은 거짓말이다. 모두 꾸며낸 이야기다.

"너희들, 거기서 뭐해?"

그때 걸걸한 목소리가 들려서 복도 쪽을 쳐다보았다.

하나오카가 창틀에서 몸을 내밀고 우리를 바라보았다.

"점치고 있어요." 미시마가 당당하게 말했다.

친근한 미소를 지으면서 애교 부리는 목소리로 "선생님에겐 비밀이에요"라고 말하고는 고개를 갸웃거렸다.

"그래?" 하나오카는 쓴웃음을 짓더니 나를 보았다. "적당히 하고 집에 가, 고등학교 입시 공부 해야지."

심장이 쿵쾅거렸다. 허공으로 떠오르는 듯한 감각이 배를 덮쳐왔다. 하나오카에게 말할까 말까 망설이고 있자…….

"기스기, 잘됐구나."

하나오카는 감개무량한 얼굴로 말하더니 가벼운 발걸음으로 사라졌다. 멀어지는 발소리를 멍하니 듣고 있자 양쪽에서 소리 없는 웃음이 들렸다.

"저 녀석은 의욕만 넘쳤지 정말 바보라니까." 고미야가 너무 웃어서 새빨개진 얼굴로 말했다.

쓰치야가 어이없는 표정을 지으며 말했다. "저 녀석을 속이는 건 식은 죽 먹기야."

미시마가 다시 시작한다는 듯이 목소리를 높였다. "사다코의 현재 애인은 누구인가요?"

―하―나―오―카―와―

"와?"
"와?"

―이―하―라―

"아아!" 쓰치야가 고개를 끄덕이며 덧붙였다. "환상의 커플이네."

미시마가 모든 걸 안다는 얼굴로 말했다. "하긴 그래. 자주 한다니까, 특수학급에서……."

동전이 천천히 움직이기 시작했다.

―에―스―엠―

"그만해!"

나는 재빨리 소리치며 몸을 뒤로 뺐다. 의자가 우당탕탕 소리를 내며 쓰러지고, 동전에서 손가락이 떨어졌다. 세 사람은 일제히 눈을 부라렸다.

고미야가 이를 드러내며 화를 냈다. "왜 손을 떼는 거야? 도중에 그만두면 안 된다는 거 알잖아?"

쓰치야가 말을 받았다. "아~ 아~ 너 때문에 저주받았어. 어떡할 거야? 책임져!"

나는 거칠게 숨을 내뱉는 수밖에 없었다. 이런 흐름이라면 다음에는 무리한 요구를 할 것이다. 하려면 얼마든지 해라. 그렇게 냉정하게 생각했다.

미시마가 만족스럽게 웃으면서 말했다. "좋아. 그럼 이 뒤처리를 어떻게 할지, 고쿠리상에게 정해달라고 하자."

그렇게 말하면서 종이로 시선을 옮겼을 때.

갑자기 동전이 움직였다. 세 사람은 균형이 무너져서 나머지 손으로 가까스로 책상을 잡았다. 모두 멍하니 입을 벌린 채 서로의 얼굴을 바라보았다. 그리고 천천히 시선을 옮겨서 종이를 쳐다보았다.

동전은 '아니요'의 한가운데에 멈춰 있었다.

"……뭐야? 이러면 재미가 없잖아. 누구 짓이야?"

미시마가 미소를 지으며 말한 뒤, 양쪽에 있는 아이들을 번갈아 노려보았다. 고미야가 어색한 미소를 지으며 "쓰치, 이러지 마!"라고 말했다. 쓰치야가 "내가 언제? 네가 그랬잖아!"라고 부루퉁한 얼굴로 되받아쳤다.

미시마가 한숨을 깊게 내쉬며 "너희 말이야, 이런 식으로 방해할 거라면 당장 집에……"라고 말한 순간, 소리도 없이 동전이 움직였다.

세 사람은 동시에 눈을 크게 뜨고 입을 벌렸다. 나는 망연히 그 모습을 바라보았다. 세 사람의 손가락 밑에서 칙칙한 갈색 동전이 글자를 더듬어갔다.

—이—리—내—놔—

"……지금 고백하면 화 안 낼게. 누구 짓이야?"

미시마가 이마를 찡그리며 으름장을 놓았다. 두 사람은 동시에 머리를 가로저었다. 다시 동전이 움직였다.

—창—자—

고미야가 떨리는 목소리로 말했다. 얘들아, 그만…… 그만 집에 가자."

"그래, 오늘은 그러는 게 좋겠어." 쓰치야가 혼잣말처럼 맞장구를 쳤다.

그러자 미시마가 놀리듯 말했다. "너희들 한패지? 나 몰래 그렇게 하기로 했지? 이렇게 한심한 짓을 하다니……."

—아니요—

이번에는 미시마도 입을 다물었다. 이윽고 그 애는 아무 일
도 없었던 것처럼 말했다. "고쿠리상, 고쿠리상, 고맙습니다. 이
제 돌아가도 됩니다."
동전이 조금 움직였다가 다시 돌아왔다.

—아니요—

세 사람은 서로 얼굴을 바라보았다. 딱딱하게 굳은 얼굴은
새하얗게 질려 있었다.
"어서 돌아가세요."

—아니요—

"왜 안 가시는 거예요?"

—창—자—

"어떻게 하면 돌아가시나요?"

—창—자—

"그, 그것 말고 어떻게 하면 되나요?"

—눈—알—

"그것 말고는……."

—창—자—

"얘들아, 우리 손가락 떼자. 너무 무서워." 고미야가 속삭이듯 말하고 나서 쿵쿵쿵 발을 굴렀다.

미시마가 물었다. "떼면 어떻게 되는데?"

"이 세상에 고쿠리상 같은 건 없어. 그냥 근육 운동이래. 네가 처음에 말했잖아."

—아니요—

"……이거 진짜 뭐야?" 미시마가 조바심을 견디지 못하고 머리칼을 쥐어뜯었다.

그때 콩! 하고 책상이 움직였다. 이어서 내 뒤쪽에서 잇따라 소리가 났다. 처음에 소리를 지른 사람은 고미야였다. 목이 터져라 비명을 지르며 동전에서 손가락을 뗀 것이다.

"야!"

미시마가 나머지 손으로 고미야의 손을 잡자, 고미야는 재빨리 손을 뿌리치며 창가로 물러섰다. 두 개의 검지 밑에서 다시 동전이 움직였다.

　—창—자—

　—아니요—

　—창—자—

　—아니요—

쓰치야가 공포에 질린 얼굴로 손가락을 뗀 뒤, 책상의 섬에서 조금 떨어졌다. 나도 의자에서 일어났다.
미시마만이 종이 위에 있는 동전을 꽉 누르고 있었다.
"미시마, 이제 손 떼. 웅?" 고미야가 말했다.
쓰치야도 연신 고개를 끄덕이며 동의했다.
미시마가 핏기 없는 얼굴로 미세하게 고개를 가로저었다. 새파란 입술 사이에서 가냘픈 목소리가 새어나왔다.
"……안 움직여……."

　—눈—알—간—장—심—장—

―아니요―

―위―장―숨―통―

―아니요―

―혀―뿌―리―

눈알. 간장. 심장. 위장. 숨통. 혀뿌리.

그때 창문이 덜컹덜컹 흔들렸다. "으아!"라고 비명을 지르며 고미야가 칠판을 향해 뛰었다. 미시마가 팔로 얼굴을 가렸다.

"으으, 도, 돌아가세요."

―아니요―

"제발 돌아가세요, 고쿠리상!"

―아니요―

"고쿠리상, 고쿠리상."

―아니요―

―아니요―

―아니요―

미시마는 눈에 눈물을 담고 물었다.

"……다, 당신은 누구신가요?"

가느다란 손가락이, 예쁘게 생긴 손톱이, 거무칙칙한 동전이 천천히 기어갔다.

―스―우―노―메―

콰당. 책상의 섬이 흔들리더니 한가운데에서 갈라지듯 바깥쪽으로 넘어졌다. 미시마가 퉁기며 바닥으로 쓰러졌다. 동전이 바닥에 떨어져서 데굴데굴 구르다 멈추었다.

모든 소리가 그쳤다. 그 누구도 입을 열지 않았다.

나는 조금 전에 본 글자와 단어를 떠올렸다.

스우노메.

즈우노메 인형.

"사다코."

미시마가 나지막하게 부르는 소리를 듣고 퍼뜩 정신이 들었다. 미시마는 교복을 탈탈 털더니 내게 얼굴을 들이대고 협박하듯 말했다.

"지금 뭐라고 했어? 뭐 아는 거야?"

나도 모르게 중얼거렸던 모양이다.

나는 눈앞에 있는 미시마의 얼굴을 보았다. 눈길은 너무나 진지하고, 나를 무시하는 느낌은 들지 않았다.

미시마는 지금 두려워하고 있다. 요괴나 혼령에 겁을 먹고 있다. 그래서 아무리 비상식적인 일이라도 이유나 원인을 알려고 하는 것이다. 그렇다면…….

"얼마 전에 읽었는데……."

나는 세 사람에게 유카리가 쓴 즈우노메 인형 이야기를 들려주었다. 세 사람은 진지한 얼굴로 내 이야기에 귀를 기울였다.

끝까지 이야기하자 미시마는 황당한 얼굴로 소리쳤다.

"말도 안 돼! 너, 바보야?"

다른 두 사람도 "헐! 그게 말이 돼?"라며 이죽거렸다.

나도 말이 안 된다고 생각하지만 조금 전까지 공포에 질려 벌벌 떨던 그 애들의 얼굴을 볼 수 있어서 조금이나마 후련해졌다. 분위기가 썰렁해지자 그 애들은 혀를 차면서 교실에서 나갔다. 나는 쓰러진 책상을 제자리에 돌려놓고 학교에서 나온 뒤, 서둘러 도서관으로 향했다.

유카리는 문고본 코너에서 기다리고 있었다. 나를 보자 아직 어린 티가 남아 있는 얼굴에 함박웃음이 담겼다. 유카리의 집에서 6시까지 놀다가 집으로 왔다.

그로부터 닷새 후.

등교하자마자 긴급 방송이 나왔다. 전교생 모두 체육관으로 모이라는 것이다. 교장 선생님이 단상에 올라가 엄숙한 얼굴로 말했다. 미시마 삼총사, 즉 미시마, 고미야, 쓰치야가 어제 갑작스럽게 사망했다는 이야기였는데 병인지 사고인지는 말해주지 않았다.

체육관 안은 쥐 죽은 듯 조용해졌다. 나는 줄 한가운데에서 망연자실한 표정을 지었다.

"그 애들한테서 무슨 말 못 들었니?"

점심시간의 교무실. 하나오카가 심각한 얼굴로 책상 위에 손을 올리고 나를 올려다보며 물었다.

"무슨 말이라니, 무슨 말요?"

하나오카는 껄끄러운 말을 억지로 짜냈다. "가령…… 이상한 녀석이 따라다닌다든지 수상한 녀석을 만난다든지."

"아니요, 그런 말은 못 들었어요." 나는 솔직하게 대답했다.

내가 그 애들에 관해 어떻게 알겠는가? 하나오카는 말을 일단락 지으며 목소리에 힘을 주었다.

"내가 지금 한 말은 다른 사람에게 말하면 안 돼."

교무실에서 나오자 배가 찢어질 것처럼 아팠다. 생리통이다. 생리가 거의 끝나가고 있었는데 갑자기 왜 이러지? 이렇게 심하게 아픈 것은 처음이었다.

나는 손으로 벽을 짚고 비틀거리면서 보건실로 향했다. 야시마가 깜짝 놀란 얼굴로, 여느 때의 창가 쪽 침대로 데려갔다.

"미안하구나. 네가 평소에 오는 일은 한 번도 없어서 조금 놀랐다." 야시마는 변명처럼 말하고 커튼을 닫았다.

이불을 덮고 옆으로 누워 몸을 둥글게 말았다. 안쪽에서 살점을 떼어내는 것처럼 배가 아팠다. 분명히 정신적인 이유다. 혼란스럽다. 모든 것이 뒤죽박죽이다.

즈우노메 인형이 세 명을 죽였다. 그런 망상이 머릿속을 뛰어다녔다. 아니다. 우연이 겹친 것뿐이다. 내가 그렇게 생각하는 것뿐이다. 전부 다 거짓말이다.

그래도 나는 망상을 뿌리칠 수 없었다. 복통이 점점 심해지면서 아랫도리로 퍼져나갔다. 신음을 내면서 몸을 비튼 순간.

"애."

여자아이 목소리가 들려서 눈을 떴다. 목소리가 들린 쪽으로 고개를 돌렸다. 하얀 커튼에 그림자가 비추었다. 머리칼이 짧다. 야시마는 확실히 아니었다.

"많이 아파? 야시마를 데려올까? 교무실에 가서 지금 여기에 없거든."

그 자리에 어울리지 않을 만큼 밝은 목소리였다.

"괜찮아요." 나는 그대로 누운 채 대답했다.

입 안은 바싹 말랐고 목소리는 갈라졌다. 그림자는 잠시 말없이 서 있다가 물었다.

"4반의 기스기지?"

가까스로 "네"라고 대답하자 그림자는 잠시 말없이 서 있다가 물었다.

"가끔 여기에 오지? 무슨 사정이 있는 것 같더라."

나는 대답할 수 없어서 물끄러미 그림자를 쳐다보았다.

키가 크다. 나보다도, 아니 야시마보다도 크다.

그림자가 고개를 갸웃거리며 말했다. "있잖아, 이상한 질문일지 모르겠지만 고쿠리상으로 이상한 걸 불러냈지?"

나는 깜짝 놀라서 반사적으로 대답했다. "안 불렀어요."

촤라락 커튼이 젖혀졌다. 머리를 짧게 자른 당당한 자태의 여자아이가 서 있었다. 짙은 눈썹. 의지가 강해 보이는 눈이 나를 내려다보았다.

"분명히 불러냈어. 고쿠리상과 다른 무언가를."

그녀는 진지한 얼굴로 나를 뚫어지게 쳐다보았다.

그날 미시마 삼총사와 하는 일을 몰래 보고 있었다……. 그렇게밖에 생각할 수 없었다. 다 알면서 넌지시 떠보는 것이다. 무슨 생각으로 떠보는 것인지는 모르겠지만, 순순히 '불러냈다'고 말하기가 망설여졌다.

"……뭐예요?" 나는 따지듯 물으며 이불을 조금씩 끌어 올려서 입을 감췄다. "그런 걸 왜 물어요?"

"네가 곤란한 것 같아서." 그녀의 입가에 개구쟁이 같은 미소가 감돌았다. "무슨 일이 있었지? 지금 주변에서 이상한 일이 일어나서 당황하고 있지? 그렇지? 재수탱이 미시마가 죽은 것과 관계가 있지?"

그녀가 즐거운 표정으로 말했다. 말끝은 올라갔지만 나한테 묻는 게 아니라 확인하는 말투였다. 아니, 그런 건 아무래도 상관없다.

그녀는 알고 있다. 어떻게 알았는지는 모르겠지만 사실을 어느 정도 파악하고 있다. 내가 마음속으로 어떻게 생각하는지도. 그로 인해 혼란스러워한다는 것도.

"뭐, 말하고 싶지 않으면 안 해도 돼." 그녀는 느긋한 동작으로 커튼을 잡으며 닫았다. "말하고 싶으면 언제든지 말해. 교실에 없으면 거의 여기서 자니까."

그제야 생각이 났다. 보건실에 올 때마다 항상 옆 침대에서 자는 머리가 짧은 여학생이다.

"저기……."

나는 그렇게 말한 뒤, 이불을 젖히고 몸을 일으켰다.

커튼에 다시 그녀의 그림자가 비추었다.

"전환이 빠르네."

후후후. 그림자가 웃었다.

나는 흠칫거리며 물었다. "그런데 누, 누구신가요?"

"아, 미안해."

다시 커튼이 열렸다. 그녀가 미안한 얼굴로 미소를 지었다.

"1반의 히가 미하루야."

12

"미하루……." 마코토 씨가 원고를 보면서 창백한 얼굴로 중얼거렸다.

나와 노자키 씨, 그리고 그녀는 침대에 둘러앉아 원고를 읽었다. 리호가 다니는 중학교가 그녀의 모교라는 사실을 알고, '사실'을 주워 모으기 위해 같이 원고를 읽기로 한 것이다.

노자키 씨가 긴장된 목소리로 물었다. "히가 미하루란 사람, 설마 네……."

마코토 씨가 얼굴을 들었다. 당황한 기색이 역력한 얼굴이다. 그녀는 눈길을 이리저리 돌리고 입을 뻐끔뻐끔 움직이고 나서 겨우 대답했다.

"……밑의 언니. 언니와 나 사이에 있는……. 하지만 한 번도 언니라고 부른 적 없이 계속 이름으로 불렀어. 언니가 둘이라서 헷갈리기도 했고. 하지만 나보다 네 살 많으니까 언니는 언니야. 그러니까……."

"마코토, 진정해." 노자키 씨가 그녀의 말을 가로막았다. 그리고 그녀를 똑바로 보면서 물었다. "내가 알고 싶은 건 한 가지야. 히가 미하루라는 사람은 실존 인물이야?"

그녀는 눈을 동그랗게 뜨고 천천히 고개를 끄덕였다.

"이름이 같은 다른 사람일 가능성은 없어?"

그녀가 고개를 가로저었다.

"없어. 여기에 쓰여 있는 그대로야. 나이도 똑같고 키가 크고 머리는 항상 짧았고. 모습이나 태도도 똑같고……." 그녀는 금발에 손을 넣어 마구 휘저으면서 덧붙였다. "누구한테나 거만했어. 늘 반쯤 웃으면서 자기는 뭐든지 다 알고 있다는 식이었지. 더구나 힘도 있었고."

노자키 씨 입에서 신음이 새어나왔다. 나도 덩달아 한숨을 토해냈다.

마코토 씨에게는 미하루라는 언니가 있다. 조금 전에 한 말로 볼 때, 그 위에도 언니가 있는 것 같다. 세 자매일까? 좌우지간 이 소설에 실제 인물이 등장했다. 그건 다시 말해…….

"이건 어느 정도 사실을 참고해서 쓴 원고야."

노자키 씨의 말을 듣고 나와 마코토 씨는 동시에 고개를 끄덕였다.

"그렇다고 사실이라고 단정할 순 없어. 이름이나 캐릭터만 참고했을 수도 있으니까. 하지만 적어도 검증할 방법은 있어. 즉 그것은……." 그는 침대에서 내려와 탁자의 스마트폰을 들었다. "……사실과 맞춰볼 수 있어. 그러면 뭔가 알아낼 수 있을 거야. 히가시무라야마 시립 도서관에 전화해서 교류 노트에 관해 물어본다든지……."

그렇게 말하자마자 재빨리 스마트폰의 문자판을 조작했다. 그리고 즉시 스마트폰을 귀에 대고 거실을 돌아다녔다.

마코토 씨는 아연한 얼굴로 그를 바라보았다.

"물어볼 사람이 또 한 명 있잖아요?" 나는 마코토 씨를 쳐다보며 말했다.

조금 늦게 그녀는 "어?"라고 하면서 나를 보았다.

"미하루 씨 말입니다. 지금 바로 물어보세요. 그럼 원고 쓴 사람을 알 수 있을지도 모르잖습니까?"

바로 기억나면 다행이고, 미하루 씨가 모른다고 해도 짐작 가는 사람이 있을지도 모른다. 그리고 원고 쓴 사람에게 물어보면 저주 푸는 방법을 알 수도 있다. 죽지 않는 방법을 찾을 수도 있는 것이다.

시간이 얼마나 걸릴지는 모르겠지만 길이 보이기 시작했다. 지금까지보다 훨씬 뚜렷하게, 훨씬 선명하게.

하지만 마코토 씨는 어두운 얼굴로 고개를 가로저었다. "그건 불가능해."

"네? 언니잖습니까? 물어보면 금방……."

"죽었어."

나는 얼음처럼 그대로 굳어졌다.

그녀는 미간에 주름을 잡고 떨리는 목소리로 말했다. "미하루는 죽었어. 중3 때."

그때 노자키 씨의 흥분한 목소리가 들렸다. "정말입니까?"

그는 통화를 하면서 내게 눈짓을 했다. 밝은 표정을 보니 긍정적인 느낌이 들었지만, 어떻게 되었는지는 짐작도 되지 않았다. 그는 몇 번이나 고맙다고 말하고 나서 전화를 끊었다. 그러더니 우리를 향해 고개를 끄덕였다.

"있대."

"뭐, 뭐가요?"

"교류 노트. 예전 노트도 전부 보관하고 있다는군. 취재하겠다고 했더니 보여주겠대. 금방 다녀올게."

그가 배낭을 들고 나갈 채비를 했다. 마코토 씨에게 시선을 돌리자 그녀는 손에 든 원고를 물끄러미 내려다보고 있었다.

13

"역시 그랬구나." 미하루는 어디선가 가져온 둥근 의자에 앉아 반쯤 웃으면서 말했다.

나는 아랫도리에만 이불을 덮고 있었다. 점심시간은 끝났지만 생리통은 사라지지 않아서, 그대로 보건실에 남아 그녀에게 대강 이야기를 해주었다.

"우연일지도 모르겠지만 마음에 걸려."

존댓말은 그만두었지만 최대한 신중하게 대답했다. 이렇게 황당한 이야기를 믿어주리라곤 생각도 할 수 없어서였다.

실제로 미하루의 얼굴에서는 미소가 끊이지 않았다. 역시 진지하게 받아들이지 않는 걸까? 나는 마음을 허락하고 솔직하게 말한 것을 후회하기 시작했다.

"우연인지 아닌지는 금방 알 수 있어." 그녀는 코를 킁킁거리며 말했다.

내가 대답하지 않자 "그 뭐라든가 하는 인형 이야기를 제대로 들려줘"라고 말한 뒤 만면에 미소를 지었다.

"나흘째에 온다고 했지?"

"안 돼." 나는 세차게 머리를 가로저었다.

그런 일은 있을 리 없다고 생각해도, 그 이야기를 해주는 것은 마음이 내키지 않았다.

미하루는 의아한 표정을 지었다. "왜? 그게 제일 빠르잖아?"

"하지만 만약 오면……."

"그때는 쫓아내면 돼. 너랑 똑같은 방법으로 하면 되잖아? 무슨 말인지 알겠어?" 그녀는 일단 자기 얼굴을 가리켰다. "내가 확인하는 방법이 한 가지 있고……." 이어서 나를 가리키며 덧붙였다. "살 수 있는 방법도 한 가지 있어. 네가 지금 여기에 있는 게 가장 좋은 증거잖아? 간단하지?"

그렇게 말하고 내 눈을 들여다보았다.

그렇다. 그녀의 말이 맞다. 다른 사람에게 말하면 즈우노메 인형은 그쪽으로 간다. 나는 그런 식으로 그것을 쫓아내서, 미시마 삼총사와 달리 죽지 않고 지금 무사히 여기에 있다.

그녀는 다시 태연하게 말했다. "안 오면 우연으로 확정. 오면 뭐라든가 하는 인형이 있는 걸로 확정. 진짜로 확정하기 위해서는 내가 죽어야 하겠지만. 어쨌든 그러면 네가 제대로 판단할 수 없잖아? 우연히 죽었는지, 뭐라든가 하는 인형에게 살해되었는지. 뭐, 내가 살해되는 장면을 네가 직접 보면 얘기는 다르지만."

나는 조심스럽게 입을 열었다. "저기…… 지금 무슨 말을 하는 거야?"

"이치야, 이치." 그녀가 장난스럽게 웃으며 덧붙였다. "지금 곤란하지? 곤란한 걸 해결할 이치를 설명하고 있어. 플로 차트를 만들어서 설명해줄까?"

미하루는 그렇게 말하더니 야시마의 책상으로 시선을 돌렸다. 나는 다급히 손을 내저었다.

"괜찮아. 무슨 말을 하는지는 아니까."

그녀는 의아한 표정으로 나를 쳐다보았다.

나는 머뭇거리며 조심스럽게 말했다. "이렇게 이상한 얘기를 아무렇지도 않게 들어주고, 아무렇지도 않게 얘기해서 깜짝 놀랐어."

그녀는 장난스럽게 웃으면서 당연하다는 듯이 말했다. "이상할 거 하나도 없어. 그런 건 어디에나 있거든."

나는 어안이 벙벙해서 그녀의 얼굴을 말똥말똥 쳐다보았다. 중성적으로 생긴 야무진 얼굴. 농담하는 것처럼 보이지는 않았다. 그녀는 의자를 앞으로 끌며 흥미진진한 눈길로 물었다.

"말해줘, 뭐라든가 하는 인형의 도시전설."

그날과 그다음 날. 나는 수업이 끝나면 유카리의 집에서 시간이 허락하는 한 호러 영화를 보았다. 유카리는 정말로 무서워하면서 눈에 눈물을 그렁그렁 맺기도 했다.

영화가 끝나면 우리는 영화 내용을 흉내 내면서 놀았다. 악마의 제물 놀이. 죽은 영혼의 창자 놀이. 페노미나* 놀이. 영화는 아직 안 봤지만 제이슨** 놀이나 프레디*** 놀이도 했다.

너무나 즐거웠다. 그런 와중에도 계속 미하루가 신경 쓰였다. 즈우노메 인형 이야기를 들은 그녀가 어떻게 되는지도.

나는 유카리와 놀다가 집에 갈 때마다 물었다. "즈우노메 인형 이야기는 어디서 들었어?"

유카리는 잠시 생각하고 나서 어색한 미소를 지었다.

"다음에 가르쳐줄게."

그렇게 말하면 더는 묻지 못하고 집으로 올 수밖에 없었다.

지난번 일이 있고 나서 후나키 씨는 집에 오지 않았지만, 집에는 여전히 숨 막히는 분위기가 떠다녔다. 어쩌면 예전보다 훨씬 심해졌다고 할 수 있으리라. 엄마는 다시 낮에 일하러 나갔고, 일이 끝나면 집에 들르지 않고 곧장 밤에 일하는 가게로 가곤 했다. 그것도 마미를 데리고.

---

* Phenomena, 곤충과 교신할 수 있는 신비한 능력의 소녀를 둘러싸고 벌어지는 살인사건을 그린 이탈리아 호러 영화.

** 「13일의 금요일」에 나오는 가공의 괴물.

*** 「나이트메어」에 나오는 등장인물.

어느 날, 류헤이와 둘이 밥을 먹을 때였다.

류헤이가 밥공기를 툭 내려놓고 나서 말했다. "누나, 요전에 전화가 왔었어."

"누구한테?"

상대는 짐작이 갔지만 확인할 필요가 있었다.

"다나시 아줌마."

"아줌마한테서?"

류헤이는 얼굴을 찡그리며 갈라진 목소리로 말했다. "한 번 만나지 않겠냐고 하더라. 엄마 몰래……."

누구를 만나는지는 물을 필요도 없었다. 아줌마는 아빠를 몇 번 만나는 사이에 아빠의 교묘한 말에 넘어가서 마음이 바뀌려고 하고 있다. 실망스럽기도 하고 불안하기도 했지만 이상하게 화는 나지 않았다. 엄마의 말이 맞았기 때문이다. 아줌마도 괜찮은 것 같은 쪽에 붙으려고 하고 있다.

나를 비롯해 아이들을 그쪽으로 넘기려고 하고 있다. 엄마에게서 아빠에게로.

"뭐라고 대답했어?"

류헤이는 밥공기를 응시한 채 미안한 표정을 지었다.

"누나와 의논하겠다고 말했어."

"그래, 잘했어." 내 뺨에 희미하게 미소가 떠오르는 걸 알 수 있었다. "그건 어른의 사정이 아니라 우리가 정하면 돼."

류헤이는 작게 고개를 끄덕이고 다시 밥을 먹었다.

14

나와 마코토 씨는 집에 남아서 원고를 읽었다. 노자키 씨는 그녀에게 "같이 갈래?"라고 말했지만 그녀는 고개를 가로저었다.

"이쪽이 마음에 걸려. 미하루 부분이……."

"하긴 그렇겠군."

그는 그 말을 남기고 바로 집에서 나갔다. 반응으로 볼 때 사정을 알고 있는 듯했다. 미하루 씨가 이미 세상에 없다는 사실을.

시간이 얼마나 지났을까? 원고에서 고개를 들자 어느새 저녁때였다. 땅거미가 지고 커튼 너머가 어두컴컴해졌다. 원고를 읽는 시간이 생각보다 오래 걸렸다. 힌트가 더 필요한데. 빨리 읽으면 해결 방법을 찾을 수 있을지도 모른다.

마코토 씨는 창백한 얼굴로 원고를 들고 있었다. 노자키 씨가 나가고 나서는 한마디도 하지 않았다. 뭔가를 골똘히 생각하는 듯했지만 묻기가 망설여졌다.

"미하루라면 할지도 몰라."

그녀가 불쑥 입을 여는 바람에 나는 당황해서 말을 더듬었다.

"뭐, 뭐를요?"

그녀는 나를 똑바로 바라보며 말했다. "미하루는 힘을 사용하고 싶어 했거든. 어렸을 때부터 친구들을 모아놓고 점술이나 고쿠리상 같은 걸 자주 했어." 그러더니 한숨을 쉬고 나서 복잡한 표정으로 덧붙였다. "친구들이 무서워하거나 존경의 눈길로 바라보면 아주 좋아했지."

"마코토 씨는 안 했나요?"

이야기의 흐름에 따라서 그렇게 물었는데 그녀가 쓸쓸하게 웃으면서 대답했다.

"나는 이렇게 되는 게 늦었거든. 그리고 미하루 방식을 싫어했어. 장난처럼 한다고 할까…… 미하루는 삶과 죽음도 이 원고에 쓰여 있는 것처럼 생각했거든. 그게 마음에 들지 않아서 툭하면 싸우곤 했지."

영능력자나 영매를 자처하는 사람들에게는 몇 가지 유형이 있다. 내가 만난 사람들은 대부분 실제로는 카운슬러나 테라피스트였다. 의뢰인의 문제를 찾아낸 뒤, 오컬트식 언어를 사용해서 상대가 나아가야 할 길을 가르쳐준다. 영능력이 있고 없고를 떠나서 그들이 하는 일은 나쁘지 않다고 생각한다. 적어도 사람의 길에서 벗어나지는 않으니까.

가끔은 오컬트식 언어를 사용해서 방황하는 사람을 더욱 방황하게 만들어 돈을 갈취하는 악랄한 사람이 있다. 나는 그들을 좋아할 수 없었고, 도나미 편집장님도 가까이 하지 않았다.

"그런 사람은 만나지 마. 괜히 우리까지 이용당하니까 얽히지 않는 게 좋아."

돈과 상관없이 능력만 내세우는 사람도 있다. "내 눈에는 다 보여", "내게는 영적 능력이 있어"라는 식으로 말하는 사람이다. 자신이 특별하다고 믿는 인종이다. 해가 되지는 않지만 진지하게 상대할 사람들은 아니다. 이런 식으로 구분하면 미하루 씨는 세 번째에 가장 가까운 듯했다. 물론 능력이 있는지 없는 지는 모른다. 마코토 씨에게 확인할 만한 일도 아니다. 한 가지 분명한 점은 자매라곤 하지만 두 사람은 별로 닮지 않았다는 사실이다. 성격도, 능력에 대한 사고방식도.

그때 전화벨이 울렸다. 내 휴대폰이다. 액정 화면에는 노자키 씨의 이름이 표시되어 있었다.

"즈우노메 인형을 찾았어. 한 방이야."

내용 자체는 상당히 좋은 소식이었다. 하지만 그의 목소리는 어둡게 가라앉아 있었다.

"무슨 일이 있으세요?"

그러자 그는 난감한 듯이 대답했다. "지금 사진을 보낼 테니까 확인해봐. 이걸 봤더니 뭐가 뭔지 더 모르겠어."

그는 한숨을 쉬고 나서 전화를 끊었다.

스마트폰이 바로 진동을 했다. 그에게서 사진이 도착한 것이다. 마코토 씨가 옆에서 들여다보았다. 나는 한순간 풀이 죽었지만 마음을 추스르고 사진을 열었다.

대학 노트일까? 흔히 볼 수 있는 줄이 그어진 종이에는 작은 글씨로 이렇게 쓰여 있었다.

리이 님

즈우노메 인형은 친구 할머니가 어렸을 때 겪었던 일입

니다.

할머니는 어느 시골의 큰 저택에 살았습니다. 저택은 아주 넓어서 친구와 가끔 숨바꼭질을 하면서 놀았다고 합니다.

어느 날, 할머니는 평소처럼 숨바꼭질을 하다가 집 뒤쪽에 있는 커다란 창고로 들어갔습니다. 창고 문은 잠겨 있지 않았고요. 할머니는 낡은 옷 고리짝이 잔뜩 놓여 있는 어두운 창고에 몸을 숨겼습니다.

술래인 친구가 찾으러 오지 않자 심심했던 할머니는 창고를 둘러보기 시작했는데, 그러다 낡고 작은 나무 상자를 발견했습니다. 먼지를 털고 상자 뚜껑을 열자 안에는 인형이 들어 있었습니다.

검은색 후리소데를 입은 소녀의 인형이었습니다.

얼굴은 붉은 실로 몇 겹이나 칭칭 감겨 있었습니다. 인형을 본 순간, 할머니는 온몸에 소름이 끼쳤다고 합니다.

할머니가 없어졌다고 친구가 울면서 소란을 피우는 바람에 할머니의 엄마와 아빠가 온 집 안을 찾아다니다 창고에서 할머니를 발견했습니다. 할머니는 호되게 야단을 맞았지만 인형 이야기를 하자 두 분은 갑자기 입을 다물고 친구를 집으로 돌려보냈습니다. 그리고 방에 들어가서 할머니에게 인형에 관해 말해주었습니다.

"그건 즈우노메 인형이라는 거란다."

"오랜 옛날부터 우리 집에 있었던 저주의 인형이지."

"그 인형을 망가뜨리거나 버리면 저주를 받게 돼. 그래서 얼굴을 묶어서 봉인한 거란다."

"훌륭한 스님께 부탁해서."

엄마와 아빠는 겁먹은 얼굴로 그렇게 말했습니다.

할머니는 이상한 생각이 들어서 물었습니다.

"무슨 인형인데요?"

엄마는 할머니에게 얼굴을 가까이 대고는 나지막한 목소리로 말했습니다.

"원래는 나쁜 사람을 죽이기 위한 인형이야."

그로부터 얼마 후, 할머니 친구가 갑자기 병에 걸려 세상을 떠났습니다. 할머니와 같이 숨바꼭질을 했던 친구였습니다. 할머니는 너무나 슬퍼서 친구 장례식에서 눈물을 흘렸습니다. 그러자 엄마가 말했습니다.

"즈우노메 인형 짓이야. 가끔 그런 짓을 하거든."

"그러니까 이제 상자를 열거나 인형을 가지고 놀면 안 돼."

그 이후, 할머니는 두 번 다시 창고에 들어가지 않았습니다.

이 이야기를 들은 사람에게는 나흘 후에 즈우노메 인형이 찾아온다고 합니다. 만약 즈우노메 인형이 찾아오면 우선 이 노래를 불러주세요.

즈우노메 즈우노메 어디서 오는가

얼간이의 입인가 돌계집의 배인가
허무한 게에 있는 창자인가

즈우노메 즈우노메 어디로 가는가
산등성이 위인가 바다의 끝인가
끔찍한 눈을 가진 인형인가

그리고 마지막으로 훌륭한 스님의 이름을 거꾸로 세 번
말하면 즈우노메 인형은 돌아간다고 합니다. 스님의 이름
은 '짜가 부전'입니다. 따라서 '짜가 부전'을 거꾸로 세 번
말하면 됩니다. 유카리

나도 모르게 중얼거렸다. "말도 안 돼. 전부 가짜 도시전설
이야."

"가짜라고? 무슨 말이야?"

나는 마코토 씨를 똑바로 보면서 대답했다. "이건 전형적인
도시전설의 패턴입니다. 마지막 부분에 있는 스님 이름을 보세
요. 거꾸로 말하면 어떻게 되죠?"

"어? '짜가 부전'이니까……."

그녀의 눈이 한순간에 크게 벌어졌다. 그 모습을 보고 나는
고개를 끄덕였다.

"네, 조금 전에 말한 것처럼 전부 가짜입니다. 지어낸 이야기

죠. 아주 흔하디흔하고 시시하고 보잘것없는……."

거기까지 말하고 말문이 막혔다. 혀가 바싹 말랐다. 원고를 손에 넣은 일, 최근에 일어난 일, 지금 일어나고 있는 일들이 모두 머릿속에서 뒤얽히며 서로 부딪쳤다.

그런데 원고에는 히가 미하루라는 실제로 존재하는…… 아니, 실제로 존재했던 인물이 등장한다. 더구나 실제로 존재하는 도서관에 문의했더니 그곳에는 원고에 나오는 '교류 노트'가 있었고, 그 안에는 도시전설 '즈우노메 인형' 이야기가 쓰여 있었다. 즉, 이 원고의 상당 부분은 현실을 바탕으로 하고 있다. 실화라고 단정할 수는 없어도 사실이 쓰여 있을 가능성이 높다.

그런데 가장 중요한 '즈우노메 인형'은 흔히 있는 도시전설을 모방한 것에 불과했다. 정해진 규칙에 따른 완전한 허구에 지나지 않았다. 그렇다면…… 유미즈 씨와 이와다의 죽음이 설명되지 않는다. 내가 본 인형도 이치가 맞지 않는다. '저주로 사람을 죽이는 도시전설'이라는 대전제가 성립하지 않는 것이다.

마코토 씨에게 설명하자 그녀는 고개를 갸웃거렸다. 그러곤 잠시 후에 "아아, 그런 거군!" 하고 이해한 것처럼 중얼거렸다.

"어, 어떻게 된 거죠?"

이번에는 내가 그녀에게 설명을 요구했다.

그녀가 원고를 가리키면서 말했다. "이 원고에도 쓰여 있지만 리호를 괴롭혔던 세 명은 즈우노메 인형 이야기를 들어도 신경 쓰지 않았잖아? 리호도 그걸 이상하다고 여기지 않았고. 그리고 가위에 눌려 주문을 외었을 때 뭔가 알아차렸어. 아마 지금처럼 지어낸 이야기란 걸 알아차렸던 게 아닐까? 역시 꿈이었다고 말이야." 그녀는 신중하게 단어를 골라가며 말을 이었다. "그래서…… 리호도 지금의 우리와 똑같은 이유로 난감해하면서 벌벌 떨었어. 지어낸 이야기인데, 전부 가짜인데, 고쿠리상을 통해 이상한 게 왔으니까. 더구나 사람이 죽었으니까. 뭐, 어차피 소설이긴 하지만."

그녀의 말이 무슨 뜻인지는 이해할 수 있었다.

이 세상에 저주 같은 건 존재하지 않을 텐데, 저주라고밖에 생각할 수 없는 일이 일어나고 있다. 그렇기 때문에 리호는 겁을 먹고 벌벌 떨었다. 어떻게 해야 할지 몰라서 처음 만난 것이나 다름없는 미하루 씨에게 의논을 했다. 나와 마찬가지로.

"그런데 답장은?" 마코토 씨가 물었다.

순간 무슨 뜻인지 몰라서 당황했다.

그녀는 답답하다는 얼굴로 액정 화면을 들여다보면서 "리호의 답장 말이야"라고 말했다.

그렇다. 나는 황급히 액정 화면에 손을 댔다. 손가락으로 교류 노트의 화면을 조작하자 '즈우노메 인형' 이야기의 바로 밑에 연약한 글씨로 이렇게 쓰여 있었다.

　　유카리 짱

굉장히 무서웠어. 고마워.

지금은 이 말밖에 쓸 수 없어. 그 정도로 무서웠어.

마음이 정리되면 다시 쓸게. 리이

마코토 씨의 입에서 작은 소리가 흘러나왔다. 내 입에서도
똑같은 소리가 새어나왔다.

유카리는 실제로 존재한다. 적어도 그 이름으로 노트를 사용
한 사람이 있었다. 그리고 리이도.

15

방과 후. 나는 도서관에서 책을 읽었다.

유카리를 만날 약속은 없었고, 후나키 씨가 집에 없다는 것
도 알지만 집으로 곧장 가고 싶지는 않았다. 여기에 있으면 그
동안에 있었던 이런저런 일로 인해 울적해진 마음을 뿌리칠 수
있으리라, 그렇게 생각했다.

하지만 마음은 조금도 진정되지 않았다. 이유는 알고 있었다.

읽다 만 책을 책상 위에 놓고, 슬며시 옆자리로 눈을 돌렸다.
미하루가 책상에 엎드려서 자고 있었다. 입을 반쯤 벌리고 있
어서, 얇은 입술 사이로 새하얀 치아가 보였다.

같이 가도 될까? 그렇게 말해놓고 잠만 자다니. 의자에 앉은 지 5분도 되지 않아서 잠들었다. 그녀의 숨소리가 점점 커졌다. 앞쪽에 앉아 있던 할아버지가 고개를 돌려 어깨 너머로 우리를 노려보았다. 나는 재빨리 고개를 숙여서 시선을 피했다.

이날, 미하루는 쉬는 시간마다 4반에 와서 내게 말을 걸었다. 당당하게 교실 안으로 들어와 내 책상 앞에서 기분 나쁜 미소를 지으면서. 몇몇 아이들의 시선이 우리에게 쏟아졌다. 나는 움츠러들었지만 그녀는 신경도 쓰지 않았다.

이야기 내용은 주로 도시전설과 호러 영화였다. 한마디로 말해서 잡담이다. 본인이 먼저 말해달라고 해놓고 그녀는 이런 분야에 대해 어두웠다. 하나도 모르는 것이나 마찬가지였다. 나는 당황하면서도 그녀의 엉뚱한 질문과 의견을 수정해주거나 보충 설명을 해주면서 어색한 대화를 나누었다.

"왜지?"

점심시간이었다. 화장실까지 따라온 그녀에게 나는 정색하고 물었다. 왜 내게 말을 거는 걸까? 왜 나와 이야기를 하려는 걸까?

세면대에서 손을 씻으면서 그녀는 즐거운 얼굴로 대답했다. "그냥. 그냥 너랑 말해보고 싶었어."

나는 "안 싫어?"라고 물었다.

"뭐가?" 미하루는 눈을 동그랗게 뜨고 되물었다.

나는 단어를 골라가며 조심스럽게 말했다. "그러니까…… 기분 나쁘지 않냐고. 난 사다코니까."

"아아!" 그녀는 코끝으로 웃으며 대답했다. "안 닮았던데? 영화는 안 봤지만 사진은 본 적 있거든."

그리고 손수건으로 손을 닦고 나를 빤히 바라보았다.

"역시 하나도 안 닮았어."

코 고는 소리가 들려서 나는 재빨리 옆으로 시선을 돌렸다. 그녀가 입을 크게 벌린 채 곤히 잠들어 있었다. 앞 사람이 또 노려보았다. 이제는 깨우지 않으면 안 된다. 나는 그녀의 어깨를 흔들었다. "으읏" 하는 소리가 난 직후에, 미하루가 느닷없이 고함을 질렀다.

"고토코, 시끄러워!"

날카로운 목소리가 온 도서관에 메아리쳤다. 사람들의 시선이 일제히 우리에게 쏠렸다.

나는 반사적으로 벌떡 일어섰다. 한 손으로 책상 위를 정리하면서, 다른 한 손으로 그녀의 두 팔을 잡았다. 그녀는 나지막한 소리를 내면서 고개를 들더니 "왜 그래, 무슨 일 있어?"라고 몽롱한 목소리로 말했다.

그녀를 밖으로 데리고 나와 벤치에 앉혔다. 두터운 먹구름이 끼어서 그런지, 5시가 안 됐는데도 제법 어둑어둑했다. 나는 잠시 숨을 돌리고 나서 주변을 둘러보았다.

"있잖아……."

졸린 목소리가 들려서 벤치로 시선을 돌렸다. 미하루가 게슴

츠레한 눈으로 물었다.

"학교에서 나올 때도 여기에 왔을 때도 계속 두리번거리던데, 가끔 학교에 오는 사람 때문이야?"

눈치를 챘던가? 비참한 기분이 온몸을 휘감았다.

가끔 학교에 오는 사람. 보건실에서 항상 잠을 자던 그녀는 그런 식으로 생각했나 보다. 나는 "그래"라고 작게 고개를 끄덕였다.

"아빠야?"

그녀는 축 늘어져서 벤치에 기댄 채 다시 물었다. 나도 다시 고개를 끄덕였다.

"힘들겠구나."

그녀는 그렇게 말하고 입이 찢어져라 하품을 했다.

특별히 신경 쓰지 않아도 될 것 같았다. 나를 걱정하는 모습은 조금도 느낄 수 없었다. 하지만 힘들겠다는 말을 듣고 나는 놀라움과 당황스러움을 감출 수 없었다. 뭐라고 대꾸해야 좋을지 알 수 없었다. 하품으로 인해 촉촉해진 눈을 비비는 그녀를 보면서 나는 한마디밖에 할 수 없었다.

"고마워."

내 이야기를 들어줘서. 사다코와 닮지 않았다고 말해줘서. 말뿐일지도 모르겠지만 나를 동정해줘서.

미하루는 깜짝 놀란 얼굴로 나를 보았다. 그 즉시 얼굴에 미소가 번져나갔다.

그녀가 소리 내어 웃으며 말했다. "고마워해야 할 사람은 바로 나야. 네 덕분에 좋은 기회를 얻었으니까."

"기회?"

"그래." 그녀는 벤치에서 벌떡 일어나더니 허리를 톡톡 두드렸다. "진짜에다, 더구나 위험한 녀석을 만날 수 있었어."

무슨 뜻인지 몰라서 잠자코 있자 그녀는 나에게 얼굴을 가까이 대고 속삭였다.

"뭐라든가 하는 인형 말이야, 그건 진짜야."

그렇다. 나는 새삼스레 그녀가 처해 있는 상황을 떠올렸다.

미하루는 '즈우노메 인형'에 대해서 알고 있다. 내가 말해주었다. 사흘 전에. 언젠가 그 인형이 그녀를 찾아갈 것이다. 미시마 삼총사 경우와 똑같다면 아마 내일.

그런데.

"⋯⋯진짜라니?"

그녀는 미소를 짓고 내 등 뒤를 가리켰다. "저거 보여? 역 앞쪽의 건널목이 있는 곳."

나는 그녀의 손가락 끝으로 시선을 향했다. 검은색과 노란색으로 된 흔한 차단기와 선로를 가로지르는 사람들이 보였다.

"사람들 말이야?"

그렇게 대꾸하자 그녀는 혼잣말처럼 중얼거렸다.

"역시 그렇군. 선로 한가운데에 인형이 서 있어."

지금까지와 똑같은 서늘한 목소리였다.

나는 재빨리 시선을 고정했다. 인형은 보이지 않았다. 길을 지나는 사람들과 풍경밖에는. 천천히 눈길을 돌리자 미하루는 진지한 얼굴로 나를 보고 있었다. 차가우리만큼 긴장된 표정이다. 장난처럼 보이지는 않았다. 하지만 진짜라고 믿을 마음도 들지 않는다.

미하루는 감정이 담기지 않은 목소리로 담담하게 말했다. "저걸 처음 본 건 어제 아침, 학교에 갈 때였어. 조금씩 다가오고 있어. 그래서 알았지. 이게 진짜 저주란 걸. 사람을 죽이는 도시전설이란 걸. 그런 게 있다는 건 생각해본 적도 없었거든."

"미…… 미안……."

떨리는 입술 사이로 갈라진 목소리가 새어나오다가 도중에 사라졌다.

"사과할 거 없어. 아까 말했잖아. 고마워해야 할 사람은 바로 나라고."

미하루는 입술만으로 웃었다.

무슨 뜻인지 이해할 수 없었다. 내 눈앞에 있는 소녀는 내일 죽을지도 모른다. 그런 사실을 알면서도 내게 고마워하고 있다.

"네가 했던 대로 해볼게. 그것 말고도 여러모로 대책을 강구하고 있어. 지금은 멀어서 사용할 수 없지만."

그녀는 그렇게 말하면서 시선을 내 뒤쪽으로 옮겼다. 그리고 인형이 있을 만한 곳을 뚫어지게 쏘아보았다.

"저 녀석을 혼자 처리하면……." 그녀는 속삭이듯 덧붙였다.

"……이제 고토코에게 무시당하지 않을 거야."

그러곤 입술을 다문 채 눈을 가늘게 뜨고 음침하게 웃었다.

16

얼굴을 들자 마코토 씨와 눈이 마주쳤다. 가깝다. 나는 순간적으로 몸을 뒤로 젖혀서 거리를 두었다.

"이…… 고토코 씨라는 분은…….."

마음에 걸리는 것을 묻자 그녀는 머리를 쓸어 올리고 내가 예상했던 대로 대답했다.

"나와 미하루의 언니야. 제일 큰 언니."

고토코 씨가 미하루 씨를 무시했던 건가? 어떻게 물어야 좋을지 몰라서 단어를 고르고 있자 마코토 씨가 한숨을 쉬었다.

"이렇게 생각하는 줄 몰랐어…….."

친동생에게도 의외였던 모양이다. 그녀는 복잡한 얼굴로 원고를 보았다. 원고 내용이 전부 실화라고 확정된 것은 아니다. 그래도 세상을 떠난 가족의 숨겨진 과거나, 모르는 일면이 드러나면 누구나 놀랄 수밖에 없을 것이다. 만약 우리 엄마가 등장했다면 나도 그녀와 똑같든지, 어쩌면 그보다 더 당황했으리라.

"언니는 그렇지 않았거든. 우리 자매들을 공평하게 대했다고 할까…….”

도저히 이해할 수 없는 모양이었다.

“고토코 씨는 지금…….”

“연락이 안 돼. 연락처를 안 가르쳐줬어.” 그녀는 냉정하게 말하고 침대에서 내려왔다. 그리고 커튼 사이로 밖을 보면서 확신에 찬 목소리로 말했다. “마지막으로 만난 건 재작년이었나? 살아 있어. 분명히 살아 있고 잘 있다는 건 알 수 있어. 언니도 내가 잘 있다는 건 알고 있을 거야.”

나는 이제 그 이유를 생각하지 않는다. 그리고 어느 정도 추측할 수 있다. 고토코 씨도 마코토 씨와 같은 힘을 가지고 있는 것이다. 미하루 씨는 그런 고토코 씨에게 라이벌 의식을 불태웠다. 고토코 씨를 앞지르려고 했다. 그래서 고개를 들이밀었다. 일련의 ‘즈우노메 인형’ 사건에. 아마 이다음에 미하루 씨는 저주에 대항했을 것이다. 그 결과…….

마코토 씨가 뒤를 돌아보더니 다시 침대에 걸터앉았다.

“미하루가 죽은 건 5월이었어.”

원고의 시기와 일치한다.

“하지만 전부 실화라고는…….”

“알고 있어.” 그녀는 딱 부러지게 말했다. “사인은…… 과다 출혈이었어. 자세한 건 말해주지 않았지. 그리고…….”

표정 없는 얼굴과 무거운 목소리로 덧붙였다.

“시신의 얼굴은 보여주지 않았어.”

17

나는 거의 자지 않고 밤을 꼬박 새웠다. 아침식사를 차릴 때도, 밥을 먹을 때도 조바심이 났다. 학교에 갈 때도 어느새 종종걸음이 되었다. 실내화로 갈아 신고 곧장 1반으로 갔다. 뒷문에서 고개를 길게 빼고 교실 안을 들여다보았다.

미하루의 모습은 보이지 않았다. 보건실에 있을까?

즉시 1층으로 내려가서 보건실로 향했다. 문손잡이를 돌렸지만 열리지 않았다. 아직 야시마가 오지 않아서 잠겨 있는 것이다. 보건실 문은 아침의 교직원 회의가 끝난 다음에야 열린다. 차분히 생각해보면 당연한 일이다.

교실로 갔다. 종소리가 들리고 수업이 시작되어도 내 정신은 다른 곳에 있었다. 선생님에게 주의를 받고 모두에게 비웃음을 산 것은 어렴풋이 기억나지만, 지금이 몇 시간째 수업이고 선생님이 누구였는지는 기억나지 않는다.

점심시간이 되자마자 다시 1반 교실로 갔다. 아무리 둘러보아도 미하루는 보이지 않았다. 용기를 짜내서 맨 뒤쪽에 있는 여학생에게 말을 걸었다.

"히가 미하루는 아직 안 왔어?"

안경을 쓰고 머리를 땋은 여학생은 내게서 눈길을 돌리면서 "안 왔어"라고 말했다. 그리고 책상에 있는 잡지로 시선을 떨구었다.

"오늘 학교에 안 온대?"

"글쎄…… 그건 잘 모르겠어."

여학생은 잡지에서 얼굴을 들지 않고 차갑게 웃었다.

나는 말없이 1반 교실을 뒤로하고 보건실로 향했다. 이번에는 보건실 문이 순순히 열렸다. 안을 들여다보고 나도 모르게 눈을 휘둥그레 떴다.

보건실 안은 어두컴컴했다. 커튼 너머에 있는 연약한 햇살만이 실내를 희미하게 비추고 있었다. 나란히 있는 침대 사이에서 미하루가 엉거주춤하게 몸을 숙이고 있었다. 이목구비가 뚜렷한 얼굴은 창백하고, 이마와 뺨에 땀방울이 맺혀 있는 것은 여기에서도 알 수 있었다.

"어, 어떻게 된 거야?"

하지만 그녀는 대답하지 않고 나를 물끄러미 바라보았다. 안으로 발을 집어넣자 나를 향해 희미하게 미소를 지으며 나지막하게 말했다.

"안 그래도 기다렸어, 사다코."

흠칫 놀라며 걸음을 멈추었다. 가슴을 세차게 얻어맞은 듯한 감각이 온몸을 휘감아서 침대 앞에서 꼼짝도 할 수 없었다.

미하루는 한 손으로 침대를 짚으며 말했다. "안 닮았는 줄 알았는데 닮았더군, 사다코와."

"무…… 무슨 말이야?" 나는 가까스로 그렇게 물었다.

"무슨 말인지 몰라? 하긴 그렇군. 본인은 그렇게 생각하지 않을지도 모르지."

미하루는 비웃듯이 말한 뒤, 천천히 일어나서 나를 응시했다.
그리고 한순간 침대를 슬쩍 쳐다보았다.

보이는 것이리라. 구깃구깃한 침대 위에. 바로 옆쪽에.

그녀가 큰 소리로 말했다. "소용없었어. 노래도, 말도."

"소, 소용없었다고?"

그녀는 손으로 이마의 땀을 닦아냈다.

"주문 같은 것도 전부 소용없었어. 더구나 만질 수도 없었고.
아무런 감촉도 없었지."

인형에 관해서 말하는 것이리라.

"이상하지?"

그녀는 웃으면서 걸음을 내디뎠다. 한 걸음을 내디딜 때마다
침대 사이에서 빠져나왔다.

"즉…… 이 도시전설이 위험하지 않다는 걸까? 뭐, 어렴풋이
알고 있긴 했지만." 그녀는 확인하듯이 말했다.

무슨 말일까? 묻기를 망설이고 있자…….

"그동안 알아봤는데, 이 근처에서 그런 사건은 전혀 일어나
지 않았어."

"사건?"

그녀는 험악한 표정으로 말했다. "의문사라고 하지? 아이가
이상한 모습으로 죽었다든지 하는 거 말이야. 이상하지 않아?
그 노트에 즈우노메 인형에 관해 쓰여 있지? 그러면 노트를 다

써서 새 노트로 바꿀 때까지 누구나 읽을 수 있잖아?"

그건 그렇다. 나는 고개를 끄덕였다. 그동안 의문사가 있었다는 이야기는 한 번도 들어본 적이 없다. 사서는 "요즘 들어 문의가 많다"고까지 말했다. 즈우노메 인형 이야기를 몇 사람이나 읽은 것이다. 사서 중에도 읽은 사람이 있다고 들었다.

그럼에도 아무도 죽지 않았다. 죽은 사람은 미시마 삼총사뿐이다. 그리고 지금 이상한 상황에 처해 있는 사람은 미하루뿐이다. 그렇다면…….

"이제 알겠어?" 그녀는 나를 똑바로 보면서 단숨에 말했다. "너한테서 직접 들은 사람만 저주를 받는 것 같아."

"그럴 수가…….."

나는 그 말밖에 할 수 없었다. 무심결에 한 걸음 뒤로 물러섰다.

"네가 모른다고 해도 원인은 너야. 그래서 사다코라고 불렀어. 저주를 뿌리고 다니니까."

미하루가 앞으로 다가왔다.

"아…… 아니야." 나는 머리를 세차게 가로저었다. "나도 노트를 통해서 읽었을 뿐이야. 유카리가 쓴 것을."

"그런 애가 정말로 있어? 어디 사는 누구지?"

미하루가 걸음을 멈추었다. 발밑을 보고 있다. 턱에 있던 땀방울이 바닥으로 떨어졌다.

"그…… 그건 모르지만 몇 번이나 만났고."

"나는 못 만났어." 그녀는 음침하게 웃으며 얼굴을 들었다.

"전부 네 말뿐이지."

뺨에 머리칼이 몇 가닥 달라붙어 있었다.

"정말이야! 거짓말이 아니야. 그저께도 놀았어. 둘이······."

"이하라처럼?" 그녀가 어둡고 낮은 목소리로 물었다.

뜬금없는 말을 듣고 나는 입을 다물었다. 왜 여기서 이하라
의 이름이 나오는 거지?

나는 천천히 뒷걸음질 쳤다. 그녀가 다시 한 걸음씩 다가왔다.

"사다코, 넌 구제불능이야."

그녀는 지긋지긋하다는 듯이 말하더니 나를 날카롭게 노려보
았다. 그리고 "뭐 상관없어"라며 숨을 한 번 내쉬고 나서 덧붙
였다. "덕분에 마음 놓고 저주를 풀 수 있어. 가장 빠른 길······."

다음 순간, 그녀의 눈이 크게 벌어졌다. 그리고 튕기듯 뒷걸
음질 쳤다.

"이 녀석!"

그녀가 팔을 마구 휘두르면서 가슴을 마구 때렸다. 입술을
일그러뜨리며 울 것 같은 얼굴로.

무엇인가를 뿌리치려고 하고 있다.

ㅋㅎㅎㅎㅎㅎㅎ.

들은 적이 있는 웃음소리가 보건실에 울려 퍼졌다.

미하루가 눈을 부릅떴다. 믿을 수 없다는 얼굴로 바닥 여기
저기를 쳐다보았다. 그러더니 내게 시선을 돌렸다.

다음 순간, 다짜고짜 내게 달려들었다. 그리고 내 몸을 잡더

니 엄청난 힘으로 끌고 갔다.

나는 저항할 틈도 없이 순식간에 문 밖으로 끌려가서 복도로 내던져졌다. 바닥에 쓰러진 채 신음하고 있자 큰 소리와 함께 문이 닫혔다. 안에서 자물쇠 잠그는 소리가 났다.

욱신거리는 손으로 바닥을 짚고 몸을 일으켰다. 가까스로 일어선 순간. 보건실 안에서 처절한 절규가 들렸다. 마음을 갈기갈기 찢는 듯한 끔찍한 비명이다.

뿌지직. 무엇인가가 짓눌리는 소리가 이어졌다. 몇 번이고, 몇 번이고……. 비명이 점점 커지면서 복도 앞쪽까지, 더 앞쪽까지 메아리쳤다.

나는 뒷걸음질 치다가 몸을 돌려서 미친 듯이 달렸다.

18

"미하루……." 마코토 씨가 쥐어짜듯 말했다.

눈에서 커다란 눈물방울이 흘러내려 원고로 떨어졌다.

이것은 어디까지나 소설이다. 사실을 바탕으로 하고 있지만 사실을 그대로 적어놓은 것은 아니다. 그렇게 생각했지만 소리 내어 말할 수는 없었다.

내 가족이 소설 속에서 괴로워하고 있다. 그것이 어느 정도 현실과 일치하고 있다. 끔찍하게 싫어하는 사람이라면 꼴좋다고 여기며 속이 후련하겠지만 이런 경우는 다르다. 아까 그렇게 말하긴 했지만 마코토 씨는 미하루 씨를 싫어하지도 않고 증오하지도 않는다.

나는 말없이 그녀의 손에서 원고를 빼앗았다. 의미가 없다는 걸 알면서도 그녀와 떼어놓기 위해서다.

"읽게 해서 죄송해요."

그녀는 손으로 입을 틀어막고 세차게 머리를 가로저었다. 눈물이 이불에 떨어지면서 여기저기에 얼룩을 만들었다.

19

유카리는 약속시간 정각에 나타났다. 하지만 기다림에 지친 나는 의자에서 벌떡 일어나 가까이 다가갔다. 종종걸음으로 다가오던 그 애의 얼굴에서 서서히 웃음기가 사라졌다.

"할 말이 있어. 너희 집에 가도 돼?"

나는 대답도 듣지 않은 채 그 애의 손을 잡고 도서관에서 나왔다. 집에 들어가자마자 그 애의 양어깨를 잡고 물었다.

"유카리, 즈우노메 인형이 뭐야?"

이제 말도 안 되는 이야기라곤 생각하지 않는다. 전부 거짓이라고도 생각하지 않는다. 미하루가 그렇게 된 이상, 저주가 존재한다고 생각할 수밖에 없다. 미하루의 말을 믿지 않는다고 해도 내가 직접 조사해서 확인해야만 한다.

"말 안 해. 비밀이야."

유카리는 생긋 미소를 지었다. 여태껏 귀엽다고 생각했던 표정이 지금은 불쾌해서 견딜 수 없었다.

"말해줘. 지금 당장!"

"왜?" 유카리는 고개를 갸웃거리다가 즉시 얼굴에 웃음을 매달고 물었다. "리이 언니, 무서워?"

머리끝까지 화가 솟구쳤지만 가까스로 억눌렀다.

"……무서우니까 말해줘."

유카리가 쿡쿡 웃으며 말했다. "그게 뭐가 무서워? 몰랐어? 그건 전부 거짓말이야."

"아…… 그건 알지만 그래도 무서워. 무서웠고 지금도 무서워. 그리고 자꾸 신경이 쓰여." 나는 폭발하지 않도록 한마디씩 속삭이듯 말했다.

"그래?" 유카리는 함박웃음을 매달고 눈을 살짝 치켜뜨며 내 얼굴을 들여다보았다. "중학생 언니라도 무섭구나."

더는 참지 못하고 나는 고함을 질렀다. "빨리 말해줘!"

유카리의 어깨를 잡은 손에 힘이 들어갔다. 그 애의 얼굴이 일그러졌다.

"무서워! 거짓이란 걸 알면서도 무서워. 무섭다고! 그러니까 말해줘!"

나는 정신없이 그 애의 어깨를 흔들었다. 작은 얼굴과 턱이 덜덜 떨리더니 그 애의 입에서 "그만해!"라고 카랑카랑한 목소리가 튀어나왔다. 나는 손을 떼고 뒤로 물러섰다.

유카리가 어깨를 누르며 나를 쳐다보았다. 무서운 괴물이라도 보는 눈으로, 굳은 얼굴로 입술을 꽉 다물고.

"그건 뭐지?"

내가 다시 묻자 유카리가 떨리는 목소리로 천천히 말했다.

"······내가 만든 거야."

나는 뒤통수를 맞은 것처럼 할 말을 잃어버렸다. "만든 거라고······?"라는 말이 입에서 새어나왔다.

"그래." 유카리는 울먹이는 목소리로 말했다. "내가 만들었어. 좋아하는 도시전설을 짜 맞춰서. 사전도 찾아보고."

"그게 다야? 정말 그것뿐이냐고?"

"그것뿐이야." 그 애는 고개를 끄덕이더니 울상을 지었다. "그러면 리이 언니가 무서워할 것 같아서······."

내 머리는 완전히 혼란에 빠졌다. 즈우노메 인형은 눈앞의 소녀가 생각해낸, 지어낸 이야기다. 도시전설을 짜 맞춰서 새로 만들었다고 한다.

내가 가위에 눌린 것은 이치적으로 설명할 수 있다. 단순한 꿈이라고 말하면 된다. 그런데 미시마 삼총사는, 고쿠리상은, 그리고 미하루는 즈우노메 인형 때문이라고밖에 생각할 수 없는 이유로…….

"거짓말이지?"

나는 코끝으로 비웃었다. 그런 일은 있을 수 없다. 지어낸 이야기가 사람을 죽이다니.

"정말이야."

유카리는 어느새 울고 있었다. 입술이 뒤틀리고, 눈에서 눈물이 흘러넘쳐 뺨을 타고 떨어졌다. 그렇게 얼마나 울었을까, 그 애가 눈물을 닦으며 말했다.

"증거가 있어. 증거…….'

증거. 어린아이가 이런 때 할 만한 말이다. 초안 같은 걸까?

"증거를 보여줘. 지금 당장." 나는 조용하게 말했다.

유카리는 고개를 끄덕이고 현관을 향해 걸어갔다.

"밖에 있어."

아파트를 나와 역 쪽으로 걸어간 뒤, 건널목을 건너서 쇠퇴해가는 상점가를 지났다. 단독주택이 있는 주택가 모퉁이를 몇 개 돌아가자 집들이 별로 없는 도로가 나왔다. 그곳에는 셔터가 닫힌 가게 몇 개가 나란히 자리하고 있었다.

칙칙한 파란색 차양이 있는 건물 앞에서 유카리는 걸음을 멈추었다. 닫힌 창문 안쪽에 너덜너덜한 커튼이 드리워 있었다.

"이거…….'

유카리는 양쪽 건물 사이에 있는 좁고 어두운 공간을 가리켰다. 그 공간을 들여다보고 나는 "아!" 하고 소리를 질렀다.

썩어 들어가는 나무 간판이 이쪽을 향해 서 있었다. 보라색 팻말에는 예스러운 하얀 글자가, 이렇게 쓰여 있었다.

오시십오서어
집찻던모쇼이다*
즈우노메
coffeesalon
MENOUS**

20

노자키 씨에게 연락하고 한 시간이 지났다.

어느새 해는 완전히 떨어졌다. 마코토 씨가 마음을 가라앉히고 새로운 커피를 내려서 가져온 순간, 스마트폰에 사진이 도착했다. 노자키 씨가 보낸 거였다.

억지로 밝게 해서 화질은 좋지 않았지만, 그럭저럭 알아볼 수는 있었다.

---

* '다이쇼'는 다이쇼 시대(1912~1926)를 의미한다.
** '메노우'는 보석의 일종인 '마노'를 가리킨다. 따라서 '메노우즈'는 '마노들'이란 뜻이다.

소설에서 묘사한 것과 똑같은 낡은 입간판. 주변은 캄캄했지만 양쪽 건물 사이에 끼워져 있다는 것은 알 수 있었다. 복고풍을 의식해서 일부러 오른쪽에서 왼쪽으로 쓴 글자도.

망한 것처럼 보이는 찻집…… 가게 이름은 '메노우즈'였다.

이 소설이 사실을 바탕으로 쓰였다는 증거가 한 가지 늘었다. 그와 동시에 즈우노메 인형이 단순히 지어낸 이야기라는 증거도 한 가지 늘었다.

나는 당황한 얼굴로 마코토 씨를 바라보았다. 그녀도 망연한 얼굴로 힘없이 머리를 가로저었다.

그때 스마트폰이 울렸다. 노자키 씨였다.

그는 인사도 없이 다짜고짜 말했다. "잠시 상황을 정리하자."

숨을 헐떡이는 소리가 들렸다. 뛰어다니면서 간판을 찾은 것이리라.

"네…… 이제 뭐가 뭔지……."

"전부 모르는 건 아니야. 여기부터 순수하게 생각하면 이렇게 돼. ……도시전설 '즈우노메 인형' 자체에 처음부터 저주가 담겨 있었던 것 같지는 않아. 저주의 원흉은 원고를 쓴 작가인 듯해. 지금으로선 그렇게 생각하는 게 가장 이치에 맞겠지. 단, 그 사람이 기스기 리호인지 아닌지는 일단 보류하는 게 좋겠어. 한없이 현실에 가깝다곤 하지만 이건 어디까지나 소설이야. 지어낸 이야기고……."

거기까지 말하고는 침묵했다. 나도 대꾸할 수 없었다.

지어낸 이야기…… 우리는 지금 지어낸 이야기에 저주를 받고 휘둘리고 있는 것이다.

"원고는 얼마나 남았지?"

나는 원고를 대강 넘기면서 대답했다. "50장쯤 남았습니다."

"일단 끝까지 읽어." 그는 재빨리 말을 이었다. "나는 일단 여기에서 철수하고 아는 사람들을 동원해 최대한 조사할게. 주민센터 문은 닫혔을 테니까 유미즈 씨 쪽을 알아보지."

"알겠습니다."

인사도 없이 전화가 끊겼다. 나는 쓰디쓴 커피를 마시며 원고로 시선을 떨구었다.

21

울음을 그치지 않는 유카리를 놔두고 나는 그 집에서 나왔다. 나오기 직전에 만일을 위해서 부탁했다.

"이 일은 아무한테도 말하지 마."

유카리는 흑흑 훌쩍이면서 고개를 한 번 끄덕였다.

5시가 지났다. 퇴근하는 직장인이 늘어난 전철을 타고 역에서 내려 집까지 걸어갔다. 가로등이 비추는 범위는 좁고 어둠은 급격히 확대되어서 자연히 종종걸음이 되었다.

학교와 미하루가 머리를 가로질렀지만 재빨리 뿌리쳤다. 어쩔 수 없었다, 내 힘으론 어쩔 도리가 없었다……. 그렇게 생각하려고 해도 후회가 자꾸자꾸 부풀어 올랐다. 머릿속에 떠오르는 광경을 죽을힘을 다해 떨쳐내며 아파트 계단을 뛰어올랐다.

손잡이에 열쇠를 끼우고 옆으로 돌린 순간, 문이 잠기지 않았음을 알아차렸다. 류헤이나 엄마가 집에 온 걸까? 아무튼 누가 집에 있는 것만은 분명했다.

문을 열고 신발을 벗으려고 한 순간 "리호, 어서 오렴" 하는 즐거운 목소리가 들렸다. 순식간에 온몸이 돌처럼 굳었다.

아빠가 식탁 앞에 앉아서 미소를 지으며 나를 돌아보았다. 팔에는 마미를 안고 있었다. 마미는 눈을 동그랗게 뜨고 나를 쳐다보았다.

"어서 오렴."

갓난아기에게 말하듯이 아빠가 한 번 더 말했다.

"……다녀왔습니다."

나는 가냘픈 목소리로 대답하고 천천히 발을 옮겨 한 걸음씩 거실로 들어갔다. 아빠가 마미를 어르면서 나를 물끄러미 바라보았다.

아빠 옆을 지나고 식탁도 지났다. 류헤이가 불안한 얼굴로 소파에서 몸을 웅크리고 있었다. 한순간 나를 쳐다보고 고개를 숙였다. 나는 일단 소파 옆에 가방을 놓았다.

"왜 이렇게 늦었어? 동아리야?" 아빠가 밝은 목소리로 말했다.

나는 뒤돌아보지 않고 머리를 옆으로 흔들었다.

"동아리야?"

똑같은 톤으로 아빠가 다시 묻자 나는 마음을 굳게 먹고 돌아보면서 대답했다.

"공부하다 왔어요."

그러자 아빠는 옅은 미소를 지은 채 "그랬구나, 그럼 잠시 쉬었다가 갈까?"라고 말했다.

"어디에요?"

"집에 가야지."

아빠는 마미 안은 자세를 바꾼 뒤, 당연한 듯이 "네가 오기를 기다렸어"라고 말하며 마미를 어르기 시작했다.

더는 참을 수 없어서 다시 물었다. "집이라니, 어느 집요?"

목소리가 들뜨고 숨이 목까지 차올랐다. 발밑이 꺼질 것 같았다. 도망치고 싶다. 그럴 수 없다면 방에 틀어박히고 싶다. 그래도 나는 물었다. 하지만 아빠는 미소를 무너뜨리기는커녕 "하하!"라고 메마른 웃음까지 날렸다.

"반항기니까 이해하마."

그리고 탁자 위에 있는 상자를 손으로 가리켰다. 낯익은 네모난 갈색 상자다. 모리타의 아이스 슈크림이다. 어렸을 때 아빠가 가끔 사왔다. 나와 류헤이 모두 좋아했었는데, 너무나 오래전 일이라서 지금 이 순간까지 까맣게 잊고 있었다.

아빠는 마미를 안지 않은 손으로 상자를 열었다. 드라이아이스의 새하얀 연기가 몽글몽글 피어올랐다. 안에는 하얀 바탕에 파란색 로고가 있는 작은 봉지가 빼곡히 들어 있었다.

"기분 풀어. 네가 좋아하는 딸기 맛을 잔뜩 사왔으니까."

아빠가 상자 안을 이리저리 뒤적였다. 그리고 핑크색 스티커가 붙어 있는 작은 봉지를 찾아서 나에게 보여주더니 던지는 척했다. 나는 멍청하게도 가슴 앞에서 두 손을 벌리고 잡는 자세를 취했다.

아빠가 슈크림을 하나 던졌다. 그것은 포물선을 그리며 나를 향해 날아왔다. 순간적인 일이었다. 나는 별다른 생각 없이 가슴 앞으로 올렸던 손을 내렸다. 슈크림은 내 가슴에 부딪힌 뒤 그대로 바닥에 떨어졌다.

"……아하, 이걸 어쩐담?"

아빠가 쓴웃음을 지으면서 머리를 긁적였다. 은테 안경. 사람 좋아 보이는 웃음.

나는 시선을 피하고 류헤이를 내려다보며 물었다. "엄마는?"

류헤이는 흠칫 놀라며 나를 올려다보았다. 말없이 내려다보고 있자 류헤이는 말을 더듬으면서 작은 목소리로 말했다.

"이, 일하러."

"마미를 두고 금방 갔어?"

"응."

"그런 다음에 왔어?"

그렇게 묻고 아빠를 슬쩍 쳐다보았다. 류헤이는 작게 고개를 끄덕였다.

"여기는 어떻게 알았어요?"

나는 아빠에게 몸을 돌리고, 이제 와서는 아무래도 상관없는 걸 물었다. 아빠는 두 손으로 마미를 껴안으며 한숨을 쉬었다.

"이런저런 방법을 썼지. 너희는 몰라도 된다." 그리고 턱으로 발밑의 슈크림을 가리켰다. "빨리 안 먹으면 녹을 거야."

"나중에 먹을게요. 밥도 아직 안 먹었고요."

"녹을 거야."

손바닥에서 땀이 촉촉이 배어나왔다. 나는 바닥에 있는 슈크림을 바라보다가 잠시 생각하고 나서 말했다.

"나중에 먹을게요."

"녹을 거야." 아빠는 기계적으로 다시 말했다.

얼굴에서는 이미 웃음기가 사라졌다. 아빠는 입을 반쯤 벌린 채 턱짓을 했다. 류헤이가 숨을 죽이고 있는 것이 기척으로 느껴졌다.

"뭐하는 거야?" 아빠의 안경이 형광등 불빛을 받고 하얗게 빛났다. "빨리 안 먹으면 녹는다고!"

다시 다리가 오그라들었다. 심장이 세차게 방망이질 치면서 목구멍까지 솟구친 듯한 감각에 휩싸였다. 혀가 뿌리까지 바싹 말랐다. 바로 사과하고 싶어졌다. 슈크림을 주워 먹고 싶은 충동에 휩싸였다. 그러면 금방 편해질 수 있다. 아빠는 바로 기분을 풀고 다정하게 이런저런 말을 해줄 것이다. 그냥 적당히 부드럽게 대답하면 된다. 그러면 오늘은 그냥 넘어갈 수도 있다. 우리를 놔두고 돌아갈 수도 있다.

시키는 대로 하면 원만하게 수습될 수도 있다. 하지만 어쩌면 그렇게 되지 않을 수도 있다.

"왜 이 시간에 왔어요?"

내 질문에 아빠는 한순간 멍한 표정을 지었지만 즉시 미소를 지으면서 대답했다.

"일이 일찍 끝나서." 그러더니 마미의 손을 잡고 혀 짧은 어린아이처럼 말했다. "언니, 아이쯔 쮸크림 먹어요."

마미의 시선이 두리번두리번 허공을 방황했다.

"왜 지금 온 거예요?" 나는 다시 물었다.

심장은 다시 격렬하게 방망이질 치고 가슴은 너무나 뜨거웠다.

"너도 참, 아빠에게 그게 무슨 말이야?" 아빠가 이를 드러내며 활짝 웃었다. "정말이야. 물론 다른 때 같으면 한창 일할 시간이지. 하지만 오늘은 일을 일찍 끝내고⋯⋯."

"사실은⋯⋯."

나는 재빨리 아빠의 말을 가로막은 후 아빠의 눈을 똑바로 쳐다보았다.

"사실은⋯⋯ 엄마를 만나고 싶지 않았기 때문이죠?" 현기증 나는 것을 참고 단숨에 끝까지 말했다. "엄마는 어른이니까 말하기 귀찮았죠? 우리는 아빠가 시키는 대로 한다고 생각했죠? 어린아이라면 간단하다고 말이에요."

말하는 도중부터 눈앞이 뿌예졌다. 눈에 눈물이 고였다. 코 안쪽이 마비되고 목이 꽉 조여들었다. 무릎이 덜덜 떨리고 배 속이 뒤틀렸다. 아무 소리도 나지 않았다. 거실뿐만 아니라 전 세계의 소리가 멈춘 것 같았다.

아빠가 무표정한 얼굴로 나를 바라보았다.

이윽고 마미 안은 자세를 천천히 바꾸더니 주머니에 오른손을 집어넣었다. 주머니에서 꺼낸 건 구깃구깃한 손수건이었다. 아빠는 손수건을 펼쳐서 오른손을 감싼 뒤, 썰렁할 만큼 밝은 목소리로 말했다.

"유감이구나."

그와 동시에 손수건으로 감싼 손을 아이스 슈크림 상자에 집어넣었다. 그러고는 부스럭부스럭 몇 번 휘젓고 나서 빼냈다. 그 즉시 새하얀 연기가 식탁으로 흘러내렸다. 손수건으로 드라이아이스를 움켜쥔 것이다.

아빠가 먼 곳을 바라보며 말했다. "어릴 때는 그토록 순수했는데. 책을 읽어주면 말없이 계속 들었고, 장난감을 사주면 하루 종일 재미있게 놀았지. 리호, 기억하지? 얼굴이 그려진 전화기."

아빠의 얼굴에 옛날을 그리워하는 표정이 깃들었다.

"……네가 마미만 할 때였지."

아빠는 마미의 얼굴에 드라이아이스를 가까이 댔다. 마미는 눈을 반짝거리며 새하얀 연기를 내뿜고 있는 네모난 조각을 바라보았다. 나는 숨을 쉴 수 없었다. 폐 속 공기를 밖으로 내보낼 수 없었다.

"넌 이름을 부르면 '네!' 하면서 손을 들고 웃었어. 몇 번을 불러도 말이야. 이름을 부를 때마다 바로 '네! 네!' 하고 대답했지. 겨우 그 정도로도 너무나 기쁜 듯이 환하게 웃으면서."

흥분을 했는지 아빠의 목소리가 높아졌다. 아빠는 콧물을 한번 훌쩍인 뒤, 마미의 얼굴 앞에서 드라이아이스를 천천히 좌우로 움직였다. 마미가 까르르 웃으며 작은 손으로 연기를 잡았다.

아빠는 나를 물끄러미 보면서 말을 이었다. "호기심도 왕성해서 나비를 졸졸 따라가기도 하고 개미를 빤히 쳐다보기도 했지. TV에 나온 개에게 말을 걸기도 하고 말이야."

이번에는 마미의 눈을 향해 천천히 드라이아이스를 가져갔다. 마미는 드라이아이스를 말똥말똥 쳐다보았다.

나는 그대로 숨을 멈추었다.

"아…… 안 돼……."

아빠가 울먹이는 목소리로 말했다. "계속 그대로 있었으면 좋았을 텐데. 순수한 채, 얌전한 채 계속…… 계속……."

아빠가 울음을 참으며 새빨개진 눈으로 나를 보았다. 한 줄기 눈물이 야윈 뺨을 타고 흘러내렸다. 마미가 두 손을 내밀어 드라이아이스를 잡으려고 했다.

나는 순간적으로 한 걸음 앞으로 나갔다.

"안 돼!"

"오지 마!"

아빠의 고함을 듣고 그 자리에 멈추어 섰다. 마미가 화들짝 놀라며 얼굴을 찡그렸다. 드라이아이스는 마미의 얼굴 앞에서 가늘게 떨면서 연기를 토해내고 있었다.

"……그렇지." 아빠의 목소리가 다시 낮아졌다.

나는 딱딱하게 굳은 채 아빠의 울먹이는 얼굴을 바라보았다.

"그래, 이제 기억이 났지? 그 시절의 순수한 마음을." 아빠가 드라이아이스를 손수건째 탁자에 던지면서 말했다. "돌아가자꾸나, 즐거웠던 그 시절로."

내 뒤에서 류헤이의 울음소리가 들렸다.

마미가 불에 덴 듯 시끄럽게 울기 시작했다.

"우리 아기 착하지? 울음 뚝!"

아빠가 일어서서 마미를 달랬다. 나는 굳어진 다리를 겨우 움직여서 아빠에게 다가가 두 손을 내밀었다.

"이리 주세요."

최대한 냉정하게 말하자 아빠는 나에게 등을 돌리고 그대로 부엌으로 향했다. 마미가 새빨개진 얼굴로 숨이 넘어갈 듯이 울었다. 울음소리가 부엌 벽에 메아리쳤다.

"내가 달랠게요."

목소리를 조금 높이며 뒤를 따라가자 아빠가 눈에 눈물을 담고 내게 미소를 지었다.

"서두를 건 없었는데……."

"네?"

"천천히 밥을 먹으면서 말할 수도 있었는데…… 미안하구나, 아빠가 조바심이 나서 그랬어."

나는 어떻게 대답해야 할지 몰라서 어정쩡하게 손을 내민 채 그 자리에 서 있었다.

"참, 리호. 밥 먹기 전에 둘이 목욕하자. 오랜만에."

아빠는 눈을 빛내며 그렇게 말하더니 마미를 크게 흔들었다.

욕실에 먼저 들어갔던 아빠가 나를 불렀다. 물이 넘치는 소리가 뒤를 이었다. 울음을 그치지 않는 마미를 류헤이에게 맡긴 뒤, 나는 잠옷과 속옷을 들고 욕실로 향했다. 류헤이의 얼굴은 보지 않았다.

욕실 앞에서 옷을 벗기 시작했다. 아직 교복을 입고 있었다는 사실을 깨닫고 옷걸이를 가지러 방으로 갔다.

교복 윗도리와 치마를 옷걸이에 걸어놓고 욕실로 돌아갔다. 머릿속을 텅 비우고 옷을 벗은 뒤, 목욕 수건으로 몸을 감싸고 욕실 문을 열었다.

욕조 물에 몸을 담근 채 세수를 하던 아빠는 나를 보자마자 어이없는 목소리로 말했다.

"나 참, 그런 건 신경 쓸 필요 없는데." 그리고 못을 박듯이 덧붙였다. "아빠와 딸 사이잖아."

입은 웃고 있었지만 눈빛은 너무도 진지했다.

나는 한계까지 마음을 닫고 목욕 수건을 풀렀다. 욕실 문을 닫고 목욕 의자에 앉은 뒤, 샤워 꼭지를 비틀어 쏟아지는 물을 머리로 받았다. 젖은 머리칼과 밑으로 떨어지는 물. 내 눈에는 그것밖에 보이지 않았다.

아빠가 나를 쳐다보는 것은 막을 수 없다. 그렇다면 내가 아무것도 보지 않으면 된다. 그렇게라도 생각하지 않으면 도저히 견딜 수 없었다.

"여기로 안 들어와?"

물 흐르는 소리 사이로 아빠의 목소리가 들렸다.

"좁아서 안 돼요." 나는 샤워를 하면서 대답했다.

그러자 아쉬워하는 아빠의 목소리가 들렸다. "그건 그렇군."

나는 손톱만큼 안도하면서 손으로 더듬어 샴푸를 들었다.

아빠가 말을 걸 때마다 최소한의 말로 대꾸하면서 머리를 감은 뒤, 몸에 묻은 거품을 물로 흘려보냈다. 평소에는 욕조 물을 바가지로 퍼서 몸을 씻었지만 지금은 그러고 싶은 마음이 손톱만큼도 없었다.

샤워를 마치자 아빠가 욕조에서 스윽 일어나 당연하다는 듯이 말했다. "리호, 아빠 등을 씻어주렴."

나는 목욕 의자에서 일어나 벽 쪽으로 몸을 붙였다.

아빠가 목욕 의자에 앉아서 깊이 숨을 내쉬었다. 움직이지 않는다. 아무것도 하지 않는다.

나는 바가지로 물을 퍼서 아빠의 등에 조심스레 끼얹었다.

274

그리고 류헤이 전용 샤워타월에 비누로 거품을 내서 아빠의 등을 씻어주었다.

"이게 몇 년 만이지?"

아빠가 기분 좋은 얼굴로 물었지만 나는 적당히 대답했다.

"……잘 모르겠어요."

마미의 울음소리가 그쳤다. 류헤이가 잘 달랬는지, 마미가 울다가 지쳤는지는 모르겠다.

의식을 욕실 밖으로 향하면서 기계처럼 샤워타월을 움직였다. 최대한 아빠를 보지 않고 불투명한 유리문을 보았다.

거품이 묻은 등을 물로 씻어내자 아빠는 만족스러운 얼굴로 말했다. "리호, 고맙다."

아빠가 내민 손에 거품이 남아 있는 샤워타월을 주었다.

아빠가 콧노래를 부르면서 몸을 닦기 시작했다.

황급히 욕조 안으로 들어가려고 한 순간, 내 몸의 이변을 알아차렸다. 허벅지 안쪽 색깔이 군데군데 이상했다. 힘줄 같기도 하고 반점 같기도 한 무늬. 오렌지색인가 갈색인가. 잠시 쳐다본 후에야 그것이 무엇인지 알아차렸다.

피다. 피가 흐르고 있다. 새빨간 피가 다리 사이에서 안쪽 허벅지를 타고 발목까지…….

아직 생리가 끝나지 않았던 것이다.

순식간에 몸이 중심까지 차가워졌다. 일단 감추자. 피를 감추기 위해 욕조에 한 발을 넣은 순간.

"이런······."

기이하리만큼 낮은 목소리가 욕실 안에 울려 퍼졌다.

쭈뼛쭈뼛 얼굴을 들자 얼어붙은 아빠의 얼굴이 보였다. 시선은 내 아랫도리에 쏠려 있었다. 욕조로 뛰어들려고 한 순간, 아빠가 나를 힘껏 밀쳤다.

"이 빌어먹을 년!"

나는 벽에 부딪힌 다음에 욕조 안으로 떨어졌다. 온몸을 휘감는 통증을 참고 얼굴을 내밀려고 할 때, 아빠가 내 머리채를 움켜쥐고 물속으로 집어넣었다.

숨을 쉴 수 없었다. 귀가 먹먹해지는 물거품 소리 너머로 아빠의 목소리가 들렸다. 목이 터져라 고함을 지르고 있지만 무슨 말을 하는지 알아들을 수 없었다. 눈을 뜰 수 없는 캄캄한 어둠 속에서 나는 아빠의 팔을 잡고 어떻게든 물 위로 고개를 내밀기 위해 발버둥 쳤다.

아빠의 손이 머리채에서 떨어진 순간, 나는 튀어 오르듯 물밖으로 얼굴을 내밀었다. 폐로 공기를 보내려고 한 순간, 커다란 충격이 뺨을 가로질렀다. 찰싹. 귀를 찢는 소리가 욕실에 울려 퍼졌다. 나는 신음을 내면서 가까스로 숨을 쉬었다.

"더러워!" 아빠가 내뱉듯이 말했다.

나는 욕조에 누운 채 죽을힘을 다해 숨을 쉬면서 천천히 눈을 떴다. 몽롱한 눈에 아빠의 모습이 어렴풋이 보였다.

"사과해." 아빠가 거칠게 숨을 몰아쉬면서 말했다.

시키는 대로 순순히 따르려고 했지만 목소리가 나오지 않았
다. 숨을 쉬는 것이 고작이었기 때문이다.

"사과하라고 했잖아!"

아빠의 손이 다시 내 머리채를 잡았다. 그리고 숨 쉴 틈도 없
이 엄청난 힘으로 물속에 집어넣는 바람에 욕조 바닥에 코를
박았다. 즉시 끌어 올려서 숨을 쉬려고 한 순간, 다시 물속 깊
이 처박혔다.

아빠는 몇 번이고, 몇 번이고 그 일을 반복했다.

"사과해! 사과해! 사과해! 사과해! 사과해!"

미친 듯이 고함을 치면서 팔에 체중을 실어 내 얼굴을 욕조
바닥에 짓눌렀다.

이명이 들렸다. 캄캄한 어둠 속에서 전류 같은 문양이 번뜩
였다. 손발을 움직일 수 없었다. 위쪽인지 아래쪽인지도 알 수
없었다.

머리가 욕조 밖으로 나온 순간, 폐가 공기를 힘껏 들이마셨
다. 이번에는 잠시 시간이 지나도 머리를 욕조에 넣지 않았다.
겨우 끝났다. 살았다. 의식의 한쪽 구석으로 그렇게 생각했다.

목에서 헉헉거리는 둔탁한 숨이 새어나왔다. 코 안쪽에도 물
이 가득 찼다. 눈도 귀도 머리도…… 온몸이 아팠다. 나는 아빠
의 손이 아직 머리채를 잡고 있는 것을 깨닫고 소리쳤다.

"죄…… 죄송해요!" 봇물이 터진 것처럼 눈에서 눈물이 흘러
넘쳤다. "죄송해요, 죄송해요, 죄송해요, 죄송해요……."

잇따라 사과하자 어느 순간부터 머리에서 손의 감촉이 사라졌다.

"뭐가 죄송하지?"

아빠의 목소리가 들렸다. 나는 눈을 문지르면서 흐릿한 시야 너머로 아빠가 있는 곳을 향해서 말했다.

"……더, 더러워서."

그 즉시 다시 질문이 날아왔다. "뭐가 더럽지?"

상상을 초월할 정도로 몸이 떨렸다. 나는 가까스로 숨을 가라앉히고 대답했다.

"생리가……."

"그래." 아빠는 어둡고 공허한 목소리로 말했다.

욕실에서 나와 몸을 닦고 옷을 입은 후 방으로 가려고 할 때였다. 거실에서 TV 소리가 들렸다.

불을 켜자 거실 구석에서 류헤이가 잠든 마미를 안고 떨고 있었다. 눈은 새빨갛고 얼굴은 눈물과 콧물로 뒤범벅이 되어 있었다.

"……목욕물 다시 받아놨어."

코 안쪽의 통증을 참고 말하자 류헤이는 흐느끼며 작게 고개를 끄덕였다.

"물 잠가."

나는 대답을 듣지 않고 복도를 지나갔다. 소파에서 다리를 꼰 채 TV를 보고 있던 아빠가 나를 보자마자 아무 일도 없었던 것처럼 "밥" 하고 말했다.

"아빠."

아빠가 "응?" 하고 천연덕스러운 얼굴로 대꾸했다.

아빠가 먼저 욕실을 나간 뒤에 욕조에서 계속 생각했다. 이런 일이 없도록 하는 방법을. 이 사태를 완전히 끝내는 수단을.

"호박을 잘라주세요. 너무 딱딱해서 전 자를 수 없어요. 아빠가 좀 도와주세요."

아빠는 "그래? 그럼 아빠가 잘라줄까?"라고 히쭉 웃으면서 벌떡 일어섰다. 저녁식사를 준비하면서 나는 최대한 밝은 목소리로 말했다. 아빠는 순식간에 호박을 한 입 크기로 잘라서 자랑스럽게 보여주었다. 고맙다고 몇 번이나 말하자 아빠는 만면에 미소를 지었다.

전자레인지로 호박 조림을 만들고, 냉장고에서 닭고기조림을 꺼내 역시 전자레인지로 데웠다. 그릴에 넣은 연어가 구워지는 사이에 된장국을 만들었다.

나는 거실로 돌아가 있던 아빠를 불렀다. "아빠."

"왜?"

류헤이가 욕실에 있다는 건 소리로 알 수 있었다. 나는 호박 조림을 식탁에 올려놓고 말을 꺼냈다.

"요전에 친구한테 들었는데요."

"응."

나는 마침내 결심했다. 오늘 낮에 있었던 일이 머리를 가로질렀다. 미하루가 했던 말이 떠올랐다. 그 직후에 그녀가 어떻게 되었는지도.

"그 친구의 할머니가 어렸을 때요⋯⋯."

미시마 삼총사가 죽었다. 아마 미하루도 죽었으리라.

내가 말해주었으니까. 내가 전해주었으니까.

지어낸 이야기라도, 전부 거짓이라도. 내게 그 이야기를 들은 사람은 저주를 받고 죽는다. 이유는 알 수 없다. 하지만 그 사실은 순순히 받아들이고 있다. 마음으로 이해하고 있다.

이런 식으로 '이치'를 만들고 있다.

나는 계속 인형이었다.

부모의 노리개였다. 자식이라는 이름의 장난감이었다.

지금은 저주의 인형이다. 나 자신이 즈우노메 인형이 되었다. 그래서 사람을 저주로 죽일 수 있다.

아빠는 눈을 가늘게 뜨고 내 이야기에 귀를 기울였다.

아빠는 그 후로도 한참 있다가 결국 날짜가 바뀔 무렵에 돌아갔다. 밥을 먹은 뒤, 연신 하품을 하는 류헤이와 칭얼거리는 마미와 계속 놀다가. 그렇지 않으면 나와 옛날이야기를 하다가.

나는 현관문이 닫히고 발소리가 완전히 사라진 걸 확인하고 나서 침대로 쓰러졌다. 몸도 마음도 완전히 녹초가 됐는데, 잠을 자지 않고 몇 시간이나 생각하고 또 생각했다.

다음 날. 학교는 임시로 휴교한다고 아침에 비상연락망을 통해 연락이 왔다. 내 앞의 학생인 가가와의 엄마인 듯한 사람이 걱정스러운 목소리로 전해주었다.

"어제 학교 안에서 사고가 있었거든. 학생들의 안전을 위해서 임시로 휴교하기로 했대."

연락사항은 이것뿐이었다. 나는 머릿속을 텅 비우고 다음 학생인 고모리의 집에 전화를 걸었다.

다음에 아빠가 온 것은 이틀 후였다.

도서관에서 멍하니 시간을 보내고 집에 오자 아빠는 마미를 안고 류헤이와 카드놀이를 하고 있었다. 카드를 연속으로 던지며 웃음을 터뜨리는 아빠의 맞은편에서 류헤이는 계속 어색한 미소를 지었다.

"다 먹었으면 우리 집에 갈까?"

저녁식사를 할 때, 아빠가 우리를 둘러보며 물었다. 옆에서 류헤이가 흠칫 놀라는 게 느껴졌다.

나는 최대한 미안한 표정을 지으며 거짓말을 했다. "아빠, 다음에 가요. 아직 배가 아파서 그래요."

아빠가 불쾌한 표정을 지으며 한숨을 쉬었다. 마음속으로 각오를 했지만 아빠는 다행히 분노를 터뜨리지 않은 채 저녁을 먹고 순순히 돌아갔다. 나는 가슴을 쓸어내리며 설거지를 했다.

다음 날, 아빠는 오지 않았다.

그다음 날, 저녁식사를 준비하고 있는데 전화벨이 울렸다.

다나시 아줌마였다. 아줌마가 한 말은 예상한 대로였다. 내가 원했던 그대로였다.

"너희 아빠가 죽었다는구나."

냉정하게 말하려고 했지만 그녀는 충격을 받은 상태였다.

아빠는 일하는 도중에 느닷없이 비명을 지르며 사무실에서 뛰쳐나갔고, 회사의 지하 주차장 한가운데에서 쓰러져 있었다고 한다. 사인은 불명. 아직 사건인지 사고인지도 알 수 없다. 자살 가능성도 있다고 한다. 아줌마도 자세한 내용은 모르는 모양이었다.

"어떻게 아셨어요? 아빠가 돌아가셨다는 걸 아줌마가 어떻게 알죠?"

그러자 아줌마는 두서없이 횡설수설했다. "나한테 이런저런 의논을 했거든. 가족의…… 너희에 대해서라든지."

이 또한 예상한 대로였다. 아빠에게 우리 주소를 가르쳐준 사람은 아마…… 더는 캐묻지 않았다. 이제는 아무래도 상관없는 일이다.

이제 아빠는 없다. 장례식을 비롯해서 번거로운 일은 있겠지만 가장 큰 문제는 완전히 사라졌다. 그리고 새삼 확신이 들었다. 나는 저주로 사람을 죽일 수 있다…….

"엄마에게 전해줘."

"네."

"지금부터 정신이 하나도 없겠지만 마음 단단히 먹고."

"네."

"엄마를 잘 도와드려."

"네."

이야기는 조금씩 끝을 향해 나아가고 있었다. 그렇게 생각한 순간 "으으으……"라는 신음이 들렸다.

"여보세요?"

아줌마가 작게 숨을 쉬고 나서 말했다. "……아아, 미안해. 너희 아빠 죽음에 충격을 받았나 봐. 그저께인가? 잠시 아빠를 만났거든."

"네에……."

그동안 둘이 연락하고 있었다는 사실을 이제 감출 마음도 없는 건가.

"그때 이상한 말을 하더구나. 저주 인형에 대해서. 네가 얘기해줬다고 기분 좋게 웃으면서 말이야."

"……."

"우연이겠지만 조금 전에 이상한 게 보였어……."

나는 적당히 대꾸하고 전화를 끊었다.

집에 온 엄마에게 아빠 소식을 전하자 엄마는 당황한 모습으로 전화를 몇 통 걸고 나서 부리나케 뛰쳐나갔다. 류헤이는 밥그릇과 젓가락을 든 채 멍한 표정을 지었다.

이틀 후. 학교에서는 여전히 소문과 억측이 날아다니고 있었다. 방과 후에 하나오카가 나더러 따라오라고 했다. 그가 데려간 곳은 교장실이었다.

"히가 말인데." 하나오카는 맞은편 소파에 앉아 말을 꺼냈다.

그의 옆에는 교감 선생님이, 창가의 커다란 책상 앞 커다란 의자에는 교장 선생님이 앉아 있었다.

창가에는 낯선 중년 남자가 서 있었다. 얼굴이 창백하고 뱀처럼 생긴 남자였다. 그는 다리를 벌린 채 쉬어 자세로 나를 쳐다보았다.

"네." 나는 경계 태세를 취했다.

하나오카가 나를 똑바로 쳐다보며 말했다. "죽기 직전에 보건실에서 너를 만났다고 하더구나."

"네."

나는 솔직하게 대답했다. 교장 선생님의 얼굴은 보지 않았다.

"혹시 짐작 가는 게 있어?"

"아뇨……." 나는 말을 찾았다. 선생님들의 시선이 내게 꽂히는 것이 느껴졌다. "……잠시 얘기를 한 것뿐이에요. 여기서 자주 보네, 하면서요."

"정말 그것뿐이야?"

하나오카가 몸을 앞으로 내밀었다. 나는 고개를 끄덕이면서 "네"라고 대답했다.

그 후에도 선생님들은 이런저런 질문을 했다. 나는 대답할 수 있는 것만 대답했다. 대답하는 사이에 낯선 남자가 형사임을 알았다.

한참 후에 겨우 풀려나서 도서관으로 향했다. 전철역에서 주변을 두리번거리고 나서 깨달았다. 이제 이렇게 확인할 필요가 없다. 나는 도서관을 향해 당당하게 걸어갔다.

교류 노트에는 모르는 사람의 글만 잔뜩 쓰여 있고, 유카리의 글은 보이지 않았다. 아직 기분이 풀리지 않은 모양이다. 나는 미안한 마음으로 펜을 들었다.

유카리 짱
요전에는 미안했어.
또 같이 놀아주면 좋겠어. 리이

책을 대출해서 집으로 갔다. 현관문 손잡이에 열쇠를 끼우자 문이 잠겨 있지 않았다. 류헤이가 벌써 왔나 보다. 요즘은 친구와 놀지 않는 것 같다. 아니면 엄마가 온 걸까?

신발을 벗고 내 방으로 들어갔다. 바닥에 류헤이의 책가방이 놓여 있었다. 그 옆에 마미가 똑바로 누워 있었다. 어두컴컴한 방 한가운데에서 작은 손발이 이상한 방향으로 비틀어져서.

나도 모르게 뒷걸음질 쳤다. 마미의 얼굴은 새빨갛게 물들어 있었다. 얼굴을 가리려고 한 작은 두 손도 새빨갛게 젖어 있었다. 작은 입이 어두운 구멍처럼 크게 벌어져 있었다. 그리고 두 눈도.

"마, 미……."

생각하기도 전에 입에서 목소리가 새어나왔다. 허겁지겁 달려가서 마미를 껴안았다. 아직 따뜻하다. 그러면서도 차갑다.

"으아아아!"

내 목구멍에서 기묘한 소리가 튀어나왔다. 마미를 껴안자 작은 머리가 힘없이 뒤쪽으로 꺾어졌기 때문이었다.

"마미!"

머리를 받치고 가까스로 일어섰다.

밖으로 나가려고 했지만 문이 어느 쪽에 있는지 몰라서 사방을 정신없이 둘러보았다. 커튼. 스탠드 조명. 책상. 옷장. 2층 침대. 2층 침대 위에 파란 양말을 신은 발바닥이 보였다. 시선이 멈추었다. 생각도 멈추었다. 떨리는 발을 내디디며 침대로 다가갔다.

류헤이가 엎드린 채 숨이 끊어져 있었다. 상처투성이의 얼굴이 부자연스러운 각도로 내 쪽을 향하고 있었고 캄캄한 눈구멍에서는 피눈물이 흐르고 있었다.

"안 돼⋯⋯."

순간적으로 몸을 뒤로 뺐다. 책상에 엉덩이가 닿은 순간, 마미를 떨어뜨릴 뻔해서 급하게 다시 안았다. 무엇을 해야 좋을지 몰라서 그대로 꼼짝도 하지 않고 있다가 겨우 구급차를 불러야 한다는 생각이 떠올랐다. 119. 전화.

마미를 껴안은 채 거실로 뛰어갔다. 똑바로 걸을 수 없어서 몇 번이나 벽에 부딪혔다. 몸을 질질 끌면서 전화기 앞에 섰다.

마미를 어떡할까? 바닥에 내려놓기는 싫다. 하지만 이대로 있으면 전화를 걸 수 없다.

식탁 위에 놓으려다 그만두었다. 소파에 눕히고 일어서려는데 새삼스레 생각했다. 류헤이와 마미가 왜, 어째서. 대답은 하나뿐이었다. 그 순간, 나는 그대로 주저앉은 채 한 발짝도 움직일 수 없었다.

아빠가 말한 것이다. 류헤이와 마미에게. 아마 두 번째 이 집에 왔을 때, 내가 집에 오기 전에. 정확히 나흘 전에.

내가 직접 말한 사람만이 아니라, 그 사람이 말한 상대도 즈우노메 인형의 저주를 받는다. 나도 모르는 사이에 저주가 전염되는 것이다. 그리하여 죽이고 싶지 않은 사람도 죽게 되는 것이다.

"이럴 수가……."

눈물이 방울방울 바닥으로 떨어졌다.

류헤이는 반 친구에게 말했을까? 선생님에게 말했을까?

아빠는 다른 사람에게 말했을까?

아줌마다. 아빠에게 들었다고 말했다. 그렇다면 아줌마도 죽는다.

아빠의 회사 사람은 어떨까? 아줌마의 친구는 어떨까?

미시마 삼총사의 친구는, 그 애들의 가족은.

미하루는.

꿈에서 봤던 붉은 실이 머릿속에서 퍼져나갔다. 아파트 계단을 기어 올라가 수업을 마치고 집에 가는 초등학생의 가방을 칭칭 감는다. 학교에서, 회사에서, 길거리에서, 지나가는 사람을 칭칭 감으며 점점 뻗어나간다.

검은색 후리소데 인형이 ㅋㅎㅎㅎ 웃는다. 그런 풍경이, 그런 망상이 머릿속에서 끊임없이 되풀이되었다. 나는 귀를 막고 눈을 감은 채 거실에 털썩 주저앉았다.

*

내가 선명하게 기억하는 것은 여기까지다. 그다음부터는 안개가 낀 것처럼 뿌옇다.

나는 엄마와 둘이 멀리 떨어진 곳으로 이사 갔다.

학교는 어떻게 했을까? 류헤이와 마미의 장례식은 어떻게 치렀을까? 다나시 아줌마는 어떻게 되었을까? 아무리 떠올리려고 해도 기억나지 않았다.

아직 어렸던 나는 무의식중에 기억을 봉인했으리라. 아니면 처음부터 기억하지 않으려고 했으리라. 그래도 어렴풋하게 떠올릴 수 있는 일이 한 가지 있었다.

아파트에서 이사 가기 얼마 전의 일이었다.

나는 어슴푸레한 기억을 더듬어 유카리의 집을 찾아갔다. 아마 교류 노트에 유카리의 글이 없었으리라. 그래서 화해는 할 수 없더라도 최소한 마음을 전하고 싶었던 것 같다.

주변은 이미 어두웠다. 현관의 초인종을 누르자 문이 열렸다.

산뜻한 옷을 입은 긴 머리의 여성이 문손잡이를 잡고 고개를 내밀었다. 유카리의 엄마일까? 호러 영화의 비디오테이프를 잔뜩 가지고 있는 유카리의 엄마. 하지만 얼굴도 분위기도, 유카리와는 조금도 닮지 않았다.

"누구……?"

여성은 고개를 갸웃거리며 당황한 표정을 지었다.

"이 집에 사는 유카리를 만나러 왔어요."

"유카리?"

여성은 얼굴을 찡그렸다. 그러곤 바로 "아아!"라고 말하며 나를 찬찬히 보더니 의아한 표정을 지었다.

"넌 중학생이지? 유카리랑 무슨 관계야?"

"도서관에서 알게 됐어요. 교류 노트를 통해 이야기를 나누고, 그리고……."

여성이 눈을 크게 떴다. "그런 얘기는 처음 들었어."

"정말이에요."

"널 의심하는 건 아니야."

여성이 엷은 미소를 짓다가 즉시 거두더니 머리칼을 쓸어 올렸다.

"미안하지만 지금은 만날 수 없어." 가만히 있자 여성이 다시 어두운 얼굴로 말했다. "등교 거부 중이야. 아무도 만나고 싶지 않대. 아예…… 이불에서 안 나와."

처음 만났을 때, 남자아이들에게 비비탄 총으로 맞았던 때를 떠올렸다. 괴롭힘. 사다코.

유카리는 학교에서 어떻게 지내는지 말하지 않았다. 나도 묻지 않았다. 나와 같이 있을 때는 즐거워 보였지만 사실은 계속 힘든 시간을 보냈던 것이리라.

"그렇군요."

나는 그 말밖에 할 수 없어서 무심코 고개를 숙였다.

"미안해, 모처럼 와줬는데."

여성은 정말로 미안한 표정을 지었다. 말을 끝내려는 느낌이 전해졌다.

"유카리에게 제 말을 전해주시겠어요?" 나는 순간적으로 물었다.

여성은 "그럴게"라고 조금 밝은 목소리로 말했다.

역시 엄마였다.

나는 잠시 생각하고 나서 말했다. "리…… 리이가 사과하고 싶었다고 전해주세요. 또 만나고 싶다고요."

"그게 네 이름이야?"

"네, 리이예요."

"리이? 알았어." 유카리의 엄마는 웃는지 찡그리는지 알 수 없는 표정을 지었다. "전해줄게. 고마워."

"죄송해요"라는 말을 끝까지 하기도 전에 문이 소리를 내며 닫혔다. 잠시 우두커니 서 있다가 겨우 정신을 차리고 천천히 아파트 계단을 내려왔다.

고집을 부려서라도 그때 만났어야 했다고 지금은 생각한다. 물론 이건 내 이기적인 생각에 불과하다. 유카리의 마음과 상황을 전부 무시하고, 내 감정에 결말을 짓고 싶었을 따름이다.

며칠 후 아침, 나는 엄마와 함께 아파트를 나왔다. 그리고 전철을 몇 번 갈아타고 낯선 지역의 비슷한 아파트로 이사했다.

그 이후의 생활에는 커다란 불만이 없다.

우선 고등학교에 진학했다. 학비를 지원받아 대학에 다녔고, 취직해서 조금씩 갚았다. 엄마가 돌아가신 이듬해에 일하면서 만난 남성과 결혼했다. 2년 후에 아이가 태어났다. 2.8킬로그램의 잘생긴 남자아이였다. 회사를 그만두고 집에서 할 수 있는 일을 하면서, 나와 남편은 아들을 키웠다.

하루하루가 너무나 즐겁고 너무나 바빠서, 뒤돌아볼 시간도 없이 나이를 먹었다.

지난달이었다.

학교에 갔다가 집에 온 초등학생 아들이 "엄마, 엄마"라고 연신 부르며 종종걸음으로 달려왔다. 부엌에 있던 나는 손길을 멈추고 아들을 내려다보았다.

아들이 숨을 가쁘게 몰아쉬면서 말했다. "있잖아, 엄마. 혹시 즈우노메 인형 알아?"

순식간에 내 머릿속에서 그 시절의 기억이 되살아났다.

22

마지막 페이지를 펼친 채 나는 축 늘어져서 소파에 기댔다.

수확은 하나도 없다. 원고를 끝까지 읽었지만 힌트가 될 만한 것은 찾을 수 없었다. 오직 음울하고 찝찝하며 뒷맛이 꺼림칙한 이야기를 읽었을 뿐이다.

고개를 들자 마코토 씨와 눈이 마주쳤다. 표정으로 알아차렸으리라. 그녀는 어두운 얼굴로 시선을 내리깔았다.

나는 소설의 결말을 간단하게 말해주었다. 그녀는 고개를 숙인 채 가끔 "웅, 웅……"하고 맞장구를 칠 따름이었다.

이야기가 끝나자 그녀의 입에서 "으음"하는 소리가 흘러나왔다. 여전히 고개는 들지 않았다. 머리칼을 쥐어뜯지도 않고 그저 나지막한 소리를 낼 뿐이었다.

나는 만일을 위해 물었다. "혹시나 해서 묻는 건데, 당시에 무슨 말을 못 들었나요? 이거랑 비슷한 이야기요. 즈우노메 인형의 도시전설이 돌아다닌다든지 사람이 죽었다든지."

"아니, 전혀 못 들었어." 그녀는 고개를 들고 입꼬리를 살짝 올리며 말했다. "아마 그렇게 유행하지 않았을 거야."

나는 고개를 끄덕였다.

이 소설이 실화라면 도시전설 즈우노메 인형 이야기는 다행히 확산되지 않았다. 리호를 괴롭혔던 아이들도, 류헤이도, 리호의 아빠도, 다나시 아줌마도 다른 사람에게 이야기를 전하지 않은 채 죽음을 맞이했다. 노자키 씨 말을 빌리자면 즈우노메 인형은 성장하지 않았다.

샘플이 마코토 씨밖에 없다는 것이 불안하긴 하지만 실제로 이야기가 확산되었다면 엄청난 일이 벌어졌을 것이다. 신문과 방송에서 대대적으로 보도하고 기록도 남아 있으며, 적어도 오컬트 역사에는 뚜렷하게 새겨져 있었으리라.

어느 도시를 덮친 수수께끼의 대량 사망사건으로. 또는 엽기적인 연쇄살인사건으로.

그녀가 자세를 바로 하며 사과했다. "흐트러진 모습을 보여서 미안해. 전부 사실이 아니라고 생각해도 견디기 힘들었어."

그녀는 그렇게 말하면서 눈가를 훔쳤다. 아까 울어서 아이라이너가 번지는 바람에 눈 주위는 판다처럼 새까매져 있었다. 이제 와서 말해주는 것은 이상할까? 아니면 말해주는 편이 좋을까?

"아뇨, 그런 건……."

나는 결국 모호하게 대답하는 길을 선택했다. 잠시 침묵이 이어졌다. 그녀가 혼잣말처럼 중얼거렸다.

"이런 식으로 죽는 건 바라지 않았는데……." 그러다 바로 자신의 말을 수정했다. "아니, 이런 식이 아니더라도 죽는 건 바라지 않았어."

다시 그녀의 입술이 파르르 떨리면서 입에서 오열이 새어나왔다. 나는 아무 말도 할 수 없었다.

그때 문이 열리고 "늦어서 미안해"라는 노자키 씨의 목소리가 들렸다. 그녀가 일어서서 복도로 뛰어갔다. 남겨진 나는 어정쩡하게 일어서서 두 사람을 기다렸다. 걱정하는 노자키 씨 목소리에 이어서 "괜찮아"라는 그녀의 대답이 들려왔다.

나는 머릿속에 떠오르는 생각을 뿌리치면서 부엌 쪽으로 시선을 돌렸다.

노자키 씨가 거실로 들어왔는데 지친 모습이 역력했다. 그의 뒤쪽에서 마코토 씨가 두 손에 하얀 비닐봉지를 들고 나타났다.

노자키 씨가 무표정한 목소리로 말했다. "회의를 겸해서 저녁 먹자."

마코토 씨가 비닐봉지를 바닥에 내려놓았다. 비닐봉지 안에서 꺼낸 것은 비싸서 내 돈으로는 사지 않는 초호화 돈가스 도시락이었다.

"결말은 픽션이겠지?"

노자키 씨는 밥을 입에 넣고 제대로 씹기도 전에 삼켰다.

"다행히 즈우노메 인형 이야기는 확산되지 않았어. 인터넷에도 나오지 않고. 만약 사람들 입을 통해 확산되었다면 많은 사람이 죽었을 거야. 우리 귀에 들어올 만큼. 다시 말해 '그런 식으로 결말을 맺었습니다'라는 식의 이야기야."

그는 그렇게 말하고 나서 페트병의 차를 마셨다.

"그런 것 같습니다."

나는 젓가락을 멈추었다. 절반밖에 먹지 않았는데 더는 들어가지 않았다.

"눈에 띄지 않을 만큼 조용히 전파되고 있다고 해도 지금의 우리하곤 관계가 없어. 무서운 사태이기는 하지만 지금 찾아봐야 아무런 의미가 없겠지. 지금 우리가 해야 할 일은……." 그는 빈 도시락에 젓가락을 내려놓으며 덧붙였다. "관계자의 이야기를 듣는 거야. 소설의 등장인물을 모조리 조사해봐. 일단 인터넷에서 검색하는 게 가장 빠를 것 같은데."

"네."

"미쓰카도 중학교 사람과는 약속을 잡아놓았어. 잡지 취재라고 하면서. 내일 당장 가서 사실을 확인해볼게."

"죄송합니다."

나는 죄책감에 사로잡히면서 먹다 남은 돈가스 도시락에 뚜껑을 덮었다.

노자키 씨가 물었다. "오늘은 어떡하겠나?"

"네? 어떡하다뇨?"

"일단 집에 가서 씻거나 옷을 갈아입는 게 좋지 않겠나? 어쨌든 잠시 쉬는 편이 좋을 거야. 어제 한숨도 못 잤지?"

그 말을 듣고 처음 알아차렸다. 그러고 보니 그렇다. 경찰서에서 풀려나자마자 곧장 마코토 씨 집으로 온 것이다.

그렇게 생각한 순간, 온몸이 납덩이처럼 무거웠다. 머리까지 무거워졌는지 목과 어깨가 뻐근했다. 나는 눈을 몇 번 깜빡였다.

"하지만 두 분도……."

"나는 괜찮아." 그는 그렇게 말하고 진지한 눈으로 나를 보았다. "한계까지 버티면 쓰러져."

"나도 괜찮아." 마코토 씨가 침대 위에서 말했다.

손에 있는 도시락의 음식은 거의 줄지 않았다.

"그렇다기보다 어차피 잠이 안 올 거고……."

노자키 씨가 야단치듯 말했다. "아냐, 당신은 좀 쉬어야 돼. 가장 중요한 순간에 당신이 휘청거리면 모든 게 끝이야."

그녀는 불만스러운 듯 입을 삐죽거렸지만 반박하진 않았다.

가장 중요한 순간. 그녀가 힘을 사용해서 저주를 풀 때라는 뜻이리라. 하지만 방법은 아직 찾지 못했다. 그 이전에 그녀의 눈에는 아무것도 보이지 않는 듯했다.

애초에 저주를 푸는 방법이 있을까?

글 쓴 작가를 찾아내서 어떻게 하려는 것이리라.

리호는 아무것도 하지 않았다. 아무것도 해결하지 않은 채 멀리 가버렸다. 모든 걸 그냥 내던진 채. 그런 그녀를 만나봐야 무엇을 알 수 있을까?

소설을 사실로 받아들이다니. 그렇게 생각하자 긍정적인 마음을 가질 수 없었다. 시계는 밤 9시를 가리켰다. 제한 시간은 시시각각 다가오고 있었다.

나는 일단 집으로 가기로 했다. 듣고 보니 씻지도 못했고 옷도 못 갈아입었다. 밤늦게까지 일하다 회사에서 자는 것은 익숙하지만 이 집에서 자기는 꺼려졌다.

현관에서 신발을 신고 있자 노자키 씨가 진지한 얼굴로 "조심해"라고 말했다.

나는 일부러 밝게 대답했다. "걱정하지 마세요. 밤길은 하나도 무섭지 않으니까요."

"그것도 그렇지만……." 그는 턱에 손을 대고 진지한 표정으로 덧붙였다. "인형이 보여도 조바심 내지 마. 지금은 아무 짓도 하지 않겠지만 그래도 걱정되니까."

원고를 읽는 동안에도 불안은 떠나지 않았다. 식사를 할 때도, 집에 가기로 마음먹었을 때도. 하지만 노자키 씨가 그렇게 말하자 갑자기 더 신경이 쓰이고 불안해졌다.

"집까지 데려다줄까? 고토쿠지던가?"

"괜찮다니까요."

나는 온 힘을 짜내서 억지로 밝게 웃었다.

솔직히 말해 누군가와 같이 있는 편이 조금은 마음이 놓인다. 집까지 데려다준다는 그의 말이 반갑지 않았다고 하면 거짓말이다. 가능하면 데려다달라고 말하고 싶을 정도였다.

그래도 그렇게 말할 수 없었다. 마코토 씨 얼굴을 보았기 때문이었다. 노자키 씨 뒤쪽에서 그녀는 불안한 얼굴로 그의 등을 바라보고 있었다.

인사를 하고 재빨리 계단을 뛰어 내려갔다. 하지만 노자키 씨의 시야에서 벗어나자마자 걸음을 늦추고 천천히 한 계단씩

발을 내디뎠다. 층계참을 돌아갈 때마다 심장이 쿵쾅거렸다.

우편함이 늘어선 로비로 나왔다. 유리문을 빠져나와 몇 계단 내려와 도로에 발을 디뎠다. 캄캄한 길. 조금 떨어진 곳에 있는 가로등이 도로 일부를 둥글게 비추고 있었다.

인형은 보이지 않았다. 하긴 빛 한가운데에 서 있을 리 없지. 그렇게 생각하면서 되도록 두리번거리지 않고 어두운 길을 걸었다.

와세다도오리를 가로질러 고엔지 역으로 향했다. 술집이 즐비한 상점가로 들어가자 사람들이 단숨에 늘어났다. 술꾼들의 시끌벅적한 목소리를 들으면서 빠른 걸음으로 지나갔다.

마침 하행 열차가 막 떠났는지 열차에서 내린 손님들이 개찰구로 몰려나왔다. 나는 고개를 숙인 채 복잡한 개찰구를 빠져나갔다. 에스컬레이터를 타고 플랫폼으로 나갔다. 신주쿠 선에서 오다큐 선으로 갈아타려면 어디쯤에서 타는 것이 가장 효율적일까?

플랫폼을 둘러보는데 다음 순간, 후회가 밀려들었다.

플랫폼의 한쪽 구석에 낯익은 인형이 서 있었다. 오늘 아침부터 몇 번이나 보았던 후리소데 차림의 인형이.

인형은 움직이지 않고 오도카니 선 채, 다만 새빨간 얼굴을 내 쪽으로 향했다. 아침때보다도, 점심때보다도 훨씬 가까운 곳에서.

인형을 본 순간, 조바심이 머리끝까지 솟구쳤다.

눈에 보이지 않아도 마음을 놓을 수 없었다. 나는 발끝만 쳐다보고 종종걸음으로 걸었다. 몇 사람과 부딪쳐서 그때마다 사과했다.

고토쿠지 역에서 집까지 가는 캄캄한 밤길이, 아무리 가도 닿지 않는 것처럼 아득하게 느껴졌다. 차가 지나갈 때마다 눈을 감은 채 옆으로 비켜서서, 차 소리가 완전히 들리지 않을 때까지 기다렸다. 만약 헤드라이트가 비추는 곳에 보인다면…….그렇게 상상만 해도 발이 얼어붙었다.

편의점 앞에 도착했다. 무의식중에 들여다보려고 하다가 황급히 눈길을 돌렸다.

형광등이 밝게 비치는 편의점 안에 있으면. 상품을 진열하는 점원의 바로 옆에 있으면. 나는 망상을 뿌리치고 부랴부랴 집으로 향했다.

아파트 계단을 뛰어올라 2층에 도착했다. 복도 끝을 쳐다보지 않고 즉시 현관문에 열쇠를 끼우고 손잡이를 돌렸다.

캄캄하다. 손으로 더듬어 전기 스위치를 찾은 뒤, 마음을 단단히 먹고 눌렀다. 형광등이 깜빡이다가 불이 켜졌다. 아무것도 없다. 물건들이 여기저기에 지저분하게 놓여 있는, 눈에 익숙한 나의 공간이다.

기나긴 한숨을 내뱉고 신발을 신은 채 거실에 쓰러졌다.

피로가 온몸을 짓눌렀다. 그대로 잠의 세계로 빠지려는 걸 가까스로 멈추고 노자키 씨에게 집에 왔다고 문자 메시지를 보낸 뒤 목욕물을 받았다. 노자키 씨가 보낸 답장이 도착했다.

일단 잠을 자둬, 조사는 내가 할 테니까.

목욕을 하고 고타쓰에 발을 넣은 뒤 잠시 눈을 붙였다. 다음에 눈을 떴을 때는 이미 아침이었다.

푹 잤다는 느낌은 조금도 없었다. 지난 며칠간 잠시도 눈을 붙이지 못한 느낌이 들었다. 몸이 이상한 상태로 굳어져서, 상체를 일으키는 데도 고생을 해야 했다.

스마트폰을 확인하자 노자키 씨가 보낸 문자 메시지가 들어와 있었다.

후지마 씨
나도 잠시 눈을 붙이겠습니다.
학교 관계자는 내가 맡을 테니까 그 이외의 사람을 조사해주겠습니까? 한번 검토해보세요. 그럼 부탁합니다. 오후 1시에 연락하겠습니다.

업무적인 메일처럼 정중한 말투가 몹시 우스꽝스럽게 느껴졌다. 나는 가방을 열고 원고를 꺼내서 조사하기 시작했다.

후나키 유지로

1월 10일 01:45

영화 「지붕 밑의 여왕」 감상.

문제점이 가득한 플롯, 긴장감이 부족한 화면 구성, 어디선가 본 듯한 괴물들의 모습. 꽃미남 배우와 아이돌의 유치한 연기. 현대 영화계가 거듭해온 어리석은 행위를, 제작진은 질리지도 않고 또 반복했다.

일본 호러문학상 대상 수상작을 영화화한 작품이라곤 도저히 믿을 수 없다.

제작진의 영화에 대한 사랑, 아니 호러에 대한 사랑을 모든 면에서 티끌만큼도 느낄 수 없었다. 공포의 본질을 이해하지 못한 무지몽매한 영화쟁이들은 그 놀라운 걸작인 「링」을 백번 본 다음에 다시 시작하길 바라 마지않는다.

젊은 사람들은 이 작품에 찬사를 보내는 모양이지만, 그런 모습을 보면 나와 같은 「링」 세대는 어이가 없어서 입을 다물 수 없다. 분노를 뛰어넘어 연민의 마음마저 든다. 가엾게도 그들은 「링」을 모른다. 「도카이도 요쓰야 괴담」도 「괴담 가사네가후치」도 경험하지 못했다. 우리의 영역에 도달할 때까지 수십 년은 걸릴 것이다.

스마트폰의 액정 화면을 들여다보고 내 입에서는 신음이 흘
러나왔다. '후나키, 오너, 화랑'으로 검색하자마자 나온 것이 이
페이스북 계정이었다.

사진을 보자 초로의 까무잡잡한 남성이었다. 앞니가 금색으
로 빛났다. 리호의 어머니가 사귀었던 '후나키 씨'가 틀림없다.
적어도 그 인물의 모델이다. 즉, '즈우노메 인형'의 원고를 쓴
사람은 이 후나키 유지로라는 사람을 알고 있다.

오만방자한 영화 리뷰를 읽고 내 확신은 더욱 굳어졌다.

일단 내 계정으로 친구를 신청했다. 수락해주지 않으면 대화
를 할 수 없다. 후나키 씨에게 연락할 방법은 현재로서는 이게
최선이다.

스마트폰을 충전하면서 나는 계속 인명을 검색했다.

다나시 아줌마.

1997년부터 1998년 사이에 다나시에 살았던 데시마 씨라는
여성이다. 예상한 대로 한 명도 걸리지 않았다.

기스기 후미아키.

리호의 아버지다. 대형 신문사 근무.

나는 제법 규모가 있는 신문사에 모조리 전화를 걸었다.

결과는 참담했다. 모든 신문사에서 "그렇게 오래된 인사 자
료는 남아 있지 않습니다"라고 판에 박힌 대답이 돌아왔다.

유카리는 조사할 방법이 없었다.

진전이 없는 상태에서 시간만 흘러갔다. 노자키 씨한테서 전화가 걸려와서 1시가 되었음을 알았다.

그는 담담하게 말했다. "선생님들은 실제로 있었어. 하나오카와 야시마, 세토 등 세 사람. 그들이 당시에 미쓰카도 중학교에 근무했다는 건 알아냈어. 이미 전근을 가서 본인들에게까지는 연락하지 못했지만."

"다행이군요." 나는 숨을 돌리며 가슴을 쓸어내렸다. 조금이지만 진전이 있었다. "참, 졸업생 명단은요……?"

전화기 너머에서 쓴웃음이 들렸다.

"무슨 말이야? 거기에 이름이 나오는 학생 중에 졸업한 사람은 한 명도 없잖아."

그랬다. 어이가 없었다. 내가 이렇게 어리석었다니……. 리호는 전학을 갔고, 이름이 나오는 나머지 학생들은 모두 사망하지 않았던가.

"잠깐만! 그래, 한 명 있어."

"누, 누구죠?"

"이하라야. 금방 확인해볼게."

그는 황급히 전화를 끊었다. 고마우면서도 한없이 포기에 가까운 감정이 가슴속에 똬리를 틀었다.

이하라가 실제로 존재했을 가능성은 높다. 하지만 그를 만나도 원고 쓴 사람을 알아낼 가능성은 제로에 가깝다. 나는 주먹으로 고타쓰를 가볍게 내리쳤다. 생각보다 큰 소리가 나서 무의식중에 흠칫 놀랐다.

생각하라, 움직여라. 머릿속에서 스스로에게 몇 번이나 말했다. 이제 어떤 방법이 있을까? 어떻게 하면 저주를 풀 수 있을까?

이와다의 모습이 뇌리를 가로질렀다.

플랫폼에 서 있던 인형의 모습이 떠올랐다.

이 아파트의 색 바랜 외관이 생각났다.

트럭이 지나가는 아파트 앞의 도로가. 도로 맞은편의 빈터가. 그 한가운데에 오도카니 서 있는 즈우노메 인형이……

오늘이 지나고, 내일이 되고, 밤이 오고, 날짜가 바뀌고.

그러면 인형은 아파트 앞에 있고, 계단을 올라오고, 문 앞에 서 있고. 그리고…… 바로 내 옆에.

비명을 지르고 마구 난동을 부리며 온 집 안의 물건을 내던지고 부숴버리려고 하다가…… 그 어느 것도 할 수 없어서 바닥에 엎드렸다.

시간이 얼마나 지났을까?

딩동. 별안간 초인종이 울려서 벌떡 일어났다. 심장이 미친듯이 날뛰었다. 다시 초인종이 울렸다. 차가 아파트 앞의 도로를 지나갔다. 까마귀 울음소리가 들렸다.

주변 소리가 점점 크게 들렸다. 문을 노크하는 소리가 두 번 이어지고, 이어서 가냘픈 목소리가 희미하게 들렸다.

"히가 마코토예요."

나는 일어서서 두 걸음 만에 손잡이를 잡았다.

문을 열자 마코토 씨가 서 있었다.

"가, 감이라고요?" 나는 페트병 차를 내놓으면서 물었다.

마코토 씨는 감만으로 우리 집을 찾아냈다고 한 것이다.

그녀는 어지러이 흩어진 책과 DVD를 구석으로 치운 뒤, 가까스로 빈 공간을 마련해서 바닥에 앉았다. 오늘은 파란색 파카에 청바지 차림이었다.

그녀는 살포시 미소를 지었다. "고토쿠지라는 말은 들었잖아. 감은 그다음부터야."

"그것도 일종의…… 힘인가요?"

"아마도." 그녀는 모호하게 대답했다.

시끄러운 까마귀 울음소리가 귀를 파고들었다. 날갯짓소리가 창문 밖에서 들렸다. 한두 마리가 아니라 엄청나게 많은 까마귀들이 아파트 근처를 정신없이 날아다녔다.

"미안해." 그녀가 뜬금없이 사과를 했다.

무슨 뜻인지 몰라서 나는 멍하니 앉아 있다.

"낮에 돌아다니면 새들이 잔뜩 몰려들거든."

그녀는 그렇게 말하고 창문 쪽을 쳐다보았다.

"신경 쓰지 마세요. 여기는 차 소리가 워낙 시끄러워서 까마귀가 있으나 없으나 마찬가지입니다."

진실과 거짓을 적당히 섞어서 말한 뒤, 속으로 짐작을 했다.

며칠 전, 그녀를 처음 만났을 때가 떠올랐다.

그래서 밤에 바에서 일하는 건가? 이렇게 까마귀들이 계속 따라다닌다면 낮에 일하러 다닐 수 없으리라.

마음속으로 고개를 끄덕인 순간, 새로운 의문이 떠올랐다.

"그런데 여긴 어쩐 일로……?"

나는 그렇게 물으면서 고타쓰 앞에 앉았다. 그녀는 무릎을 꿇은 채 등줄기를 쭉 펴고 말했다.

"확인하러 왔어." 무엇을 확인하러 왔느냐고 묻기도 전에 그녀가 말을 이었다. "지금 상태는 어떤지. 인형이 조금씩 다가오고 있다면 어딘가에서 알 수 있을지도 모르니까. 내 안테나에 걸릴지도 모르고."

그녀는 어떻게 설명해야 할지 몰라서 난감한 듯했지만 나는 순순히 이해할 수 있었다.

"그렇군요. 실제로 여기에 와보니까 어떤가요?"

그녀는 "으음……" 하고 중얼거리더니 결심한 듯이 말했다.

"지금은 기척이 느껴져. 집 근처에 와 있어."

그녀가 마침내 녀석을 알아챘다. 갑자기 배 속이 무거워졌다.

그녀가 나를 물끄러미 바라보면서 말을 이었다. "형태로서는 흔히 있는 녀석이야. 요괴를 부르는 저주가 맞는 것 같아. 내가 지금 느끼는 게 그 요괴일 거야. 그런데 이상한 건 그게…… 후지마 씨가 보는 인형과 다른 것 같아."

그녀는 얼굴을 찡그리면서 말하더니 입을 다물었다.

나는 멍한 표정으로 그녀의 얼굴을 바라보았다. 무슨 뜻인지, 뒷부분의 말을 이해할 수 없었다.

어안이 벙벙해 있자 그녀는 심각한 얼굴로 말했다.

"내가 어제 말했잖아. 인형은 요괴가 아니라고."

"네에." 나는 기억을 더듬으면서 대답했다.

그렇다. 그녀는 분명히 그렇게 말했다.

"생각도 하고 조사도 했는데…… 인형은 분명히 저주의 일부 같아."

"일부요?"

"그래, 예를 들면 이거야……."

그녀는 스마트폰을 꺼내더니 "내가 조사해봤는데"라고 말하면서 손가락으로 액정 화면을 조작했다.

그리고 잠시 후에 얼굴을 들고 말했다. "조준."

생각지도 못 한 말을 듣고 너무나 당황했다. 그 말을 이해하는데 잠시 시간이 걸렸다.

"그 말은 곧……." 나는 생각을 정리하면서 천천히 말했다. "저주가 요괴를 부르면서 목표를 정하는 건가요? '여기예요, 이 녀석한테 와주세요'라고요. 그게 저주받은 당사자에게는 인형으로 보인다는 거군요."

그녀가 고개를 끄덕였다.

"그래, 내 느낌을 말로 표현하면 그런 거야."

저주의 형태가 조금 보이는 듯했다. 너무나 비과학적이라서,

정말로 그럴까 하는 생각이 없는 것은 아니다. 하지만 이제 적어도 뭐가 뭔지 모르겠다는 느낌은 들지 않았다.

물론 무섭지 않다고 하면 거짓말이다. 죽음이 코앞으로 다가왔다고 생각하면 온몸에 소름이 끼쳤고, 그때가 내일 한밤중이라곤 생각하고 싶지 않았다. 하지만 그녀가 오기 전에 온몸을 파고들었던, 납작하게 짓눌릴 것 같은 공포는 어느새 사라졌다.

"이제 조금 알 것 같지?"

그녀가 강한 의지와 결의가 깃든 눈으로 나를 바라보았다.

조금 전까지 공포에 사로잡혔던 나 자신을 떠올렸다. 그리고 앞으로 어떻게 해야 할지 생각했다.

괴이함. 저주. 요괴. 지금까지는 한 번도 그들의 존재를 믿지 않았다. 지금도 믿고 싶지 않다. 그렇다고 망연자실한 상태에서 두 손 놓고 있을 수는 없었다.

지금은 내가 할 수 있는 일을 하는 수밖에 없다. 마코토 씨처럼, 노자키 씨처럼. 그렇다면 내가 할 수 있는 일은 무엇인가. 오컬트 잡지의 계약직 직원이 할 수 있는 일은. 능력은 없지만 나름대로 할 수 있는 일은…….

"노자키 씨와 함께할게요." 나는 내 말을 곱씹으면서 덧붙였다. "같이 조사하겠습니다. 작가와 담당 편집자는 원래 그렇게 해야 하니까요. 지금은 그것밖에 생각나지 않고요."

그렇게 말하자 그녀는 미소를 지었다.

"고마워……. 내가 이렇게 말하는 건 좀 이상하지만. 하지만 노자키가 걱정돼서 그래. 그 사람은 한 번 빠지면 물불 안 가리거든."

오후 2시 반.

세이부 선 히가시무라야마 역 앞 패밀리레스토랑에서 노자키 씨를 만나 현재 상황을 확인했다. 그는 졸업생 명부에서 이하라의 존재를 확인했다고 한다. 이하라 쇼지. 중학교를 졸업한 뒤, 지적 장애 아동을 위한 양호학교에 진학. 그곳을 졸업한 이후는 소재 불명.

그는 이동 중에 인터넷으로 1999년도 졸업생을 몇 명 찾아냈다. 1998년에 3학년이었으면 1999년 3월에 졸업했을 테니까. 페이스북에서 프로필을 공개한 사람이 세 명 있었다.

"제가 그들에게 확인해보겠습니다."

처음부터 내가 해야 할 일이었다고 생각하면서 말했다.

"고마워." 그는 피곤한 얼굴로 대꾸했다. 눈 밑에는 어느새 진한 다크서클이 생겼다. "난 원고를 살펴볼게. 이쪽은 아직 손대지 않았으니까."

미리 이야기를 맞춘 것도 아닌데, 우리는 대화를 마치고 각자 일에 착수했다.

스마트폰으로 페이스북에 로그인해서, 졸업생 세 명에게 친구 신청을 했다. 운 좋게 그중 한 사람이 바로 수락해주었다.

마루야마 쇼고 씨. 남성. 회사원. 현재 오사카 거주.

나는 즉시 그에게 메시지를 보냈다.

마루야마 님

친구 신청을 수락해주셔서 감사합니다.

갑작스러운 질문이라서 죄송합니다만 기스기 리호 씨, 또
는 비슷한 이름의 여성을 아십니까?

아마 마루야마 님과는 미쓰카도 중학교 동급생이었을 겁
니다. 재학 당시의 별명은 '사다코'라고 들었습니다.

초등학교에 다니는 남동생과 어린 여동생이 있었던 것 같
습니다. 3학년 1학기 때 전학 갔습니다. 급한 일이라서 그
런데, 혹시 소식을 안다면 가르쳐주실 수 있을까요?

갑자기 무례한 부탁을 드려서 대단히 죄송합니다.

아무리 봐도 기묘한 내용이었다. 그럴 듯한 변명을 생각했지
만 떠오르지 않았다.

답장을 기다리는 동안 미쓰카도 중학교 근처의 초등학교를
조사해서 모조리 연락했다. 적당히 위장할 방법이 생각나지 않
아서 이름을 말한 뒤, 전화 받은 선생님에게 솔직하게 물었다.

1998년에 그 학교에서 의문사를 당한 남학생이 없었는가.

기스기 류헤이, 또는 그와 비슷한 이름이다. 저주에 대해서만
숨긴 채 사람을 찾는다고 솔직하게 말한 것이다.

'그런 취재는 거절하고 있다.'

'취재가 가능한지 위쪽에 확인해볼 테니까 연락처를 가르쳐 달라. 나중에 연락하겠지만 언제 연락할지는 모른다.'

'대답할 입장이 아니다. 내일 다시 전화해라.'

'기획안을 보내달라.'

'학교 공식 사이트에 있는 취재신청서를 인쇄해서 기입한 뒤, 반신용 봉투와 같이 우편으로 보내주기 바란다.'

예상했던 답변이 돌아왔다. 이상하게도 초조하거나 조바심이 나지는 않았다. 나는 상대가 당황할 만큼 정중하게 몇 번씩 고맙다는 인사를 하고 전화를 끊었다.

그러는 사이에 마루야마 씨가 보낸 답장이 도착했다. 당황했는지 오자투성이였다.

안녕하십니까!

메시지 읽어쑵니다.

사다코라는 별명을 가져던 아이가 있었습니다. 이름은 생깍이 안 나지지만, 같은 바는 아니었을 겁니다. 4반이었나, 그랬을 겁미다. 괴롭힘 아이 같은 음침한 아이.

사람을 찾고 있나요? 꼭 필요하다면 지금도 연락하하는 친구에게 물어봐줄까요?

이렇게 친절한 사람이 있다니. 나는 고맙다고 하면서 조금 급한 일이라고 다시 한 번 강조했다. 다시 약간 진전도 있고,

수확도 있었다.

사다코라는 별명을 가진 여학생은 실제로 존재했다. '괴롭힘 아이'라는 것은 괴롭힘을 당하는 아이를 잘못 쓴 것이리라.

다음에는 무엇을 해야 할까? 기다리는 사이에 무엇을 알아보는 게 좋을까? 노자키 씨에게 시선을 옮겼다.

"감사합니다." 그는 그렇게 말하고 전화를 끊더니 몸을 앞으로 내밀었다. "찾아낸 것 같아."

"뭔가 알아내셨나요?"

그는 스마트폰을 만지작거리면서 말했다. "그래. 가사사기출판이라고 알지? 히코보시출판 사람들이 만든 출판사인데 히코보시출판은 10년 전에 망했거든. 제법 큰 출판사였는데, 아무런 징조도 없이 어느 날 갑자기 문을 닫았지." 그는 떨떠름한 표정을 지으며 말을 이었다. "당시에는 이런저런 소문이 있었고, 오컬트 같은 이야기도 나돌았어. 히코보시출판이 요쓰야에 있었거든. 오이와이나리에서 도보로 금방이야."

"재앙을 당한 건가요?"

"그래. 하지만 절반은 농담이었어. 요쓰야 괴담*은 실제로……."

거기까지 말하더니 그는 불현듯 입을 다물었다. 한쪽 뺨에 냉소적인 미소가 떠올랐다. 이유는 이해할 수 있었다. 무슨 말을 하려고 했는지도.

---

* 정숙한 여인인 이와가 남편에게 살해당한 뒤, 귀신이 되어 복수한다는 이야기.

요쓰야 괴담은 창작이다.

'이와'에 해당하는 인물은 실제로 존재하지 않는다. 이와라는 이름의 여인이 다미야 집안에 있었던 것은 사실이지만 '남편의 음모로 살해당한 정숙한 아내'라는 설정은 100퍼센트 픽션이라고 한다. 다시 말해 이 세상에 이와란 여인은 없다. 귀신이 되어서 "원망스럽도다"라고 말하며 나타나지 않는다. 여인 자체가 없는데, 여인의 원한이 있을 리 있겠는가.

그럼에도 요쓰야에는 이와가 '재앙을 내린다'는 소문이 떠돌고 있다. 가부키* 공연을 하거나 영화를 만들 때, 신에게 참배하지 않은 관계자가 잇따라 죽거나 다쳤다. 이와가 재앙을 내렸기 때문이다. 지금까지 신문이나 잡지에서 이런 기사를 얼마나 많이 보았던가. 요쓰야 괴담의 내용보다 재앙을 내린다는 소문이 더 널리 알려지지 않았을까?

물론 전부 시시한 소문이다. 나는 계속 그렇게 생각했다. 관계자가 죽거나 다친 건 어디까지나 우연일 뿐이고, 재앙이라는 말은 억지로 갖다 붙인 것에 불과하다고. 하지만 지금은 그렇게 간단하게 잘라버릴 수 없다. 노자키 씨도 그러리라. 그래서 입을 다문 것이다. 지어낸 이야기가 실제로 사람을 죽일 수 있기 때문이다.

무거운 침묵이 두 사람 사이를 떠다녔다.

---

* 음악과 무용의 요소가 들어 있는 일본의 전통극.

노자키 씨가 겨우 입을 열었다. "……아까 전화를 걸었을 때 가사사기출판 사람에게 들었는데, 재앙이라고밖에 생각할 수 없는 일이 있었던 모양이야. 그리고 유미즈 씨는 그걸 자세하게 취재했지. 사망하기 일주일 전에."

나는 어제 들었던, 유미즈 씨 생전의 발자취를 떠올렸다.

노자키 씨는 담배에 불을 붙인 뒤, 한 모금 빨고 나서 보라색 연기를 토해냈다.

"히코보시출판이 도산하기 직전에 관계자 몇 명이 종적을 감췄다고 하더군. 일주일 전에 유미즈 씨를 만난 편집자는 무엇 때문에 그렇게 됐는지는 모르는 것 같아. 그런데……."

노자키 씨는 스마트폰의 액정 화면을 내게 향했다. 그곳에는 진부한 디자인의 사이트가 열려 있었다. 검은색 바탕에 붉은색이 흐물흐물하게 흐르는 로고.

제1회 당신이 모르는 무서운 이야기 대상

바로 밑에는 이렇게 쓰여 있었다.

NEW
2005/08/31 제1회 응모를 마감했습니다.

사이트가 업데이트를 멈추었다. 그렇다면…….

"히코보시출판이 주최한 공모전인데, 한 번도 결과를 발표하지 않고 중단되었지."

"그렇다면 이게 그……."

"그럴 거야." 그는 얼굴을 찡그리며 연기를 내뿜었다. "그건 여기에 응모한 원고이고, 그걸 읽은 관계자가 잇따라 죽었어. 그리고 지금 사정이 안 좋아져서 도산했고. 그 이후 커다란 혼란에 빠지고 사실 관계가 모호해지면서 지금에 이른 거지."

소설 대상에 응모한 원고…… 있을 수 없는 일은 아니다. 유미즈 씨의 발자취와도 일치한다.

"그럼 원고는 가사사기출판에 있나요?"

"그런 것 같아."

그는 절반쯤 피운 담배를 비벼 껐다.

"히코보시출판에서 가져와 방치해놓았던 원고와 데이터가 가사사기출판의 지하 창고에 보관되어 있었다더군. 버리면 큰일 난다는 이야기가 전해졌었나 봐. 그런데 유미즈 씨가 편집자의 허락을 받아 창고에까지 들어가 직접 조사했대. 아마 그곳에서…… 그 원고를 손에 넣은 것 같아." 그는 침울한 표정으로 말했다.

업계 괴담을 조사하던 작가가 우연히 발견한 원고. 그 원고에 정말로 저주가 걸려 있었다. 사람을 죽이는 글이 적혀 있었던 것이다.

"가사사기출판에 가보자. 창고를 조사하는 거야. 가능성은 희박하지만 응모자 리스트를 찾을 수 있을지도 몰라." 그는 그렇게 말하고 배낭을 손에 들었다.

나는 단순한 의문을 입에 담았다. "왜…… 응모했을까요? 작가가 리호인지 아닌지는 아직 모르지만, 왜 그 원고를 응모했을까요? 왜 사람들에게 읽히려고 했을까요?"

"글쎄." 노자키 씨는 무표정한 얼굴로 고개를 가로저었다. "그거야말로 작가에게 직접 물어봐야 알 수 있겠지."

뚱뚱하고 친절한 중년 편집자의 안내를 받아 우리는 가사사기출판의 창고를 뒤졌다. 응모 원고로 보이는 것은 몇 편 찾았지만 응모자 리스트는 어디에서도 보이지 않았다.

셔츠가 땀으로 뒤범벅이 된 편집자가 웃으면서 말했다. "이거 죄송해서 어쩌죠? 아무런 도움이 안 됐네요."

그도 도중부터 도와주고 있었다. 우리는 연신 고맙다고 인사를 하고 가사사기출판을 뒤로했다.

결국 원하는 것은 찾지 못했다. 하지만 수확이 전혀 없었던 것은 아니다. 그곳에서 색이 바랜 A4 종이 몇 장을 가지고 나온 것이다. 나는 걸으면서 접힌 종이를 펼쳤다.

「즈우노메 인형의 추억」(응모번호 27)

종합 판정 : A

〔평가〕

저주의 도시전설이라는 흔한 소재를 잘 요리했습니다.

도시전설 부분과 잉크로 인해 누락된 부분이 있다는 식의 연출은 대담한 시도로서 높이 평가하고 싶습니다.

의미가 있는 것처럼 보이는데도 그냥 내버려둔 부분이 마음에 걸리지만(특히 미하루의 말) 그 또한 일종의 기록이자 리얼리티 연출로 효과적이라고 생각합니다.

이기적인 아버지, 눈앞의 일만 해결하려고 하는 어머니 사이에서 괴로워하는 소녀의 일상을 꼼꼼하게 그려서, 현대의 가족 이야기로 받아들일 수 있었습니다. 마지막 심사에 꼭 남겨두고 싶은 작품입니다.

첫 번째 종이에는 이렇게 쓰여 있었다. 심사평이라고 할까? 어쨌든 절찬이라고 할 수 있다. 이런 상황에서도 긍정적인 평가를 보고 기분이 좋았다.

이어서 두 번째.

종합판정 : E

〔평가〕

기존의 작품에 기대는 안이한 자세가 ×. 잉크 부분은 잔재주로밖에 보이지 않고, 후반부의 빠진 부분을 추측할 수 있는 점도 치명적인 단점. 등장인물의 대사나 구체적인 에피소드를 제대로 소화하지 못했다. 설명이 부족한 부분이 많고, 치밀하지 못한 부분이 눈에 띈다. 소설로서는 치졸하다고 할 수밖에 없다.

스토리도 그저 불행한 이야기로 끝나고, 1인칭과 어울려서 굉장히 독선적으로 보인다. 화자의 피해자 의식에 작가 자신이 지나치게 감정 이입한 듯하다. 개인적으로는 평가할 가치도 없다고 본다.

뿌드득. 이 가는 소리가 턱에 느껴져서 재빨리 정신을 차렸다. 지금은 혹평에 화를 낼 때가 아니다. 스스로에게 그렇게 말하고 세 번째 평가를 읽었다.

[긴급] 전 직원에게 : 대외비
메일로도 같은 내용을 보냈습니다만, 확실히 공유하고 싶어서 서면으로도 다시 보냅니다.
'제1회 당신이 모르는 무서운 이야기 대상'의 예선을 심사했던 이소야마 사쿠라코 씨, 사가와 게이타 씨, 이와시타 이와오 씨와 연락이 닿지 않습니다(9월 25일 현재).
이소야마 씨와 사가와 씨의 평가서는 받았습니다만 이와시타 씨의 평가서는 아직 받지 못했습니다. 자칫하면 선고가 지연될 우려가 있습니다.
무슨 일인지 짐작이 되는 분은 4층 제3편집부 요시모토(090×××××××)에게 연락 바랍니다.

히코보시출판 직원들에게 나누어준 서류일까? 공모 담당 편집자 중 한 사람이 작성한 모양이다.

여기에서 알 수 있는 것은 두 가지다.

첫째, 앞의 두 장은 분명히 이소야마와 사가와의 평가다. 갑작스레 그들과 연락이 끊어졌다. 이유는 생각하지 않아도 알 수 있다. 이와시타라는 사람도 「즈우노메 인형의 추억」을 담당한 것이리라.

또 하나의 발견은 훨씬 더 중요하다.

도시전설 부분의 새까만 얼룩은 처음 응모했을 때부터 있었던 모양이다. 두 사람 모두 얼룩에 관해 언급했다는 점, 작가의 의도라는 인식을 공유했다는 점에서도 그런 사실을 알 수 있다. 즉, 작가는 처음부터 인형을 쫓아버리는 방법을 숨기고 있었다. 원고 내용을 전적으로 믿는다면 '전부 가짜'란 말을 거꾸로 세 번 말해도 저주를 풀 수 없다. 이것은 가짜 도시전설이니까. 하지만 작가는 아무런 효과가 없는 대처 방법조차 빠뜨렸다.

만에 하나라도 저주를 풀게 하고 싶지 않았던 것인가. 그렇다면 이 원고를 쓴 의도는 악의다. 더 정확히 말하면 살의다. 사람을 살해할 생각으로 원고를 보낸 것이다.

종이를 노자키 씨에게 주면서 내 생각을 말하자 그는 지긋지긋하다는 얼굴로 말했다.

"그럴지도 모르지. 이만저만한 민폐가 아니군."

그 말에는 어느 정도 동의한다. 하지만 한편으로 반발하는

마음도 있었다. 예선 심사위원 중 한 사람의 부정적인 평가에
화가 치밀었다.

리호의 고독과 고통. 도서관에 틀어박히는 심리. 어쩔 수 없
이 저주를 사용하게 된 과정. 모두 남 일 같지 않았다. 처지는
다르지만 그녀의 마음은 충분히 이해할 수 있었다. 얼마나 괴
로웠을까. 얼마나 힘들었을까. 그리고 원고를 써서 보낼 만큼
힘든 일이 또 일어났던 것이다.

나는 앞에서 걸어가는 노자키 씨의 등을 바라보았다.

그때 그가 걸음을 멈추고 뒤를 돌아보면서 조금 전의 종이
다발을 내밀었다. 그리고 "여기 좀 봐"라고 하면서 사내용 서
류의 아래쪽 여백을 가리켰다.

나는 서류에 얼굴을 가까이 대고 자세히 보았다. 깨알 같은
글씨로 '즈우노메'라고 쓰여 있었다. 그 밑에 "그럭저럭 무섭
다", "잉크 부분은 별로", "자세한 부분이 조잡하다"라고 조목
조목 쓴 더 작은 글씨가 있었다. 편집자의 메모일까?

가만히 바라보다가 눈을 크게 떴다.

환각, 인형, 무의식에 영향? 실은 걸작?

예선 심사위원 세 사람에다 편집자 한 명.

그때 시야의 구석으로 작은 그림자가 보여서 순간적으로 고
개를 숙였다.

오후 5시가 지났다.

완전히 녹초가 되었으면서도 간다 역 플랫폼에서 다음 방법을 생각했다. 옆에 있는 노자키 씨는 죽은 사람 같은 얼굴로 고개를 숙이고 있었다.

주머니에서 스마트폰을 꺼내 페이스북에 접속했다. 온라인에서 타진한 사람들에게서는 아직 연락이 없었다. 후나키 씨에게도, 마루야마 씨에게도, 다른 두 사람에게도. 조금 전에 확인했는데. 하지만 다른 단서는 생각나지 않았다.

나는 거의 자포자기한 심정으로 검색창에 '이하라 쇼지'라고 입력했다. 그리고 검색 결과를 보고 황급히 옆에 있는 노자키 씨를 불렀다.

"노자키 씨."

"응?"

"이하라를 찾았습니다!"

나는 믿을 수 없는 심정으로 링크처를 열어서 보여주었다.

도쿄 현대미술관

전시 중인 작품

2000년대 일본 아웃사이더 아트전

이하라 쇼지

그는 멍하니 입을 벌린 채 얼음처럼 굳어졌다.

아웃사이더 아트. '정규 예술교육을 받지 않은 사람들의 예술 작품'을 가리킨다. 하지만 실제로는 좁은 의미로 사용되는 일이 많다. 지적 장애나 정신 장애를 가진 사람들의 예술 작품을 가리키는 것이다.

소설에 나오는 이하라와도, 미쓰카도 중학교 졸업생인 이하라 쇼지와도 일치한다.

나는 격렬한 후회에 휩싸였다. 노자키 씨도 화가 나는지 주먹으로 손바닥을 쳤다. 이런 사람은 인터넷에서 활동하지 않으리라, 인터넷에 나올 만한 사회활동을 하지 않으리라. 무의식이라곤 하지만 우리에게는 그런 편견이 있었다. 그래서 지금까지 검색조차 하지 않았다.

나는 허겁지겁 도쿄 현대미술관에 전화를 걸었다.

스마트폰을 귀에 대고 앞을 바라보았다.

선로 위에 검은 인형이 서 있었다. 얼굴에 붉은 실을 칭칭 감고 나를 똑바로 응시했다. 나는 즉시 시선을 피하고 호출음에 귀를 기울였다.

저녁 8시.

히가시무라야마 역의 하나 옆인 구메가와 역에서 도보로 15분 걸리는 아파트.

나와 노자키 씨는 너저분한 거실의 탁자 앞에 나란히 앉았다. 컵이 두 개 놓인 쟁반을 들고 초로의 여성이 부엌에서 나왔다. 이하라 쇼지의 어머니다.

미술관 사람에게 간곡히 부탁해서 이 집의 전화번호를 알아 냈고, 그녀에게 전화를 걸어서 집으로 와도 좋다는 허락을 받았다.

"이렇게 불쑥 찾아와서 죄송합니다."

몇 번째인지 모르지만 다시 사과를 하자 그녀는 또랑또랑한 목소리로 말했다.

"괜찮아요. 마침 오늘은 자지 않는 날이라서 다행이에요."

노자키 씨가 물었다. "자지 않는 날요?"

"일요일은 계속 자지 않고 그림을 그리거든요."

그녀는 '계속'이란 부분을 특히 강조하면서 미소를 지었다. 미소는 다정했지만 진지한 눈길에서는 우리를 관찰하고 있다 는 사실을 알 수 있었다.

당연하다. 이름과 소속을 밝히긴 했으나 "사람을 찾고 있습 니다", "당장 이야기를 듣고 싶습니다"라고 말하는 사람을 수 상하게 여기지 않는다면 그것이 오히려 이상한 일이다. 아무튼 지금은 만나주는 것만으로도 얼마나 고마운지 모른다.

지금 이 자리에 있는 것이 새삼 기묘하게 여겨졌다.

소설의 등장인물, 또는 모델을 처음 만나는 것이다.

노자키 씨가 차를 한 모금 마시고 나서 물었다. "그럼 본론으 로 들어가서 쇼지 씨와 이야기를 해도 될까요?"

"잠깐만 기다리세요."

그녀는 거실을 나가서 안쪽 장지문을 살짝 열었다. 그리고 TV 소리가 새어나오는 곳으로 얼굴을 집어넣었다.

"쇼지, 손님이 오셨는데 들어가도 되니?"

잠시 지나서 나지막한 소리가 돌아왔다. "으으."

그녀는 우리를 돌아보더니 "들어가셔도 돼요"라고 미소를 유지하며 말했다.

우리는 동시에 일어나서 안쪽 방으로 향했다. 그녀가 장지문을 활짝 열었다. 나는 온몸이 떨려서 잠시 숨을 들이마셨다.

안으로 들어가려고 하다가 나와 노자키 씨는 그 자리에서 걸음을 멈추었다.

세 평쯤 되는 공간에 네모난 도화지가 무수히 흩어져 있었다. 모든 종이에는 크레용으로 똑같은 그림이 그려져 있었는데, 검은색으로 테를 두르고 한가운데에 여성의 상반신이 있는 그림이었다. 기다란 검은 머리칼. 얼굴은 검은색 원 두 개와 그 밑에 빨간색 원 하나. 파란색 상의를 입고 이쪽을 향해 두 손을 내밀고 있었다. 여기에 오는 도중에 미술관 사이트에서 본 그림과 똑같았다.

이하라 쇼지의 작품은 아무리 봐도 「링」의 사다코를 연상케 했다. 사다코와 다른 점은 얼굴과 복장뿐이었다. 하지만 원고를 읽은 지금은 그 이유를 알 수 있었다.

안쪽에 작은 책상이 있고, 책상 앞에는 갈색 털옷을 입은 남자가 계속 켜놓은 TV 앞에서 양반다리를 하고 앉아 있었다.

땅딸막한 체격. 목과 얼굴의 경계선이 뚜렷하지 않고, 크레용을 든 손가락은 상당히 굵었다. 넓은 미간의 양쪽에 있는 가느다란 눈이 우리를 물끄러미 바라보았다.

이하라 쇼지. 리호의 친구다.

"안녕하십니까. 후지마 요스케입니다."

다른 말이 떠오르지 않아서 나는 일단 자기소개를 했다. 어머니가 곁에서 바로 보충 설명을 해주었다.

"너한테 묻고 싶은 게 있으시대."

이하라는 입술을 깨물고 고개를 갸웃거렸다.

"만나자마자 이런 걸 물어서 죄송하지만……." 노자키 씨가 몸을 숙이고 그림을 가리키며 물었다. "이 그림은 누구인가요?"

그렇다. 그렇게 묻는 게 가장 좋을지도 모르겠다. 나는 마음속으로 그의 질문을 따라했다.

나에게, 그리고 그에게 이 그림은 단순한 사다코가 아니다.

리호다. 그렇게밖에 생각할 수 없다.

"사다코." 이하라는 그렇게 말했다.

얼굴을 숙인 채 손으로 크레용을 만지작거리면서.

"기스기 리호 씨란 사람을 기억하시나요?"

노자키 씨는 조금도 동요하지 않고 질문을 계속했다.

"리호, 리탄. 그런 이름의 여학생입니다. 같은 중학교를 다니셨죠."

"리탄?" 이하라가 얼굴을 들었다.

"그래요, 리탄입니다." 나는 고개를 끄덕이며 대답한 뒤, 가볍게 미소를 지었다.

"사다코." 이하라는 다시 그렇게 말하더니 책상 쪽을 가리켰다.

노자키 씨가 일어나서 어머니에게도 똑같은 질문을 했다.

그녀는 잠시 생각에 잠겼다가 목소리를 낮추며 말했다. "초등학교, 중학교 때 동창들과는 안 만나요…… 그때 힘든 일을 많이 당한 것 같아요."

"무슨 말씀이신지……."

"지금도 몸에 흔적이 남아 있어요."

그녀는 얼굴을 찡그리며 대답했다. 더는 묻지 말라는 것처럼.

깊이 생각하지 않아도 이유는 짐작이 되었다. 이하라 같은 사람은 표적이 되기 쉽다. 원고 내용으로 말하면 미시마 삼총사의 좋은 장난감이 되는 것이다. 실제로 주범은 그 애들이었을지도 모르겠다.

"쇼 짱." 어머니가 유난히 밝은 목소리로 불렀다.

"응?"

어머니는 여전히 책상을 내려다보고 있는 아들에게 물었다. "리호나 리탄이란 애 몰라? 미쓰카도 중학교에 다녔던……."

"미쓰카도 중."

"그래. 여학생 중에 리호라고……."

"사다코!"

이하라가 별안간 크게 소리쳤다. 그러더니 우리를 날카롭게 노려보고 치아를 드러내며 다시 소리쳤다.

"사다코, 무서워!"

새하얀 얼굴에 서서히 붉은 기운이 감돌았다. 어머니가 씁쓸하게 웃으면서 맞장구를 쳤다.

"그래, 사다코는 참 무섭지."

여기에 와서 소설과 현실이 더욱 부합하고 있다. 소설 내용이 한없이 현실과 일치하고 있는 것이다. 하지만 그것뿐이다.

"사다코!"

이하라가 책상을 두들겼다. 책상 위에는 그리다 만 그림이 놓여 있었다. 밑그림은 그리지 않고 위쪽 절반만 그려져 있었다. 검은 테두리 절반과 검은 머리칼과 얼굴. 나는 그림을 보고 약간 놀랐다. 이런 순서로 그림을 그리는 건가?

"사다코가 무서워?" 노자키 씨가 불쑥 그렇게 물었다.

마치 어린아이에게 묻는 말투였다. 그러자 이하라가 바로 고개를 끄덕였다.

"무서워. 무서워서 그려."

"그래······?"

노자키 씨가 턱에 손을 댔다. 이하라가 노자키 씨를 쳐다보며 말했다.

"무서워서 봐."

"본다고?"

이하라가 빙글 몸을 돌리더니 TV를 가리켰다.

"보고 그려."

작고 오래된 TV였다. 모양을 보니 그래도 아날로그 TV는 아니었지만 상당히 오래된 것만은 분명했다. 검은색 프레임에는 지문이 빼곡히 묻어 있었다.

맛집 소개 프로그램일까? TV 화면에서는 요리가 클로즈업되고 있었다. 그리고 화면이 바뀌면서 컬러풀한 세트를 배경으로 테이블 앞에서 앞치마를 입은 여자가 단정히 앉아 있었다.

그녀의 얼굴은 본 적이 있었다. 집에서 원고를 읽을 때 TV에 나왔던 요리연구가였다.

"사다코." 이하라가 우리를 돌아보고 말했다.

"……네?"

노자키 씨가 눈을 크게 뜨고 놀란 표정을 지었다.

"이거 사다코야."

"누, 누가요?" 당황한 나머지 나도 모르게 말을 더듬었다.

"이거! 이거 사다코야!" 이하라가 TV를 쾅쾅 두들겼다. 그리고 바닥에 흩어진 그림을 가리키며 거듭 말했다. "이거 그리고 있어! 사다코!"

"항상 이 프로그램을 보나요?" 노자키 씨가 어머니에게 물었다.

"네에." 그녀가 어깨를 들썩이면서 덧붙였다. "일요일 이 시간에는 항상 봐요."

"이 여성이 사다코라는 건……."

"가끔 그렇게 말하더군요. 다른 프로그램은 아무렇지도 않게 그냥 보는데요." 그녀는 고개를 갸웃거리면서 어색한 미소를 지었다.

설마 하고 생각하면서 나는 방으로 들어갔다. 그림을 피하면서 TV에 가까이 다가갔다.

이하라가 험악한 눈길로 나를 노려보았다.

"걱정하지 마세요. 사다코를 보는 것뿐입니다."

나는 TV에 시선을 고정했다. 여성이 익숙한 동작으로 요리를 만들고 있었다. 30대쯤 되었을까? 피부는 하얗고, 검은 머리칼을 단정하게 양 갈래로 묶었다. 화장은 진하지 않고 자연스러운 메이크업이다. 체구는 작지만 팔다리가 유난히 길다. 물색 니트. 앞치마는 순수한 자연색.

화면의 오른쪽 구석을 본 순간, 나도 모르게 목소리가 높아졌다. "노자키 씨!"

"으으?"

대답한 사람은 이하라였다. 조금 늦게 노자키 씨가 내 뒤쪽으로 오는 기척이 느껴졌다. TV 구석에 표시된 프로그램 이름이 내 눈에 새겨졌다.

쓰지무라 유카리의 단란한 밥상

"쇼지 씨가 이 그림을 그리기 시작한 건 언제부터입니까?"

어머니에게 사실을 확인하는 노자키 씨를 곁눈으로 보면서, 나는 프로그램의 공식 사이트를 확인했다. 이 프로그램을 처음 방영한 시기는 재작년 9월이었다.

어머니는 불안한 표정으로 대답했다. "아마…… 재작년 가을 쯤부터였을 거예요."

이하라는 꼼짝도 하지 않고 TV를 보았다.

이 책의 중간쯤에 있는 '호박 카레 그라탱'은 아들이 제일 좋아하는 음식이에요.

처음 만들었을 때부터 좋아하더니 그다음부터는 호박을 사올 때마다 "그라탱 만들어주세요!" 하고 조른답니다.

남편은 '닭 상큼 마리네'를 좋아해요.

잔뜩 만들어서 냉장고에 넣어두면 다음 날 아침에는 흔적도 없이 사라지곤 하지요.

말을 하지 않아도 서로 통하는 마음.

"맛있다!" 하고 좋아하는 목소리.

어느새 텅 빈 접시.

가족들의 "맛있다"는 말을 듣고 싶어서 시행착오를 거듭하는 사이에 어느새 레시피가 완성되었어요.

그래서 이번에 책을 내기로 했답니다.

특별한 재료는 쓰지 않아요. 비싼 재료도, 귀한 재료도요.

매일 만들 수 있도록.

매일 생활하면서 늘 맛볼 수 있도록.

그리고 저의 이런 마음이 전해져 여러분도 직접 만들 수 있도록.

『쓰지무라 유카리, 가족의 따뜻한 저녁식사』의
작가의 말 중에서

제3장

유
카
리

1

"오늘 이렇게 와주셔서 진심으로 고맙습니다."

나는 그렇게 말하고 사람들의 얼굴을 찬찬히 둘러보았다.

친한 친구. 출판 관계자. TV 프로그램 스태프. 내가 가르치는 요리 교실의 학생. 이 아파트의 주민. 그들의 배우자와 아이들.

이 파티를 취재하는 잡지사 기자와 카메라맨.

모두 나를 주목하고 있다. 긴장되지는 않는다. 사람들 앞에서 말하는 것에는 이미 익숙하다.

"평소에 신세 진 분들께 정식으로 감사 인사를 드리고 싶어서 이번에 소소하지만 같이 식사하는 자리를 만들었습니다."

나는 길고 넓은 테이블로 시선을 옮겼다. 어제부터 준비하고 오늘 아침 일찍부터 만든 요리들이 하얀 크로스가 깔린 테이블 위에 쭉 늘어서 있었다.

흰살 생선으로 만든 일본식 카르파초. 봄나물로 만든 아시아식 샐러드. 갓 튀겨낸 프라이드치킨. 새우와 아스파라거스로 만든 델리풍 마리네. 굽지 않고 만드는 간단한 로스트비프. 파에야와 비슷한 해산물 필래프. 가벼운 아콰파차. 기타 여러 요리들. 옆의 작은 테이블에는 접시와 포크, 그리고 상그리아, 오렌지주스, 미네랄워터가 놓여 있다.

오후의 밝은 햇살이 통유리창에서 새어 들어오며 요리와 술을 자연스럽고 선명하게 비추었다.

"요리의 본질은 가정요리이자 평소 식사에 있다는 게 제 생각입니다. 그런 마음은 요리연구가로 일하는 사이에 점점 더 강해지고 있습니다."

나는 그렇게 말하면서 사람들의 얼굴을 차례차례 둘러보았다. 모두 내 말에 고개를 끄덕이고 있다. 메모를 하는 사람도 있었다. 따분한 표정을 짓는 사람은 아이들뿐이었다. 아이들의 시선은 오직 요리에 쏠려 있었다.

"제가 만드는 요리는 전부 가정요리나 간편한 요리입니다. 기본적으로 가족이 맛있게 먹었으면 좋겠다, 진심으로 기뻐했으면 좋겠다는 마음을 담아 요리를 만들고 있습니다. 가정요리야말로 모든 요리의 기본이자 진정한 접대 요리다! 그렇게 말할 수 있지 않을까요?" 잠시 숨을 돌리고 나서 나는 겸손한 미소를 지었다. "하지만 아무리 가정요리라고 해도 어제 먹고 남은 조림을 또 내놓는 건 역시 부끄러운 일이죠. 실은 저도 어제 만든 호박 조림을 낼까, 오늘은 조금 편하게 할까 고민하는 날이 있거든요."

웃음이 커다란 거실을 가득 메웠다. 나는 웃음이 가라앉길 기다렸다가 "그러면 이야기는 이쯤에서 그만두고……"라고 말하면서 들고 있던 잔을 높이 치켜들었다. 모든 사람들이 나를 따라서 잔을 들었다. 나는 사람들의 얼굴을 둘러보고 나서 건배사를 했다.

"여러분께 감사의 마음을 담아서. 건배!"

사람들이 건배를 복창하고 한 박자 늦게 박수가 쏟아졌다.

카메라 셔터 소리가 아름다운 음악처럼 들렸다. 아이들과 몇몇 어른들이 접시가 있는 곳으로 우르르 몰려갔다.

한쪽에서 대기하고 있던 조수인 사나와 유키가 내 쪽으로 뛰어왔다.

"수고하셨습니다."

"수고했어. 이젠 특별히 할 일이 없으니까 두 사람도 천천히 먹어."

"네."

사나가 발그레한 얼굴을 더욱 붉히며 테이블로 뛰어갔다.

유키가 시선을 옆으로 돌렸다. 그녀가 손을 잡고 있는 네 살배기 남자아이에게. 내 아들인 유타에게.

"우리 아들도 사람들이랑 같이 밥 먹을까?"

나는 미소를 지으며 아들 머리에 손을 내밀었다.

유타는 내 손을 슬며시 피하더니 청바지를 입은 유키의 다리를 껴안았다. 유키는 어색한 미소를 지으며 "밥 먹이고 올게요"라고 말한 뒤, 왁자지껄한 사람들 속으로 들어갔다.

나는 두 사람의 등을 바라보면서 행복한 한숨을 내쉬었다.

유타는 최근에 '수줍음'이라는 감정을 배운 듯하다. 특히 사람들 앞에서는 나와의 스킨십을 피하려고 한다. 섭섭하기는 하지만 성장했다는 증거임이 틀림없다.

"쓰지무라 선생님."

누군가가 부르는 소리가 들렸다. 나는 "네에!"라고 대답하면서 소리의 주인을 찾았다.

파티가 끝나고 조수들이 정리하는 사이에 베란다로 나가서 석양이 스며드는 거리를 내려다보았다. 아득한 아래쪽에서 걸어가는 콩알처럼 작은 사람들.

하마리큐 정원에는 아직 산책하는 사람들이 드문드문 있었다. 오렌지색 불빛으로 물들어가는 빌딩가. 청자색 하늘과 그보다 더 진한 청자색 바다. 거대한 여객선이 천천히 지나가고 있다.

오늘은 집에서 한 발짝도 나가지 않았다.

지금부터 한밤중까지는 출판 일을 해야 한다. 여성 잡지에서 의뢰받은 칼럼을 쓰고 요리 잡지에 연재하는 교정쇄도 확인해야 한다. 마감은 모레지만 내일과 모레도 시간을 낼 수 있을 것 같지 않다. 머릿속으로 앞으로의 일정을 떠올렸다.

최고급 고층 아파트. 그랑투어 시오도메의 52층에서 바라보는 경치는 시시각각 어두워졌다.

다음 날은 아침부터 인터뷰가 있었다.

지난달에 나온 신간 『쓰지무라 유카리, 가족의 따뜻한 저녁 식사』의 홍보를 겸해서다. 사나가 짠 일정에 따라 나는 잇따라 집으로 찾아오는 취재진을 맞이했다.

"이번 책은 지금까지 나온 책보다 훨씬 만들기 쉽더군요. 간단하다고 할까요?"

나는 옅은 미소를 지으며 대답했다. "네. 전 어려운 요리는 만들지 않아요. 제가 추구하는 건 평소에 자주 만들고 질리지 않으며 가벼운 마음으로 만들 수 있는 가정요리니까요."

"아하, 그렇군요."

두 번째 인터뷰다. 신입으로 보이는 여성 기자가 감탄한 얼굴로 눈을 반짝였다. 내 옆에서 이 책의 담당 편집자가 "그렇군요"라고 처음 들은 것처럼 고개를 끄덕였다.

기자가 말을 이었다. "책을 끝까지 읽었는데, 어머니의 맛이라고 할까요? 전통의 느낌이라고 할까요? 그런 걸 굉장히 많이 이어받은 것 같았습니다."

"네." 나는 당당하게 대답했다. "어머니나 할머니가 만들어준 맛, 그분들께 이어받은 요리는 굉장히 합리적인 점이 많아요. 만드는 방식도 합리적이고 영양 면에서도 균형을 잘 이루고 있죠. 물론 현대 생활에 맞지 않는 부분도 있는데, 그건 적당히 수정하고 있어요. 딱히 요즘 방식이라곤 할 수 없지만 염분을 적게 쓴다든지, 되도록 간장을 줄이고 육수를 진하게 한다든지요."

말이 술술 흘러 나왔다.

기자가 탄성을 질렀다. "굉장해요! 쓰지무라 씨는 어릴 때부터 어머니께 요리를 배우셨나요?"

이 질문에도 당당하게 대답했다. "네."

어머니는 요리 솜씨가 없었다. 좋아하지도 않았을 것이다.

아버지와 같이 살았던 시절부터, 전업주부였던 시절부터 어머니가 내놓는 음식은 거의 슈퍼마켓에서 사온 반찬이었다. 그 또한 아버지가 그렇게 된 이유 중 하나였을지 모른다. 아버지가 꿈꾸는 이상적인 가정에 밖에서 사온 반찬은 있어서는 안 되기 때문이었다.

집에 오면 아내와 아이가 기다린다. 바깥일은 남편이 하고 가정은 아내가 돌본다. 휴일에는 가족이 사이좋게 외출한다. 그것 자체는 나쁘지 않다. 진부하기는 하지만 잘못된 생각이라곤 할 수 없다. 하지만 아버지는 그걸 일방적으로 강요했다. 어머니가 진절머리 낼 정도로. 자식들이 끔찍하게 싫어할 정도로.

어머니와 둘이 살기 시작한 다음부터도 음식은 전부 내가 만들었다. 도서관에서 레시피 책을 빌리거나 TV 요리 프로그램을 보면서. 이 일을 하게 된 진짜 계기는 바로 그것이다. 하지만 그런 말을 해서는 안 된다.

"……시나요?"

"네? ……아, 미안해요. 무슨 말인지 이해가 안 되어서요."

"죄송해요. 제가 발음이 안 좋았나 보네요." 여성 기자는 사과하면서 말했다. "댁에서도 이런 요리를 자주 하시나 해서요."

"물론이에요." 나는 다시 당당한 표정을 지으며 고개를 끄덕였다. "그렇다기보다 남편이나 아들이 좋아하고 맛있어 하는 음식을 책에 싣고 있어요."

"항상 가정이 우선이시군요."

여성 기자는 연신 고개를 끄덕였다.

나는 그녀의 눈을 보면서 덩달아 고개를 끄덕였다.

"이런이런! 인기가 장난이 아니시네요."

다섯 번째 인터뷰. 중년의 남성 기자가 깜짝 놀란 듯이 말했다. 그는 IC 녹음기를 던지듯 책상에 놓고 히죽히죽 웃으면서 물었다.

"이렇게 인기가 많으면 쉴 틈도 없지 않으신가요?"

나는 미소를 지으며 대답했다. "다 여러분 덕분입니다. 하지만 제게 가장 소중한 건 가족과 같이 식사하는 시간이에요. 그래서 되도록 식사는 가족과 같이 하고 있어요."

"그렇군요, 집안일도 전부 하시고요?"

"물론이에요."

이번에는 솔직하게 대답했다. 집안일도 전부 하고, 되도록 밥은 유타와 같이 먹으려고 하고 있다. 음식도 되도록 내가 직접 만들고 있다. 가족과 식사하는 모습은 TV에서도 방영되었다. 며칠 전에 재방송도 나갔다.

"결혼은 언제 하셨나요?"

"7년 전이에요. 남편의 디자인 사무실에 아르바이트하러 갔다가 남편을 만났거든요."

"아! 원래 그쪽 계통 일을 하셨나요?"

나는 솔직하게 대답했다.

"아니에요. 그쪽 일은 단순히 관심이 있었을 뿐, 꼭 그 일을 하고 싶었던 건 아니었어요. 제 꿈이자 목표는 평범한 가정주부가 되는 거였죠. 그래서 남편과 결혼해서 가정으로 들어왔을 때, 꿈을 이루었다고 생각했어요." 나는 잠시 숨을 돌리고 나서 덧붙였다. "지금 하는 이 일도 가정주부의 연장선이라고 생각해요. 일을 주시는 건 진심으로 감사하지만, 지금도 한쪽에서는 저 같은 사람이 이런 일을 해도 될까 하는 마음이 있어요."

나는 송구스러운 얼굴로 말을 마무리했다.

기자는 눈을 가늘게 뜨고 웃으며 "정말 훌륭하십니다!"라고 말했다.

일곱 건의 인터뷰가 전부 끝난 것은 저녁 7시가 지난 무렵이었다. 마지막 인터뷰를 한 기자와 편집자를 배웅하고 거실로 돌아오자 유키와 유타가 TV를 보고 있었다.

벽걸이 TV에서는 모르는 외국 애니메이션이 나오고 있었다.

"수고하셨습니다!"

유키는 간사이 지방 사투리로 그렇게 말하고 재빨리 일어섰다. "식재료는 아까 사다놨어요"라고 말하며 주방으로 가는 것을 황급히 제지했다.

"괜찮아. 내가 확인하고 부족한 게 있으면 말할게."

그렇게 말하며 미소를 짓자 유키는 어색한 웃음을 지으며 굳은 표정으로 "네"라고 대답했다. 그리고 즉시 "아!"라고 낮게 읊조리며 "나, 남편분한테서 조금 전에 전화 왔었어요"라고 덧붙였다.

"그래?"

"저기…… 오늘도 늦는다고 하셨어요."

유키는 크고 둥근 몸을 움츠리며 죄송한 얼굴로 고개를 숙였다. 우리 집에 온 지 6개월. 아직도 긴장이 풀리지 않았나 보다. 그래서 가끔 몸도, 표정도 딱딱해지곤 한다. 필요 이상으로 책임과 중압감을 가지는 것이다.

나는 최대한 밝은 목소리로 말했다. "그래? 할 수 없지 뭐. 그럼 저녁은 마리네 추가야. 많이 만들어서 냉장고에 넣어두자."

"네. 참, 그걸 만들면 재료가……."

"없어?"

"금방 사올게요."

유키는 서둘러 현관을 향해 뛰어갔다. 멀어지는 발소리를 들으면서 나는 유타의 등을 향해 말을 걸었다.

"유타."

대답은 없다. 돌아보지도 않는다. TV에 푹 빠진 것이다.

"유타."

조금 목소리를 높이자 유타가 돌아보았다. 남편을 쏙 빼닮은 커다란 눈이 나를 바라보았다.

"오늘은 뭐 하고 놀았어?"

그러자 유타는 등줄기를 똑바로 펴고 또박또박 대답했다.

"게임. 가면 라이더 게임."

낯선 사람이 없는 곳에서는 제대로 말한다.

"잘했어. 그럼 밥 해줄 테니까 조금만 기다리렴."

내 말에 유타는 몇 번이나 고개를 끄덕였다.

눈이 뜨인 것은 새벽 5시 반이었다.

졸리다. 하지만 다시 눈을 감기 전에 벌떡 일어나 세수를 했다. 의식이 서서히 깨어났다. 거울에 비친 내 모습을 보았다.

검은 머리칼. 화려한 메이크업이 어울리지 않는 일본식 얼굴.

나는 이 얼굴을 계속 싫어했다.

하지만 지금은 오히려 도움이 되고 있다. 이런 얼굴이 주부답게 보이고 '주부 이미지'에 잘 어울리기 때문이었다. 집을 지키고 집안일을 잘하며, 가족과 같이 하루 세 끼를 먹는 정숙하고 나대지 않으며 이상적인 주부 모습에.

실제로 세상에서는 어머니한테서 요리를 배웠느냐 안 배웠느냐는 것보다 주부답게 보이느냐 안 보이느냐는 것을 더 우선시한다. 주부답게 보이는 점이 중요한 것이다, 특히 이 일에서는. 전통 같은 건 어디에도 없다. 어머니에게 물려받은 맛 같은 게 있을 리 만무하다. 전부 내 손으로 만들었다. 열심히 생각하고, 또 생각해서 만든 것이다.

그렇다. 전부 거짓말이다. 경력을 속였다고 뭐라고 하면 대꾸할 말은 없다. 하지만 그것 말고는 전부 이미지와 똑같다. 너무나 이상적이라서 거짓으로 보일 만큼 실제 모습이다.

지금 내게는 가정이 있다. 남편이 있고 아들이 있다. 물론 매일은 아니지만 식탁을 둘러싸고 같이 식사하면서 원만히 살고 있다. 어렸을 때는 상상도 할 수 없었을 만큼 풍요롭게 살면서, 어렸을 때보다 훨씬 나 자신을 좋아하게 되었다.

나는 지금의 나를 사랑한다.

쓰지무라 료지의 아내인 쓰지무라 리호를 사랑한다. 요리연구가인 쓰지무라 유카리를 사랑한다. 기스기 리호보다 훨씬 더. 음침하고 고독하며 가여운 사다코보다 훨씬 더.

눈이 완전히 뜨인 것을 깨닫고 욕실을 빠져나왔다.

현관 쪽을 슬쩍 쳐다보자 나와 유타의 신발 사이에 새 신발이 보였다. 남편의 신발이다. 몇 시에 들어왔을까? 내가 1시에 침대로 들어갔으니까 그 이후에 온 것이리라.

그의 침실을 들여다볼까 고민하다가 주방으로 가서 냉장고 문을 열었다. 커다란 법랑 용기를 꺼내자 안에 있던 닭고기 마리네가 3분의 1로 줄어들어 있었다.

남편이 먹은 것이다. 아무리 바빠도, 아무리 피곤해도 그는 이렇게 좋아하는 음식을 먹는다. 어이가 없을 만큼 잘 찾아내서. 기분 좋을 만큼 거리낌 없이. 내가 만든 요리를……

냉장고 알람이 울렸다. 계속 문을 열어놓은 탓이다. 법랑 용기를 다시 넣고 조용히 냉장고 문을 닫았다.

서재에서 태블릿 PC를 켜고 메일을 확인했다. 아침식사를 하기 전에 답장할 수 있는 것은 해두기 위해서다. 매일 아침의 습관이다. 열 번째 메일을 클릭한 순간, 그대로 손이 굳어졌다.

쓰지무라 선생님

안녕하세요. 주식회사 줌비전의 사와타리입니다.

지난번에는 단란한 식사 장면을 찍을 수 있게 해주셔서 감사했습니다.

조금 전에 노자키 곤이라는 작가가 '급히 만나고 싶다'는 연락을 해왔습니다.

용건은,

'응모한 원고의 내용에 관해서'

'나흘의 기한이 오늘 한밤중으로 다가왔다'

……이렇게 전하면 알 거라고 하는데, 무슨 뜻인지 아십

니까?

통화했을 때 받은 느낌으로는 상당히 절박해 보였습니다.
확인 부탁드립니다.

추신

그쪽에서 '한시가 급하다'고 해서 고개를 갸웃거리면서도
연락처를 받았습니다. 아래 연락처를 확인해주십시오. 직
접 연락하셔도 됩니다. 몇 시라도 받겠다고 합니다.

똑같은 내용의 메일이 세 건 와 있었다. 지금까지 책을 낸 적
이 있는 출판사의 담당 편집자가 보낸 것이었다.

잊으려고 노력했고, 실제로 거의 잊었던 기억을 떠올렸다.

즈우노메 인형을. 그리고 원고를 써서 보냈을 때를.

2

날이 밝았다. 정신을 차리자 커튼 사이로 아침 햇살이 들어
오고 있었다.

어젯밤부터 마코토 씨 집에 있었다. 우리 집으로 돌아갈 마
음도, 편히 쉴 마음도 들지 않았다. 셋이 있다고 해서 뾰족한

수가 있는 것은 아니지만 도저히 혼자 있을 수 없었다. 지금 이 순간까지 잠시도 눈을 붙일 수 없었다.

넓은 침대 한가운데에서 마코토 씨가 몸을 둥글게 말고 잠들어 있었다. 옆에 있는 노자키 씨의 눈은 붉게 충혈되어 있었다. 그는 한 손을 마코토 씨 머리에 올리고, 다른 한 손으론 스마트폰을 꼭 쥐고 있었다.

지인들을 총동원해서 쓰지무라 유카리에게 만나달라고 요청한 것은 어제 한밤중이었다. 부탁해놓은 사람들은 아직 답을 주지 않았다. 쓰지무라 유카리 본인한테서도.

지금은 기다릴 수밖에 없었다.

아침 9시가 되자마자 도나미 편집장님에게 메일을 보냈다. 거기까지는 생각이 미치지 못했는데 노자키 씨 말을 듣고서야 퍼뜩 떠올랐다.

도나미 편집장님

후지마입니다.

오늘 컨디션이 좋지 않아서 하루 쉬도록 하겠습니다. 죄송합니다. 내일은 반드시 출근하겠습니다.

'죽음의 저주를 풀기 위해 오늘은 쉬겠습니다'라고는 도저히 쓸 수 없었다. 마지막 한 문장은 마음의 밑바닥에서 솟구친 간절한 소망이었다.

편집장님이 전화를 해온 것은 10시 반이었다.

"너, 괜찮아?"

평소 말투와 똑같았다. 안도의 한숨이 새어나왔다. 새삼 감탄하는 마음도 들었다. 유미즈 씨에 이어서 이와다까지 그렇게 돼서 충격이 컸을 텐데⋯⋯. 편집장님은 강하다, 이런 상황에서도 나 같은 사람에게 신경을 써줄 만큼.

"괜찮지 않습니다. 컨디션이 좀 안 좋습니다."

일부러 힘든 티를 낼 생각은 없었다. 하지만 스스로 알 수 있을 만큼 목소리가 가라앉아 있었다.

편집장님이 다시 물었다. "감기?"

"아뇨⋯⋯ 온몸이 나른하고⋯⋯."

되도 않는 거짓말이 흘러나왔다. 머리가 돌아가지 않는 것이다. 하지만 편집장님은 순순히 믿어주었다.

"우울증이야? 그럼 그렇게 말해. 그건 감출 일이 아니니까. 스오도 사사오카도 젊었을 때 그랬고. 유미 짱도 그랬거든."

뜻밖이었다. 어떤 상황에서도 고민할 것 같지 않은 스오 씨가, 감정이 없어 보이는 사사오카 씨. 그리고 유미즈 씨까지.

"아뇨, 그쪽은 아닙니다."

쓸데없는 생각을 뿌리치며 대답하자 "아하하"라고 호탕한 웃음소리가 들렸다.

"그쪽, 은 뭐야? 너, 자신이 약하다는 거 모르지? 그래서 전화했어." 편집장님은 어이가 없다는 듯이 말을 이었다. "넌 사소한 일까지 전부 혼자 껴안는 타입이잖아? 요전에도 그랬지? 더구나 죄송하다는 말은 지겨울 만큼 많이 들었는데 그렇게 된 이유는 아직 못 들었어. 네가 말해주지 않았기 때문이지. 혹시나 말하러 올까 해서 기다렸는데."

편집장님은 단숨에 거기까지 말했다.

나는 스마트폰을 움켜쥐고 입술을 깨물었다. 사과하고 싶어도 사과할 수 없었다. 선수를 빼앗겼기 때문이었다.

주변이 어두컴컴하다. 나는 어느새 복도 한가운데에 서 있었다. 노자키 씨와 마코토 씨의 귀에 들어가지 않도록 하려고 무의식중에 자리를 옮긴 것이다.

"다음 호의 진척 상황도 아직 듣지 못했고. 로스트 테크놀로지*는? 전뇌괴담**은?"

나는 즉시 현재 상황을 보고했다. "아! 둘 다 의뢰했습니다. 취재 순서도 정했고요."

"알았어. 그럼 도시전설은?"

"기, 기억술사 이야기입니다. 노자키 씨와 논의해서……."

아득한 옛날이야기 같지만 실제로는 지난주 금요일에 논의를 마쳤다.

"좀 평범하군. 뭐, 요즘 세상에 화려한 건 없으니까. 알았어."

---

* Lost Technology, 과거에 사용했던 기술이지만 잃어버려서 전해지지 않는 기술.

** 電腦怪談, 인터넷 안에서 일어난 무서운 이야기.

편집장님이 개구쟁이처럼 쿡쿡 웃었다.

화려한 게 있습니다……. 나는 마음 한구석으로 생각했다. 기사로 쓸 수 없을 만큼 화려하고 위험해서 따로 놔둔 것이.

나를 저주로 죽이려고 하는 도시전설이.

"편집장님."

"응?"

"아무튼 오늘은 쉬겠습니다. 이유는 내일 제대로 말씀드리겠습니다."

"……흐음, 좋아. 일단 알았어."

"그리고 요전에 저지른 사고 말입니다만." 나는 폐 안쪽까지 숨을 들이마시고 말했다. "괜히 폼을 잡았습니다."

"무슨 뜻이야?"

고개를 갸웃거리는 편집장님의 모습이 눈에 선했다.

"쓸모없는 녀석이라고 생각하실까 봐 그랬습니다. 이렇게 간단한 일도 못한다고 저를 포기할까 봐……. 그동안 수도 없이 실수를 저질러서 이번에는 잘해내고 싶은 마음에……." 뒷말이 목에 걸릴 뻔해서 단숨에 끝까지 말했다. "……저 혼자 해낼 수 있다는 걸 편집장님께 보여드리고 싶었습니다."

하고 싶은 말을 전부 쏟아낸 뒤 가슴을 쓸어내리며 숨을 쉬었다. 그것이 솔직한 심정이었다. 원인을 파고들면 그것에 이른다. 겨우 그까짓 일로 편집부에, 그리고 편집장님께 민폐를 끼친 것이다. 심장이 쿵쾅쿵쾅 방망이질 쳤다.

잠시 침묵이 이어졌다. 어이가 없는 걸까? 화가 난 걸까? 그렇게 생각했을 때 편집장님의 목소리가 귀로 스며들었다.

"이제 속이 후련해?"

"네!" 나는 힘차게 대답했다.

가만히 있어서는 안 되는 일이었다. 더 일찍 말했어야 했다. 그 정도는 알고 있다.

"그렇다면 다행이야. 나도 속이 후련해졌어." 편집장님이 쓴웃음을 지었다. "이럴 땐 말이야, 비상식적인 말이 아니면 어떤 말이든 상관없어. 그러면 매듭을 짓고 앞으로 나아갈 수 있지. 이건 절차 문제니까."

"그, 그렇죠."

"그러니까 말의 내용에 관해서는 노코멘트…… 아니, 루미 짱이 준 샘플을 줄게. 분위기 좋은 쉰 살……."

"아뇨, 그런 취미는 없습니다."

"그래?"

편집장님 말에는 웃음기가 담겨 있었다.

"걱정 끼쳐서 죄송했습니다."

"괜찮아. 어쨌든 빨리 나아. 그럼 끊을게."

편집장님은 다정하게 말하고 전화를 끊었다.

거실로 돌아오자 마코토 씨가 잠에서 깨어나 노자키 씨와 마주 앉아 있었다. 그녀는 심각한 얼굴로 노자키 씨를 바라보았다. 노자키 씨가 크게 한숨을 쉬고 나서 일어섰다.

그리고 몹시 초췌한 얼굴로 내게 말했다. "후지마 씨, 이대로 계속 연락을 기다릴 수는 없어. 자네 일도 물론이지만……."

그는 잠시 말을 끊었다. 무슨 일일까?

잠자코 다음 말을 기다리자 그는 무거운 목소리로 천천히 말했다. "조금 전에 둘이 베란다로 나갔더니 똑똑히 보이더군. 예상대로 우리도…… 즈우노메 인형의 저주에 걸렸어."

원고 내용이 머리를 가로질렀다. 리호의 남동생과 여동생이 어떻게 되었는지 떠올랐다. 그제야 내가 무슨 일을 저질렀는지 깨달았다.

"죄, 죄송합니……."

노자키 씨가 어두운 얼굴로 내 말을 가로막았다.

"그건 괜찮아. 자네를 원망 안 해. 나도 마코토도 각오하고 있었으니까. 자네에게서 이번 일을 들었을 때부터……."

마코토 씨가 고개를 살짝 끄덕이는 모습이 시야의 끝에서 보였다.

3

9시가 지났다. 남편이 일어났다. 샤워를 하고 서둘러 옷을 입고 있다.

나는 잠시 일을 멈추고 아침식사를 준비했다. 시금치 파이. 스냅완두와 베이컨을 넣은 즉석 샐러드에 간단한 클램 차우더.

"잘 먹었어."

남편은 깨끗이 비운 접시 앞에서 양손을 마주 잡고 말했다. 그러고는 만족스러운 얼굴로 깊이 숨을 내쉬었다. 자리에 앉은 지 10분도 안 돼서 다 먹은 것이다.

"어땠어요?"

내가 무심코 묻자 남편의 예리한 얼굴에 미소가 감돌았다.

"맛있었어. 전부 맛있었지만…… 특히 수프가 맛있더군."

"정말이에요?" 나는 접시를 치우면서 덧붙였다. "새 메뉴예요. 당신이 맛있다고 하면 책에 실을까 해요."

"그랬구나." 남편은 안도한 얼굴로 말하며 쓴웃음을 지었다. "최고였어, 어떻게 만드는지는 모르겠지만."

현관 앞까지 가서 남편이 신발을 신는 모습을 바라보았다.

"참, 그렇지." 그가 네모난 가죽 토드백에 손을 넣으며 말했다. "이거 선물이야."

가방 안에서 꺼낸 것은 작고 하얀 상자였다. 상자에는 레드와인색 리본이 붙어 있었다. 나는 말없이 두 손으로 상자를 받았다. 오늘은 누구의 생일도, 특별한 기념일도 아니다.

"출간 기념 선물이야. 지난달에 나왔지?" 그는 쑥스러운 표정을 지으며 머리를 긁적였다. "그리고 요즘 계속 늦게 들어온 것에 대한 사과라고 할까?"

남편은 수줍은 미소를 지으며 수염 깎은 뺨을 매만졌다.

나도 미소로 대꾸했다. "고마워요."

"다녀올게."

남편이 현관문을 나섰다. 나는 문이 닫힐 때까지 손을 흔들며 남편을 배웅했다. 상자에 들어 있는 것은 백금과 진주로 만든 은방울꽃 브로치였다.

나는 베란다로 나가서 아득한 밑에서 오가는 사람들을 한동안 바라보았다.

오후에는 인터뷰가 네 건 있었다. 그다음에는 가을에 나올 책의 레시피를 몇 가지 만들어야 한다.

유타와 사나, 유키, 그리고 일찍 온 담당 편집자와 점심을 먹은 뒤, 순서대로 찾아온 기자들에게 어제와 똑같은 말을 반복했다.

가정이 기본이에요. 일은 그 연장선이에요.

가정은 원만해요. 남편과 아들은 항상 감동한 얼굴로 제가 만든 음식을 맛있다고 말해줘요. 식사는 행복한 가정의 밑받침이에요. 그래서…….

'그래서 사다코라고 불렀어. 저주를 뿌리고 다니니까.'

별안간 말문이 막혔다. 머릿속에 어두컴컴한 보건실 내부가 떠올랐다. 한가운데에 머리를 짧게 자른 소녀가 서 있다. 무시하는 눈길로 나를 바라보고 있다. 등에 식은땀이 솟구치는 게 느껴졌다.

"왜 그러세요?"

처음 보는 기자의 걱정스러운 얼굴을 보고 정신을 차렸다. 조금 전까지 나누었던 대화의 흐름을 떠올렸다.

"……괜찮아요. 그래서 많은 분들께 조금씩 나눠드린다는 마음으로 이 책을 썼어요." 나는 억지로 미소를 지으며 말했다.

오늘 아침에 받은 메일 때문이다. 그런 메일을 읽은 탓에 쓸데없는 생각을 하게 되었다. 쓸데없는 생각…… 그렇다. 쓸데없는 생각이다. 그런 기억은 필요 없다.

기스기 리호의 과거는 필요 없다. 그 시절의 기억도 필요 없다. 즈우노메 인형의 추억도.

따라서 저주 같은 건 내 알 바 아니다. 그래서 여러 편집자를 통해 들어온 노자키라는 사람의 부탁을 나는 전부 무시했다.

세 번째 인터뷰가 끝나고 잠시 편집자와 잡담을 나누었다. 다음 인터뷰가 마지막이다. 인터뷰가 끝나면 잠시 유타와 놀아줘야지. 유타는 지금 방에서 유키와 놀고 있다.

캐비닛 위에 있는 시계를 보자 4시가 지났다. 조금 늦어지는 모양이다. 4시 20분. 그제야 인터폰이 울렸다.

"셀러리클럽 편집부에서 오셨습니다."

인터폰을 받은 사람은 사나지만, 인터폰 너머에서 말하는 소리는 소파에 있는 내 귀에까지 들렸다. 1층 경비실에 있는 경비원이다. 이 목소리는 니시나 씨인가.

내게 눈짓을 하자 사나가 니시나 씨에게 말했다.

"네, 들어오게 해주세요."

셀러리클럽. 맨 처음에 연재하게 해준 요리 잡지다. 지금은 연재가 끝났지만 관계는 계속 이어지고 있다. 편집자는 모두 얼굴을 아는 사람들이다. 그곳에 상주하는 작가들도 어느 정도 알고 있다.

10분쯤 지나서 현관의 초인종이 울렸다. 사나가 현관문을 향해 재빨리 뛰어갔다. 나는 차로 목을 적시면서 기다렸다.

"네? 그건 좀······."

현관문 쪽에서 사나의 당황하는 목소리가 들렸다. 그 순간 커다란 발소리가 이어졌다. 상당히 빠른 속도로 다가오고 있다. 뭔가 이상하다. 내가 움직이기 전에 옆에 있던 편집자가 일어섰다.

복도에서 남성 두 명이 나타났다. 둘 다 처음 보는 사람이었다. 한 사람은 키가 크고 검은 머리칼에 검은 셔츠를 입고 있었다. 얼굴은 죽은 사람처럼 창백했다. 나이는 확실하지 않다. 또 한 사람은 촌스러운 복장에 체구가 작은 청년이었다. 가느다란 눈을 부릅뜨고 구멍이 뚫릴 만큼 내 얼굴을 노려보았다.

사나가 뒤에서 허겁지겁 따라왔다. "셀러리클럽에서 오신 게 아니라······."

"노자키라고 합니다."

키 큰 남성이 꼿꼿하게 선 채 재빨리 말했다. 나를 똑바로 쳐다보고 확실하게.

"후, 후지마입니다."

뒤늦게 청년이 머리를 숙였다.

노자키라고 이름을 밝힌 남성이 말했다. "이런 식으로 찾아와서 죄송합니다. 하지만 한시가 급해서 어쩔 수 없었습니다. 메일을 보셨습니까, 기스기 리호 씨?"

4

노자키 씨는 모든 연줄을 동원해서 오늘 오후에 쓰지무라 유카리가 인터뷰를 몇 건 한다는 사실을 알아냈다. 그리고 그중 한 곳인 셀러리클럽의 아는 편집자에게 "15분만 시간을 줘"라고 부탁했다.

"인터뷰를 시작하기 전에 15분이면 돼. 여기엔 사람 목숨이 걸려 있어." 그는 전화로 담담하게 말했다.

냉정한 말투가 오히려 무겁고 심각한 느낌을 주었다. 상대도 그렇게 받아들였는지, 이야기는 뜻밖에 원만하게 진행되었다.

"그쪽에는 절대 말하지 마. 장소는 어디지? 시오도메. 알았어. 시간은? ……4시부터?"

그는 깜짝 놀란 표정을 지으며 얼굴을 들었다. 벽시계는 3시 반을 가리키고 있었다.

전철의 환승 시간이 잘 맞는다고 해도 여기서 시오도메까지는 적어도 40분이 넘게 걸린다. 택시를 타면 그것과 비슷하거나 오히려 더 걸릴지도 모른다. 나는 재빨리 일어섰다.

노자키 씨가 전화를 끊고 마코토 씨에게 말했다.

"어서 가자. 너무 늦으면……."

"먼저 가." 그녀가 침대에서 내려와 노자키 씨 앞에 섰다. "혼자 있고 싶어. 잠시라도 좋아. 난 나중에 갈게."

노자키 씨가 의아한 표정을 지었다. "왜?"

"준비할 게 있어. 중요한 게 몇 가지……." 그녀는 결의가 담긴 목소리로 단호하게 말했다.

"……알았어."

그녀에게 주소를 말해주고 나서 노자키 씨는 현관으로 향했다. 나는 서둘러 그의 뒤를 따라갔다. 그리고 우리는 지금 쓰지무라 유카리를 눈앞에 두고 있다.

최고급 고층 아파트의 52층. 넓은 거실. 인테리어는 나뭇결무늬와 하얀색으로 통일되어 있었다.

시야의 구석. 거대한 화분 옆에서 검은색과 빨간색이 보였다. 눈에 들어오지 않도록 고개를 돌려서 한가운데 소파에 앉은 여성을 새삼 바라보았다.

옆의 중년 여성이 일어서서, 수상한 사람을 보는 얼굴로 우리를 노려보았다. 유카리는 TV나 인터넷에서 본 모습과 똑같이 생겼다. 작은 체격. 수수한 얼굴. 검은 머리를 한가운데에서 나누어 양 갈래로 묶었다. 옷은 물색 니트와 베이지색 롱스커트.

그녀는 매우 침착해 보였다. 우리를 보고도 약간 긴장했을 뿐, 동요한 모습은 보이지 않았다. 조금 전에 노자키 씨가 이름을 불렀을 때도 표정 하나 바꾸지 않았다.

그녀가…… 리호인가.

"이러시면 안 돼요!"

조수처럼 보이는 여성이 노자키 씨 앞을 가로막으며 앙칼지게 말했다. 흥분으로 인해 얼굴은 새빨갰다.

"당장 나가세요! 안 그러면 신고하겠어요."

노자키 씨는 조수에게 눈길도 주지 않고 반말로 말했다. "지금 메일을 봤냐고 물었는데?"

유카리가 눈을 부릅떴다.

"이보세요!" 얼굴이 새빨간 여성이 목소리를 더욱 높였다. "선생님께 무례하게 말하다니! 당장 사과……."

그때 온화하고 다정한 목소리가 들렸다. "사나 씨."

마치 어린아이를 부르는 듯한 부드러운 목소리였다. 유카리는 천천히 일어나더니 사나라는 여성과 중년 여성을 보면서 말했다.

"잠시 우리만 있게 해줘."

사나라는 여성이 단호하게 말했다. "안 돼요. 선생님께 무슨 일이라도 생기면……."

"괜찮아." 유카리는 미소를 머금으며 말했다. "유키 씨와 같이 방에 들어가 있어."

말투는 조용해도 반박할 수 없는 힘이 담겨 있었다.

사나는 주눅이 든 얼굴로 "알겠습니다" 하고 대답했다.

그녀와 중년 여성이 거실에서 나가자 유카리는 소파를 가리키며 말했다.

"앉으세요."

노자키 씨는 발을 내디딤과 동시에 "만일을 위해 확인하겠습니다, 기스기 리호 씨인가요?"라고 물으며 소파에 앉았다. 나도 노자키 씨 뒤를 이어 소파에 앉았다.

"그래요." 그녀는 확실하게 대답했다.

그리고 물이 흐르듯 자연스러운 동작으로 맞은편에 앉아서 미소를 지었다.

"지금은 결혼해서 성이 쓰지무라로 바뀌었지만요."

노자키 씨가 몸을 앞으로 내밀면서 말했다. "메일은 봤습니까? 몇 사람에게 부탁해서 용건을 전했는데."

"오늘 아침에 봤어요."

"그 원고는 당신이 썼습니까?"

"그래요."

리호는 작게 고개를 끄덕였다.

기스기 리호. 사다코. 호러를 사랑하는, 고독하고 가여운 소녀. 이기적인 부모님 때문에 상처를 받고 괴로워하던 소녀. 그리호가 지금은 이렇게 살고 있다. 넓은 집에서 남편과 아이와 함께.

TV에서 본 유카리와 가족들의 모습이 떠올랐다. 너무도 이상적인 모습이라서 거짓으로 느껴질 만큼 행복해 보였다. 리호는 행복해졌다. 그 시절의 모습에서는 상상도 할 수 없을 만큼.

방송이 진실을 전한다고는 생각하지 않는다. 살을 붙인 곳도, 살을 뺀 곳도 있을 것이다.

하지만 리호는, 리호의 가족은.

나는 끓어오르는 감정을 서둘러 지웠다.

미하루 씨의 말을 빌린다면 그녀는 저주의 원인이다. 지금 인정한 것처럼 그 원고를 쓴 작가다. 우리를 저주로 끌어들인 장본인이다.

침착해라.

나는 어금니를 악물고 정신을 차렸다.

노자키 씨가 한순간 내게 시선을 향하고 말했다. "당신이 쓴 원고를 읽고 후지마 씨가 저주를 받았습니다. 아마 오늘 밤에 죽겠죠."

리호는 꼼짝도 하지 않고 말없이 노자키 씨를 쳐다보았다.

"나도 그렇고요. 아마 모레는 죽을 겁니다." 그는 힘을 주어 덧붙였다. "그 원고는 상당히 높은 비율로 사실이 쓰여 있습니다. 그렇다면 당신은 저주에 대해서 확실히 알고 있겠죠. 어쩌면 원고에 쓴 내용 말고도 알고 있을 가능성이 있습니다. 그래서 찾아왔습니다. 당신의 이야기를 들으면 저주를 풀 수 있는 방법이⋯⋯."

"무슨 이야기죠?"리호가 노자키 씨의 말을 가로막았다. 그러더니 고개를 갸웃거리며 이해할 수 없다는 표정을 지었다. "물론 그 소설은 사실을 근거로 하고 있어요. 저를 포함해 등장인물의 모델은 모두 실제로 존재하는 사람이죠. 하지만⋯⋯ 내용은 어디까지나 창작이에요. 저주 같은 게 실제로 있을 리 없잖아요?"

그녀의 입에서 쓴웃음이 흘러나왔다.

"그럴 수가."무심코 말이 튀어나왔다.

그녀의 뒤쪽, 거실 구석에 있는 화분을 쳐다보았다. 검은색 후리소데를 입은 인형이 바닥 위에 서 있었다. 붉은 실로 가린 얼굴을 살짝 옆으로 기울인 채 오도카니 서서 이쪽을 바라보고 있었다.

"저, 저는⋯⋯." 나는 바싹 마른 입술을 겨우 움직였다. "정말로 저주를 받았습니다. 원고의 도시전설 부분을 읽고 나서 인형이 보이고⋯⋯ 지금도 저 화분 옆에⋯⋯."

리호가 뒤쪽을 돌아보았다. 잠시 후, 천천히 자세를 바로 하더니 과장스럽게 유감스러운 표정을 지었다.

"내 눈에는 아무것도 안 보이는데요?"

갑자기 힘이 빠지면서 온몸이 소파로 가라앉았다. 나는 망연히 그녀를 바라보았다.

5

저주에 대해서는 모른다, 무슨 말인지 모르겠다고 우기면 된다. 창작이라고 잡아떼면 된다. 다행히 즈우노메 인형은 저주받은 당사자 말고는 보이지 않으니 객관적으로 증명할 도리가 없는 것이다.

대화가 평행선으로 나아가면 그들은 포기할 것이다. 나는 그렇게 마음먹고 두 사람과의 대화에 임했다.

실제로 있다고 인정하면 앞으로 계속 성가시게 할 게 뻔하다. 어떤 방법을 동원했는지 모르지만 지금만 해도 인터뷰가 한 건 날아갔다. 그들이 버티고 있으면 시간을 빼앗기게 된다. 일하는 시간을. 유타와 놀아주는 시간을. 남편과 보내는 시간을.

비참했던 그 시절과 정반대인 지금의 생활이 위태로워진다.

두 사람이 죽는 것은 안됐지만 나하곤 관계없는 일이다.

노자키는 무표정한 얼굴로 나를 바라보았다. 후지마 청년은 무슨 말인가 하려다가 그대로 고개를 숙였다. 나는 냉정하게 두 사람을 보았다. 이렇게까지 침착할 수 있는 나 자신에게 놀라기도 했다. 하지만 내가 아무리 자애심이 많은 사람이라도 이런 상태에서는 어쩔 수 없다.

저주를 푸는 방법은 모른다. 그 원고에 쓴 것 말고는 아는 게 하나도 없다.

저주는 사람들의 입을 통해서 전해진다. 내 의사나 감정과 상관없이 사람을 죽인다. 내 힘으로는 어쩔 수가 없다. 류헤이와 마미의 죽음을 통해 나는 그것이 얼마나 부조리한지 지긋지긋할 정도로 알게 되었다.

"주…… 죽고 싶지 않습니다." 후지마가 중얼거리며 상체를 일으켰다. 그리고 간절한 눈길로 나를 바라보며 떨리는 목소리로 말했다. "그냥 읽기만 해도 죽다니, 어떻게 그럴 수 있죠? 더구나 나흘 후에 죽다니."

나는 담담하게 말했다. "그건 소설 속 이야기예요."

그의 곤혹감과 괴로움은 충분히 이해할 수 있다. 하지만 그런 감정을 얼굴에 드러내서는 안 된다. 모든 것은 이 집을 지키기 위해서다.

후지마가 콧물을 훌쩍이며 말했다. "동생이 죽은 건 저주 때문 아닌가요? 여동생도 그렇고요."

"죽었다고요?" 나는 고개를 갸웃거리며 당당하게 시치미를 뗐다. "그게 무슨 얘기죠?"

이것도 저주와 마찬가지다. 인정하지 않으면 평행선을 달리게 된다. 그들도 생판 모르는 남이 죽었다는 둥 죽지 않았다는 둥 하는 이야기를 계속하고 싶지는 않으리라. 지금부터 신발 밑창이 닳도록 뛰어다니며 조사해서, 내 말이 거짓말이라고 증명하려고 하지는 않을 것이다. 그들에게는 시간이 없으니까.

이 타이밍에 찾아와서 다행이다.

"거…… 거짓말!" 후지마가 울먹이는 목소리로 말했다. "왜 그런 거짓말을······."

그는 눈물에 젖은 눈으로 나를 노려보았다.

내게 달려들려는 걸까? 주먹을 휘두르려는 걸까?

나는 머릿속으로 그의 다음 행동을 몇 가지나 떠올렸다. 스스로도 황당할 만큼 느긋하고 냉정하게. 때리고 싶으면 때리라는 생각까지 했다.

나는 굴복하지 않겠다. 다치든 피가 나든 이 행복을 깨뜨릴 자는 필요 없다. 내 삶을 엉망으로 만들 자는 필요 없다. 비참한 과거를 떠올리게 만드는 자는 더욱 필요 없다.

그때 귀에 익숙지 않은 착신음이 들렸고, 노자키가 가방에서 스마트폰을 꺼냈다. 후지마가 콧물을 닦고 깊숙이 숨을 내쉬었다. 착신음을 듣고 냉정함을 찾은 모양이다.

노자키가 "있어, 계속 제자리걸음이야"라고 말하며 나를 힐끗 보았다. 나는 내 손으로 시선을 내렸다.

전화를 끊자 노자키가 갑작스럽게 말했다. "저주받은 사람이 한 사람 더 있습니다."

나는 말없이 그를 바라보았다. 실수로라도 누구냐고 물어서는 안 된다. 저주를 전제로 한 말에는 관심을 보여서도 안 된다.

"내 약혼자입니다." 그가 낮은 목소리로 덧붙였다. "올가을에 결혼할 예정이죠. 나도 그렇지만 그녀도 그날을 손꼽아 기다리고 있습니다. 그런데 일이 이렇게 되는 바람에······."

그는 그곳에서 말을 끊었다. 말문이 막힌 모양이다. 어두운 표정이 한층 더 어두워졌다.

신경 쓰지 마라. 눈물 작전이다. 나는 스스로를 타일렀다.

노자키가 다시 입을 열었다. "결혼하자고 말하기까지 오랜 시간이 걸렸습니다. 그렇게 말하는 데에는 용기가 필요했으니까요. 앞으로도 계속 둘이 살아가자고 하는 건……."

"자녀분은요?"

"가질 수 없습니다." 그가 기계적으로 말했다.

그런 대답에 익숙한 모습이다. 후지마가 가느다란 눈을 크게 뜨고 노자키를 똑바로 쳐다보았다.

나는 입술을 깨물었다. 쓸데없는 질문을 해서 공연히 죄책감을 갖게 되었다. 마음이 약간 흐트러졌다.

이것은 작전인가? 나를 동요시키려는 걸까?

그가 화살처럼 쏘는 듯한 눈길로 나를 바라보았다.

"내 약혼녀는 히가 미하루의 동생입니다."

순간, 날카로운 발톱에 심장을 쥐어뜯기는 느낌이 들었다. 정신을 차렸을 때는 오른손으로 가슴을 누르고 있었다. 숨을 마신 채 그대로 멈춘 것을 깨닫고 황급히 내쉬었다.

"이제 곧 여기에 도착할 겁니다. 만나주실 겁니까?"

"……그런 거짓말을……."

그는 선언하듯 말했다. "사실입니다. 물론 우연이지만요. 기적처럼 불행한 우연이죠. 원고를 읽은 사람이 원고에 등장하는 인물과 친자매라니. 더구나 똑같은 저주에 걸렸다니. 이대로 있으면 자매는 똑같은 저주를 받고 죽게 될 겁니다."

그는 찌르는 듯한 눈으로 나를 바라보았다.

"어떻게든 그것만은 피하고 싶습니다. 그녀를 죽게 할 수는 없습니다. 그러니까 당신이 아는 걸 하나도 빼놓지 말고 전부 말해주십시오. 원만하게 끝내기 위해서라도."

그때 인터폰이 울리고, 경비실의 니시나 씨 목소리가 들렸다. "히가 씨라는 분이 오셨습니다."

나는 들여보내라고 말한 뒤, 그대로 선 채 기다렸다.

미하루의 모습이 떠올랐다. 큰 키. 씩씩한 얼굴. 소름 끼치는 웃음.

'4반의 기스기지?'

내게 했던 말.

'말해줘, 뭐라든가 하는 인형의 도시전설.'

서늘한 눈. 얇은 입술.

'힘들겠구나.'

졸린 표정. 곧게 뻗은 다리.

'안 그래도 기다렸어, 사다코.'

"……!"

나는 다시 가슴을 눌렀다. 손톱도 세웠다. 노자키와 후지마가 의아한 얼굴로 나를 보았다.

현관문의 초인종이 울렸다.

나는 불안한 걸음걸이로 복도를 지나서 현관문 앞에 섰다.

거실에서 기척이 느껴졌다. 노자키와 후지마가 일어선 걸까. 나는 단숨에 현관문을 열었다.

현관문 밖에는 금발의 체구가 작은 여성이 서 있었다. 검은색 면바지에 스카잔 차림. 이세탄 백화점의 쇼핑백을 들고 있었다. 어딘지 모르게 남쪽 지방의 여인을 연상시키는 얼굴도, 온몸에 떠다니는 분위기도 미하루를 닮지는 않았다.

눈이 마주치자 그녀는 흠칫 놀라며 숨을 들이마셨다. 커다란 눈을 한층 크게 뜨고 구멍이 뚫릴 만큼 나를 바라보았다.

퍼뜩 정신을 차리고 숨을 쉬자 그녀가 조용하게 말했다.

"히가 마코토예요. 미하루의 동생이죠."

"……들어오세요." 나는 그렇게 말하고 그녀를 안으로 들였다.

그녀는 살며시 현관문을 닫더니 낡은 스니커즈를 벗었다. 가까이에서 그녀를 관찰하는 자신을 깨닫고 서둘러 거실로 발을 돌렸다.

등 뒤의 원목 마루가 삐걱거렸다. 쇼핑백에서 바스락거리는 소리가 들렸다. 무심코 돌아보자 그녀는 걸음을 멈추었다. 뭔가 결심한 표정이다. 어두컴컴한 복도에서 눈만이 형형하게 빛났다.

먼저 시선을 피한 사람은 나였다. 나는 그대로 복도를 지나서 거실로 돌아왔다. 예상한 대로 서서 기다리던 노자키와 후지마에게 "앉으세요"라고 말한 뒤, 거실 구석에 세워두었던 접이식 의자에 손을 뻗었다.

"의자는 됐어요."

작지만 강한 목소리가 들렸다. 마코토의 목소리였다.

그녀는 천천히 거실로 들어오더니 쇼핑백을 바닥에 내려놓고 물었다. "기스기 리호 씨인가요?"

그 말을 듣고 그녀에게 아직 이름을 말하지 않았다는 사실이 떠올랐다.

"네에……. 그 원고를 쓴 사람이에요."

그녀의 표정은 조금도 달라지지 않았다. 그저 물끄러미 나를 바라볼 뿐이었다.

내게 좋은 감정을 가지고 있지는 않을 것이다. 마음속으로는 분노를 불태우고 있을 것이다. 언니를 죽음으로 몰아넣은 상대를 증오하고 원망하고 있을 것이다. 만약 반대 입장이었다면 나도 그랬을 테니까. 그래서 그녀의 심정은 가슴이 아플 정도로 이해할 수 있다. 하지만 지금의 내게는…….

"노자키를 살려주세요." 그녀가 단호하게 말하고 즉시 덧붙였다. "후지마 씨도요. 저주의 제한 시간이 다가오고 있어요. 이제 곧이에요."

나는 가까스로 노자키에게 한 말과 똑같은 말을 반복했다. "그게 무슨 말이죠? 저주니 뭐니 하는 건 지어낸……."

"원만하게 끝내고 싶어요."

그녀의 목소리가 한층 높아졌다. 시야 한쪽에서 노자키가 깜짝 놀라는 것을 알 수 있었다.

그녀가 침통한 표정으로 말했다. "미하루도 그렇게 생각했을 거예요. 아슬아슬한 최후의 순간까지."

누군가가 배 안쪽을 들어 올리는 듯한 느낌이 들었다. 목을 꽉 조이는 듯한 느낌도.

조금 전에 복도를 지나올 때, 그녀의 기척과 행동이 마음에 걸려서 견딜 수 없었는데, 이제야 겨우 그 이유를 깨달았다.

무의식중에 알아차렸던 것이다. 그녀가 무엇을 하러 왔는지. 보건실에서 미하루가 무엇을 하려고 했는지.

직감적으로 이해가 되었다. '이치'도 알 수 있었다.

저주의 근본을 없애면 된다. '원인'을 박살내면 된다.

지금 눈앞의 여성은 나를 죽이러 온 것이다.

6

눈 깜짝할 사이에 리호의 얼굴이 창백해졌다.

마코토 씨와 몇 마디 나누었을 뿐인데. 노자키 씨와 비슷한 이야기를 했을 뿐인데.

조금 전부터 리호의 모습이 눈에 띄게 이상해졌다. 마코토 씨가 온다는 이야기를 듣고는 가슴을 누르기도 하고 숨이 거칠어지기도 했다. 하지만 지금은 그런 모습과 다르다. 뭔가를 알아차리고 당황하고 있다. 아니…… 겁을 먹은 것처럼 보였다.

노자키 씨가 야단치듯이 말했다. "마코토, 서두르지 마. 아직 방법이 있을 거야. 너도 말했잖아. 최악의 경우에는 요괴를 퇴치하겠다고."

마코토 씨가 노자키 씨에게 가까이 다가가면서 칼날 같은 눈길로 쏘아보았다.

"그래도 안 되면?" 그녀가 입술을 일그러뜨리며 덧붙였다. "결국은 힘으로 처리해야 하잖아. 하지만 쓰러뜨릴 수 없는 경우도 있어. 어떤 녀석이 올지도 모르고."

"하지만……."

"걱정 마. 버틸 때까지는 버텨볼게."

그녀는 보일 듯 말 듯 미소를 지었다.

무슨 말을 하는지 알아들을 수 없었다. 나 혼자만 소외되고 있다. 노자키 씨에게 물어보려고 한 순간, 그의 시선이 리호에게 향했다.

"기스기 씨. 아니, 쓰지무라 씨인가요? 상황은 지금 보시는 대로입니다. 당신도 이제 어렴풋이 알아차렸을 겁니다. 어떤가요? 말씀해주실 마음이 들었습니까?"

리호는 노자키 씨와 마코토 씨를 번갈아 바라보더니, 이어서 내게로 시선을 옮겼다. 나는 그녀의 창백한 얼굴을 바라보았다. 이윽고 그녀는 한숨을 깊게 내뱉으면서, 한마디 한마디 짜내듯이 말했다.

"……그게 전부예요. 거기에 내가 기억하는 걸 모두 썼어요. 저주에 대해서도요. 그 이야기는 전부 사실이에요. 소설처럼 보이기 위해서 처음과 마지막 부분만 창작을 더했습니다."

그녀는 그렇게 말하고 손으로 하얀 벽을 짚었다.

왜 돌연 마음을 바꿔 인정한 것일까? 어쨌든 지금 노자키 씨의 말을 듣고, 리호는 마침내 인정했다. 즈우노메 인형의 저주를. 자신이 전한 도시전설로 인해 몇 사람이 죽었다는 사실을.

그녀는 벽에 기대면서 말을 이었다. "그래서 저도 잘 몰라요. 하지만 그런 걸 바란 적은 없어요. 류헤이도, 마미도, 미하루도. 그 세 사람이 죽길 바란 적은 없어요. 단 한순간도요. 아버지 말고는 어느 누구도……."

마지막 부분은 토해내듯 말했다. 우리를 둘러보는 그녀의 눈이 기묘하게 빛났다.

"저를 매개로 저주를 받는다는 건 알고 있어요. 하지만 그것 말고는 아무것도 몰라요. 제 감정이나 의지와 관계가 있는 것 같지는 않아요. 원고만 해도 그래요." 리호는 목소리에 힘을 주면서 말을 이었다. "저주를 통해 누군가를 죽이고 싶어서 쓴 게 아니에요. 그저 누군가에게 말하고 싶었어요. 제가 어떤 지경에 처했고, 어떻게 살아왔는지. 그런 세계를 얼마나 좋아했는지. 그런 책을 내는 곳이라면 분명히 이해해줄 사람이 있을 거라고 생각했어요. 그런데…… 이렇게 되다니……."

말을 마치자 그녀는 온몸의 힘이 빠진 것처럼 축 늘어졌다.

그리고 벽에 등을 기대고 기나긴 숨을 내쉬었다. 뺨과 얼굴이 바싹 마른 상태에서 몽롱한 눈으로 우리를 바라보았다.

노자키 씨가 물었다. "잉크 건은 어떻게 된 거죠? 원고가 출판사에 도착했을 때 이미 묻어 있었던 것 같더군요. 덕분에 도시전설 부분을 읽기 힘들었어요. 출판사 쪽에서는 당신의 연출이라고 생각했던 것 같습니다만."

"아니에요." 그녀는 힘없이 고개를 흔들면서 연약한 목소리로 덧붙였다. "그렇게 한 적은 없어요."

나는 기이할 정도로 냉정하게 그녀의 이야기를 들었다. 마코토 씨가 오기 직전에 느꼈던 분노나 원한은 어디론가 사라졌다. 어쩔 수 없었다. 그녀의 말을 정리하면 그런 결론에 이른다. 그녀에게서 끌어낼 수 있는 건 아무것도 없다. 저주를 풀 방법을 찾을 수 없는 것이다.

그녀가 쓴 원고를 통해 나는 저주를 받았다. 죽음이 무섭지 않다고 하면 거짓말이다. 하지만 그녀는 아무도 저주하지 않았다. 오히려 정반대였다. 사람들에게 이해를 받고 싶었다. 자신과 똑같은 세계에 사는 사람들에게. 자신이 어떻게 살았는지…….

그녀의 목적은 성공했다. 적어도 한 사람의 마음에는 닿았다.

나는 그녀의 이야기에 빨려 들어갔다. 어느새 남 일처럼 여겨지지 않았다. 그녀를 책망할 마음은 들지 않았다. 원망할 마음도 들지 않았다. 행복을 손에 넣은 그녀를 과거 일로 난도질하고 싶지 않았다.

마코토 씨가 조용히 물었다. "정말인가요? 아버지를 원망하듯 누군가를 원망한 적이 없나요?"

"없어요." 리호는 딱 부러지게 대답했다. 벽에서 몸을 떼고 마코토 씨의 정면에 서서. "지금은 아무도 원망하거나 증오하지 않아요. 물론 힘든 때도 있었지만 지금은 행복해요."

그녀는 한 손을 가슴에 대고 조용하면서도 단호하게 말했다. 그런 그녀를 바라보면서 마코토 씨가 입을 열었다.

"당신의 말을 믿어요. 실제로 그렇겠죠. 그런데 이 집은 어떨까요?"

"네?" 리호가 의아한 표정을 지었다.

마코토 씨가 밑에서 그녀를 쏘아보면서 말했다. "이 집은 이상해요. 이렇게 밝은 햇살이 들어오는데도 어두워요. 공기도 탁하고요. 그냥 가만히 있어도 숨이 막힐 지경이에요. 당신은 행복할지 모르겠지만 이 집은 여기저기에 빈틈이 잔뜩 뚫려 있어요."

7

마코토가 금발을 쓸어 올렸다. 눈이 차갑게 빛났다.

그녀가 칼날처럼 예리한 눈으로 나를 쏘아보았다.

"빈틈……?"

"그래요." 그녀는 고개를 끄덕이면서 심각한 얼굴로 말했다. "나쁜 걸 불러들이는 빈틈이에요. 혼령이나 요괴도 그렇고, 불행이나 불운도 그렇고요."

"무슨 뜻이죠?" 나는 다시 물었다.

말 자체는 이해할 수 있다. 수상쩍은 단어들이 잔뜩 들어 있지만 무슨 뜻인지는 이해한다. 이해할 수 없는 것은 왜 이 자리와 이 타이밍에 그런 말을 했느냐는 것이다. 우리 집과 우리 가족을 나쁘게 말하는 것도 이해할 수 없었다.

"그게 지금까지 한 이야기와 어떤……."

"관계가 있어요." 그녀는 숨을 들이마시며 덧붙였다. "당신이 나쁜 사람이라면 나도 망설이지 않고 끝낼 수 있으니까요."

그녀가 한 걸음 가까이 다가왔다.

순간, 머릿속에서 보건실 내부가 떠올랐다. 비틀거리며 천천히 다가오는 교복 차림의 키 큰 여자아이…….

'사다코, 넌 구제불능이야.'

지긋지긋하다는 듯이 말하는 미하루의 목소리가 머릿속에서 울려 퍼졌다.

"마코토!" 노자키가 크게 소리쳤다.

바닥을 힘껏 밟는 소리가 들린 순간, 얼음처럼 차가운 목소리로 마코토가 외쳤다. "오지 마!"

노자키가 그 자리에서 발을 멈추고 달래듯이 말했다. "그러지 마. 그런 걸로는…… 해결되지 않아.”

“해결돼, 분명히.”그녀는 담담하게 대답하고 즉시 덧붙였다.
“안 돼도 시도해볼 가치는 있어.”

노자키가 재빨리 반박했다. “아니, 그럴 만한 가치가 없어.
있다고 해도 네가 할 일이 아니야.”

마코토가 다시 반박했다. “당신이 할 일도 아니야.”

나는 그들이 알아차리지 못하도록 천천히 뒷걸음질 쳤다.

“마코토, 이제 그만하자.”

“그만 못 해.”

“달리 방법이…….”

“없어.”

“요괴 쪽을…….”

“힘들지도 몰…….”

“넌 아무것도 하지 마!”

노자키가 크게 고함을 질렀다. 마코토가 흠칫 몸을 떨면서,
믿을 수 없다는 눈길로 노자키를 쳐다보았다. 그 틈을 이용해
서 나는 더욱 뒷걸음질 쳤다. 후지마가 안절부절못하는 얼굴로
두 사람을 번갈아 바라보았다.

노자키가 마코토 곁으로 가서 그녀의 어깨에 손을 얹었다.

“미안해.”

그녀가 그의 손을 잡았다.

“……이대로 있으면 죽어.”그리고 희미한 목소리로 간절하

게 말했다. "당신이 죽는 건 싫어."

노자키가 입술 끝에 미소를 담고 그녀의 앞에 손을 내밀었다. 마코토가 숨을 들이마시며 머리를 가로저었다. 그리고 손으로 스카잔의 가슴 부분을 누르며 "안 돼"라고 나지막하게 말했다. 노자키는 아무 말도 하지 않고 손 내미는 동작을 반복했다.

그녀의 품속…… 안주머니에 있는 것을 상상하고 다시 온몸에 긴장감이 내달렸다. 그녀는 재빨리 몸을 뒤로 빼서 노자키에게서 떨어졌다.

"그건 절대로 사용하면 안 돼. 거기서 꺼내도 안 돼." 노자키는 다정하고도 엄격하게 말했다. "나도 네가 죽는 건 싫어. 절대 사절이야."

그는 그렇게 말하고 내 쪽으로 몸을 돌렸다. 눈에는 굳은 결의가 담겨 있었다. 입은 한일자로 꼭 다물고, 한 손은 주머니에 들어가 있었다. 목표를 정한 것이다.

고함을 지르려고 해도 목소리가 나오지 않았다. 발을 움직일 수도 없었다. 마코토가 무슨 말인가 하려고 하고, 노자키가 발로 바닥을 찬 순간.

복도 쪽에서 덜컥 하는 소리가 들렸다.

"엄마?"

어린아이의 목소리다. 찰딱찰딱 맨발로 뛰는 소리가 들리더니 유타가 거실에 나타났다. 한발 늦게 유키가 창백한 얼굴로 유타를 따라 나왔다.

아들은 딱딱하게 굳어 있는 마코토와 노자키를 의아하게 쳐다보더니, 그들 사이를 빠져나와 내 앞에서 걸음을 멈추었다.

"엄마, 괜찮아?"

나는 바닥에 털썩 주저앉아서 아들을 꼭 껴안았다. 수많은 감정이 한꺼번에 밀려들어 눈물이 솟구쳤지만 이를 악물고 가까스로 참아냈다.

유키가 우물쭈물하더니 "아아! 죄, 죄송해요"라고 말하며 뛰어왔다. 정신을 차리고 재빨리 얼굴을 들었다. 나는 지금 막 살해될 뻔했다. 지금도 표적이 되고 있다.

아들을 지켜야 한다. 그렇다면 다음에 취할 행동은…….

나는 움직임을 멈추었다.

노자키는 완전히 힘이 빠진 채, 절망한 얼굴로 나를 보았다. 아니다. 그의 시선은 내 앞쪽에 쏠려 있었다. 유타를 보고 있는 것이다. 그의 앞쪽에서 마코토가 두 손으로 얼굴을 덮었다. 어깨가 가늘게 떨렸다. 입에서 "으으" 하는 오열이 새어나왔다.

어떻게 해야 할지 모르는지, 후지마의 시선이 여기저기를 방황했다.

이윽고 노자키가 기나긴 한숨을 내쉬었다. 그는 천장을 올려다보고 나를 힐끗 보더니 아무런 감정이 담기지 않은 목소리로 말했다.

"……죄송했습니다."

그리고 발길을 돌려 마코토의 머리를 쓰다듬었다.

한동안 어느 누구도 말을 하지 않았다.

"왜 그래?" 유타가 불안한 얼굴로 말했다.

표정도 어두웠다. 나는 살며시 아들의 얼굴을 어루만지며 미소를 지었다.

"아무것도 아니야. 아무것도……."

종이 소리가 들렸다. 마코토가 이세탄 백화점의 쇼핑백을 들었다. 그리고 한 손으로 눈물을 훔치면서 복도 쪽으로 걸어갔다. 노자키가 우리를 향해서 고개를 숙였다.

"실례했습니다. 신고해도 괜찮습니다. 다만…… 가능하면 모레까지는……."

나는 바로 대답했다. "신고하지 않아요. 오늘 일은 잊을게요. 저는 하루 종일 평소처럼 일하고 있었어요. 유키 씨, 그렇지?"

유키는 "네, 그래요"라고 말하며 고개를 끄덕였다.

"고맙습니다. 그럼 가보겠습니다."

노자키는 무표정한 얼굴로 말하고 몸을 돌렸다. 그리고 성큼성큼 걸어서 복도로 사라졌다. 후지마는 나를 슬쩍 보고 나서 그의 뒤를 따랐다. 비틀거리며 걸어가던 마코토가 복도 앞에서 멈추더니, 뒤를 돌아 나를 바라보았다. 눈은 새빨갛게 충혈되었고, 뺨과 코도 불그스레했다.

"미안해요." 그녀가 눈물에 젖은 목소리로 말했다.

"아니에요." 나는 고개를 가로저으며 확실하게 사과했다. "저야말로 도움이 못 돼서 미안해요."

그녀는 뜨거운 숨결을 내뿜고 나서 말했다. "한 가지 말해도 될까요?"

"하세요."

"아드님과 사이좋게 지내세요. 남편과도요. 그리고…… 일하는 사람과도요."

그녀는 슬픔이 깃든 눈으로, 유키를 슬쩍 쳐다보았다.

8

현관문을 닫았다. 창문도 없이 형광등 불빛만이 쓸쓸하게 비치는 카펫 깔린 복도를 우리는 힘없이 걸었다.

앞에 가는 노자키 씨는 발을 질질 끌었다. 뒤에서 따라가는 마코토 씨는 소리 없이 눈물을 흘렸다. 왜 이렇게 되었는지 이해할 수 없었다. 쓸데없이 넓은 엘리베이터 홀에서 기다리는 동안, 노자키 씨가 누군가에게 전화를 걸었다.

"이제 끝났어. 늦어서 미안해."

상대는 셀러리클럽의 편집부 사람이리라.

엘리베이터가 도착했다는 소리가 들렸다. 천천히 문이 열린 순간…….

"저기요."

우물쭈물한 목소리가 들려서 일제히 돌아보았다.

통통한 체격의 여성이 쭈뼛거리며 다가왔다. 얇은 감색 스웨터. 갈색 바지. 리호의 집에 있던 여성이다. 아까…… 유키라고 했던가?

유키가 스마트폰을 내밀며 간사이 지방 사투리로 말했다.

"이거, 소파에 있었어요."

바로 코앞에서 말하는데도 소리가 멀게 느껴졌다. 소리가 카펫과 벽으로 빨려가는 모양이다.

내 스마트폰이었다. 소파에 앉아 있을 때 뒷주머니에서 빠졌나 보다. "죄송합니다"라고 사과하면서 스마트폰을 건네받자 유키가 어색한 표정을 지으며 통통한 몸을 움츠렸다. 그러면서 무슨 할 말이 있는 듯 마코토 씨를 힐끔힐끔 쳐다보았다.

마코토 씨가 문이 닫히지 않도록 버튼을 누르면서 코맹맹이 소리로 물었다. "응? 왜요?"

유키가 마코토 씨를 똑바로 쳐다보며 물었다. "저기, 알고 계셨나요?"

마코토 씨의 미간에 주름이 잡혔다.

"선생님의 지인인가요?"

마코토 씨는 고개를 옆으로 흔들었다.

"아니요, TV에서 본 적은 있지만."

"그런데 어떻게……." 유키는 잠시 말을 끊더니 목소리를 낮추며 덧붙였다. "사이가 좋지 않다는 걸 어떻게 아셨나요?"

우리는 서로 얼굴을 마주 보았다. 노자키 씨의 얼굴에 약간 표정이 돌아왔다.

마코토 씨가 속삭이듯 말했다. "일종의 감이라고 할까? 역시 좋지 않군요."

"네." 유키는 고개를 크게 끄덕이다가 황급히 덧붙였다. "그게 아니라 유타…… 아드님은 선생님을 좋아하고, 남편분도 사랑이 식었거나 싫어하는 건 아니에요. 물론 선생님은 두 사람을 많이 사랑해요. 하지만……." 그녀는 목소리를 더욱 낮추며 소곤소곤 말했다. "선생님은 저희에게 매우 엄격하세요."

"엄격해?" 노자키 씨가 그녀의 말을 따라했다.

그녀는 곤란한 표정으로 신중하게 말했다. "……지난 반년 사이에 세 명이 그만뒀어요. 그중 한 사람은 한 달 만에 오지 않았고요."

그녀와 우리는 어느새 얼굴을 마주하고 있었다.

"유타는 느낌으로 아는 것 같아요. 소리를 들었을지도 모르고요. 그래서 조금 겁을 먹는다고 할까요? 남편분도 집에 계시려고 하지 않고요." 유키는 그렇게 말하면서 얼굴을 찡그렸다.

나는 믿을 수 없는 심정으로 그녀의 이야기를 들었다.

그 리호가…… 항상 쭈뼛거리며 동갑인 미하루 씨에게조차 처음에는 존댓말을 썼던 그녀가 일하는 사람에게는 엄격하게 대한다고 한다.

노자키 씨가 차갑게 물었다. "그것뿐인가? 그것만이 아니겠지. 그저 엄격하기만 하다면 이런 곳에서 일부러 말할 필요가 없을 테니까."

유키는 말없이 작게 고개를 끄덕였다.

"무슨 일이 있었죠?"

마코토 씨가 물으며 엘리베이터 버튼에서 손을 뗐다. 엘리베이터 문이 닫혔다.

"그, 그게 말이죠."

유키는 연신 목덜미를 긁으며 제자리걸음을 하듯이 몸을 흔들었다. 고개를 숙인 채 우리 쪽으로 왼손을 내밀더니, 오른손으로 소매를 잡고 살며시 걷어 올렸다.

마코토 씨가 숨을 들이마시고, 노자키 씨의 얼굴에 혐오감이 깃들었다. 나는 눈을 피하려고 했지만 피할 수 없었다.

어떻게 이런 일이. 앞뒤가 맞지 않는다. 원고에서 읽었던 리호의 성격과 눈앞의 광경이 이어지지 않았다. 왼손 손목과 팔꿈치 사이. 유키의 하얀 팔에는 크고 작은 멍이 몇 개나 있었다.

유키가 괴로운 표정을 지으며 들릴락 말락 하게 말했다. "걱정이에요. 이러다 유타한테까지 화살이 가면 어쩌나 해서요. 그렇게 생각하면 걱정돼서 견딜 수가 없어요."

그녀의 어깨 너머로 그곳에 어울리지 않는 색이 보였다.

인형이다. 엘리베이터 홀에서 복도로 이어지는 앞쪽 벽에서 이쪽을 살펴보듯이 서 있었다. 붉은 실에 칭칭 감긴 얼굴이 형광등 불빛을 받고 반짝 빛나는 듯했다.

9

사나에게 유타를 맡기고 편집자에게 취재 일정을 조정해달라고 말했다. 그리고 아무도 들어오지 말라고 지시한 뒤 서재로 들어왔다.

공기청정기 소리만이 희미하게 들리는 서재에서 나는 겨우 숨을 내쉬었다. 가까스로 위기는 피한 듯하다. 그들은 돌아가고 나는 지금 살아 있다.

마코토의 눈. 노자키의 눈.

그들은 진심이었다. 망설임이나 주저함은 있었지만 진심으로 나를 죽이려고 했다. 그때 유타가 오지 않았다면 지금쯤 어떻게 되었을지 모른다. 그들의 결심이 조금만 더 확고했다면, 아들의 눈앞에서 그대로 살해되었을 것이다.

다행이다. 운이 좋았다.

나는 깊숙이 심호흡을 하고 의자에 몸을 맡겼다.

원고에 관해서 그들에게 한 말은 아무리 생각해도 의외였다. 혼란스러웠던 탓인지, 상상도 못 했던 말을 입에 담았다.

나는 누군가에게 말하고 싶었던가. 나에 관해서 말하고 싶었던가. 그럴지도 모르겠다. 무의식 어딘가에 그런 마음이 숨어 있었을지도. 그래서 그렇게 많은 글을 쓸 수 있었을지도. 그것도 손글씨로. 하지만 의식에서는 다르다. 적어도 나는 그렇게 생각하지 않는다.

책장이 눈에 들어왔다. 벽을 가득 메운 책장. 천장까지 닿도록 특별히 주문한 하얀 책장. 내 책. 동료의 책. 요리 잡지. 도감. 영양학 전문서. 물류 전문서.

무서운 책은 한 권도 없다.

그토록 좋아했던 책은 지금은 어디에서도 찾아볼 수 없다. 한 권도 남김없이 모두 없애버렸다.

당연하다. 그 원고를 보낸 후, 나는 가지고 있던 무서운 책들을 전부 버렸다. 책을 살 수 있는 여유가 생긴 뒤, 돈을 주고 산 책도 모두 처분했다. 곁에 두고 싶지 않아서였다. 그렇게 시시한 것을 좋아했다니.

햇살이 오렌지색으로 바뀌고 있었다. 일어나서 커튼을 쳤을 때 초인종이 울렸다. 잠시 후, 서재 문 너머에서 사나의 목소리가 들렸다.

"이번에야말로 셀러리클럽에서 오셨습니다."

10

후지마 요스케 님

친구 신청을 해주셔서 감사합니다. 수락하겠습니다.

주제넘은 일이지만 제가 관심 가지고 지켜보는 분야를 미

리 말씀드리겠습니다. 만약 받아들일 수 없거나 양보할
수 없다면 서로 친구가 되지 않는 편이 현명하겠죠.

호러 원리주의, 특수촬영 원리주의, CG 부정파,「링」은
속편과 시리즈화 이후에는 단호하게 인정 안 함,「주온」은
비디오판 두 번째 작품만 인정함, 리얼타임, 시청원리주
의, 아날로그 복고 취미, 할리우드 호러 부정론자, 일본 호
러 회의론자(단,「링」은 제외), 사랑 없고 사상 없는 아류가
범람하는 일본 영화계의 진드기…….

마음 깊은 곳에서 넌더리가 나서 스마트폰에서 눈을 뗐다.
후나키 유지로에게서 지금 막 메시지가 도착해 일단 확인해보
았다.

지하철 도에이 오에도 선 열차에 흔들리면서 우리는 호난초
에 있는 노자키 씨의 자택 겸 사무실로 향했다. 그의 말에 따르
면 남은 대책은 그곳에서 하는 것이 가장 좋다고 한다. 우리 집
도, 마코토 씨의 집도 위험하다는 것이다.

그의 얼굴을 보자 이유를 물을 수 없었다. 리호의 아파트에
서 나와 역으로 가는 동안, 그의 얼굴은 죽은 사람보다 더 죽은
사람 같았다. 지금은 내 맞은편 자리에서 시든 배추 같은 모습
으로 허공을 바라보았다. 옆에는 마코토 씨가 고개를 숙인 채
앉아 있었다.

엘리베이터 앞에서 그녀는 다시 리호의 집으로 가자고 몇 번

이나 말했다. "걱정돼서 안 되겠어, 어떻게 해야 해!"라고 거듭 주장하는 그녀에게 노자키 씨는 냉정하게 말했다.

"지금은 이쪽이 최우선이야."

나는 멍한 얼굴로 나란히 앉은 두 사람을 바라보았다. 마코토 씨가 오른손으로 노자키 씨의 왼손을 꼭 잡고 있었다. 지금 내 눈에는 인형이 보이지 않는다. 자세히 살펴보면 어딘가에 있을지도 모르겠지만 확인할 생각은 털끝만큼도 없다.

시선을 스마트폰의 액정 화면으로 돌리고, 아무렇게나 내용을 입력했다.

수락해주셔서 감사합니다.

「링」을 좋아한다고 하셨는데, 개봉 당시에는 '가벼운 호러'라고 코웃음 치지 않으셨나요? 당시에 후나키 씨가 사귀던 여성(사치코 씨였던가요?)의 따님인 리호 씨라는 분에게서 들었습니다.

후나키 씨는 그런 분이라고 생각해도 될까요? 예전에 했던 말은 까맣게 잊어버리고, 새로운 것은 비난하고, 옛날에는 좋았는데 지금은 개똥 같다고 조롱하고, 사람들 위에서 내려다보듯이 말하는 '꼰대'라고 말이죠.

스스로도 놀랄 만큼 무례한 말이다. 다시 읽어보고 잠시 망설이다가 그냥 보내기 버튼을 눌렀다. 겨우 이까짓 일로 심장고동이 격렬해졌다. 소심한 내가 싫어지면서도 마음 한쪽이 후련해져서 등받이에 몸을 맡겼다.

나카노사카우에 역에 도착해 마루노우치 선의 플랫폼으로 향했다. 호난초 행 열차를 기다리고 있을 때 후나키한테서 답장이 왔다.

이런이런. 정중하게 연락해주셔서 대단히 감사합니다. 「링」을 리얼타임으로 체험한 우리 세대로서는 흘려들을 수 없는 수많은 말씀을 보고 흐뭇한 마음이 들었습니다. 어떤 경로로 저에 대해서 알아냈는지는 모르겠지만 「링」은 명작입니다. 극장에서 보았을 때부터(물론 VHS 및 DVD, 블루레이로 본 것을 영화 감상이라고 할 수 없다는 건 설명할 필요도 없겠죠) 저는 뛰어난 작품성, 높은 완성도에 감동했습니다. 일부러 트집을 잡은 기억이 없는 건 아니지만 말할 것까지도 없이 그것은 어렸을 때부터 공포영화, 괴기영화, 괴담영화를 봐왔던 저의 애정 어린 트집…….

귀찮다.

그렇게 생각한 순간, 스마트폰이 몸을 떨었다. 액정 화면에 사사오카 신야란 글자가 나타났다.

"여보세요."

이런 때 무슨 일일까? 업무 때문일까? 나는 아득하게 느껴지는 업무 상황을 떠올리면서 전화를 받았다.

"편집장님에게서 무슨 말 못 들었어?"

사사오카 씨는 아무런 서두도 없이 그렇게 말했다. 평소보다 말이 빠르고 목소리도 크다.

"무슨 일 있습니까?"

"무슨 일이고 자시고……." 그는 당황하고 있음을 감추지 않았다. "아까 회사에 들어왔더니 내 책상 위에 서류가 산더미처럼 쌓여 있고 메모도 있지 뭔가? 편집장님, 오늘부로 회사를 그만두겠대. 이제 안 나오니까 뒷일을 부탁한다고 쓰여 있더라고. 전화를 해도 안 받고."

"편집장님이?"

나도 모르게 목소리가 커졌다. 그 순간, 마코토 씨와 눈이 마주쳤다.

"그리고……." 사사오카 씨가 코를 훌쩍였다. "자네 책상 위에도 잔뜩 쌓여 있어. 일에 관한 서류와 그리고……."

"그리고?"

"성숙한 중년 여인의 섹스 DVD. 메모도 있었어. '이걸로 참아'라고 말이야."

나는 그 자리에서 돌처럼 굳어졌다. 전화기 너머로 "여보세요, 어? 어? 내 말 들려?"라고 몇 번이나 묻는 사사오카 씨의 목소리가 들렸다.

11

오후 6시.

셀러리클럽의 인터뷰가 끝났을 무렵, 오늘도 늦는다는 남편의 연락이 도착해 있었다. 난처한 얼굴로 말하는 유키에게 아무렇지 않은 얼굴로 대답했다.

"알았어. 미안하지만 저녁을 부탁해도 될까? 산뜻한 걸로."

그렇게 말하자 유키는 더욱 몸을 움츠렸다.

오후 7시. 네 명이 저녁 식탁을 둘러쌌다. 사나는 내 레시피대로 샐러드와 조림을, 유키는 어머니에게 배웠다는 돼지등심과 햇양파볶음을 만들었다. 유타는 그녀들이 만든 음식을 오물오물 먹었다.

저녁식사가 끝나고 나는 주방에서 다시 일을 시작했다. 가을에 출간할 요리책에 실을 '간단한 사과 파운드케이크'의 샘플을 만드는 것이다.

담당 편집자는 '이보다 간단한 레시피는 있을 수 없을 만큼 쉽고 맛있게!' 해달라고 요구했다. 지금까지 몇 번이나 샘플을 만들었는데 전부 실패했다.

나는 일단 재료의 양을 지시했다. 사나가 재빨리 재료를 늘어놓고, 유키가 도구를 준비했다. 눈으로 신호를 보내자 사나가 스톱워치를 눌렀다.

우선 사과를 졸인다. 대강 껍질을 벗긴 사과를 7밀리미터 크기로 십자썰기를 한다. 설탕 2큰술을 물 50밀리리터와 함께 냄비에 넣고 약한 불에서 5분 끓인다. 사과에서 물이 나올 때 중불로 하고 가끔 저으면서 물기가 없어질 때까지 졸인다.

다음은 반죽이다. 설탕 50그램. 달걀 두 개. 샐러드오일 25밀리리터. 버터 25그램. 우유 2큰술을 볼에 넣고 핸드믹서로 잘 섞는다. 샐러드오일을 사용하지 않고 버터를 두 배로 넣으면 당연히 더 맛있지만, 요즘 세상에 그것은 가정요리라고 할 수 없다. 저렴하게 만드는 것은 쓰지무라 유카리의 의무였다.

졸인 사과와 반죽을 대강 섞은 뒤 박력분 100그램, 베이킹파우더 1작은술을 채에 걸러 반죽과 섞는다. 틀에 넣은 뒤 오븐에 넣으려고 한 순간, 손을 멈추었다.

"예열은?"

나는 사나와 유키를 번갈아 노려보았다. 두 사람은 멍하니 입을 벌린 채 서로 얼굴을 바라보았다.

"정신 안 차릴 거야?" 나는 최대한 냉정하게 말했다.

유키가 눈에 띄게 바들바들 떨면서 고개를 숙였다.

"죄, 죄송합니다!"

사나도 몇 번이나 고개를 숙이는 걸 말없이 지켜보았다.

다정한 말로 그녀들을 타이르면서 샘플을 몇 번이나 만든 끝에 겨우 레시피가 완성되었다. 이렇게만 하면 아무런 문제가 없다. 시간도 오래 걸리지 않고 맛도 안정된다.

두 사람에게 뒷정리를 맡기고 화장실에 가려고 복도로 향했을 때, 앞쪽에서 소리가 들렸다. 문 닫는 소리다.

유타다. 내가 일하는 모습을 보고 있었던 모양이다.

내가 없어서 외로웠던 걸까? 남들 앞에서는 수줍어하거나 피하기도 하지만 내가 옆에 없으면 불안한 걸까? 그래서 그때 나를 보러 온 걸까?

아마 그럴 것이다. 유타는 나를 좋아한다. 나를 사랑한다.

아까 그들 손에 죽지 않아서 정말 다행이다.

아들에 대한 사랑과 살았다는 안도감이 동시에 가슴을 파고들었다. 마음 한쪽이 먹먹해지면서 나는 아들의 방문을 열었다. 방 한가운데에서 아들이 깜짝 놀란 얼굴로 돌아보았다. 눈에는 눈물이 그렁그렁 맺히고, 얼굴에는 불안이 배어 있었다.

"혼자 둬서 미안해."

나는 달려가서 아들을 껴안았다. 저녁때 안아준 것보다 더 다정하게. 더 사랑스럽게.

"엄마."

유타는 꺼질 듯한 목소리로 속삭이더니, 짧고 가느다란 팔로 나를 껴안았다. 나는 이름을 몇 번이나 부르며 아들의 머리를 연신 쓰다듬었다.

아들의 체온. 아들의 숨결.

나는 행복하다. 가족이 화목하게 지내고 있다. 일도 잘 되고 있다. 마코토에게 그런 말을 들을 필요도 없이 결혼해서 지금 이 순간까지, 그리고 앞으로도 계속 행복할 것이다.

사나와 유키를 보내고 유타를 재운 뒤, 책상 앞에 앉았다. 조금 전에 만든 샘플의 레시피를 정리한 뒤, 크게 기지개를 켜고 나서 어깨를 두드렸다.

시계를 보니 어느새 밤 10시가 넘었다.

오후에 찾아왔던 노자키 일행이 머리를 가로질렀다.

후지마는 오늘 한밤중에 목숨을 잃는다고 했다. 지금쯤 죽음의 그림자를 느끼고 공포에 사로잡혀 있을까? 인형의 환상을 보고 벌벌 떨고 있을까? 모레는 다른 두 사람도 죽음을 맞이할까? 아무리 상상해도 현실이라는 느낌이 들지 않았다.

류헤이와 마미의 시신을 봤을 때, 그 직후에 저주의 힘을 알아차렸을 때는 그렇게 무서웠는데. 그때의 공포도, 후회도, 똑똑하게 기억하고 있는데.

시간이 지났기 때문일까? 어른이 되었기 때문일까?

아니다. 나는 마음속으로 그렇게 잘라버렸다.

나는 이미 버렸다. 영원히 덮어버렸다. 아버지를. 어머니를. 숨 막히는 가족을. 무서운 책을. 기스기 리호를.

저주 따위는, 인형 따위는 지금의 나와 아무 관계가 없다.

나는 지금 쓰지무라 료지의 아내다. 쓰지무라 유타의 엄마다.

나는 지금 쓰지무라 유카리다.

그때 인터폰이 울렸다. 서재의 문 너머로 우물거리는 소리가 들렸다. 이런 시간에 누가 온 걸까? 아니면 경비실에서 물어볼 게 있어서 인터폰을 누른 걸까?

나는 바닥을 스치듯 걸으면서 서재에서 나왔다.

"기가출판의 도나미 씨라는 분이 오셨습니다."

니시나 씨의 목소리에 미심쩍어하는 느낌이 어렴풋이 배어 있었다.

처음 듣는 이름이었다. 출판사 이름도 들어본 적이 없었다.

"무슨 용건이래요?"

잠시 대답이 없었다. 다시 물으려고 했을 때, 니시나 씨가 당황함이 역력한 목소리로 말했다.

"그게요, 원고와 그리고…… 유카리 짱에 관해서 이야기하고 싶다고……."

이번에는 내가 침묵할 차례였다.

원고를 읽은 사람이 또 있었던가? 기이하게도 노자키 일행과 비슷한 시기에 원고를 읽고, 같은 날에 나를 찾아낸 걸까? 어떻게 된 건지는 모르겠다. 하지만 상대는 일부러 '유카리 짱'에 관해서 이야기하고 싶다고 했다. 이 말에는 특별한 의미가 있다. 저주와 관계가 있다고 암시한 것이다.

유카리. 그 애에 관해서는 아는 것이 거의 없다.

소설에 쓴 것 말고는. 성이 무엇인지, 학교가 어디인지도 모른다. 마음에 걸리기는 했다. 다른 것은 모두 버리고 모두 잊어버렸는데 그 애만은, 그 애의 이름만은 기억에 새겨져서 떠나지 않았다. 본명을 사용해도 별 문제가 없는 요리연구가의 이름으로 굳이 사용했을 만큼.

나는 굳은 혀를 겨우 움직여서 말했다. "들여보내주세요."

니시나 씨는 놀라울 만큼 냉정함을 되찾고 대답했다. "알겠습니다."

기나긴 시간이 흘렀다. 이 시간이라면 엘리베이터에 사람이 없을 텐데 왜 오지 않는 걸까?

차를 마시려고 주방으로 향했을 때, 겨우 현관의 초인종이 울렸다. 종종걸음으로 복도를 지나서 조용히 문을 열었다.

현관문 밖에 서 있는 사람은 머리가 희끗희끗하고 햇볕에 까무잡잡하게 탄…….

중년 여성이었다.

"늦은 시간에 찾아와서 죄송합니다. 도나미입니다."

그녀는 그렇게 말하고는 보일 듯 말 듯 미소를 지었다.

12

"도나미 씨에 관해서는 일단 신경 끄자. 마음에 걸리긴 하지만……." 노자키 씨가 책상다리를 하고 앉아서 침착하게 말했다. "지금 눈앞에 있는 문제는 후지마 씨의 저주야. 이것부터 해결해야 돼."

밤 10시. 나는 노자키 씨 집에 있었다. 호난초 역에서 도보로

5분. 환상 7호선 도로에서 길을 하나 더 들어간 곳에 있는 아파트 1층이었다.

마코토 씨 지시로 셋이 방을 정리한 뒤 청소기로 먼지를 빨아들이고 걸레질까지 해서, 오래되었지만 깨끗해진 다다미 위에서 나와 노자키 씨는 말없이 마주 앉았다. 두 사람 사이에는 원고가 놓여 있었다.

인형은 방구석에 있었다. 벽 바로 앞. 다다미가 깔린 바닥. 인형은 처음부터 그곳에 있었던 것처럼 오도카니 서 있었다.

이 집으로 오는 도중부터 마침내 가까이 왔다는 사실을 깨달았다. 역 플랫폼. 길을 걷는 동안. 모퉁이를 돌았을 때. 인형은 계속 내 눈에 들어왔다.

청소하는 동안은 창밖에 있었다. 좁은 정원 한가운데, 드문드문 자란 풀 사이에. 지금은 2미터도 떨어지지 않은 곳에 있다.

"지금 어디에 있어?" 마코토 씨가 물었다.

그녀는 스카잔 주머니에 손을 넣은 채 서 있었다.

나는 방구석을 가리키며 말했다. "저쪽요."

그녀는 내가 가리킨 곳을 잠시 바라보았다.

"후지마 씨 인형은 거기에 있구나. 내 인형은 여기에선 안 보여. 여기에 오는 도중에는 보였는데 꽤 떨어져 있었어."

"내 인형도 그래."

노자키 씨가 고개를 끄덕이자 그녀도 끄덕임으로 대꾸했다.

"기척은 느껴져, 요괴의 기척이. 저주의 부름을 받고 후지마 씨에게 가까이 와 있어. 하지만……." 그녀는 주머니에서 작은 유리병을 꺼내며 덧붙였다. "방향이 이상해."

그녀는 이해할 수 없는 말을 하더니, 유리병 뚜껑을 열고 입구의 절반을 손으로 누른 채 마구 흔들었다.

투명한 액체가 방울이 되어 다다미 바닥에 흩어졌다. 방울이 뺨에 닿는 것을 느끼고 반사적으로 몸을 뒤로 뺐다. 독특한 향이 코를 찔렀다.

"술이야." 그녀는 작은 병을 흔들며 방을 걸어 다녔다. "술을 싫어한다면 미안해. 하지만 지금부터 하는 주문에는 이게 가장 좋거든."

술…… 숨이 막힐 듯한 일본주의 달콤한 향이 방을 가득 메웠다. 불쾌하지는 않았다. 오히려 부드러운 향기가 마음에 스며들었다. 내게는 조금 독해서 한 잔만 마셔도 그대로 쓰러지겠지만, 향이 이렇게 좋은 걸 보면 상당히 고급술일 것이다.

그녀가 짧게 헛기침을 하고 나서 말했다. "이세탄 백화점에서 제일 비싼 술이야. 동네에 있는 신사(神社)의 술보다 이쪽이 효과가 좋거든. 약한 녀석이라면 컵 술로 충분하지만 이번 녀석은 그 정도론 안 될 것 같아."

술병이 비었다. 그녀는 병을 몇 번 더 흔들고 나서 주머니에 넣었다.

"인형은 어때?"

나는 다시 방구석을 쳐다보았다. 인형은 아까와 조금도 달라지지 않은 채, 실에 감긴 얼굴을 내게 향하고 있었다.

"……아까와 똑같아요."

나도 모르게 목소리가 모깃소리처럼 작아졌다. 그녀는 "역시 그렇군" 하고 말하고 방구석을 노려보았다. 그러더니 잠시 후에 노자키 씨에게 고개를 끄덕였다.

노자키 씨가 나를 보면서 분하다는 듯이 말했다. "후지마 씨, 안타깝지만 저주 자체를 어떻게 할 수는 없었어. 어렴풋이 짐작하긴 했지만 저주는 이미 그걸 만들어낸 당사자와 관계없는 곳에서 움직이고 있어. 미안해."

그러자 마코토 씨가 다다미에 털썩 주저앉더니 머리칼을 마구 휘저었다.

"괜찮습니다."

리호를 추궁해봐야 아무런 의미가 없다. 의미가 있다고 해도 그러고 싶지 않았다. 그녀는 저주와 관계없는 곳에서 지금처럼 살았으면 좋겠다.

시야 구석에서 검은 그림자가 보였다. 아까보다 조금 가까워졌다.

아무것도 들어 있지 않은 위장이 묵직하게 가라앉았다.

노자키 씨가 한숨을 쉬며 맥 빠진 얼굴로 말했다. "그나마 저주가 요괴를 부른다는 걸 알았으니까 그 녀석을 퇴치하거나 진정시키면 어떻게 될지도 몰라. 아니, 이제 그렇게 하는 수밖에 없어."

그의 얼굴에서 예리한 두 눈이 번들번들 빛났다.

나는 말없이 고개를 끄덕였다.

저주. 주문. 요괴. 퇴치. 진정. 그 어느 것도 현실적인 느낌이 들지 않았다. 전부 거짓이라면, 전부 농담이라면 얼마나 좋을까?

노자키 씨가 다시 입을 열었다. "어쩌면 저주가 풀릴지도 모르는 방법이 한 가지 있어. 하지만 상황으로 볼 때, 실행하긴 힘들 것 같아."

"바, 방법이 있나요?"

말을 더듬으며 묻자 그가 얼굴을 찡그리며 대답했다.

"태우든 잘라버리든 해서, 그 원고를 완전히 읽을 수 없게 만드는 거야."

13

"집이 참 좋군요. 넓고 조용하고. 인테리어도 아주 근사해요."

도나미라는 이름의 여성은 거실 소파에 앉아 다리를 꼬며 말했다. 자리를 권하기도 전에 자기 마음대로 앉은 것이다.

나는 가져온 차를 탁자에 놓고 그대로 선 채 물었다. "무슨 일로 오셨죠?"

그녀는 대답하지 않고 가방에서 새하얀 비닐봉지를 꺼냈다.

그 안에서 나온 것은 군데군데 거무칙칙하게 탄 원고지 다발이었다. 글자가 쓰여 있는 것이 보였다.

"이거, 당신이 쓴 원고죠? 기스기 리호 씨?"

그녀는 미소를 지은 채 그렇게 묻더니, 원고지를 정중히 탁자 위에 올려놓았다. 어떻게 대답해야 할지 몰라서, 나는 잠시 침묵하고 나서 되물었다.

"그걸 어떻게……."

도나미는 비닐봉지를 작게 접었다.

"우연이었어요. 우연히 우리 아르바이트 직원에게 받았죠. 볼일이 있어서 경찰서에 갔다가 마주쳤는데 대뜸 떠넘기더라고요. 처음에는 '뭐지?' 하고 의아하게 생각했습니다." 그녀는 장난스럽게 어깨를 들썩이더니 아무 일도 아닌 것처럼 덧붙였다. "그리고…… 그 아르바이트 직원은 죽었어요."

전후 관계는 잘 모른다. 하지만 그 말이 무슨 뜻인지는 알 수 있었다. 아르바이트 직원이라는 사람이 원고를 읽고 저주를 받은 것이다.

그녀는 나를 비스듬하게 올려다보면서 미소를 유지하고 말했다. "그 이후, 마음에 걸려서 조사했더니 이렇게 당신에게 도착하더군요."

그 말이 무슨 뜻인지도 알 수 있었다.

"즉…… 그 원고를 읽으신 거군요."

"네, 물론이에요. 원고를 받은 다음 날 회사에서요." 그녀는 긴 머리칼을 쓸어 올리며 말했다. "딱 이 시간이었을 겁니다."

나도 모르게 그녀의 주위를 둘러보았다. 물론 아무것도 보이지 않았다. 도나미는 입가에 비웃음을 매달고 나를 보면서 소파 바로 옆을 가리켰다.

"즈우노메 인형은 여기에 있어요."

예상은 했지만 이렇게 가까운 곳에 있으리라곤 생각도 못 했다. 나는 아무것도 없는 그녀의 옆을 바라보면서 말했다.

"나에게 저주를 풀라는 거군요. 죄송하지만 제 마음만으로는 저주를 풀 수⋯⋯."

"아니에요!"

화살처럼 뾰족한 목소리가 날아와서 나도 모르게 입을 다물었다.

도나미는 찌르는 듯한 눈으로 나를 보면서 말했다. "확인하러 왔어요. 이 원고에 마음에 걸리는 곳이 몇 군데 있어서 말이에요."

14

"그⋯⋯ 그렇다면 왜 지금까지⋯⋯." 나는 순간적으로 그렇게 말했다.

방법이 있다면 시도하면 되지 않는가? 왜 저주가 코앞에 올 때까지 가만히 있었는지 이해할 수 없었다.

"리호와 말하다가 알아차린 건가요?"

노자키 씨는 바로 대답했다. "아니, 좀 더 일찍 알아차리긴 했어. 하지만 실행하기가 망설여졌지."

"왜, 왜죠?"

"실패로 끝날 것 같았기 때문이야." 그는 원고 맨 위 장을 들고 말을 이었다. "오리지널 원고…… 즉, 유미즈 씨 집에 있던 원고는 불탔어. 자네는 눌어붙은 냄새가 났다고 말했지. 그렇다면 원고에 불을 지른 곳은 그 집이었을 가능성이 높아."

그러곤 거무칙칙하게 탄 흔적을 가리켰다. 나는 고개를 끄덕이며 다음 말을 기다렸다.

"그럼 원고를 태우려고 한 사람은 누구일까? 평범하게 생각하면 유미즈 씨밖에 없어. 그는 아마 내가 말한 방법과 똑같은 방법을 생각했을 거야. 그리고 실행으로 옮겼지."

노자키 씨는 숨을 한 번 쉬고 나서 나를 똑바로 보았다.

"결과는 자네도 알고 있지?"

유미즈 씨의 시신이 뇌리에 떠올랐다. 생각해보면 모든 것이 시작된 순간이었다.

소용없는 건가? 이 대책은 효과가 없는 걸까? 다음 순간, 머릿속에서 의문이 번뜩였다.

"하, 하지만 전부 타지는 않았잖아요. 그렇다면 효과는……."

노자키 씨가 내 말을 가로막았다. "문제는 그거야. 유미즈 씨는 원고를 다 태우지 못했어. 도중에 불이 꺼졌지. 뭐 때문에 그랬다고 생각하나?"

잠자코 있자 그는 스스로 대답했다.

"누군가가 껐다고밖에 생각할 수 없어. 그것도 불을 지른 직후에. 누가 불을 껐을까? 이때 생각할 수 있는 건 사람이 아니라 요괴야."

마코토 씨가 고개를 작게 주억거렸다.

"저주의 부름을 받고 찾아온 요괴. 쉽게 말한다면 즈우노메 인형의 본체라고 할까? 그 녀석이 불을 껐다고 생각하는 게 가장 자연스럽겠지. 즉……."

그는 조용하면서도 담담하게 말을 이어나갔다.

"원고를 없애버리면 저주의 효과가 빨리 나타날 가능성이 있어. 불에 태운 순간에 오는 거야. 그래서 유미즈 씨는 그렇게 됐어. 그걸 알기 때문에 지금까지 시도하지 않은 거고."

15

"이거, 처음 썼나요?"

도나미가 원고를 들어 올렸다. 불에 탄 듯한 검은 종잇조각이 파락파락 탁자에 떨어졌다.

"네에."

"기억을 근거로? 아니면 취재를 했나요?"

"전부 기억이에요. 기억하는 걸 그대로 단숨에 썼어요. 퇴고도 거의 하지 않았고요."

도나미가 할 만한 질문을 앞질러서 말하자 그녀는 "하하하!"하고 소리 내어 웃었다.

"그렇군요. 정열의 산물이네요."

비아냥거림이란 건 분명했다.

"그리고 기억력에는 자신 있나 보군요."

더는 조바심을 감추지 않고 그녀를 노려보았다.

"실례지만 그걸 왜 물어보는 거죠?"

그래도 그녀는 조금도 동요하지 않았다. 계속 미소를 지은 채 원고를 다시 탁자 위에 올려놓았다.

"소설이든 에세이든, 글이란 건 참 신기한 법이죠."

그녀는 꼬았던 다리를 풀고 천천히 일어나더니 나를 보지도 않고 거실을 돌아다녔다.

"글에는 작가가 생각도 못 한 것이 무심코 스며들기도 하니까요. 본인도 모르는 감정 또는 취향이 들어가거나 반대로 본인에게 나쁜 부분은 무의식중에 빼거나……. 다른 사람 눈에는 금방 보이는데 글을 쓴 당사자는 몰라요. 다시 읽어도 알아차릴 수 없어요. 그래서 퇴고나 교정은 꼼꼼히 해야 하죠. 편집자가 확인하는 건 오탈자나 사실 관계만이 아니에요. 뭐, 실제론 그렇게까지 할 수 없지만요. 출판이 불황이라서 인원이 많이 줄었거든요.”

그녀는 바닥을 보면서 즐거운 듯 쿡쿡 웃었다.

나는 억지로 미소를 지으며 말했다. “아까부터 무슨 말씀을 하시는지…….”

도나미가 단호한 표정을 지었다.

“이 소설은 졸작이에요. 당신은 요리 재능은 있어도 소설 재능은 없는 것 같군요. 문학 작품의 편집은 별로 한 적이 없지만 그 정도는 알고 있어요. 이런 걸 재미있어하는 건 어수룩한 사람뿐이에요.”

순간적으로 머리에 피가 솟구치며 얼굴이 딱딱하게 굳었다. 그 사실을 스스로도 느낄 수 있을 정도였다.

나는 의식적으로 숨을 깊이 내쉬면서 최대한 빈정거렸다.

“대단히 실례지만 어느 출판사의 누구라고 하셨죠? 말씀만 들으면 일류 출판사에서 대단한 책을 편집하신 분인 줄 알겠네요.”

그녀는 피식 웃으며 대답했다. “기가출판의 도나미입니다. 오컬트 잡지의 편집장이죠. UFO, 심령, 음모, 초현실 현상, 괴담과 도시전설. 기묘한 소재라면 지조도 없이 뭐든지 하고 있어요.”

16

원고를 둘러싸고 우리는 다다미 위에 앉았다.

옆에는 직사각형의 검은색 상자가 놓여 있었다. 상자 위쪽 한가운데에 길고 가늘게 파인 홈이 보였다.

문서 재단기였다. 지금부터 원고를 자르려는 것이다.

"세일할 때 사두길 잘했군."

노자키 씨 말에 나는 대답하지 않았고 마코토 씨도 말이 없었다.

"준비됐어."

마코토 씨가 무릎을 꿇고 단정하게 앉아서 두 손으로 허벅지를 탁탁 때렸다. 왼손으로 오른손 약지에 낀 커다란 반지를 만지작거렸다. 반지에는 신비한 장식이 되어 있었다. 약혼반지치고는 지나칠 정도로 굵고 큼지막했다.

내 시선을 알아차렸는지 마코토 씨가 고개를 들고 혼잣말처럼 중얼거렸다.

"액막이를 할 거야."

"잘되면 좋을 텐데." 노자키 씨는 그렇게 말하고 나를 보았다. "하지만 너무 기대하지는 마. 오히려 상황이 나빠질지도 몰라."

나는 그의 시선을 똑바로 받으면서 대답했다. "괜찮습니다. ……해주십시오. 현재로서 이것 말고 다른 방법은 없고, 이대로 조금씩 다가오길 기다리는 게 더 고통스러우니까요."

그러곤 인형이 있는 곳으로 시선을 돌렸다.

각오는 했지만 인형은 확실히 아까보다 가까이 다가와 있었다. 이미 '방구석'이라고 할 수 없는 곳이었다. 창문 근처에 있는 마코토 씨 옆까지 다가온 것이다.

그녀가 찜찜한 얼굴로 옆을 보았다. "이 주변에 있어?"

"……네, 죄송합니다."

"아니야." 그녀는 주변을 두리번거리더니 곤란한 표정으로 고개를 갸웃거렸다. "가까이 오고 있다는 건 느껴져. 하지만 이쪽에서 오는 게 아니야."

노자키 씨가 말했다. "아마 금방 알 수 있을 거야."

말투는 냉정했지만 얼굴은 긴장으로 딱딱하게 굳어 있었다.

마코토 씨가 작게 고개를 끄덕이고 눈을 감았다. 그리고 반지를 만지작거리며 작은 목소리로 뭔가를 읊조리기 시작했다.

"후지마 씨."

"네."

"자네 목숨을 최우선으로 생각해."

노자키 씨는 심각한 얼굴로 말한 뒤, 문서 재단기의 위쪽 버튼을 눌렀다. 문서 재단기가 커다란 소리를 내며 돌아가기 시작했다. 공기와 다다미가 미세하게 흔들렸다.

노자키 씨가 원고 몇 장을 세로로 해서 문서 재단기에 넣었다. 드르륵드르륵. 종이를 자르는 소리와 함께 기묘한 소리가 울려 퍼졌다.

아기기기기기기기이이이이.

기묘한 소리가 방 안을 뒤덮었고, 그와 동시에 눈앞이 새빨개졌다.

히이익! 나는 비명을 지르며 반사적으로 몸을 뒤로 뺐다.

눈앞에 인형이 있었다. 아니, 내게 달라붙어 있었다.

기기이기기기이이이이.

외침이 인형 얼굴에서, 즉 실 안쪽에서 들렸다. 실이 느슨해지더니 안에서 언뜻 검은 물체가 보였다.

문서 재단기가 가차 없이 원고를 집어삼켰다.

그때 옆에 있던 노자키 씨가 기묘한 행동을 했다. 얼굴 앞에서 손을 마구 휘젓는 것이다. 마코토 씨가 팅기듯 일어섰다. 그리고 창백한 얼굴로 우리를 내려다보며 말했다.

"……온다."

17

가슴 안쪽이 불에 타서 눌어붙은 듯한 느낌이 들었다.

도나미가 귀찮기 짝이 없다는 얼굴로 물었다. "그런데 왜 이런 원고를 썼죠? 설마 누군가를 죽일 생각으로 원고를 보낸 건 아닐 테고요?"

나는 엷은 비웃음을 짓는 그녀를 향해 단호하게 말했다. "그 설마가 맞습니다. 죽일 생각으로 썼어요. 그리고 보낸 거예요."

그녀가 고개를 갸웃거렸다. "누구를요? 누구를 그렇게 저주했나요?"

끓어오르는 증오심을 억누르며 천천히 대답했다. "당신 같은 사람들이에요."

"그래요?"

그녀는 재미있는 이야기라도 들은 것처럼 목소리를 높였다. 그러더니 팔짱을 끼고 다시 걷기 시작했다.

"그토록 무서운 이야기를 좋아했던 리호가, 왜죠?" 그리고 일부러 의아한 표정을 지으며 나를 보았다. "그 원고만 본다면, 고마워한다면 또 몰라도 원망할 이유는 생각나지 않는데요."

"……그렇겠죠."

알 리 없다, 도나미 같은 사람은.

얄팍한 지식을 과시하며 대중을 모욕하고, 선택받은 사람인 양 상대를 얼간이 취급하는 사람은 모른다.

배신당하고 무시당하고 바보 취급당하는 사람의 마음을. 괴롭힘당하고 소외당하는 어린아이의 괴로움을. 아빠 없는 한부모 가정이라고 손가락질당하는 아이의 아픔을. 그토록 좋아하며 푹 빠졌던 세계가 나태함과 부실함, 자기과시욕으로 뒤덮여 있다는 사실을 알았을 때의 상실감을.

똑같은 소재를 계속 돌려쓰는 작가. 지겹도록 본 사진을 또

신는 출판사. 명작과 걸작을 폄하하며 희열에 잠기는 자칭 평론가. 고전을 적당히 각색해서 "패러디입니다", "오마주입니다"라고 뻔뻔스럽게 말하는 소설가.

영화 해설서인 줄 알고 산 책에 '호러 사랑'이 넘치는 작가들의 독선적인 감상문밖에 쓰여 있지 않았을 때의 실망감. 기대하고 산 책에, 예전에 산 책과 한 글자도 다르지 않은 내용이 실려 있었을 때의 절망감.

유치하다는 사실은 알고 있다. 내가 아직 어리고 순수하며 결벽증이 있다는 사실도, 웃음으로 날리면 된다는 사실도, 진지하게 책을 만드는 사람이 있다는 사실도 알고는 있다.

그래도 마음을 가라앉힐 수 없었다. 배신당하고 무시당한 고통을 쉽게 지울 수 없었다.

죽여버리고 싶다. 없애버리고 싶다. 시시한 세계의 시시한 인간은. 나는 그렇게 할 수 있을지도 모른다. 그것이 원고를 쓰고, 원고를 보낸 이유였다. 잉크를 뿌려서 절대로 저주를 풀 수 없게 만든 이유였다.

"가르쳐주지 않는군요."

그녀의 목소리를 듣고 정신이 들었다. 도나미는 어느새 식탁에 걸터앉아 다리를 쭉 뻗었다.

나는 대답하지 않았다.

"불합리하지 않나요? 그런 이유로 저주를 받아서 죽음을 맞이하다니. 당하는 사람은 어이가 없지 않을까요?" 그녀는 식탁에서 내려와 즐거운 얼굴로 말했다. "뭐 좋아요. ……그럼 이제 가여운 리호의 얘기를 해볼까요?"

18

뿌지직. 다다미가 삐걱거렸다.

갑자기 눈앞에서 인형이 사라졌다.

그렇게 생각함과 동시에 다다미의 촘촘한 틈이 빨갛게 물들었다. 발밑도, 발 주위도. 어느새 모든 다다미가 새빨갛게 물들어 있었다. 다다미에서 붉은색이 솟아나더니, 가늘고 긴 지렁이처럼 다다미를 기어 다녔다.

실이다. 붉은 실이다.

나는 순간적으로 벌떡 일어났다.

실들은 소리도 내지 않고 단숨에 휙 뻗어나갔다. 수십 개나 되는 실이 일제히 문서 재단기를 칭칭 감아서 꽉 조였다. 일부 실은 서류를 넣는 입구와 빈틈을 통해 안으로 들어갔다.

펑! 무거운 파열음과 함께 문서 재단기가 연기를 토해냈다. 다음 순간, 작동하는 소리가 느려지다가 천천히 멈추었다.

실이 문서 재단기에서 떨어졌다. 각각의 실이 살아 있는 것처럼 일렁이고 물결치며 방에서 서로 밀치락거렸다. 수많은 실

끝이 여기저기로 휙휙 날아다녔다.

마치 우리를 피하는 것처럼.

마코토 씨가 눈을 감고 몸을 웅크린 채 무슨 말인가 중얼거렸다. 이것이…… 그녀의 힘인가? 우리를 지켜주고 있는 건가?

노자키 씨가 엉거주춤한 자세로 나를 향해 말했다. "내 예상이 맞았어. 이와다의 부모님 말이야. 그분들은 저주를 받았다고 생각할 수 없어. 하지만 결국 1층에서 돌아가셨지. 이와다는 2층에 있었고." 그는 잠시 말을 끊었다가 이내 덧붙였다. "이녀석은…… 즈우노메 인형의 본체는 밑에서 오는 거야. 땅속 깊은 곳에서."

이와다의 집에서 본 광경이 되살아났다. 그와 동시에 무수한 붉은 실이 그를 공격하는 또 다른 망상도 떠올랐다.

그렇다면…… 그의 부모님은 그냥 휘말렸단 말인가? 이와다보다 아래층에 있었다는 이유만으로.

붉은 실이 꿈틀거리며 방을 돌아다녔다. 벽을 타고 올라가기도 하고 바닥을 기어가기도 했다. 몇 개는 전등을 감고 몇 개는 책상에 달라붙었다.

나는 그제야 이해가 되었다.

"그래서 여기로 왔군요. 마코토 씨 집은 4층이니까."

"그래. 안 그랬으면 많은 사람들이 휘말렸을 거야."

그 말을 듣자 눈앞이 아득해졌다.

인형의 본체는 그 이야기를 본 사람, 그 이야기를 전해 들은 사람을 잇따라 저주한다. 그리고 땅 밑에 숨어 있다가 나흘에 걸쳐 천천히 목표를 정하고 목숨을 빼앗는다.

어느새 방 한가운데에 인형이 서 있었다. 붉은 실이 인형 주변에서 빙글빙글 춤을 추었다.

이것이…… 이 실들이 즈우노메 인형의 본체인가?

"……뭐하러 왔지?" 마코토 씨의 목소리가 들렸다. 실과 인형에 가로막혀 옷과 금발밖에 보이지 않았다. "……돌아가."

한순간 실 너머에서 그녀의 얼굴이 보였다. 눈을 감은 채 속삭이듯 말하고 있다. 다음 순간.

"돌아가!"

그녀가 크게 소리쳤다. 그와 동시에.

ㅋㅎㅎㅎㅎㅎㅎ.

귀에 거슬리는 웃음소리가 방 안에 메아리쳤다.

실이 움직임을 멈추는가 싶더니, 우리를 향해 일제히 덤벼들었다.

19

도나미가 거실을 걸어 다니며 말했다. "리호는 외로웠지. 친구는 없고, 반 아이들에게는 괴롭힘을 당하고."

"네에." 나는 작은 목소리로 대답했다.

이야기가 어느 쪽으로 향할지는 몰랐지만 조금 전까지 온몸을 휘감았던 부정적인 감정은 어느 정도 가라앉았다.

"선생님은 하나같이 한심하고, 아버지는 쓰레기였고. 엄마는 어리석다고 할까?"

"……네에."

"엄마의 남자친구는 얼간이였고 말이야. 요즘 말로 하면 꼰대라고 할 수 있지."

"그래요."

고개를 끄덕이자 그녀는 "흐음" 하고 콧소리를 냈다.

"학교에서 오랫동안 이야기를 나누었던 사람은 이하라뿐이군. 그는 지적 장애인인가?"

"네, 다운증후군이었어요."

"자주 같이 놀았더군."

"매일은 아니지만 가끔 특수학급에 가서 놀았어요."

"그래?" 그녀는 고개를 갸웃거리며 작은 목소리로 말했다. "당신 안에서는 그런 걸로 돼 있군."

공기청정기 소리가 거실에 나지막하게 울려 퍼졌다.

"……무슨 말씀이시죠?" 나는 솔직하게 물었다.

무슨 뜻으로 하는 말인지, 무슨 의도로 하는 말인지 이해할 수 없었다.

그녀의 얼굴에서 웃음이 사라졌다. "그 원고에서 이하라는 울상을 짓거나 큰 소리를 지르곤 했지. 기억하는지 모르겠지만."

"기억해요."

이하라는 가끔 그런 식으로 돌발 행동을 했다. 즐겁게 같이 놀다가 갑자기.

"그런 아이는 감정이나 행동을 조절……."

그녀가 재빨리 내 말을 가로막았다. "천만에. 당신은 그렇게 생각할지 모르겠지만 원고를 읽어보면 그게 아니야. 이하라가 그렇게 행동한 장면의 직전이나 직후 상황은 제대로 쓰여 있지 않아. 놀았다고밖에 쓰여 있지 않지. 아니면 싹둑 잘려 있고."

나는 쓴웃음을 지었다. 그리고 웃음이 가라앉고 나서 입을 열었다.

"그건 그냥 생략한 거예요. 전부 쓰면 끝이 없으니까요."

그녀는 어이없는 얼굴로 내 말을 따라했다.

"생략했다고? 그럼 이건 어떨까? 리호가 이하라와 같이 놀았던 것은 항상 둘만 있을 때였지. 선생님이 오면 바로 교실에서 나왔어. 선생님이 처음부터 교실에 있을 때는 인사만 하고 들어가지 않고." 그녀가 다시 걸음을 내디디며 덧붙였다. "왜 그랬을까? 무슨 의도였을까?"

"……의도 같은 건 없어요." 어느새 심장이 쿵쾅거렸다. "그냥 기억나는 대로 쓴 것뿐이에요."

"오호, 그래?" 그녀는 과장스럽게 감탄하면서 덧붙였다. "이하라는 언제부턴가 리호를 무서워하게 되었지."

"영화 때문이에요! 다들 사다코를 닮았다고 해서……."

무의식중에 목소리가 높고 날카로워졌다.

"호러가 나쁘다는 호러 해악론으로 방어하시겠다?" 그녀는 그렇게 빈정거리고 나서 이내 화제를 바꾸었다. "그러면 미하루는 어떨까?"

쿵쾅쿵쾅. 가슴이 격렬하게 방망이질 쳤다. 이름에 반응한 걸까? 내 무의식이. 내 기억이.

나도 모르게 되물었다. "미하루……?"

그녀의 표정은 어느새 진지해졌다. "그래. 미하루가 보건실에서 '이하라처럼?'이라고 말했지? 그리고 당신에게 '넌 구제불능이야'라고도 했고. 그건 무슨 뜻이지?"

"……잘 모르겠어요." 나는 기억을 더듬으면서 대답했다.

왜 그런 말을 했는지 정말로 기억나지 않는다. 그런데 조금씩 조바심이 싹트기 시작했다. 머리가 혼란스러웠다. 이상하다. 무엇인가가 이상하다.

"고쿠리상은?" 그녀는 그렇게 묻고는 재빨리 덧붙였다. "정확하게 말하면 미시마라는 아이의 각본 말이야."

"그, 그건 전부……."

왜 이럴까? 혀가 뒤엉킨다. 손에 땀이 배어 나와 촉촉해졌다.

"……전부 거짓말이에요. 다, 단순한 장난이고."

"아까부터 왜 그러지?" 그녀가 눈을 동그랗게 뜨고 물었다.

나는 말문이 막혔다. 되받아치려고 해도 목이 바싹 말라서 소리가 나오지 않았다.

도나미가 천장을 올려다보았다.

"리호는…… 그냥 지나치려고 했어. 원조교제를 한다든지 엄마가 어떻다든지 하는 말을 들어도 마음을 닫고 냉정해지려고 했지. 그런데 갑자기 저항했어. 그러면 더 귀찮은 일이 생긴다는 걸 알았을 텐데, 도중에 동전에서 손을 떼기조차 했지. 그건 누구나 알잖아? 도중에 손을 떼면 규칙 위반이란 걸……."
그리고 내게 시선을 돌리더니 입술을 일그러뜨리며 덧붙였다.
"미시마라는 아이는 봤을 거야. 리호가 특수학급에서 이하라에게 무슨 짓을 하는지. 그래서 소문을 퍼뜨리려고 했어. 리호는 그걸 알아차리고 순간적으로 반응했지. 당신도 기억하지? ……에스엠이라고 한 거. 그건 당신을 놀리기 위해 음탕한 이야기를 한 게 아니야. 당신이 이하라를 괴롭히고 있다고 말한 거지."

"그만해요!"

나는 고함을 지르다 황급히 입을 막았다. 유타가 잠에서 깨어나 들으면 안 된다. 엄마가 중학생 때 지적 장애 아이를…….

아니다. 아니다, 아니다, 아니다. 나는 이하라를 괴롭히지 않았다. 폭력을 쓰지 않았다. 거짓말이다. 전부 거짓말이다.

등도 때리지 않았다. 명치에 공도 맞지 않았다. 손가락도 비틀지 않았다. 손으로 코를 잡아서 숨을 쉴 수 없게 하거나 귀에 대고 큰 소리를 지르거나 허벅지 안쪽을 꼬집거나 때리거나 걸어차거나…….

"그, 그렇게 끔찍한 짓을 했을 리가……."

"그렇게라니? 어떻게?" 그녀가 재빨리 파고들었다.

나는 머리를 옆으로 흔드는 수밖에 없었다. 정신을 차리자 노파처럼 허리를 꺾어 앞으로 숙인 채 입을 틀어막고 있었다.

도나미가 머리칼을 쓸어 올리며 말했다. "참, 또 생각났어. 이런 내용도 있었지. 방과 후에 화장실에서 이하라가……."

"아, 아니에요. 그건 그 애가 가고 싶다고 해서……."

"그런 내용은 없어." 그녀가 차갑게 내뱉었다.

나는 믿을 수 없는 표정으로 그녀를 올려다보았다.

그녀는 얼음 같은 눈으로 나를 내려다보며 공허한 목소리로 말했다. "거기서 무엇을 했지……?"

넘겨짚은 것이다. 이럴 수가. 이렇게 흔한 방법에 감쪽같이 넘어가다니. 더는 견딜 수 없어서 그 자리에서 무릎을 꿇었다.

내 기억을 믿을 수 없었다. 기억에 없는 것들이 잇따라 머리에서 흘러넘쳤다.

"어떻게 이런 일이……."

눈앞에 그림자가 드리웠다. 그녀가 몸을 웅크리며 내게 얼굴을 가까이 댔다.

"아주 흔한 일이지. 당신도 들었을 거야. 괴롭힘을 당한 쪽은 영원히 기억하지만 괴롭힌 쪽은 금방 잊어버린다는 말……. 당신 원고가 가장 대표적인 형태지. 그것도 모르고 쓴 걸 보면 당신은 쓰레기야."

그녀는 작은 목소리로 담담하게 말하고 나를 노려보았다.

아무 말도 할 수 없었고 도나미를 쳐다볼 수도 없었다. 나는 고개를 숙인 채 바닥의 나뭇결을 내려다보았다.

그녀가 돌연 다정한 목소리로 말했다. "그래도 당신은 나아. 기억하기는 했으니까. 그래서 진실을 확인할 수 있지. 질문한 보람도 있고……."

얼굴을 들자 도나미는 온화한 얼굴에 미소를 담았다. 하지만 눈은 전혀 웃지 않았다. 그녀의 손이 내 머리채를 잡았다. 그리고 내 코끝에 얼굴을 들이대고 기이하리만큼 낮은 목소리로 속삭이듯 말했다.

"미하루와 무슨 이야기를 했는지 기억해? 이하라의 이름이 나오기 전에 말이야. 당신은 유카리의 이야기를 했어. 둘이 놀았다고."

대답이 궁해서 가만히 있자 그녀는 나지막하게 말했다.

"오랜만이야, 리이. 내 딸에게 무슨 짓을 했지?"

20

실이 팔을 칭칭 감아서 힘껏 잡아당겼다. 나는 맥없이 바닥으로 굴렀다. 일어서려고 하다가 두 발에도 실이 감겨 있는 것을 알았다. 몸이 허공으로 떠올랐다. 실은 나를 천장 가까이 들어 올렸다가 바닥으로 세차게 내던졌다.

"……!"

고통이 너무나 심해서 목소리도 나오지 않았다. 코와 입 주변이 불이 붙은 것처럼 뜨거웠다. 눈을 뜨자 다다미가 실과는 다른 색으로 검붉게 물들어 있었다. 피다. 숨쉬기 힘든 것은 코뼈가 부러졌기 때문이었다.

쾅! 방이 크게 흔들렸다. 고개를 들자 노자키 씨가 바로 옆으로 쓰러졌다.

그때 내 몸을 묶은 감촉이 조금 느슨해졌다. 다음 순간, 나는 재빨리 노자키 씨를 안고 방구석으로 굴렀다.

붉은 실이 소용돌이치고 있었다. 붉은색 사이로 호랑이 자수가 보였다. 마코토 씨다.

모든 실이 일제히 천장까지 쭉 뻗었다. 숨을 멈추고 쳐다본 순간, 실이 소리도 없이 오그라들었다. 그러더니 수직으로 내려와 곧장 다다미 안으로 들어갔다. 마코토 씨 뒷모습이 똑똑히 보였다. 다다미 안으로 들어간 실은 한동안 보이지 않았다.

폭풍우가 휩쓸고 지나간 것처럼 방은 엉망진창이 되었다. 책장은 쓰러지고 책상은 두 동강이 났으며 데스크톱 컴퓨터에서는 연기가 피어오르고 있었다.

노자키 씨 입에서 신음이 흘러나왔다. 안고 있던 손을 떼자 그는 괴로운 듯 숨을 헐떡이면서 "마코토"라고 불렀다.

마코토 씨가 천천히 뒤를 돌아보았다. 두 눈에서 피가 흘러내려서 뺨이 새빨갛게 젖어 있었다.

"어디 있어······?"

그녀는 연약한 목소리로 말하더니, 자세가 무너지며 휘청거렸다. 노자키 씨가 팅기듯 뛰어가서 그녀가 쓰러지기 직전에 안았다.

바닥으로 구르는 두 사람 너머에서 다시 붉은 실이 나타났다. 뱀처럼 끝을 치켜들고 이리저리 흔들면서 두 사람에게 다가갔다.

ㅎㅎㅎㅎㅎㅎ.

어디선가 웃음소리가 들렸다.

나는 아픈 코를 누르며 어떻게든 일어서려고 손으로 다다미를 짚었다. 손바닥에서 다다미와 다른 감촉이 느껴져서 시선을 내렸다.

원고였다. 나는 생각하기도 전에 두 손으로 원고를 들고 단숨에 둘로 찢었다. 귀를 찢는 비명이 들리고, 실 끝이 일제히 나를 보았다.

"와라!"

그렇게 말했다고 생각했지만, 실제로 입에서 나온 것은 웅얼거리는 탁한 소리뿐이었다.

나는 두 개로 찢은 원고를 겹쳐서 다시 힘을 주었다. 실들이 일제히 나를 향해 화살처럼 날아왔다. 내 얼굴을 향해 정확하게 일직선으로.

나는 죽음을 각오했다.

유미즈 씨의 시신과 도나미 편집장님이 머리에 떠오른 순간.

갑자기 실이 눈앞에서 멈추었다.

21

도나미의 한숨이 내 얼굴에 쏟아졌다.

"대답해…… 악마의 제물 놀이라는 게 뭐지?"

그녀가 머리채를 잡아당기는 바람에 입에서 신음이 새어나

왔다.

"죽은 영혼의 창자 놀이는? 제이슨 놀이는?" 그녀는 눈을 희

번덕거리며 떨리는 목소리로 덧붙였다. "구체적으로 무엇을 어

떻게 한 거지?"

말이 뇌에 꽂힐 때마다 그때 광경이 머리에 떠올랐다. 유카

리와 함께했던 즐거운 시간. 도서관에서 같이 책을 읽고 그 애

집에 가서 비디오테이프를 보고…….

나는 유카리와, 유카리의 손과, 머리와, 배와, 등과, 발을, 옷

걸이와, 큰 쟁반과, 쇠망치와, 부엌칼로…….

"아무것도…… 아무것도 안 했어요."

그녀는 내 말을 무시하고 계속 물었다.

"그리고 간판을 보러 간 다음, 유카리는 왜 집에 와서 울었을까? 간판을 보러 가는 도중에 이미 울음을 그쳤잖아? 그리고 왜 '누구에게도 말하지 마'라고 했지? 무슨 말을 하지 말라는 거야? 응?"

그녀는 "응? 응? 응?" 하고 기계처럼 되풀이했다.

얼굴이 뜨겁다. 얼굴 전체가 축축이 젖었다. 눈도 입도 코도, 눈물과 침과 콧물로 뒤범벅이 되어 있었다. 어느새 이렇게, 왜 이렇게까지.

나는 나쁜 짓을 한 적이 없는데. 나쁜 짓은 하지 않았는데.

왜 그런 장면만 생각나는 걸까?

"이봐……."

머리채를 잡은 손이 떨어졌다. 눈을 뜨자 그녀의 일그러진 얼굴이 보였다.

그녀는 미간에 주름을 잡고 입술을 떨면서 말했다. "아키는 자살했어. 그다음에 바로. 당신이 우리 집에 와서 나와 이야기한 다음 날."

나는 망연한 얼굴로 그녀의 목소리를 들었다. 아키…… 유카리의 이름이 아키였던가. 그런데 왜…….

"또 만나고 싶다고 했던 당신의 말을 전해주었을 때, 아키의 그 얼굴……."

그녀는 힘없이 고개를 떨구며 두 손으로 바닥을 짚었다. 입에서 "으으……" 하는 오열이 새어나왔다.

나는 몸을 일으키고 바닥에 주저앉았다. 그리고 얼굴의 눈물과 콧물을 닦고 숨을 가다듬었다.

온몸이 떨릴 만큼 추웠다. 손과 발이 얼음장처럼 차가워져서 통증마저 느껴졌다. 나는 웅크리고 있는 그녀에게서 시선을 피하지 않고 몸을 둥글게 말았다.

시간이 얼마나 지났을까?

거실에 숨소리와 흐느끼는 소리밖에 들리지 않았을 때.

"당신은 정말 구제불능이군."

도나미의 공허한 웃음이 크게 울려 퍼졌다. 크크크 하는 비웃음이 희미하게 뒤를 이었다.

머릿속에서 미하루의 목소리가 되살아났다. 그녀도 똑같은 말을 했다. 어처구니없는 얼굴로 나를 노려보면서.

그 애도 알고 있었을까? 보고 있었을까? 아니면 누구에게 들었을까?

'덕분에 마음 놓고 저주를 풀 수 있어.'

그래서 나를 죽이려고 한 걸까? 죽일 수 있다고 생각한 걸까? 그 말에 숨겨진 진실을 새삼 깨닫고, 다시 눈물이 흘러넘쳤다.

눈물로 인해 뒤틀린 시야에서 도나미가 천천히 일어서는 것이 보였다. 그녀는 아득히 높은 곳에서 나를 내려다보았다.

"그래서 당신은 이런 녀석을 낳았겠지. 이렇게 분별력도 없고 구제불능인 녀석을."

그녀가 고개를 약간 돌려서 자신의 어깨 주변을 보았다.

인형이 서 있었다…… 아니, 달라붙어 있었다.

검은색 후리소데를 입고, 단발머리에 붉은 실로 얼굴이 칭칭 감긴 저주의 인형이. 전부 거짓이어야 할 도시전설이. 어린아이가 지어낸 가짜 이야기가.

"마침 잘됐어. 내 손을 더럽히지 않아도 되겠군."

그녀의 몸이 살짝 휘청거렸다. 그러곤 눈물을 닦고 선언하듯 말했다.

"여기에 있으면 당신도 데려갈 수 있어."

나도 데려갈 수 있다니, 그게 무슨 뜻이지? 나는 말없이 그녀를 쳐다보았다.

"이 녀석은 주변 사람도 같이 죽이는 것 같더군. 그래서 미하루는 마지막 순간에 당신을 보건실에서 쫓아낸 거야. 착한 아이였지."

그녀는 "흥!" 하고 코웃음을 치더니 "하지만 나는 착하지 않아"라고 말하면서 조용히 눈을 감았다.

그때 문 열리는 소리가 들려서 복도로 시선을 돌렸다.

"엄마……."

불안한 목소리였다. 눈물로 흐려진 시야 한가운데에서 작은 그림자가 움직이면서 내 쪽으로 다가왔다. 찰딱찰딱. 원목 마루를 밟으며 나를 향해 뛰어오고 있다.

유타다. 잠에서 깨어나 불안을 느끼고 방에서 나온 것이다.

이름을 부르려고 한 순간.

ㅋㅎㅎㅎㅎㅎㅎㅎㅎ.

들은 적이 있는 웃음소리가 거실에 울려 퍼졌다.

노자키 가즈히로 님, 마코토 님

결혼을 진심으로 축하합니다.

이 물건이 도착할 즈음, 나는 요즘 한창 유행하는 '종말 활동'*을 상당히 앞당겨서 특이한 방법으로 실천하고 있을 겁니다. 자세한 말씀은 드릴 수 없다는 점을 부디 양해해주시기 바랍니다.

두 분은 앞으로 살아가면서 수많은 어려움을 맞닥뜨릴 겁니다. 때로는 서로를 의심하고 부딪치는 일도 있겠죠.

초심을 잊지 말라는 말은 하지 않겠습니다. 인간은 잊어버리는 동물이니까요. 또한 잊지 않으면 된다는 단순한 이야기도 아닙니다.

평범한 이야기이긴 하지만, 가장 중요한 것은 언제까지나 서로를 돕고 서로를 위로하는 것입니다.

두 분에 관해서는 별로 걱정하지 않지만 노파심에서 말씀 드렸습니다. 실제로 노파이니까 어쩔 수 없다고 이해해주십시오.

사소하지만 마음이 담긴 물건을 보냅니다. 기쁘게 받아주시면 고맙겠습니다.

두 분의 행복을 진심으로 기도합니다.

도나미 야요이

---

* 終活. 인생을 마무리하고 죽음을 준비하는 활동.

에
필
로
그

이번 달《월간 불씨》교정을 오늘 아침에 겨우 끝내고, 그길로 그랑투어 시오도메를 방문했다.

하늘 높이 솟아 있는 고층 아파트. 맨 꼭대기까지 올려다보려고 하다가 일찌감치 포기했다. 계속 책상 앞에서 일하느라 온몸이 심각할 만큼 굳어 있었다.

10월의 아침은 쌀쌀한 정도를 뛰어넘어서, 재킷의 지퍼를 맨 위까지 올렸다. 차가운 공기 탓인지 풀들도 잔뜩 긴장해서, 아파트 부지 안의 잔디가 희끄무레해져 있었다.

6개월 전, 여기서 원인을 알 수 없는 대규모 사망사건이 발생했다고 하면 모르는 사람은 믿지 않으리라. 지금은 그 정도로 조용하고 평온한 분위기가 아파트를 감싸고 있었다.

100명에 가까운 사람이 사망한 데다가 그 안에 인기 요리연구가인 쓰지무라 유카리와 그의 아들이 포함되어 있어서 사건은 대대적으로 보도되었다. 지금도 가끔 생각난 것처럼 보도하는 곳도 있다.

테러라는 둥 음모라는 둥 매스컴에서는 연일 소란을 피웠다. 인터넷 상황도 비슷했다. 사실은 아니지만 그쪽이 훨씬 현실적이다. 저주로 인해 그렇게 많은 사람이 죽었다는 건 지금도 믿을 수 없다. 당사자인 나조차도.

나는 발길을 돌려 집에 들어간 뒤, 그대로 쓰러져서 24시간 가까이 잠을 잤다.

다음 날 점심시간 때까지 뒹굴거리다가 목욕을 하고 평소보다 정성껏 수염을 깎았다. 한동안 입지 않았더니 양복이 조금 작은 듯했다. 살이 찐 모양이다.

언제 샀는지 기억도 나지 않는 딱딱하게 굳은 헤어 왁스로 머리를 매만진 뒤, 넥타이와 수십 분 씨름을 하고 나서 집을 나섰다. 노자키 씨와 마코토 씨의 결혼식에 참석하기 위해서다.

식장은 은신처처럼 숨어 있는 조용한 레스토랑이고, 참석자는 스무 명 정도였다.

오후 6시. 신부도 목사도 주례도 없이, 두 사람은 우리 앞에서 혼인 서약을 하고 반지를 교환했다. 사람들이 결혼의 증인이 된다는 뜻으로 이런 결혼식을 '히토마에시키(人前式)'라고 하는 모양이다.

장소가 한정된다는 이야기는 예전부터 들었다. 마코토 씨 힘 때문이다. 해가 떠 있을 때 결혼식을 올리면 새들이 몰려들어 골치 아픈 일이 벌어진다. 하지만 밤에 결혼식을 할 수 있는 식장은 그렇게 많지 않다.

결혼식은 화기애애하게 끝나고, 그대로 2차인지 회식인지 모를 연회가 시작되었다. 신랑신부 말고는 거의 모르는 사람들에게 둘러싸인 가운데, 나는 빈 의자에 앉아 이름도 맛도 모르는 음식을 먹었다.

웨딩드레스를 입은 마코토 씨가 가까이 다가왔다.

"와줘서 고마워."

밤색 머리칼을 기묘한 모양으로 땋아 올렸다.

나는 미소를 지으며 말했다. "축하합니다. 무사해서 정말 다행입니다."

"그러게."

그녀는 행복한 미소를 지었다.

연회는 계속되었다.

6개월 전 그날, 그때. 나는 노자키 씨 집에서 일어난 일을 떠올렸다. 붉은 실이 힘없이 바닥에 떨어지더니, 느릿느릿 다다미 밑으로 파고 들어갔다. 몇 가닥은 이리저리 발버둥 치다가 이윽고 움직이지 않았다. 방에는 몇 미터짜리 붉은 실이 몇 가닥 남았을 따름이다.

뭐가 어떻게 된 것인지 짐작도 되지 않았다. 이유를 알게 된 것은 다음 날 병원에서 나와 스마트폰으로 뉴스를 봤을 때였다.

쓰지무라 유카리…… 리호가 죽었다. 저주의 매개체이자 근본적인 존재가 없어졌다. 그래서 본체가 이 세계로 나올 수 없게 된 것이다. 나와 같이 병원에서 나온 노자키 씨는 아무래도 그런 것 같다고 해석했다. 나도 그 해석에 동의했다.

마코토 씨는 한동안 입원했지만 다음 달에 무사히 퇴원했다. 눈의 상처도 심각하지 않고 달리 크게 다친 곳도 없어서, 지금 이 자리에서 많은 사람들의 축복을 받고 있다.

"이런 조촐한 결혼식도 참 좋군."

스오 씨가 싱글벙글 웃으면서 한 손에 맥주를 들고 내 옆에 앉았다. 결혼식에 초대한 사람은 신랑신부의 친구뿐이지만, 노자키 씨의 '마음의 동기'인 그는 특별한 듯하다. 마찬가지로 나도 특별한 사람인 모양이다. 이유는 잘 모른다. 죽음의 위기에서 가까스로 살아남은 동지이기 때문일까? 짐작되는 점은 그 정도밖에 없다.

"그러네요. 사람도 그렇게 많지 않고요."

적당히 맞장구를 치자 스오 씨가 절실하게 말했다.

"도나미 씨도 참석하고 싶었을 텐데."

편집장님이 사망했다는 점, 사망한 장소가 그랑투어 시오도메였다는 점을 근거로 나와 노자키 씨는 저주의 경로에 대해서 추측했다.

편집장님은 저주를 받았다, 이와다한테서 오리지널 원고를 받았을 것이다……. 확증은 없다. 우리가 현장에 있었던 것도 아니고, 편집장님 근처에서 오리지널 원고가 발견된 것도 아니다. 그것 말고는 이유를 생각할 수 없었기에 그렇게 추측한 것에 불과하다. 다만 편집장님은 그 원고의 관계자였던 듯하다.

그녀가 유카리의 엄마였을 가능성이 높다. 리호가 딱 한 번 만났던, 호러 영화를 좋아하는 유카리의 엄마.

장례식에 참석해 오래전부터 알던 지인이나 먼 친척과 이야기를 나누다 그녀의 과거를 알게 되었다. 그녀는 예전에 결혼을 했었고 아키라는 아이를 일찍 잃었으며…… 남편의 이름은 유카리 기요시였다는 사실을.

유카리 기요시…… 유미즈 씨의 본명이다.

두 사람은 예전에 부부였다. 그래서 경찰관한테서 자세한 사인을 들었을 것이다. 사사오카 씨와 스오 씨는 당연히 알고 있었다.

"따님이 살아 있었다면 마코토 씨 정도 됐을 거라고 하더군. 예전에 언뜻 들었어."

스오 씨의 말에 나는 "그래요?"라고 적당히 대꾸했다.

그는 단숨에 술잔을 비우고 나서 말했다. "그래. 그래서 두 사람의 결혼을 축하한다는 뜻으로 선물을 보냈나 봐. 뭔지 알고 있어?"

"아뇨."

"도나미 씨가 특별히 선택한 호러 영화의 DVD와 오컬트 책이야. 이렇게 커다란 골판지 상자로 다섯 개나 된다더군." 그는 껴안는 동작을 하더니 재미있다는 듯이 쿡쿡 웃었다. "도나미 씨가 그런 걸 그렇게 좋아한 줄은 몰랐어."

스오 씨는 그 말을 끝으로 노자키 씨 쪽으로 걸어갔다. 노자키 씨는 언뜻 봐도 피곤해 보였지만 평소보다는 많이 웃었다. 마코토 씨는 친구처럼 보이는 여자들과 기념 촬영을 하고 있었다.

밝은 웃음소리가 들렸다. 즐거운 대화가 귀로 뛰어 들어왔다.

나는 소외당한 기분으로 도나미 편집장님을 처음 만났을 때를 떠올렸다. 면접을 본 날이었다.

기가출판의 회의실. 사사오카 씨를 데리고 들어온 그녀를 보고 나는 깜짝 놀랐다. 편집장이라고 말했을 때는 더욱 놀랐다. 이유는 단순하다. 여성이었기 때문이다. 오직 그것뿐이다.

면접이 거의 끝나갈 무렵, 편집장님이 궁금한 게 있느냐고 물었다.

"혹시 편집부 안에서 규칙 같은 게 있습니까? 암묵의 규칙이라고 할까요?"

편집장님이 눈을 끔뻑거리며 사사오카 씨에게 물었다.

"뭐가 있던가?"

사사오카 씨는 고개를 갸웃거리기만 하고 대답하지 않았다.

"그래!" 편집장님이 만면에 미소를 지으며 대답했다. "편집부 내 연애 금지.”

사사오카 씨가 '맙소사!' 하는 표정을 지었다.

나는 가까스로 "그런가요?"라고 대꾸했다.

"예전에 있던 녀석이 계속 찝쩍댔거든. 일도 제대로 하기 전부터." 그녀는 몸을 앞으로 내밀고 나를 노려보며 으름장을 놓았다. "그런 건 딱 질색이야. 자네도 쓸데없는 짓을 하면 당장 모가지야."

농담이라고 생각할 수 없을 만큼 표정이 진지했다. 나는 작게 대답하는 게 고작이었다.

"알면 됐어." 그녀는 함박웃음을 지으며 덧붙였다. "참, 물론 동성이라도 금지야."

이번에는 너무나 당황해서 대답도 할 수 없었다.

다행히 채용되어 일을 시작하고 나서는 계속 편집장님에게 신세를 졌다. 스오 씨에게 혼나고 사사오카 씨에게 코끝으로 비웃음당하며 하루에도 몇 번씩 풀이 죽을 때마다 그녀는 항상 뒤치다꺼리를 하며 챙겨주었다.

나는 그녀를 존경하게 되었다. 일에 염증이 나고 두 선배의 얼굴이 보기 싫어도, 그녀만은 미워할 수 없었다.

누구보다 진지하게 일하니까. 뭐든지 다 알고 있으니까. 뭐든지 다 할 수 있으니까. 이유는 얼마든지 들 수 있지만 간단히 말하면…… 나는 계속 편집장님 같은 사람을 만나고 싶었다. 만나서 같이 일을 하거나 이런저런 이야기를 하고 싶었다.

한편으로 그녀가 말했던 '규칙'은 계속 지키고 있었다.

그녀를 여성이라고 생각하지 않으려고 했다.

연회가 끝났다. 자연스럽게 생긴 사람의 흐름을 따라서 천천히 레스토랑에서 나갔다. 답례품은 쿠키 종합세트였다.

스오 씨가 누군가와 통화를 하면서 걸어갔다. 나를 돌아보지도 않고 성큼성큼 걸어서 모퉁이를 돌았다. 다른 사람들도 삼삼오오 밤의 어둠 속으로 사라졌다.

그때 등 뒤에서 울음소리가 들렸다. 나는 흠칫 놀라서 다급히 돌아보았다. 레스토랑 앞이다. 마코토 씨가 두 손으로 얼굴을 가리고 어깨를 떨고 있었다. 앞에는 그녀보다 체구가 작고 머리를 뒤로 묶은 여성이 서 있었다. 여성 옆에는 커다란 캐리어 가방이 놓여 있었다. 여성은 무슨 말인가 하면서 검은 장갑을 낀 오른손을 내밀었다. 마코토 씨가 흐느끼면서 두 손으로 그녀의 손을 꽉 잡았다.

조금 떨어져 있어서 여성의 얼굴을 알아볼 수 없었다. 아는 사람일까? 결혼식에 참석 못 한 사람이 얼굴만 보러 온 것일까?

마코토 씨 옆에서 노자키 씨가 연신 고개를 숙였다.

그들을 등지고 혼자 역으로 향했다. 그리고 새삼 깨달았다. 나 말고는 모두 누군가가 옆에 있는데, 나만 혼자라는 사실을.

편집장이 된 사사오카 씨는 지금까지 본 적이 없을 만큼 즐겁게 일했다.

"여자 밑에서 일하기 싫었거든."

본인의 입을 통해 그 말을 들은 것은 한창 교정 작업을 하는 도중이었다.

"세세한 걸 빠뜨리는 바람에 내가 얼마나 고생했는지 알아?" 그는 코를 쿵쿵거리며 말했다.

그건 도나미 편집장님의 개인적인 문제이지, 모든 여성이 그런 건 아니라고 생각했지만 반론은 하지 않았다.

나는 차분하게 일하면서 하루하루를 보냈다. 매일 집과 회사를 왔다 갔다 하고, 바쁠 때는 회사에서 자는 날들이 이어졌다. 그런 와중에 시간만 있으면 생각했다.

그때 리호와 도나미 편집장님 사이에는 무슨 일이 있었을까?

가여웠던 리호, 행복해진 리호와 도나미 편집장님은 무슨 이야기를 나누었을까? 물론 두 사람은 저주에 관해서 말했으리라.

그런 일은 있을 수 없다고 생각하면서도 도나미 편집장님과 리호가 무서운 책이나 영화나 오컬트에 관해 말하는 장면을 상상했다. 서로 취미가 똑같으니까 대화 분위기는 좋았으리라. 두 사람 모두 즐거웠으리라.

한때는 진지하게 알아보려고 한 적도 있었다. 하지만 원고를 아무리 읽어도 알 수 없었다. 나는 지금도 원고를 가지고 있다. 몇 장 빠지긴 했지만 원고를 스캔해서 인쇄한 것이다.

잠이 오지 않는 날이면 원고를 보면서 밤을 새웠다. 도나미 편집장님도 생각했다. 이제는 그녀를 만날 수도 없고 이야기할 수도 없다. 노자키 씨는 살았는데. 마코토 씨는 무사했는데.

나만 소중한 사람을 잃어버렸다.

내 목숨을 구해준 두 사람에게 고마워하면서도, 불공평하다는 마음을 떨칠 수 없었다. 그런 마음은 날이 갈수록 계속 부풀어 올랐다. 도나미 편집장님을 잃어버린 것에 대한 괴로움도.

나는 지금 혼자 모니터를 보고 있다.

한밤중의 편집부다. 사사오카 씨와 스오 씨는 퇴근해서 나말고는 아무도 없다.

내 손에는 원고가 있다. 스마트폰에는 교류 노트의 사진도 들어 있다. 도시전설 '즈우노메 인형'을 텍스트로 만들어서 인터넷에 뿌린다. 그와 동시에 사진도 인터넷에 올린다. 그렇게 하는 내 모습을 상상한다.

이메일. 문자 메시지. 모바일 메신저.

트위터의 트윗, 쪽지, 페이스북의 DM과 댓글과 채팅.

리호는 죽었다. 따라서 저주는 발동하지 않는다.

이 원고를 읽는다고 해도 저주로 인해 죽는 사람은 아무도 없다. 하지만 리호처럼 저주를 사용할 수 있는 사람이 어딘가에서 태어날지도 모른다. 저주의 새로운 '원인'이 될지도 모른다.

그런 사실을 모른 채 그, 또는 그녀는 별다른 생각 없이 다른 사람에게 전한다. 말을 통해서. 그리고 나처럼 인터넷을 통해서.

노자키 씨의 설명을 떠올리면서 나는 머릿속으로 이미지를 떠올렸다. 흔히 있는 일본 지도, 그곳의 한 점을 임의로 빨갛게 칠한다. 빨간 점은 눈 깜짝할 사이에 일본 전역으로 퍼져나간다. 순식간에 바다를 넘어 전 세계를 빨갛게 물들인다.

그곳에서 음침한 웃음소리와 함께 붉은 실이 수도 없이 뻗어나온다. 가늘고 새빨갛고 뱀처럼 꿈틀거리는 실이 대지를 칭칭 감는다. 그리고 모두 죽는다. 나도 노자키 씨도 마코토 씨도, 스오 씨도 사사오카 씨도, 그리고 이 세상 사람들 모두.

넓은 대지에 차곡차곡 쌓이는 시체들. 눈이 도려내진 수많은 시체들.

붉은 실이 칭칭 감긴 지구에 언제까지나 음침한 웃음소리가 울려 퍼진다.

크ㅎㅎㅎㅎㅎㅎ.

나는 머릿속으로 그런 이미지를 떠올리면서 혼자 모니터를 바라보았다.

참고 문헌

- 마쓰야마 히로시, 『저주의 도시전설 가시마 씨를 좇는다』(아루즈출판)

- 고이케 다케히코, 『요쓰야 괴담 : 재앙의 정체』(각켄플러스)

- 스즈키 고지, 『링』(가도카와 호러문고)

- 오노 후유미, 『잔예』(신초샤)

- 슈노 마사유키, 『거울 속은 일요일』(고단샤문고)

- 나바리 이즈미, 『2층의 왕』(가도카와쇼텐)

- 오리가미 교야, 『기억술사』(가도카와 호러문고)

- 구리하라 하루미, 『구리하라 하루미(하미짱)』(후소샤)

- 히다 가즈오, 『히다 가즈오의 가족식사』(쇼각칸)

- 아코 마리, 『고바야시 가쓰요와 구리하라 하루미, 요리연구가 와 그 시대』(신초 신서)

- 나카시마 시호, 『매일 먹고 싶은 밥 같은 케이크와 머핀 책』 (주부와생활사)

- 별책 보물섬 457

- 『더 알고 싶은 호러의 즐거움! : 흡혈귀 드라큘라 계보에서 연쇄살인자 패닉의 진실까지!』(다카라지마샤)

- NEKO CINEMA BOOK : ENTERTAINMENT SERIES VOL.1

- 『The Nightmare from The Movies : 호러 영화~전율과 괴 기한 이야기』(네코 퍼블리싱)

진짜가 나타났다!
숨 막히는 공포가 담긴 미스터리를 들고……

녀석은 지금 내 눈앞에 있다. 붉은 실로 얼굴이 칭칭 감겨 있는 고양이만 한 크기의 인형. 즈우노메 인형이다.

크ㅎㅎㅎㅎㅎㅎㅎㅎ.

녀석의 입에서 웃음소리가 새어나오고, 다음 순간 나를 향해 돌진했다.

싫어! 오지 마! 살려줘…….

호러와 오컬트 전문 잡지 《월간 불싯》의 편집자인 후지마 요스케는 편집장의 지시를 받고 갑자기 소식이 끊어진 유미즈라는 작가의 집을 찾아간다. 그는 그곳에서 안구가 없는 시신으로 변한 유미즈와 군데군데 탄 자국이 있는 두터운 원고지 다발을 발견한다.

원고 내용은 기스기 리호라는 중학생의 시점으로 쓰인 '즈우노메 인형'에 관한 도시전설로, 그 원고를 읽은 사람은 나흘 안에 저주를 받아 죽는다고 한다. 후지마는 저주에서 벗어나기 위해 작가인 노자키와 그의 약혼녀이자 영능력자인 마코토와 함께 저주의 근원을 찾기 시작하는데…….

『즈우노메 인형』에는 '일본 호러'의 기원이라고 할 수 있는 스즈키 고지의 『링』이란 작품이 등장한다. 스즈키 고지의 호러 소설인 『링』은 1991년에 책이 출간되고 1998년에 영화화가 되는데, 일본뿐만 아니라 한국에서도 하나의 '현상'이 될 정도로 공전의 히트를 기록했다. 보면 일주일 안에 죽음을 맞이하는 저주의 비디오테이프를 둘러싸고 벌어지는 내용으로, 책을 읽고 영화를 보지 않은 사람이라도 머리칼을 풀어헤친 귀신이 우물에서 나오거나 TV에서 나오는 장면은 보았을 것이다. 『링』에서 저주로 사람을 죽이는 원흉이 바로 그 귀신인 사다코인데, 『즈우노메 인형』의 주인공인 기스기 리호는 사람들에게 사다코라고 불리며 놀림을 당한다.

"진짜가 나타났다!"

『즈우노메 인형』을 읽은 순간, 내 입에서는 이런 소리가 흘러나왔다.

그렇다, 사와무라 이치는 '진짜'였다.

그가 데뷔작인 『보기왕이 온다』로 제22회 일본 호러소설대상에서 대상을 차지했을 때, 대단하다고 생각하긴 했지만 그렇게 놀라지는 않았다. 물론 『보기왕이 온다』는 눈이 번쩍 뜨일 만큼 훌륭한 작품이다. 문학 평론가인 히가시 마사오는 "이 작품이야말로 문학에서 보여주는 호러 표현의 극치"라고 했을 만큼, 저자인 사와무라 이치는 독자를 호러의 끝으로 데려갔다가 가슴 먹먹하게 만들었다가 끝내 눈물을 쏟아내게 만든다.

하지만 처음에 대단한 작품을 내놓고 상을 받은 이후, 독자들에게 실망만을 안겨주고 그대로 스러진 작가들이 어디 한둘이었던가. 즉, 신인 작가의 진정한 실력을 알 수 있는 것은 두 번째 작품이고 세 번째 작품인 것이다.

사와무라 이치는 2015년에 『보기왕이 온다』를 내놓은 이후, 『즈우노메 인형』, 『시시리바의 집』, 『나도라키의 목』 등, 마치 글에 굶주렸던 사람처럼 잇따라 작품을 내놓았다. 그것도 혀를 내두를 만큼 수준 높은 작품들을. 인간의 가장 원초적 감정인 희로애락을 모두 담아서. 가족 문제, 학교 문제 등 가슴 아픈 사회 문제를 작품에 녹여서. 더구나 숨 막히는 공포가 담긴 놀라운 미스터리를 사용해서⋯⋯.

그렇다. 『보기왕이 온다』가 순수한 호러 작품이었다면 『즈우노메 인형』은 한 단계 발전해, 호러는 물론이고 반전에 반전을 거듭하는 미스터리까지 더했다. 그로 인해 스토리는 더 쫄깃해지고 구성은 더 치밀해졌으며 재미는 더 강력해졌다.

　스포일러가 될 것 같아서 더는 말하지 않겠지만 『즈우노메 인형』은 꼭 두 번 읽길 바란다. 처음 읽었을 때의 느낌과 두 번째 읽었을 때의 느낌은 전혀 다를 테니까. 또한 정신을 집중해서 문장은 물론이고 행간을 읽길 바란다. 행간의 뜻을 파악한 순간, 당신은 망치로 뒷머리를 얻어맞은 것처럼 한동안 눈을 크게 뜨고 멍하니 있게 될 것이다.

　사와무라 이치는 어렸을 때부터 괴담이나 호러 작품을 좋아해서, 닥치는 대로 읽고 보고 들었다고 한다. 그런 그의 잠재 능력은 얼마나 되고, 호러와 미스터리의 깊이는 어디까지일까? 그의 작품을 번역한 사람이자 한 사람의 팬으로서, 벌써부터 설레는 가슴을 안고 다음 작품을 기다리고 있다.

2020년 10월

이선희

옮긴이 이선희

부산대학교 일어일문학과를 졸업하고 한국외국어대학교 교육대학원 일본어교육과에서 수학했다. KBS 아카데미에서 일본어 영상번역을 가르치면서, 외화 및 출판 번역작가로 활동하고 있다. 옮긴 책으로는 기시 유스케의 『검은 집』, 『푸른 불꽃』, 『신세계에서』와 히가시노 게이고의 『비밀』, 『방황하는 칼날』, 『공허한 십자가』, 나쓰카와 소스케의 『책을 지키려는 고양이』, 이케이도 준의 『한자와 나오키』, 사와무라 이치의 『보기왕이 온다』 등이 있다.

즈우노메 인형

1판 1쇄 발행 2020년 10월 21일
1판 2쇄 발행 2020년 11월 25일

지은이 사와무라 이치 **옮긴이** 이선희
펴낸이 김영곤 **펴낸곳** (주)북이십일 아르테
문학사업본부 이사 신승철
문학팀 김지현 **해외기획팀** 정미현 이윤경
마케팅팀 김익겸 정유진
일러스트 박혜림 **디자인** 소요 이경란
영업본부 본부장 한충희
출판영업팀 김한성 이광호 오서영
제작팀 이영민 권경민

출판등록 2000년 5월 6일 제406-2003-061호
주소 (우 10881) 경기도 파주시 회동길 201(문발동)
대표전화 031-955-2100 **팩스** 031-955-2151

ISBN 978-89-509-8270-6 03830